산도칸
몸프라쳄의 호랑이들

산도칸
몸프라쳄의 호랑이들
Le Tigri di Mompracem

에밀리오 살가리 장편소설 유향란 옮김

LE TIGRI DI MOMPRACEM
by EMILIO SALGARI(1883)

이 책은 실로 꿰매어 제본하는 정통적인 사철 방식으로 만들어졌습니다.
사철 방식으로 제본된 책은 오랫동안 보관해도 손상되지 않습니다.

독서란 여행 가방과 씨름하지 않고 하는 여행이다.
― 에밀리오 살가리(1862~1911)

제1장	산도칸과 야네스	9
제2장	잔인함과 너그러움	19
제3장	순시선	31
제4장	사자와 호랑이	37
제5장	탈출 그리고 정신 착란	55
제6장	라부안의 진주	64
제7장	회복과 사랑	74
제8장	호랑이 사냥	85
제9장	폭로	94
제10장	해적을 찾아서	105
제11장	지로바톨	114
제12장	지로바톨의 카누	130
제13장	몸프라쳄을 향하여	140
제14장	사랑과 환희	148
제15장	영국 위병 하사	158
제16장	라부안 원정	169
제17장	재회	197
제18장	아궁이 속의 두 해적	209

제19장	영국군의 유령	226
제20장	숲을 가로질러서	236
제21장	표범과 오랑우탄	249
제22장	포로	266
제23장	별장에 간 야네스	278
제24장	호랑이의 아내	309
제25장	몸프라쳄	324
제26장	몸프라쳄의 여왕	334
제27장	몸프라쳄 공격	343
제28장	바다에서	354
제29장	포로들	366
제30장	탈출	380
제31장	상어, 그리고 삼도를 향하여	388
제32장	호랑이 최후의 전투	406

역자 해설 말레이시아 해의 로빈 후드가 펼치는 무한한 상상 속의 모험 419
에밀리오 살가리 연보 423

제1장
산도칸과 야네스

1849년 12월 20일 밤, 보르네오 서쪽 해안으로부터 수백 킬로미터 떨어진 조그마한 섬 몸프라쳄에 강력한 허리케인이 휘몰아치고 있었다. 몸프라쳄은 말레이시아 해의 사람들이 가장 두려워하는 해적단의 본거지이기도 했다. 거센 바람에 떠밀린 구름들의 소용돌이가 굴레를 벗어난 말처럼 미친 듯이 하늘을 흘러 다니다가, 이따금 섬 안의 어두운 숲을 향해 엄청난 폭우를 퍼부어 댔다. 바람은 바다를 휘갈기며 어마어마한 파도를 일게 했고, 광포한 파도가 울부짖는 소리와 간간이 울려 대는 천둥소리가 뒤엉켜 세상은 온통 혼돈 속에서 몸부림치고 있었다.

몇 척의 배가 만 안에서 조용히 흔들리고 있었다. 하지만 바닷가에 늘어선 롱하우스들[1]과 울타리 주변에는 쥐새끼 한 마리 눈에 띄지 않았다. 캄캄한 어둠이 숲과 사나운 바다를 휘감고 있었다. 그렇지만 동쪽으로부터 배를 타고 오면서 주의 깊게 살펴본 사람이라면 밝은 빛을 발하며 깜박거리는 두

---

1 보르네오 섬 일대의 독특한 공동 주택. 겉으로는 옆으로 긴 한 개의 집처럼 보이나 들어가면 여러 세대가 각각 독립된 공간에서 생활하게 되어 있다.

점을 알아볼 수 있었으리라. 바다 쪽으로 튀어나온 절벽 꼭대기에 두 개의 창문이 환하게 불을 밝힌 채 빛나고 있었던 것이다.

참호와 제방과 황폐한 성벽들 사이로 난 미로를 거쳐, 버려진 무기와 오래되어 삭은 뼈들이 어지럽게 흩어진 구역을 지난 곳에, 견고하게 지어진 대형 막사가 버티고 있었다. 무시무시한 호랑이의 머리를 화려하게 그려 넣은 붉은 깃발이 지붕 위의 깃대에서 거센 바람에 맞서 용감하게 저항하고 있었다.

불빛은, 여기저기에서 긁어 들인 물건으로 아무렇게나 장식한 방으로부터 흘러나오는 것이었다. 사방 벽은 두툼한 붉은 비단과 브로케이드[2]로 덮여 있었는데, 한때는 대단히 값비싼 것들이었겠지만 이제는 주름과 얼룩들이 제 나이를 드러낸 채 군데군데 떨어져 나간 모습이었다. 바닥에는 비록 세월이 흐르면서 찢어지고 더러워지긴 했지만, 그래도 아직 황금빛으로 빛나고 있는 페르시아 양탄자가 깔려 있었다. 방 한가운데에는 자개로 상감 처리하고 은제 프리즈[3]로 장식한, 흑단으로 만든 테이블이 자리 잡고 있었는데, 그 위에 진짜 크리스털로 만든 술병과 잔이 놓여 있었다. 방의 세 귀퉁이를 차지하고 있는 어마어마한 선반들은 지난날 선상 습격에서 약탈한 전리품들로 빽빽하였다. 다양한 크기의 항아리들이 제각기 내용물을 과시하고 있었으니, 진주 목걸이, 금 목걸이, 귀고리, 반지, 로켓,[4] 메달 및 신성한 성물들이 넘쳐 나고 있었다. 거기에다 귀중한 보석들 또한 빠지지 않았으니 진주, 에메랄드, 루비, 다이아몬드 등등이 천장에 매달린 금

2 아름다운 무늬를 넣어 짠 직물.
3 띠 모양의 조각.
4 사진이나 기념품 등을 넣어 목걸이에 매다는 금합.

박을 입힌 등불 아래에서 별처럼 반짝거렸다.

나머지 한 귀퉁이에는 낡은 터키식 장의자가 놓여 있고, 그 옆으로 흑단으로 만든 페달 오르간이 벽에 등을 대고 놓여 있었다. 양탄자 더미, 값비싼 옷, 그림, 등잔, 빈 병, 손질 상태가 제각각인 다채로운 유리 제품들과 인도제 카빈총, 스페인제 라이플, 단도, 도끼, 언월도,[5] 닻, 권총 따위들도 어지럽게 흩어져 있었다.

이처럼 기이하게 차려진 방에 사내 혼자 앉아 있었다. 확고하고 당당한 표정에, 키가 크고 호리호리하면서도 강인한 체격을 갖추었는데, 햇볕에 약간 그을린 얼굴을 어깨까지 내려오는 긴 머리와 검은 턱수염이 감싸고 있었다. 넓은 이마와 형형하게 빛나는 검은 눈을 지녔고, 자그마한 입술 안에는 동물의 것만큼이나 날카로우면서도 백옥같이 하얀 이가 숨겨져 있었다. 금실로 수를 놓은 푸른 비단 윗도리를 입고 붉은 비단으로 만든 허리띠를 찬 그 사내는 등불에 시선을 못 박은 채, 언월도의 손잡이 주변을 신경질적으로 잡았다 놓았다 하면서 몇 분 동안이나 그렇게 앉아 있었다.

휘몰아치는 거센 바람이 별안간 막사를 송두리째 뒤흔들자 비로소 사내가 깊은 명상으로부터 깨어났다. 사내는 치렁치렁한 곱슬머리를 뒤로 쓸어 넘기고, 호두만 한 크기의 다이아몬드가 박힌 터번을 들어 머리에 쓰더니, 자리에서 일어나 쓸쓸하게 주변을 둘러보면서 혼자 이렇게 중얼거렸다.

「자정이로군. 자정인데도 아직 안 돌아왔단 말이지!」

그는 한 잔 가득 따라 놓은 황갈색 술을 천천히 들이켠 다음 밖으로 나갔다. 이어 막사를 방어하는 참호들 사이를 빠져나가더니, 성난 바다의 포효가 요란하게 울려 퍼지는 커다

---

5 초승달 모양의 큰 칼.

란 절벽 끝에 멈춰 섰다.

그러고는 팔짱을 낀 채, 한참 동안이나 맹렬한 폭풍 속에 자신을 내맡기고 서 있었다. 사내는 그렇게 초조하게 바다를 응시하다가 이윽고 천천히 돌아서더니 다시 막사로 돌아왔다. 그가 오르간 앞에 멈춰 서서 손가락으로 건반을 훑어 내리자, 급박하다 못해 거의 몸서리쳐질 것 같은 멜로디가 울려 퍼졌다. 그는 그 소리가 천둥과 폭풍 속으로 차례차례 잦아드는 것을 가만히 듣고 있었다.

그러다가 문득 무슨 소리가 들리는 것 같은지 문 쪽으로 고개를 돌렸다. 앞을 향해 몸을 기울인 채 귀를 쫑긋 세우고 자세히 들어 보더니, 옳지! 하고 막사를 튀어 나가 다시 절벽 쪽으로 내달리는 것이었다. 번쩍거리는 번개 덕분에 돛을 거의 다 내린 채 만으로 들어오는 작은 배 한 척을 알아볼 수 있었다. 그는 그 작은 배가 그곳에 정박 중인 다른 배들 사이로 사라질 때까지 바라보았다. 그런 다음, 그가 황금 호루라기를 입술에 대고 날카롭게 세 번 불자, 잠시 후에 높은 음의 호루라기 소리가 응답해 왔다.

「그 친구로군!」 그가 흥분한 목소리로 중얼거렸다. 「마침내 왔구나!」

5분 뒤, 비에 젖은 큼지막한 외투를 둘러쓴 사내가 그의 앞에 나타났다.

「야네스!」 터번을 쓴 사내가 새로 온 남자를 향해 팔을 벌리면서 큰 소리로 외쳤다.

「산도칸!」 상대방도 외국 억양이 두드러진 목소리로 외쳤다. 「와! 지독한 밤일세, 아우님!」

「어서 오게!」

두 사람은 서둘러 막사로 돌아간 다음 문을 닫았다. 산도칸이 두 개의 잔에 술을 따르는 동안, 외국인은 어깨에 매달려 있던 카빈총을 풀어 놓고 소매 없는 외투를 벗었다. 산도칸이 술잔 하나를 친구에게 건넸다.

「한잔 들게, 야네스.」

「자네의 건강을 위하여, 산도칸.」

「자네도.」

두 사람은 순식간에 잔을 비우고 나서 테이블에 앉았다. 새로 온 사람은 30대 초반의 유럽인으로 자기 친구보다 약간 더 나이가 들어 보였다. 보통 키에 튼튼한 체격, 창백한 피부, 균형 잡힌 얼굴, 영리해 보이는 회색 눈과 얇은 입술을 지니고 있는 그는 재치가 있고 유머 감각이 탁월한 사람이었다.

「그래, 야네스.」 산도칸이 흥분해서 물었다. 「자네는 금발의 젊은 아가씨를 보았는가?」

「아니, 하지만 자네가 원하는 정보를 얻어 왔네.」

「그럼, 라부안에 가지 않았단 말인가?」

「우리 같은 일을 하는 사람들이, 영국 순시선이 떡 버티고 있는 해안에 발을 들여놓기가 얼마나 어려운 일인지 잘 알고 있지 않나.」

「젊은 아가씨 이야기 좀 해보게. 무얼 알아냈나?」

「음, 그녀가 믿기 어려울 정도로 아름답다고, 얼마나 아름다운지 가장 대담무쌍한 해적까지도 홀릴 수 있다고들 하더군.」

「아!」 산도칸이 탄성을 내질렀다.

「또, 그녀의 머리칼은 금실 같고, 두 눈은 바다보다 더 푸르며, 피부는 눈처럼 하얗다고 들었네. 둘째가라면 서러워할 만큼 잔인한 해적 알람바가, 어느 날 저녁 그녀가 라부안 숲을 거니는 걸 보고, 그 아름다움에 홀딱 반해서 그녀를 좀 더 잘 보기 위해 배를 세웠다는 이야기도 전해지더군. 그 친구가 자기 자신과 자기 부하 전체를 위험에 빠뜨렸다는 사실을 생각해 보게나. 만일 영국 순시선이라도 만났더라면……」

「도대체 그녀는 누구일까?」

「누구는 그녀가 연대장 아니면 왕의 딸이라고 하고, 또 누구는 라부안 총독의 친척이라고 하더군.」

「베일에 가려진 아가씨로군.」 산도칸이 이마를 문지르면서 중얼거렸다.

「그래…… 그래서?」 야네스가 물었다.

해적이 잠시 동안 아무 말 없이 가만히 앉아 있다가, 갑자기 벌떡 일어나서 흥분한 태도로 오르간을 향해 걸어가더니 손가락으로 건반 위를 쓸어내렸다. 그러자 야네스도 미소를 띤 채 벽에 걸려 있던 낡은 만돌린을 내려서 줄을 고르기 시작하였다.

「좋아! 그럼, 노래나 불러 보자고.」

그가 오래된 포르투갈 노래를 연주하기 시작하자마자 산도칸이 테이블로 달려가 격렬하게 주먹을 내리쳤다. 그는 이제 더 이상 좀 전의 그 사람이 아니었으니, 이마를 찡그리고 눈에 불꽃을 일으키면서 이를 악문 채 입술을 앙다물고 있었다. 그 순간, 그는 몹시 잔인한 몸프라쳄 해적들의 전설적인 지도자요, 10년 동안이나 말레이시아 해안을 피로 물들인 공포의 사나이이자, 끔찍한 전투를 수도 없이 치러 낸 베테랑으로, 그 놀라운 대담성과 용감무쌍함 때문에 〈말레이시아의 호랑이〉라는 별명을 얻은 탁월한 전사였다.

「야네스!」 그가 거칠게 소리를 질렀다. 「영국 순시선들이 라부안에서 무얼 하고 있던가?」

「방어 시설을 보강하고 있더군.」 유럽인 친구가 침착하게 대꾸하였다.

「나를 상대로 무슨 계획을 세우고 있는 것 같았나?」

「그런 것 같네.」

「아! 그렇게 생각하나? 우리 몸프라쳄을 향해 손가락 하나만 까딱해 보라지! 우리 해적들에게 도전해 보라고! 내, 마지막 한 놈까지 씨를 말려서 온 바다를 그놈들 피로 물들여 버릴 테니까. 그래, 그놈들이 나에 대해 뭐라고 하던가?」

「이제 대담무쌍한 해적 노릇을 그만둘 때라고 하더군.」

「그럼, 나를 증오한다는 말이로군?」

「얼마나 증오하고 있던지 자네 목을 매다는 기쁨을 누리기 위해서라면 기꺼이 전 함대라도 희생할 것처럼 보이던데.」

「흥!」

「내 말이 믿기지 않나? 아우님, 자네는 지난 7년 동안 온갖 종류의 약탈을 저질러 왔네. 자네가 습격한 흔적이 남아 있지 않은 해안이 없다고. 자네가 노략질하고 강탈하지 않은 마을이나 도시가 어디 있던가? 네덜란드, 스페인, 영국의 요새치고 자네 대포의 총알받이 노릇을 하지 않았던 곳이 없지. 게다가 바다 밑에는 자네가 침몰시킨 배들의 잔해가 사방에 널려 있을 테고…….」

「자네 말이 사실이긴 하지만 그게 다 누구 탓인데? 유럽 놈들은 나한테 잔인하게 굴지 않았나? 내가 너무 막강해졌다는 것을 핑계로 나를 쫓아내지 않았는가. 내 어머니와 형제자매들…… 게다가 내 모든 후계자들을 다 살해하지 않았냐고! 내가 제놈들한테 무얼 그리 잘못했단 말인가? 위협 한번 한 적이 없는데도 그놈들은 나를 박살 내고 싶어 했지. 그러니 내가 어떻게 그 자식들을 증오하지 않을 수 있겠나? 스페인, 네덜란드, 영국 놈들은 말할 것도 없고, 설사 자네 동포인 포르투갈 사람이라고 해도 나는 기어이 복수하고 말 걸세. 그것도 아주 잔인한 복수를. 그러겠다고 우리 식구들의 시신을 두고 맹세했으니 그 맹세를 반드시 지켜야지! 어쨌거나 내가 비록 적들에게 인정사정없이 굴 수밖에 없었다 해도 한두 사람 정도는 내가 가끔은 정말로 너그러웠노라고 말할 수 있기를 바라네.」

「한둘 정도가 아니지. 백 명, 아니 천 명이라도 자네가 약자들에게 관대했다는 사실을 증언해 줄 걸세……. 어쩌면 지나치게 관대했다고 말할지도 모르지.」 야네스의 대답이었다. 「자네 수중에 잡혀 들어온 여자들은 모두 다 자기네 항구로 돌려보내지 않았나? 영국 순시선에게 침몰당할 위험까지 무릅쓰면서 말일세. 약자를 등쳐 먹는 놈들의 습격에 대항해서 모든 힘없는 부족들을 지켜 준 사람도 자네였네. 거친 폭풍의 한가운데에서 난파선 쪼가리에 매달려 있던 불쌍한 선원들을 발견했을 때 그들을 구해 주고 돈까지 안겨 준 것도 자네가 아닌가? 수백, 수천의 사람들이 언제나 자네가 준 선물을 기억하고 있을 걸세, 산도칸! 그런데 아우님, 우리가 왜 이런 이야기를 하고 있는 거지? 내 생각에는 자네가 그저 추억에 젖어 보고 싶어서 이러는 게 아닌 것 같은데…….」

말레이시아의 호랑이는 아무 대답도 하지 않았다. 팔짱을 끼고 고개를 숙인 채, 깊은 생각에 잠겨 방 안을 오락가락할 뿐이었다. 오랜 세월 동안 그를 알고 지내 왔음에도 불구하고 야네스는 도무지 그의 생각을 읽을 수가 없었다.

「산도칸.」 몇 분쯤 지난 뒤 야네스가 물었다. 「뭐가 고민인가?」

호랑이는 제자리에 멈춰 선 채 그를 뚫어지게 바라보면서도, 아무 대꾸도 하지 않았다.

「뭐, 신경 쓰이는 거라도 있나?」 야네스가 거듭 물었다. 「영국 놈들이 자네를 몹시 증오한다는 사실이 자네 속을 뒤집어 놓은 것 같군.」

해적은 여전히 아무런 대꾸도 하지 않았다.

야네스가 자리에서 일어나 담배에 불을 붙이더니 태피스트리[6] 뒤에 숨겨진 문 쪽으로 갔다. 「잘 자게, 아우님.」

그 소리에 산도칸이 마치 혼수상태에서 깨어난 듯 정신을 차리고 친구에게 거기 서라는 몸짓을 했다.

「한마디만, 야네스.」

「말해 보게.」

「라부안에 가고 싶네.」

「라부안이라고? 자네가!」

「왜 그렇게 놀라나?」

「자네가 너무 무모하게 굴어서 그러네. 그 철천지원수의 소굴로 들어가게 되면, 자네는 아마 미친 짓거리를 마구 저질러 댈 걸세.」

산도칸이 그를 쳐다보며 투덜거렸다.

「이봐, 동지.」 야네스가 말을 이었다. 「지나친 모험에 자신을 내맡기지 말게. 조심하라고! 영국은 지금 우리 몸프라쳄을 예의 주시하며, 자기들이 공격하기 전에 자네가 죽기만을 기다리고 있다네. 그러니 밤낮으로 경계를 늦추지 말아야 해. 순시선이 대포와 무기와 병사들을 잔뜩 싣고서, 먹잇감을 향해 살금살금 다가가는 사자처럼 우리 바다 근처를 바쁘게 나돌아 다니는 모습이 진작부터 눈에 띄었다네.」

「그러다가 호랑이를 만나게 되겠지!」 산도칸이 주먹을 움켜쥐면서 소리를 질렀다.

「그래, 그 배는 자네를 만나게 될 테고, 어쩌면 싸우는 도중에 자네 손에 죽임을 당할지도 모르지. 하지만 그들이 죽으면서 울부짖는 소리가 라부안 해안 전체에 울려 퍼질 거고, 그렇게 되면 이제 다른 사람들이 자네를 향해 덤벼들 걸세. 수많은 영국 사자들이 죽게 될 게 불을 보듯 뻔하지만, 아무리 대단하다고 해도 우리 호랑이들 또한 결국엔 죽게 될

---

6 여러 가지 색실로 그림을 짜 넣은 직물.

거야.」

「뭐라고?」

산도칸이 이글이글 타오르는 눈빛으로, 화가 나서 주먹을 불끈 쥔 채 팔로 내려칠 태세를 취하면서 벌떡 일어났다. 하지만 그것은 순간적으로 솟구쳤다가 가라앉는 분노였을 뿐, 일단 그 순간이 지나가자 산도칸은 도로 테이블에 앉아 황갈색 술 한 잔을 단숨에 비웠다. 그러고 나서 완전히 침착하게 가라앉은 목소리로 입을 열었다.

「자네 말이 맞네, 야네스. 그래도 나는 내일 라부안을 향해 나설 작정이네. 거역할 수 없는 힘이 나를 그 해안으로 끌어당기고 있어. 뿐만 아니라, 그 금발의 아가씨를 꼭 보아야 한다고 속삭이는 목소리가 나를 놓아 주지 않고 있다네.」

「산도칸!」

「오늘 밤은 이걸로 됐네. 이제 그만 자세.」

제2장
잔인함과 너그러움

이튿날 해가 뜨고 몇 시간이 지난 후, 산도칸은 대담하기 짝이 없는 원정에 나설 준비를 마치고 자신의 막사를 나섰다. 전투복으로 차려입은 그는 수가 놓인 붉은 벨벳 윗도리에 푸른 비단 바지를 입고, 길고 붉은 가죽 장화를 신고 있었다. 어깨에는 장거리 사격에 탁월한, 화려한 인도제 카빈총을 걸치고, 허리띠 속에 튼튼한 황금 손잡이가 달린 언월도를 찔러 넣고, 그 뒤에다 구부러진 칼날에 독을 묻힌 단도와 물결 모양의 단검을 넣었다.

그가 커다란 절벽 끝에 잠시 멈춰 서서 매서운 눈으로 바다를 둘러보았다. 그의 시선이 잔잔한 해면을 따라 서서히 이동하다가 아스라한 동쪽에 머물렀다.

「그녀가 저기에 있구나.」 그가 혼잣말을 중얼거렸다.

그는 자신을 그곳으로 이끄는 이상한 힘에 놀라고 있었다. 맨 처음 그녀에 대한 이야기를 들은 이래, 금발을 휘날리는 푸른 눈의 아가씨가 계속 그의 꿈자리를 괴롭혔다. 그것이 일종의 전조인 건 분명한데, 과연 그녀를 보는 일이 기쁨을 가져올 것인가, 불행을 가져올 것인가? 산도칸은 그런 무서운 생각을 떨쳐 버리기라도 하려는 듯이 고개를 흔들었다. 그러고 나서 해안으로 연결되는, 바위를 깎아 만든 좁다란 계단을 천천히 내려가기 시작했다. 야네스가 해안에서 그를 기다리고 있었다.

「준비 다 되었네.」 야네스가 보고했다. 「우리 함대에서 가장 훌륭한 배 두 척을 전적으로 자네 손에 맡기겠네. 내 맘대로 대형 화승총 두 정으로 그것들을 보강해 놓았지.」

「선원들은?」

「선장들과 그 부하들이 바닷가에 집합해 있네. 자네는 그저 최고를 뽑기만 하면 돼.」

「고맙네, 야네스.」

「고마워하지 말게, 산도칸. 어쩌면 내가 자네의 파멸을 준비해 놓았는지도 모르는 일인데…….」

「여보게, 긴장을 풀라고. 글쎄 총탄이 나를 무서워한다니까.」

「조심해……. 정말 조심하라고.」

「그러지. 그 젊은 아가씨를 보자마자 당장 우리 섬으로 돌아오겠다고 약속하겠네.」

「망할 놈의 아가씨 같으니라고! 맨 처음 그녀를 보고 자네에게 달려와 알려 준 녀석의 목을 비틀어 버리고 싶구먼.」

「됐네, 야네스.」

그들은 커다란 성벽과 중장비 대포가 지키고 있는 해안가의 산책로를 지나고, 여러 개의 제방과 깊숙한 참호를 통과한 끝에 마침내 만에 도착했다. 해안에서 몇 미터 떨어지지 않은 곳에 열두 척이 넘는 프라후[1]가 정박하고 있었다. 3백 명의 사내들이, 길게 늘어선 견고한 롱하우스들 앞에 차렷

---

[1] 인도네시아 지방의 전통적인 쾌속 범선.

자세로 서 있었다. 사람들을 공포로 몰아넣는 자신들의 명성을 말레이시아 앞바다에 떨칠 준비를 하고서, 악마의 군단인 양 명령을 기다리고 있었다.

호랑이의 부하로 합류하기 위해 동부 지역 전체에서 선원들이 모여들었다. 우선 특유의 대담함과 잔인함으로 명성을 떨치고 있는, 작은 키에 행동이 날랜 말레이 사람들이 있었고, 발달된 문명에도 불구하고 인육(人肉)을 좋아하는 것으로 유명한 바티아스 사람들이 있었다. 또한, 특유의 무자비함으로 유명한 보르네오 인근 섬에서 온 몇몇 다이아크 사냥꾼들의 모습도 눈에 띄었다. 시암에서 온 선원이 있는가 하면, 돼지 꼬리 머리를 하고서 코친차이나에서 온 중국인도 있었다. 그 밖에 인도인도 좀 있고, 부기스, 자바, 타갈리스, 필리핀 출신 선원들에 니그리토[2]도 약간 섞여 있었다.

말레이시아의 호랑이가 등장하자 길게 늘어선 해적들의 행렬 사이로 흥분의 물결이 퍼져 나갔다. 모두들 반짝반짝 눈을 빛내면서 자신들의 무기를 꼭 쥐었다. 산도칸이 다정한 눈빛으로 그들을 내려다본 다음, 선장 하나를 앞으로 불러냈다.

「파탄, 앞으로 나와라.」

샤와트[3]를 입은, 키가 크고 단단한 체격을 지닌 말레이 사람 하나가 선원 특유의 비틀걸음으로 가까이 다가왔다.

「자네 부하가 전부 몇 명인가?」 산도칸이 물었다.

「50명입니다. 말레이시아의 호랑이님.」

「모두 훌륭한 전사들인가?」

「하나같이 피에 굶주려 있습니다.」

「저 두 배에 타되, 자네 부하의 절반은 자바 사람 지로바톨에게 넘겨주도록 해라.」

---

2 오세아니아 주 및 동남아시아의 키가 작은 흑색 인종.
3 허리에 두르는 간단한 옷.

「어디로 가게 됩니까?」

산도칸의 쏘아보는 눈길에, 퍼부어 대는 기관총 앞에서도 능히 웃을 수 있었던, 그 경솔한 해적은 몸서리치는 듯한 전율을 느꼈다.

「네 의무는 복종하는 것이지, 질문하는 것이 아니다.」 산도칸의 대답이었다.

말레이 사람 파탄이 자기 부하들을 데리고 재빨리 물러났다. 이들로 말하면 어리석다 싶을 만큼 대담한 사람들로, 산도칸이 눈치만 슬쩍 주어도 조금도 망설이지 않고 자신들의 목숨을 바치려 들 것이었다.

「가세, 야네스.」 그의 부하들이 승선을 끝마치자, 산도칸이 말했다.

그들이 막 바닷가를 향해 내려가려는 찰나, 부지런히 달려온 것이 분명한, 팔다리가 긴 검은 피부의 사내가 나타났다. 말레이시아 제도에서 흔히 볼 수 있는 니그리토였다.

「무슨 일이냐, 킬리-달루?」 야네스가 물었다.

「저는 지금 막 남쪽 해안에서 달려오는 길입니다.」 그가 몹시 헐떡거리면서 대답하였다.

「그래, 무슨 소식인데?」

「좋은 소식입니다. 야네스 나리. 커다란 정크선 하나가 로마데스로 향하고 있는 걸 보았습니다.」

「짐을 싣고 가는 중이더냐?」 이번에는 산도칸이 물었다.

「예, 호랑이님.」

「좋아, 세 시간이면 내 수중에 들어오겠군.」

「그런 다음 라부안으로 갈 텐가?」

「바로 가겠네, 야네스.」

그들은 네 명의 말레이 사람들이 배치된 포경선 앞에 멈춰 섰다.

「잘 있게, 동지.」 산도칸이 야네스를 끌어안으면서 말했다.

「잘 다녀오게, 산도칸. 제발 조심하고, 경솔하게 굴지 않겠다고 약속하게.」

「걱정 말게, 극도로 조심할 테니까.」

「행운의 별이 자네를 지켜 주기를…….」

포경선은 빠르게 몇 번 노를 젓는 둥 마는 둥 하더니 이내 산도칸이 포경선 위로 뛰어올랐다. 거대한 돛을 감아올리고 있는 두 척의 프라후에 도착하였다.

해안으로부터 커다란 환호성이 울려 퍼졌다.

「말레이시아의 호랑이 만세!」

「출항해라.」 산도칸이 두 프라후의 해적들에게 명령을 내렸다.

양쪽 배의 해적들이 닻을 들어 올렸다. 배는 돛에 바람을 받아 지그재그로 방향을 돌리면서 만을 빠져나간 다음 말레이시아 해의 새파란 물결을 향해 나아갔다.

「어떤 항로로 갈까요?」 파탄이 물었다.

「로마데스로 가는 직항로를 취해라.」 대장이 명령을 내렸다. 산도칸이 양쪽 배에 탄 부하들과 마주 볼 수 있도록 돌아서서 마지막 명령을 커다랗게 외쳤다. 「동지들, 눈을 부릅뜨고 있도록. 약탈할 정크선이 기다리고 있다!」

남서쪽으로부터 순풍이 불어오는 가운데, 두 척의 배가 잔잔한 바다 위로 물살을 가르면서 빠르게 나아갔다. 얼마 지나지 않아 배의 항해 속도가 12노트를 넘어섰는데, 대부분의 돛단배에 비하면 빠른 편이나 거대한 돛과 좁다란 선체로 이루어진 가볍고 좁은 말레이 배들에게는 그리 놀랄 만한 것이 못 되었다.

두 배는 흔히 볼 수 있는 규모가 작고 선교가 없는 전형적인 프라후가 아니었다. 산도칸과 야네스로 말하면, 말레이시아 전체를 통틀어 타의 추종을 불허하는 항해술의 전문가들이었다. 두 사람은 감히 그들을 추적하고자 하는 배를 쉽게 따돌릴 수 있도록 자기들의 모든 배를 개조하였다.

그들은 길이가 40미터 가까이 되는 거대한 돛을 그냥 사용하였고, 비록 크기는 하지만 어느 정도 탄력을 지닌 돛대 또한 그대로 두었다. 가무티[4]와 등나무 섬유로 만든 삭구는 일반 밧줄보다 튼튼할 뿐만 아니라 대체하기도 쉬웠다. 대신, 배의 부피를 좀 더 늘렸고, 좀 더 빠른 용골과 거의 부서지지 않는 이물을 갖추었다. 또한 모든 배에 노를 넣기 위한 구멍을 뚫고 선교를 세우도록 하는 한편, 두 개의 키 가운데 하나와 현외 장치를 제거하였다. 이 두 가지를 없앤 덕분에 배에 올라타서 습격하는 것이 좀 더 어려워졌다.

아직 로마데스와의 거리가 상당히 떨어져 있었지만 해적들은 즉시 다가올 전투에 대비하기 시작하였다. 그들은 대포와 대형 화승총에 아주 조심스럽게 탄환을 재 놓았다. 다량의 포탄과 수류탄을 갑판에 쌓아 놓고, 라이플, 도끼, 단도들을 늘어놓았으며, 적의 배를 향해 집어던질 수 있도록 현장(舷牆)에 갈고리를 준비해 놓았다.

모든 준비가 끝나자, 벌써부터 탐욕으로 번들거리는 얼굴을 한 악마들이 바다를 살피기 시작하였다. 누구는 줄사다리에서, 누구는 현장에서, 또 다른 무리는 활대 양쪽 끝에 걸터앉은 채 바다를 살폈다. 모두들, 중국 항구에서 출항한 거의 모든 배들이 그랬듯이 제법 큰 벌이를 보장하는 정크선이 나타나기를 열망하고 있었다.

산도칸 역시 자기 부하들과 마찬가지로 들떠 있었다. 그는 언월도 손잡이를 쥔 손에 더욱 힘을 가한 채, 끊임없이

---

4 특정 야자수의 잎자루에서 얻는, 말의 털을 닮은 검은색 섬유질 물질.

바다를 살피면서 초조하게 이물과 고물 사이를 오락가락하였다.

그날 아침 열시가 되자, 몸프라쳄은 수평선 너머로 사라졌지만 바다는 여전히 황량하기 그지없었다. 축범부(縮帆部)[5]도 보이지 않았고, 기선의 출현을 알려 주는 연기도 눈에 띄지 않았으며, 심지어 배가 있다는 표시인 하얀 돛 하나 찾아보기 어려웠다. 두 배에 타고 있던 해적들이 전전긍긍하기 시작하였다. 그들은 줄곧 욕설을 찍찍 내뱉으면서 나란히 세워진 라이플들 주변을 어슬렁거렸고, 삭구 위아래로 오르락내리락하였다. 독을 묻힌 단도와 언월도의 날카로운 칼날이 햇빛을 받아 눈부시게 빛나고 있었다. 정오가 좀 지났을 무렵, 큰돛대 꼭대기에서 누군가 소리를 질렀다.

「바람 부는 쪽으로 배를 몰아라!」

갑판을 오락가락하던 산도칸이 제자리에 멈춰 섰다. 그러더니 자기 배의 선교를 바라본 다음, 지로바톨이 지휘하는 배를 향해 눈길을 돌렸다.

「전투 위치로!」 그가 명령을 내렸다.

즉시 돛대에 매달려 있던 해적들이 몸을 숨기고 자기 위치로 돌아갔다.

「팍콘.」 산도칸이 큰돛대에 남아 있던 선원을 향해 돌아서면서 물었다. 「뭐가 보이느냐?」

「돛입니다, 호랑이님.」

「우리가 기다리던 정크선이냐?」

「정크선의 돛이 확실합니다.」

「유럽 배라면 더 좋았을 텐데······.」 산도칸이 중얼거렸다. 「나는 중국 사람들에게는 특별히 이렇다 할 증오심이 없거

---

5 돛을 말아 올리는 부분.

든.」 그러더니 다시 말없이 갑판을 오락가락하였다.

두 척의 해적선이 시속 5노트로 항해하는 가운데 반 시간이 흘렀을 때, 곽콘의 고함 소리가 다시 한 번 울려 퍼졌다.

「대장님, 정크선입니다! 저놈들이 우릴 보았어요. 도망가려고 합니다.」

「앗! 지로바톨, 저놈들이 도망가지 못하도록 유도해라!」 산도칸이 소리를 질렀다.

두 척의 해적선이 재빨리 갈라서더니, 돛을 낮춘 채 반원을 그리면서 상선을 향해 나아갔다. 그들의 제물은 땅딸막한 구조에 견고함이 의심스러운 대형 선박으로 중국해에서 흔히 볼 수 있는 전형적인 형태의 상선이었다. 정크선의 선원들은 수상한 배들을 보는 순간, 자신들이 달아날 수 없다는 것을 알아차렸는지 배를 세우고 커다란 깃발을 올렸다. 그것을 보고 산도칸이 벌떡 일어섰다.

「라자[6] 브루크의 깃발이다!」 그가 증오에 찬 목소리로 외쳤다. 「그렇다면 저놈들은 몰살자(沒殺者)의 친구들이로구나! 동지들! 공격! 공격!」

공격에 나선 두 척의 해적선에서 무시무시한 함성이 터져 나왔으니, 모두들 모든 해적들의 무자비한 적이자, 유명한 사라와크의 라자인 영국인 제임스 브루크를 익히 알고 있었기 때문이었다. 파탄이 한걸음에 이물 쪽 대포 앞에 자리를 잡는 동안, 다른 해적들은 각자 자기 라이플을 조준하거나 카빈총에 탄환을 재어 넣었다.

「시작할까요?」 파탄이 산도칸에게 물었다.

「오냐, 하지만 탄약 하나도 낭비하지 않도록 해라.」

「알겠습니다.」

6 왕국 내의 지방 수장들을 칭하는 말.

갑자기 정크선에서 포성이 울리더니, 소구경 포탄이 쌩 하고 해적선의 돛을 뚫고 지나갔다. 그러나 파탄이 대포를 조준하고 발포하기 시작하자 즉각적인 반격이 벌어졌다. 받침대 부분이 박살 난 정크선의 큰돛대가 앞뒤로 격렬하게 흔들리다가 갑판 위로 쓰러지면서 돛과 삭구를 끌어 내렸다. 정크선의 선원들이 배의 현장을 따라 미친 듯이 달려서 종적을 감추는 것이 해적들의 눈에 다 보였다.

「파탄! 저기 좀 보세요!」 팍콘이 고함을 질렀다.

여섯 명을 태운 거룻배가 정크선에서 내려오더니 로마데스를 향해 움직이고 있었다.

「아니!」 산도칸이 격분해서 소리를 질렀다. 「싸우지도 않고 도망가려는 놈들이로군! 파탄, 저 겁쟁이들을 쏴라!」

말레이인의 기관총이 엄청난 총탄을 바다 위에 쏟아 붓자, 거룻배가 물속에 가라앉으면서 거기에 탄 사람들도 순식간에 몰살당했다.

「잘했다, 파탄!」 산도칸이 큰 소리로 칭찬했다. 「이제 저 배를 해치워라. 아직도 배 안에 상당히 많은 선원들이 남아 있다. 전투가 끝난 다음에도 남아 있는 것이 있다면, 그것을 수리하도록 인사말과 함께 라자의 조선소로 보내면 되겠지.」

두 척의 해적선이 다시 지옥의 음악을 쏟아 내기 시작했다. 정크선을 향해 포탄과 수류탄과 기관총탄을 빗발치듯 퍼부어 앞돛대를 부숴 버리고, 현장과 늑골을 박살 냈다. 포탄과 총탄이 정크선의 삭구를 뚫고 날아가서는, 오로지 라이플 하나에 의지해 필사적으로 배를 지키려던 선원들의 목숨을 앗아 가 버렸다.

「잘했다!」 정크선 위에 남아 있는 몇몇 선원들의 용기에 감탄하면서 산도칸이 소리를 질렀다. 「쏘아라, 계속 쏘라니까! 너희들은 말레이시아 호랑이의 적수가 될 만한 자격이 있구나!」

두 척의 해적선이 오직 번쩍거리는 불빛으로만 뚫을 수 있는, 자욱하게 깔린 검은 연기 사이를 헤치면서 계속 앞으로 나아가더니, 얼마 지나지 않아 정크선의 양쪽 측면을 공격하기 시작하였다.

「바람 부는 쪽으로 키를 잡아라!」 산도칸이 언월도를 꺼내면서 외쳤다.

갈고랑쇠의 철제 맞물림 장치 덕분에 해적선은 순식간에 정크선의 좌현 쪽에 붙을 수 있었다.

「공격!」 무시무시한 산도칸이 우렁차게 외쳤다.

먹이를 향해 덤벼드는 호랑이처럼 그도 상대의 배에 뛰어오를 준비를 하고 있는데, 갑자기 억센 팔 하나가 그를 뒤로 끌어당겼다. 산도칸이 뒤로 돌아서서 몹시 화를 내며 고함을 지르는 사이, 감히 그를 뒤로 잡아끌었던 부하가 벌써 그 앞으로 껑충 뛰어내렸다.

「곽콘!」 산도칸이 언월도를 들어 올리면서 부르짖었다.

바로 그 순간, 정크선으로부터 라이플이 발사되었고 불쌍한 곽콘이 그 자리에 쓰러졌다.

「네가 나를 지켰구나……. 고귀한 희생이로고! 고맙다, 나의 동지여.」

산도칸이 성난 황소처럼 앞으로 튀어 나가더니 대포의 포구를 움켜잡고 정크선의 선교로 올라간 다음 선원들 가운데로 용감하게 뛰어 내렸다. 그 무모함에 가까운 대담함이야말로 모든 사람들이 감탄해 마지않는 것이었다. 정크선의 모든 선원들이 그의 앞길을 가로막으려고 그를 향해 몰려들었다.

「내가 맡으마, 호랑이들아!」 그가 큰 소리로 외치면서 언월도의 무딘 날 쪽으로 두 명을 쓰러뜨렸다.

삭구에 원숭이처럼 매달려 있던 여남은 명의 해적들이 현장을 뛰어넘어 갑판으로 내려오는 동안, 나머지 해적선도 갈고랑쇠를 내걸기 시작했다.

「항복해라!」 산도칸이 정크선의 선원들에게 명령하였다.

다시금 두 번째 공격을 당할 위험에 처하자, 아직까지 살아남아 있던 일고여덟 명의 선원들이 무기를 내던졌다.

「누가 선장이냐?」 산도칸이 물었다.

「나요.」 용감한 중국인 하나가 약간 떨면서, 앞으로 나와 대답하였다.

「용감한 친구로구나, 네 부하들도 네 수준에 어울리고.」 산도칸의 칭찬이었다. 「어디로 가는 중이었느냐?」

「사라와크요.」

해적이 이마를 잔뜩 찌푸렸다.

「아! 사라와크라고. 그런데, 〈몰살자〉 라자 브루크는 요즘 어떻게 지내느냐?」

「모르겠소. 여러 달 동안 사라와크에 가지 않았으니까.」

「그건 그렇다 치고, 그를 만나거든 전해 다오. 언젠가 내가 그의 만(灣)에 가서 닻을 내리고서 그의 배를 기다리겠노라고. 그런 다음 과연 〈몰살자〉가 우리 부하들을 무찌를 수 있는지 지켜보겠노라고!」

산도칸이 자기 목에서 다이아몬드를 꿴 줄을 풀더니 그 다이아몬드들을 정크선 선장에게 주었다.

「가져라, 용감한 적이여. 네가 그토록 용감하게 지켰던 정크선을 부순 것을 후회한다. 하지만 이 다이아몬드라면 새 걸로 열 척은 살 수 있을 거다.」

「당신은 누구요?」 선장이 어안이 벙벙해서 물었다.

산도칸이 그에게 다가가 그의 어깨에 손을 얹으면서 대답하였다.

「내 얼굴을 기억해 두어라. 나는 말레이시아의 호랑이다.」

선장과 선원들이 그 말이 가져다준 충격과 공포에서 채 깨어나기도 전에, 산도칸과 해적들이 도로 자기 배로 뛰어 내렸다.

「항로는요?」 파탄이 물었다.

호랑이가 오른쪽을 향해 팔을 들어 올리면서 약간 떨리는 목소리로 외쳤다. 「라부안! 라부안으로!」

제3장
순시선

비록 맹렬한 포격을 받고 돛대가 부서지기는 하였지만 정크선이 침몰할 위험에 처한 것은 아니었으므로, 두 척의 해적선은 산도칸이 어떤 대가를 치르고서라도 보고 싶어 하는, 금발의 젊은 아가씨가 거하는 라부안을 향했다. 바다가 여전히 잔잔하고 바람 또한 북서쪽으로부터 쉬지 않고 불어 준 덕에, 두 해적선은 시속 10 내지 11노트의 속도로 바다 위를 날다시피 하였다.

일단 선교를 깨끗이 닦아 내고, 끊어진 삭구를 다시 묶고, 모든 라이플과 화승총을 재장전하고 난 뒤, 산도칸이 죽은 이들을 적당히 바다에 수장시키라는 지시를 내렸다. 그런 다음, 인도나 페르시아 시장에서 구했을 법한 멋진 나르길레[1]에 불을 붙이고는 파탄을 자기 쪽으로 불러들였다. 말레이인이 명령을 받들 준비를 한 채 차렷 자세로 섰다.

「말해 보아라, 말레이인이여.」 악마조차도 몸서리치게 만들었을 시선으로 상대방을 바라보면서 그가 입을 열었다.

[1] 연기가 물을 통하게 된 담뱃대.

「파콘이 어떻게 죽었는지 아느냐?」

「예.」 인상을 쓰고 있는 대장의 표정에 전율을 느끼면서 파탄이 대답하였다.

「내가 적의 배 안에 있을 때 너는 어디에 있도록 되어 있느냐?」

「대장님 바로 뒵니다.」

「그런데, 너는 거기에 있지 않았다. 그 바람에 불쌍한 파콘이 너 대신 죽었다.」

「그렇습니다, 대장님.」

「이렇게 책임을 다하지 못했으니 너를 총살시켰어야 마땅하나 너는 용감한 사내고, 나는 쓸데없이 용감한 사람을 희생시키는 것을 원치 않는다. 하지만, 다음번에 우리가 배에 올라탈 때에는 네가 부하들을 이끌고 공격에 나서서 죽어야 하느니라.」

「감사합니다, 호랑이님.」

「사바우.」 산도칸이 큰 소리로 호명했다.

얼굴을 가로질러 깊게 벤 상처가 나 있는 또 다른 말레이인이 앞으로 나왔다.

「내가 정크선에 오를 때 제일 먼저 따라온 사람이 너였다, 맞느냐?」 산도칸이 물었다.

「예, 호랑이님.」

「좋다. 이제 파탄이 죽을 경우 네가 그의 부하들을 지휘하는 자리를 맡을 것이다.」

말을 마친 후, 산도칸은 천천히 갑판을 가로질러 자기 선실로 내려갔다.

그날 두 척의 해적선은 상선 하나 만나지 않았다. 그들은 서쪽으로는 몸프라쳄과 로마데스를, 동쪽과 북동쪽으로는 보르네오를, 북쪽으로는 라부안과 삼도(三島)를 경계로 하는 망망대해를 계속해서 항해해 나갔다.

 호랑이가 워낙 그 일대에 악명을 높이 떨쳤던 까닭에 감히 그 바다를 항해하는 배가 없었던 것이다. 대부분의 배들이 해적선이 자주 출몰하는 지역을 피해 해안선 가까이 항해하는 쪽을 택했다. 이렇게 하면, 위험한 징조가 보이면 곧바로 육지로 향할 수 있기에 최소한 목숨만은 부지할 수 있었기 때문이었다.

 밤이 되자 선원들은 모든 필요한 예방책을 강구해 놓았다. 갑자기 풍향이 바뀔 경우 배를 보호하기 위해 커다란 돛을 내려놓았고, 예상치 못한 장애물을 만났을 경우 좀 더 효과적으로 대처할 수 있도록 두 배 사이의 거리를 좁혔다. 배가 막 라부안 항구의 첫 번째 초소인 삼도를 지나갈 무렵, 산도칸이 다시 갑판에 나타났다.

 그는 안절부절못하는 것 같았다. 무거운 침묵에 잠겨 팔짱을 낀 채 이물에서 고물 사이를 신경질적으로 왔다 갔다 하였다. 그러다가 간혹 멈춰 서서 칠흑 같은 바닷물을 살펴보거나 수평선 쪽으로의 시야를 좀 더 넓게 확보하기 위해 현장으로 올라갔다. 아니면, 꼼짝도 하지 않은 채 가만히 서서 순시선의 엔진이 돌아가는 소리나, 파도가 라부안 해안에 부딪치면서 울부짖는 소리를 듣기도 하였다. 새벽 세시, 밤하늘의 별들이 희미하게 빛을 잃기 시작할 무렵 산도칸이 큰 소리로 외쳤다.「라부안이다!」

 저기, 아스라한 동쪽 수평선 부근에 마침내 가늘고 어두운 선이 흐릿하게 나타났다.

「라부안이로구나.」산도칸이 안도의 한숨을 내쉬며 다시 한 번 말했다.

「항로를 그대로 유지할까요?」파탄이 물었다.

「그래라.」호랑이가 대답하였다.「숨겨진 강을 향하도록

해라.」

 지로바톨에게 명령이 전달되었고, 두 척의 배가 섬을 향해 조용히 나아갔다.

 그 시절의 라부안은 요즘처럼 중요한 해상 기지가 아니었다. 섬은 1847년에, 영국 정부의 명령에 따라 이리스 사령관인 로드니 맨디에 의해 점령되었다. 그는 이 일대 바다의 해적 활동을 근절시키고 싶어 했다. 라부안에는 1천 명 정도의 주민이 살고 있었는데, 대부분이 말레이 사람이고 유럽인도 2백 명가량 되었다.

 영국은 최근 빅토리아 여왕의 이름을 따서 붙인 요새를 구축하였다. 또한 이미 수차례 몸프라쳄 해적들에게 유린당했던 해안을 방어하기 위해 여러 개의 벙커를 설치하고 있었다. 하지만 섬의 나머지 지역은 아직도 호랑이가 자주 출몰하는 빽빽한 정글로 뒤덮여 있었던 까닭에, 고작해야 언덕과 평야에 몇몇 농장이 세워졌을 따름이었다.

 해적선은 섬의 해안을 따라 수 킬로미터를 달려 온 끝에, 푸른 초목들로 뒤덮인 제방과 경계를 이루고 있는 작은 강으로 조용히 진입하였다. 이어 육칠백 미터쯤 더 거슬러 올라가다가 마침내 여러 그루의 거대한 나무 그림자 아래에 닻을 내렸다. 설사 순시선이 우연히 그 해안을 순찰하고 있었다 할지라도 그들을 발견하지는 못하였으리라.

 정오가 되자, 예상치 못한 기습 공격을 받고 혼란에 빠지는 일을 막기 위하여, 산도칸이 부하들을 두 조로 짜서 숲과 강어귀를 탐색하도록 내보냈다. 그런 다음, 파탄을 불러서 카빈총을 그러쥐고 함께 강가로 갔다. 둘이서 빽빽하게 우거진 초목 사이로 1킬로미터쯤 들어가다가 산도칸이 거대한 두리안나무 밑동 근처에 불쑥 멈춰 섰다.

 「무얼 보셨습니까?」 파탄이 물었다.

「들어 봐라.」 산도칸이 대답하였다.

말레이인이 귀를 기울이자 멀리서 개 짖는 소리가 들려왔다.

「누군가 사냥을 하러 나왔군요.」 그가 일어서면서 말했다.

「가 보자.」

그들은 후추나무나 빈랑나무 따위 아래에다 몸을 숨기면서 다시 행군을 계속해 나갔다. 개 짖는 소리가 점점 더 커지더니, 이내 그들은 마스티프[2]와 함께 걸어가고 있는, 붉은 양복을 걸친 흑인 남자를 만날 수 있었다.

「어디로 가는 길인가?」 산도칸이 길을 막으며 물었다.

「호랑이를 쫓는 중이오.」 사내의 대답이었다.

「그런데, 누가 내 숲에서 사냥해도 좋다고 허락하였나?」

「나는 굴데크 경을 섬기고 있소.」

「잘됐군! 라부안의 진주라고 알려진, 금발의 아가씨에 대해 들어 본 적이 있나?」

「이 섬에 사는 사람치고 라부안의 천사를 모르는 사람이 어디 있단 말이오? 그분은 모든 사람들의 사랑과 칭찬을 한 몸에 받고 있소.」

「아름다운가?」 산도칸이 물었다.

「그분만큼 예쁜 여자를 본 적이 없소.」

말레이시아의 호랑이가 움찔하였다.

「그녀는 어디에 살고 있나?」 그가 잠시 침묵에 빠졌다가 다시 질문을 던졌다.

「여기서 2킬로미터 떨어진 초원 한가운데에 살고 있소.」

「그 정도면 충분하겠군. 자, 가도 좋다. 그리고 목숨이 아깝거든 되돌아오지 마라.」

---

[2] 맹견의 일종. 원산지는 영국으로 전투용이나 사냥, 투견 등에 이용되었다. 체구가 크고 성장이 빠르다.

산도칸이 그에게 황금을 한 주먹 쥐여 주었고, 남자는 곧 사라졌다. 산도칸이 커다란 나무 발치에 주저앉으면서 말했다.

「오늘 밤까지 기다리자, 그런 다음 주변 지역을 수색하러 나가자.」

파탄이 손이 닿는 곳에 카빈총을 내려놓고서 빈랑나무 그늘 아래 편안하게 누웠다. 하지만 오후 세시경에 벌어진 뜻밖의 사건이 그들의 휴식을 방해하였다. 해상에서 터진 대포의 폭발음이 해안을 향해 울려 퍼지자, 그 소리에 놀란 숲 속의 새들이 얼어붙은 듯이 입을 다물었다. 안색이 바뀐 산도칸이 손에 카빈총을 쥔 채 벌떡 일어났다.

「대포가 터졌다!」 그가 큰 소리로 말하였다. 「파탄, 피 냄새가 나는구나!」

제4장
사자와 호랑이

 10분도 지나지 않아 두 사람은 강둑에 도착하였다. 바람은 잦아들었고, 해적들은 배에서 돛을 내리는 작업을 하고 있었다.
 「무슨 일이냐?」산도칸이 선교 위로 뛰어오르면서 물었다.
 「대장님, 저희들이 공격을 당하고 있습니다.」 지로바톨이 대답하였다. 「순시선이 강의 어귀를 막고 있습니다.」
 「아하! 영국 놈들이 싸움을 걸고 있구나. 자, 동지들이여, 무기를 준비하고 바다 쪽으로 나가자. 저놈들에게 몸프라쳄 호랑이들의 맛을 보여 주어야겠다!」
 「호랑이 만세!」 선원들이 몹시 열광적인 목소리로 외쳤다. 「공격! 공격!」
 잠시 후 두 척의 배가 강을 빠져 내려가기 시작하더니 곧 외해(外海)에 이르렀다. 해안으로부터 6백 미터 정도 떨어진 바다 위에서 중무장을 한, 1천5백 톤가량 되어 보이는 커다란 배가 서쪽으로 가는 항로를 가로막은 채 느릿느릿 순찰을 하고 있었다. 선교에서 명령을 내리는 장교들의 고함 소리가 병사들을 전투에 소집하느라 두드려 대는 북소리와 마구 뒤섞인 채 들려왔다.

산도칸이 만만찮아 보이는 적들을 냉정하게 살펴보았다. 어마어마한 배였다. 엄청난 포열을 갖추고 있었고 병사들의 수도 해적선에 비해 서너 배는 될 성싶었다. 하지만 그는 위축되기는커녕, 부하들에게 돌아서서 큰 소리로 부르짖었다.
「노를 저어라!」

해적들이 자기 위치를 찾아 갑판 밑으로 달려가는 동안 사격수들이 목표물을 향해 대포와 화승총을 겨냥하였다.

「이제 슬슬 시작해 볼까.」 노의 힘에 이끌려 해적선이 쏜살같이 앞으로 질주하기 시작하자, 산도칸이 말했다.

순시선의 갑판에서 빛이 번쩍하더니 몇 초 후에 커다란 포탄 하나가 휙 소리를 내며 해적선의 돛대를 지나갔다.

「파탄! 대포를 쏘아라!」 산도칸이 외쳤다.

모든 해적단 가운데에서 가장 뛰어난 포수 중의 하나인 파탄이 대포를 발사하였다. 포탄이 적의 선교 트랩을 박살 내는 동시에 깃대를 두 토막으로 부러뜨렸다. 전함이 그에 맞서 응사하는 대신 방향을 바꾸더니, 대포 여섯 문이 장착되어 있는 좌현 쪽의 포문을 드러내었다.

「파탄, 단 한 발도 낭비하면 안 된다.」 지로바톨의 배가 일제 사격을 받아 돛대가 부러지고 조타기가 산산조각 나는 것을 보면서 산도칸이 말했다. 「만일 네가 목표를 겨냥하는 데 정확성을 잃기 시작하거든 죽어 버려라.」

그 순간 순시선은 불이 붙은 것처럼 보였다. 폭풍처럼 쏟아지는 포탄이 공중을 획획 날면서 해적선을 무지막지하게 쳐내렸다. 마치 해적선이 조그만 거룻배라도 되는 양 쳐부수는 것이었다. 해적선의 갑판에서 분노에 찬 무시무시한 고함 소리가 터져 나왔으나, 포수와 노잡이를 날려 버린 두 번째 일제 사격으로 그 소리는 순식간에 사그라지고 말았다.

온통 뿌옇고 검은 연기에 휩싸여 있던 전함이 갑자기 지그재그로 방향을 바꾸더니, 해적선으로부터 채 3백 미터도 떨어지지 않은 곳까지 이동해 왔다. 하지만 제자리에 멈추는 대신 1킬로미터가량을 계속 움직이다가 다시 발사하기 시작했다. 산도칸이 활대 끝에 걸려 넘어졌지만 다행히 다치지 않고 금방 일어났다.

「염병할 놈들!」 그가 적의 배를 향해 주먹을 흔들어 대면서 악을 썼다. 「너희 겁쟁이들이 도망칠 궁리를 하나 본데, 내가 붙잡고 말 테다!」

그가 부하들을 갑판으로 부르기 위해 호루라기를 불었다.

「대포 앞에 얼른 바리케이드를 친 다음 전속력으로 전진해라!」

해적들은 순식간에 여분 돛대, 포탄으로 가득 찬 원통, 낡은 대포 부속품 등등, 남아도는 쪼가리들은 무엇이든지 닥치는 대로 두 배의 이물에 쌓아 튼튼한 바리케이드를 구축하였다. 준비가 다 끝나자 가장 힘이 좋은 해적 스무 명이 노 젓는 일을 맡기 위해 아래로 내려갔고, 다른 사람들은 두 팔로 카빈총을 꼭 끌어안고 이빨로 단도를 악문 채 바리케이드 뒤에 모여 있었다.

「최대한 전진하라!」 호랑이가 명령하였다.

순시선이 후퇴하기를 멈추고, 검은 연기를 내뿜으면서 서서히 전진하였다.

「마음대로 쏘아라!」 호랑이가 고함을 질렀다.

양측이 총은 총으로, 포탄은 포탄으로, 일제 사격은 또 일제 사격으로 대응하는 가운데 공격이 재개되었다.

세 척의 배에 타고 있던 사내들은 승리냐 죽음이냐의 기로에서 서로 쳐다보고 자시고 할 겨를도 없었다. 갑판 전체에 구름처럼 깔린 엄청난 연기에 둘러싸인 채, 서로 사격을 주고받으면서 미친 듯이 악을 써댈 뿐이었다.

배의 크기가 엄청날 뿐만 아니라 어마어마한 대포를 갖추고 있는 순시선이 훨씬 유리한 입장이었지만, 용감한 호랑이가 이끄는 해적선들은 포기하지 않았다. 사방이 구멍투성이가 되고, 돛들은 갈가리 찢어지고, 선창(船艙)에 물이 차고, 사망자와 부상자가 넘쳐 나고, 적의 포탄이 빗발치듯 쏟아지는 가운데에서도 해적들은 쉬지 않고 쏘아 댔다. 무슨 귀신에 씌기라도 한 듯, 그들은 가공할 만한 순시선의 선교에 올라가기만을 바랐다. 이길 수 없다면 차라리 적의 갑판 위에서 싸우다 죽기를 원했다.

파탄은 자기가 말한 대로 대포를 쏘다가 죽었고, 그 자리를 다른 유능한 포수가 이어받았다. 많은 해적들이 쓰러진 가운데, 남은 이들은 심각한 부상을 입고도 여전히 피바다 속에서 가망 없는 싸움을 계속했다. 지로바틀의 배 또한 더 나을 것이 없었으니, 대포는 말을 듣지 않았고 화승총도 제대로 발사되지 않았다. 하지만 그런 것쯤은 아무런 문제도 되지 않았다. 피에 굶주린 사내들이 두 해적선의 갑판 위에 끝까지 버티고 선 채, 자신들의 의무를 영웅적으로 수행하였다.

각종 탄환이 용감한 해적들 주위로 날아와, 선교 위를 전속력으로 통과하면서 현장을 부수고, 팔뚝을 찢어발기고, 가슴을 박살 내는 등 스치는 족족 모조리 산산조각 내고 있었지만 아무도 후퇴하자는 말을 꺼내지 않았다. 해적들은 적에게 욕설을 퍼부어 대면서 계속 덤벼들었고, 한바탕 바람이 불어와 배를 뒤덮고 있던 연기를 걷어 낼 때마다 바리케이드 뒤로부터 분노로 일그러진 어두운 얼굴들이 드러나곤 하였다. 그 호랑이들 무리 한가운데에서, 그들의 대장인 불굴의 산도칸이 오른손에 언월도를 움켜쥔 채, 활활 타오르는 듯한 표정에 긴 머리카락을 바람에 휘날리면서 포성을 압도하는 우렁찬 목소리로 부하들을 격려하였다. 끔찍한 전투는 20분 동안 계속되었다. 마침내, 해적들이 배에 올라타는 일을 피하기 위해 순시선이 6백 미터가량 더 뒤로 물러났다.

그들이 다시 후퇴하는 것을 본 해적선에서 성난 함성이 터져 나왔다. 그렇게 되면 더 이상 적을 상대로 싸울 수가 없기 때문이었다. 반면에 영국 측은 여러 가지로 우월한 배의 조건을 이용해 배에 올라타려는 해적들의 모든 시도를 쉽사리 피할 수 있었다.

하지만 산도칸은 포기하지 않았다.

그는 주위 사람들을 헤치고서, 아직도 연기가 나고 있는 대포를 재빨리 재장전한 다음 목표물을 수정해서 발사하였다. 몇 초 후, 순시선의 큰돛대가 밑받침 부분이 끊어지면서 돛대 위 가로장 십자 꼭대기에 자리 잡고 있던 사격수들을 이끌고 바다 속으로 떨어졌다. 그러자 그들이 익사하기 전에 구출 작전을 펼 요량으로 순시선이 잠시 사격을 중단하고 제자리에 정지하였다. 산도칸은 그 소강상태를 이용해, 지로바톨과 그의 부하들로 하여금 무기를 다 들고 자기 배에 옮겨 타도록 하였다.

「해안으로 가자.」 그가 큰 소리로 외쳤다.

그때까지 순전히 기적적으로 바다 위에 떠 있던 지로바톨의 프라후에서 순식간에 사람들이 빠져나갔고 남겨진 배는 이내 파도에 휩쓸려 갔다. 순시선이 정지 중인 틈을 타서, 해적들이 즉시 노 젓는 사람을 배치한 다음, 재빨리 노를 저어서 근처 강으로 대피하였다.

아슬아슬하게 시간을 맞춘 셈이었다. 포격으로 가장 심각하게 손상당한 부분을 어찌해 보려고 부랴부랴 이것저것을 끌어 모아 막아 놓았음에도 불구하고, 구멍이 뚫린 불쌍한 배는 사방에서 물이 들어오면서 서서히 가라앉기 시작하였다. 앞으로 나아가는 동안, 배가 밀려들어 오는 바닷물의 무게에 짓눌려 우현 쪽으로 기울면서 죽어 가는 사람 마냥 신음 소리를 냈다. 조타기를 잡고 있던 산도칸이 배를 가장 가까운 해안으로 몰고 가, 모래톱 위에 세웠다.

해적들은 자신들의 배가 더 이상 침몰 위기에 처해 있지 않다는 것을 깨닫자마자, 저마다 손에 무기를 들고 굶주린 호랑이 떼처럼 갑판 위로 뛰어 올라왔다. 그리고 아까와 다름없이 무자비하면서도 단호한 태도로 전투를 재개할 준비를 하였다. 산도칸이 손짓 한 번으로 그들을 저지하고 나서 허리띠에 매어 두었던 시계를 본 뒤 명령을 내렸다.

「지금이 여섯시다. 이제 두 시간 후면 해가 진다. 자정까지 항해 준비가 끝날 수 있도록 모두들 열심히 작업에 임해 주기 바란다.」

「순시선을 공격할 겁니까?」 해적들이 흥분해서 물었다.

「그건 약속할 수 없다. 하지만 머지않아 우리가 당한 손해에 대해 복수할 것을 맹세하마. 원수 놈들에게 포탄 세례를 퍼붓고 빅토리아 성벽 위에 우리 깃발을 내걸게 될 것이다.」

「호랑이 만세!」 해적들이 큰 소리로 부르짖었다.

「조용히 해라!」 산도칸이 우렁차게 외쳤다. 「두 명은 강어귀로 나가 순시선을 감시하고, 또 다른 두 명은 모든 매복 가능성을 제거하기 위해 숲 속으로 들어가 주기 바란다. 일단 부상자를 돌보고 나서, 수리 작업을 시작하자.」

해적들이 서둘러 부상자를 돌보는 동안 산도칸이 자기 배의 고물로 갔다. 나무들 사이로 난 틈을 통해 만의 수면이 보였으므로 그는 재빨리 바다를 훑어보았다. 순시선을 찾았던 것이다. 하지만 적들은 해안에 지나치게 가까이 접근하는 위험을 무릅쓰지 않았다. 아마도 물속에 숨어 있는 수많은 모래톱 중의 하나에 걸려 좌초당할까 봐 두려워서 그런 것 같았다.

「저놈들은 우리가 자기들 수중에 있다는 것을 알고 있다.」 호락호락하지 않은 산도칸이 혼자 중얼거렸다. 「우리를 쳐부수기 위해서 우리가 바다로 나오기를 기다리고 있구나. 내가 부하들을 이끌고 공격에 나서리라고 생각한다면 그거야말로 대단한 착각이지. 나도 얼마든지 신중할 수 있다고.」

산도칸이 대포 위에 앉아 사바우를 부르자, 그가 대장 곁으로 달려왔다. 사바우는 가장 용맹스러운 해적 중의 하나로 스무 번도 넘게 목숨을 내건 위험을 무릅쓴 끝에 지휘관의 자리에 오른 인물이었다.

「파탄과 지로바톨이 죽었다.」 산도칸이 한숨을 쉬며 말했다. 「그들은 용감한 부하들을 이끌고 망할 놈의 순시선에 오르려고 했다가 자신의 배 위에서 죽었다. 이제부터 그 지휘권은 너에게 속한다.」

「감사합니다, 말레이시아의 호랑이님.」

「너도 그들처럼 용감하게 싸우겠지.」

「대장님께서 죽으라고 명령하시면 죽을 준비라도 하겠습니다.」

「이제 나를 좀 도와라.」

두 사람은 힘을 모아 대포와 화승총을 고물 쪽으로 밀어서 작은 만을 향하도록 했다. 만일 순시선의 사령관이 강으로 기정(汽艇)을 내보낼 경우, 그들에게 사격을 퍼붓기 위해서였다.

「이제는 안전할 게다.」 산도칸이 말했다. 「강어귀를 감시하도록 두 사람을 파견했느냐?」

「예, 말레이시아의 호랑이님. 두 사람을 갈대밭 속에 숨겨 놓았습니다.」

「아주 잘했다.」
「해 질 녘까지 기다렸다가 출항하게 됩니까?」
「그렇다, 사바우.」
「순시선의 병사들 몰래 빠져나갈 계획이신가요?」
「오늘 밤에는 달이 늦게 뜨는 데다가, 남쪽으로부터 몰려 오는 구름이 우리가 몸을 숨기는 데 도움이 될 거다.」
「몸프라쳄으로 돌아갈 건가요, 대장님?」
「오냐.」
「죽은 동지들의 원수도 갚지 않고요?」
「순시선을 또 한 번 공격하기에는 우리 인원이 너무 적다. 게다가, 사바우, 저놈들은 무장이 아주 잘되어 있는 데 반해 우리 배는 두 번씩이나 싸움을 치를 형편이 못 되는구나.」
「맞습니다, 대장님.」
「지금은 참자. 머지않아 복수할 날이 올 거다.」

양쪽 배의 선장이 이야기를 나누고 있는 동안 부하들은 쉬지 않고 열심히 일했다. 모두 다 유능한 선원으로 그들 중에는 노련한 목수와 배 만드는 사람도 여럿 있었다. 겨우 네 시간 만에 그들은 새로운 돛대 두 개를 세우고, 현장을 보강하고, 모든 구멍을 메우고, 삭구를 수리하였다. 아울러 닻줄, 섬유, 쇠사슬, 로프 따위도 넉넉하게 준비하였다. 열시가 되자, 배는 항해에 나서는 것은 물론이고 다시 한 번 전투에 임해도 될 정도가 되었다. 대포나 화승총의 공격을 막기 위해 나무줄기로 만든 새로운 바리케이드를 세웠기 때문이다.

그 네 시간 동안, 만의 앞바다에는 순시선에서 띄운 기정이 단 한 척도 얼씬거리지 않았다. 자신이 상대하고 있는 적이 어떤 사람인지 너무도 잘 알고 있는 영국군 사령관이 자기 부하들을 육상에서 싸우게 하는 것이 바람직하지 않다고 판단했기 때문이었다. 게다가 그는 해적들이 공격하거나 도망치려고 할 경우, 그들을 항복시키거나 도로 해안으로 밀어 넣을 수 있다고 확신하였다. 열한시 무렵, 출항하기로 결심한 산도칸이 강어귀를 감시하라고 내보냈던 부하들을 불러들였다.

「만은 안전하더냐?」

「예.」 둘 중의 하나가 대답하였다.

「순시선은?」

「여전히 만 앞에 있습니다.」

「거리가 얼마나 되더냐?」

「8백 미터쯤 됩니다.」

「그렇다면 충분히 지나갈 수 있겠군.」 산도칸이 중얼거렸다. 「주변이 어두우니 도망가는 것도 들키지 않겠고.」 그러고는 사바우에게 돌아서서 말했다. 「닻을 올릴 시간이다.」

열다섯 명이 즉시 모래톱으로 뛰어 내려가서 신속한 동작으로 단번에 배를 강 위로 밀어 올렸다.

「쥐 죽은 듯이 조용히 하기를 바란다. 이유를 막론하고 누구든 입도 뻥긋하면 안 된다.」

산도칸이 긴박하게 당부하였다. 「눈을 크게 부릅뜬 채 무기를 잘 준비하고 있도록. 이제 곧 아주 중대한 작전을 벌이게 될 테니.」

그가 사바우를 곁에 둔 채 키의 손잡이 가까이 앉더니 강어귀를 향해 배를 조종하기 시작하였다.

그들이 탈출하는 데에는 어둠이 유리하게 작용하였다. 달은 아직 뜨지 않았고, 별조차 찾아볼 수 없었다. 폭풍우를 실은 거대한 구름이 하늘을 온통 뒤덮으면서 온 천지의 빛을 앗아가 버렸다. 다만 두리안나무, 야자나무, 커다란 바나나나무 잎사귀 등의 그림자가 산도칸이 강둑을 자세히 살펴보는 데 지장을 주었을 뿐이다.

오로지 철썩거리는 강물 소리만 들리는 가운데, 깊은 침묵이 그 작은 강 주변을 감싸고 돌았다. 나뭇잎 바스락거리는 소리도 들리지 않았으니, 거대한 나무들이 바람의 흔적조차 숲 속을 통과하도록 내버려 두지 않았기 때문이었다. 배의 갑판도 쥐 죽은 듯이 고요하였다. 이물에서 고물까지 흩어져 있던 모든 해적들이 그 순간 침묵을 깰까 저어하여 숨소리마저 삼키고 있었던 것이다. 강어귀에 거의 다다랐을 무렵, 배의 속도가 느려지기 시작하더니 갑자기 서버렸다.

「어디 부딪혔느냐?」 산도칸이 물었다.

사바우가 현장 너머로 강물을 자세히 살펴보았다.

「예, 모래톱에 부딪혔습니다.」

「지나갈 수 있겠느냐?」

「강물이 빠르게 불어나고 있는 중이라 몇 분 안이면 다시 내려갈 수 있을 것 같습니다.」

「그럼, 기다리자.」

지체하는 이유를 모르면서도 선원들은 그저 조용히 기다렸다. 그러던 중, 산도칸이 찰칵하고 카빈총을 장전하는 익숙한 소리를 듣고, 부하들에게 대포와 화승총 담당자를 조용히 배치하라는 신호를 보냈다.

잠시 동안 모두들 조마조마하였다. 이윽고 용골 아래에서 삐걱하는 소리가 울려 퍼졌다. 급한 밀물에 떠올려진 해적선이 모래톱에서 미끄러져 내려오더니, 가볍게 흔들리면서 끈질기게 들러붙어 있던 바다 밑바닥으로부터 한순간에 벗어났다.

「돛을 올려라.」 산도칸이 삭구를 담당하는 해적에게 지시했다.

「하나면 될까요, 대장님?」 사바우가 물었다.

「오냐, 지금은 그렇다.」

몇 분 후. 앞돛대에 큰 삼각돛이 올려졌다. 그것은 캄캄한 어둠에 섞여 눈에 띄지 않게 하려고 검은색으로 칠해져 있었다. 배가 강의 만곡부를 따라 가면서 속도를 올리기 시작했다. 이어 모래톱과 암초를 통과하면서 순조롭게 나는 듯이 달리더니, 작은 만을 가로질러서 외해를 향해 나아갔다.

「순시선은?」 산도칸이 일어서면서 물었다.

「저기요, 여기서부터 8백 미터 정도 떨어져 있습니다.」 사바우가 대답하였다.

시커먼 덩어리가 보였고, 이따금 여러 개의 밝은 점들이 배 위를 맴돌았는데 배의 굴뚝에서 흘러나온 재임이 분명하였다. 아울러 주의 깊게 듣고 있노라면, 둔탁한 배의 엔진 소리가 희미하게 울려 퍼지는 것도 알아차릴 수 있었다.

「여태까지 불을 피우고 있다는 말이지.」 산도칸이 중얼거렸다. 「우릴 기다리고 있군.」

「저놈들이 우릴 발견하지 못하기를 바라야겠네요.」 사바우의 말이었다.

「기정이 보이느냐?」

「안 보입니다. 대장님.」

「당분간 해안선 가까이 있어야겠구나. 가능한 한 오랫동안 나무와 덩굴들 속에 숨어 있다가 도망쳐야겠다.」

바람은 다소 약했고 바다도 잔잔하였다. 산도칸이 큰돛대에 돛을 올리라는 지시를 내린 후, 해안선의 윤곽을 따라서 배를 남쪽으로 향하게 하였다. 정글의 커다란 나무들이 강물 위로 어두운 그림자를 드리운 까닭에 해적선이 발각될 가능성은 거의 없었다.

줄곧 조타기를 잡고 있으면서 산도칸은 단 한순간도 적의 동태를 놓치지 않았다. 언제라도 깨어나서 포탄과 탄약을 일제히 퍼부을 수 있는 상대였던 것이다. 적의 눈을 속일 수 있는 최선의 방법을 모색하는 와중에도, 이 자부심 강한 사내의 가슴속 깊은 곳에는 변변한 복수 한번 꾀해 보지 않은 채 도망치는 것이 몹시 유감스럽다는 생각이 들었다. 한편으로는 몸프라쳄으로 가고 싶으면서도 또 한편으로는 다시 한 번 싸워 보고 싶기도 하였다. 가공할 만한 말레이시아의 호랑이이자 천하무적의 몸프라쳄 해적 대장으로서 이런 식으로 떠나야 하는 것이 영 치욕적으로 느껴졌다. 도둑놈처럼 소리 없이, 몰래 야반도주하다니! 그 생각을 하자 그의 피가 끓어올랐다. 오, 자신이 터지는 포탄을 얼마나 기꺼이 맞이하였을 것인가, 비록 그것이 훨씬 비참한 새로운 패배를 가져올 전조라 할지라도…….

해적선이 이미 만으로부터 거의 오륙백 미터쯤 빠져나와서 달아날 준비를 하고 있는데, 고물이 지나온 자국을 따라 수상한 불빛이 나타났다. 마치 어두운 바다 깊은 곳으로부터 무수한 작은 불꽃들이 솟아오르고 있는 것처럼 보였다.

「들킨 것 같습니다.」 사바우가 말했다.

「차라리 잘됐구나.」 산도칸이 잔인한 미소를 흘리며 말했다. 「이렇게 물러나는 것은 우리한테 어울리지 않았어…….」

「맞습니다, 대장님. 자칼처럼 도망치느니 차라리 싸우다 죽는 게 낫습니다.」 말레이인이 맞장구를 쳤다.

바다가 더욱 반짝거렸다. 고물이 지나온 자국을 따라 섬광이 번뜩이면서 해적선 주위로 밝게 빛나는 점들이 점점 더 늘어났다. 순시선에서 망을 보고 있는 병사들의 눈에 띄지 않은 채 통과할 수는 없을 것 같았다. 언제라도 대포가 터지기 시작할 판이었다.

갑판에 누워 있던 해적들까지 반짝거리는 불빛을 알아보았다. 하지만 누구 하나 움직이지 않았고, 눈곱만큼이라도 걱정하는 기색을 내비치는 말을 하는 사람 또한, 아무도 없었다. 한 방도 쏘지 않은 채 떠난다는 것이 그들에게는 있을 수 없는 일이었기 때문이리라. 오히려 일제히 쏟아지는 포도탄[1]을 환호성을 지르며 맞이하였으리라. 이삼 분쯤 지났을 무렵, 순시선을 예의 주시하던 산도칸의 눈에 위치등이 빛나는 것이 보였다.

「저놈들이 우리를 발견한 걸까?」 그가 물었다.

「그런 것 같습니다, 대장님.」 사바우가 대답하였다. 「보세요!」

「그래, 굴뚝으로부터 더 많은 불똥이 나오고 있구나. 엔진에 불을 지피고 있다는 말이겠지.」

산도칸이 벌떡 일어서서 언월도를 꺼냈다. 순시선으로부터 고함 소리가 들려왔다. 「전투 위치로!」

해적들이 즉시 일어났고 사격수들이 대포와 화승총 쪽으로 달려갔다. 모두들 생애 최고의 전투에 임할 준비를 하였다. 그 첫 번째 고함 소리가 들린 후 순시선에 잠깐 침묵이 흘렀다. 그러다가 똑같은 목소리가 다시 한 번 바람에 실려서 해적선에 이르렀다.

「전투 위치로! 전투 위치로! 해적 놈들이 도망치고 있다!」

몇 초 후, 순시선의 선교에서 북치는 소리가 울려 퍼졌다. 병사들이 전투에 소집되고 있었다. 현장에 모여 있거나 나무 줄기로 만든 바리케이드 뒤에 빽빽하게 들어차 있던 해적들이 숨을 죽였다. 하지만 그들의 사나운 표정 속에 그들의 심리 상태가 그대로 드러나 있었다. 그들은 카빈총의 방아쇠를 손가락으로 만지작거리면서 무기를 꽉 움켜쥐었다.

적의 선교에서 북소리가 계속 울려 퍼졌다. 닻의 쇠사슬이 삐걱거리면서 끌려 올라가는 소리도 들렸다. 순시선이 공격

---

[1] 한 발이 아홉 개의 쇠알로 되어 있는 포탄.

을 준비하고 있는 것이었다.

「준비해라, 사바우!」 말레이시아의 호랑이가 명령을 내렸다. 「화승총에 여덟 명을 배치해라.」

그의 명령이 떨어진 직후, 순시선의 선수루(船首樓) 바로 위에 있는 이물에 섬광이 번뜩이면서 앞돛대와 제1사장(斜檣)[2]을 비추었다. 그 뒤를 이어 날카로운 폭발음과 금속성의 포탄 소리가 쌩하고 공기를 갈랐다. 포탄이 큰돛대의 꼭대기를 자르고 요란하게 텀벙 소리를 내면서 물 위로 떨어졌다. 해적선으로부터 성난 함성이 터져 나왔다. 대담무쌍한 모험가들에게는 매우 반갑게도, 이제는 싸움을 피할 계제가 아니었다.

이제 순시선의 굴뚝에서는 불그스름한 연기가 울컥울컥 솟아 나왔다. 전투를 준비하는 병사들의 웅성거리는 소리, 명령을 내리는 지휘관들의 고함 소리, 병사들이 자기 위치로 내닫는 소리, 배의 엔진이 둔탁하게 돌아가는 소리, 조타기가 힘차게 물을 휘저으며 나아가는 소리 등등이 수면 너머로 전해졌다. 두 개의 등불이 위치를 바꾸었다. 순시선이 조그만 해적선을 향해 빠르게 전진해 왔다. 어떤 대가를 치르고서라도 해적선의 탈출을 저지하겠다고 결심한 것 같았다.

「영광스럽게 죽을 준비를 하자!」 임박한 전투 결과에 대해 어떤 환상도 품고 있지 않은 산도칸이 큰 소리로 부르짖었다.

부하들이 우렁차게 화답하였다. 「말레이시아의 호랑이 만세!」

부하들이 서둘러 돛을 조절해 놓자, 산도칸이 조타기를 박력 있게 회전시키면서 지그재그로 방향을 틀었다. 그러면서 부하들을 이끌고 적의 배에 올라탈 요량으로 자기 배를 순시

---

[2] 이물에서 앞으로 튀어나온 돛대 모양의 둥근 나무.

선 쪽으로 밀고 나갔다. 곧이어 양쪽 배가 발포를 시작하였다. 포탄과 포도탄들이 휙휙 소리를 내며 공중을 날았다.

「승선 준비!」 산도칸이 우렁차게 외쳤다. 「판세는 우리한테 불리하다. 하지만 우리는 몸프라쳄의 호랑이들이다.」

날카로운 충각(衝角)[3]을 앞으로 향한 채 순시선이 빠른 속도로 전진해 왔다. 엄청나게 퍼붓는 포격 소리가 침묵을 깨뜨렸고, 번쩍거리는 불빛이 어둠을 갈랐다. 거대한 순시선에 비해 장난감 같은 해적선은 정통으로 충돌할 경우 두 조각이 나서 가라앉을 터였다. 어쨌거나 해적선은 용감하게 공격하고, 맹렬하게 사격을 퍼부었다.

하지만 산도칸이 말한 대로, 판세는 지나치다 싶을 만큼 그들에게 불리하였다. 보잘것없는 그들의 나무배로는 무장이 잘된 막강한 강철 배에 도저히 대항할 도리가 없었다. 몸프라쳄 호랑이들이 필사적으로 용감하게 대항하고 있음에도 불구하고 싸움의 결과를 예측하기란 그리 어려운 일이 아니었다.

여하튼 해적들은 포기하기를 거부하고 연달아 속공을 퍼부으면서 버텼다. 갑판 위의 포수들을 처치하고 삭구 위의 병사들을 베어 버렸다. 또 뒷갑판과 선수루, 돛대 꼭대기 등을 총탄으로 뒤덮어 버렸다. 하지만 2분이 지나자, 수도 없이 적의 포탄 세례를 맞아야 했던 해적선은 완전히 결딴나고 말았다. 돛대는 망가지고, 현장은 움푹 꺼지고, 나무줄기로 만든 임시 바리케이드도 더 이상 적의 포탄 세례를 막아 주는 피난처 구실을 하지 못했다. 사방에서 물이 솟아올라 홍수를 이루었다. 그럼에도 불구하고 누구 하나 항복하자는 말을 꺼내지 않았다. 모두 다 죽을 준비가 되어 있었다. 하지만 죽더

---

3 옛날 군함의 이물에 붙인 쇠로 된 돌기.

라도 적의 배 갑판 위에서 죽어야 했다.

그러거나 말거나 빗발치는 포격은 그 강도를 더하면서 계속되었다. 사바우의 무기가 날아갔고, 해적들의 절반이 포도탄을 맞고 갑판 위에 죽어 넘어졌다. 산도칸의 마음속에, 몸프라쳄 호랑이를 위한 마지막 조종(弔鐘)이 울려 퍼지는 듯했다. 저 거대한 순시선과 빗발치는 총탄 세례를 상대로 더 이상 버텨 낸다는 것은 불가능했다. 순전히 미친 짓이겠지만, 이제 유일한 선택이라고는 순시선에 올라가는 것뿐이었다. 일단 적의 배에 올라탄 승리의 여신이 이 용감한 사내들에게는 미소 짓지 않으려는 것 같았기 때문이다.

단 열두 명밖에 남지 않았지만, 그들로 말하면 거의 전설적이다시피 한 용감한 대장의 지휘를 받고 있는 열두 마리의 호랑이들이었다.

「준비해라, 용감한 동지들이여!」 산도칸이 소리를 질렀다.

끓어오르는 분노로 눈에 불꽃을 튕기면서, 무기를 움켜쥔 열두 명의 해적들이 살해당한 동지의 시체를 방패 삼아 다시 한 번 뭉쳤다.

순시선이 충각을 이용해 해적선을 침몰시킬 작정으로 전속력으로 해적선을 향해 돌진하였다. 하지만 순시선이 불과 몇 미터 떨어진 지점까지 왔을 때, 산도칸이 있는 힘껏 조타기를 돌린 덕에 충돌을 면할 수 있었다. 그는 순시선의 좌현 쪽 조타기를 향해 배를 몰았다. 강력한 충돌이었다. 해적선이 우현 쪽으로 기울면서 물이 가득 차 올랐고 그 바람에 사망자와 부상자들이 물속으로 곤두박질쳤다.

「접전용 갈고리를 던져라!」 산도칸이 고래고래 소리를 질렀다.

즉시 드잡이용 갈고리 두 개가 순시선의 줄사다리에 끼워졌다. 복수하려는 열망과 적에 대한 분노로 제정신을 잃다시피 한 열세 명의 해적이 일심동체가 되어 공격에 나섰다. 그들은 대포를 올려놓는 받침대 입구에 매달리거나 닥치는 대로 아무 줄이나 붙잡고서, 난간 위에 있던 탄약통 위로 기어 올라갔다. 그러더니 그 대담무쌍함에 놀란 영국군들이 그들을 저지하기 위해 미처 움직이기도 전에 갑판으로 뛰어내렸다.

말레이시아의 호랑이가 앞장선 가운데, 해적들이 달려들어 포수들을 서 있던 그 자리에서 죽이는 한편, 자신들의 앞길을 가로막는 사격수들을 요절내 버렸다. 그러고는 언월도를 꺼내 사방에 대고 미친 듯이 휘두르면서 고물 쪽으로 달려갔다.

포병들이 장교의 명령에 따라 그곳에 집합해 있었다. 육칠십 명의 병사들이 있었으나, 해적들은 인원수에 전혀 개의치 않고 그들의 총칼 앞에 자신들을 맹렬하게 내던지면서 무지막지한 싸움에 돌입하였다.

그들은 후퇴와 전진을 거듭하는 가운데, 필사적으로 칼을 휘둘러 적의 팔을 베고 머리를 깨부수면서 줄곧 무시무시한 함성을 내질러 적에게 공포감을 불어넣었다. 그런 식으로 처음 몇 분 동안은 다수의 적에게 굴하지 않고 잘 버텨 냈으나, 결국 많은 병력에 위축되어 뒤로 밀리고 총칼 사이에 끼이면서 얼마 지나지 않아 용감한 해적들이 쓰러지고 말았다.

온몸이 상처투성이인 데다가 칼의 손잡이까지 피에 젖은 산도칸과 네 명의 부하들이 그 배의 대포를 이용해 밀려드는 병사들을 막아 볼 작정으로, 이물까지 가는 길을 뚫기 위해 최후의 용을 썼다.

산도칸이 갑판을 반쯤 가다가 가슴에 총탄을 맞고 쓰러졌지만, 즉시 일어나 〈죽여라! 죽여!〉 하고 울부짖었다.

영국군들은 총을 한 발 쏠 때마다 전진하면서, 총칼을 내려치는 등 아예 전투를 끝낼 작정을 하고 있었다. 총탄은 치명적이었다. 네 명의 해적이 대장을 지키려고 그의 앞에 몸을 던졌으나 모두 바닥에 쓰러지고 말았다. 라이플의 일제사격이 그들의 모험에 마침표를 찍어 주었다. 하지만 말레이시아의 호랑이가 다른 해적들보다 운이 좋았다.

비록 상처로부터 피가 용솟음치며 흘러 나왔지만, 이 불굴의 사나이는 남은 힘을 끌어 모아 최후의 용을 쓴 끝에 좌측 현장에 이르렀다. 그러고는 그의 앞길을 막으려는 장루원을 쓰러뜨리고 바다로 뛰어들더니 검은 파도 속으로 사라져 버렸다.

제5장
탈출 그리고 정신 착란

 방금 끔찍한 시련을 겪었음에도 불구하고, 막강한 체력과 특별한 에너지와 비범한 용기를 타고난 사내란 절대로 쉽게 죽을 수 없는 법이었다. 조타기를 마지막으로 회전시키면서 순시선이 계속 제 갈 길로 나아가는 동안, 산도칸은 총에 맞아 죽거나 적선의 충각에 부딪쳐 두 토막이 나는 불상사를 모면하기 위해 박력 있게 차올라 다시 물 위로 떠서 멀리 헤엄쳐 갔다. 그는 상처가 주는 고통을 무시하고 분노를 억누른 채, 물속으로 잠수한 다음 거의 내동 그 상태를 유지하면서 섬의 해안에 상륙할 수 있는 적당한 기회를 노렸다.

 순시선은 아직 3백 미터도 떨어지지 않은 곳에 있으면서 우현 쪽으로 방향을 돌리기 시작하였다. 그러더니 산도칸이 물속으로 뛰어들었던 지점으로 되돌아갔는데, 아마도 선장이 조타기를 이용해 산도칸의 손발을 자르려고 작정한 것 같았다. 하지만 몇 분 후, 배가 다시 한 번 방향을 틀었다. 그리고는 조타기가 몹시 요란하게 휘젓고 있던 수역을 자세히 조사라도 하는 양, 잠시 제자리에 멈추었다가 바다를 가르면서 다시 원래 항로로 돌아갔다. 그동안 수병들은 포문(砲門)에서 대기하거나 어획용 그물을 내렸다. 하지만 일단 수색 작전이 아무 쓸모없다고 판단되자, 배는 라부안의 해안을 향해 출발하였다.

호랑이가 분노에 찬 고함을 내질렀다. 「꺼져라, 망할 놈의 배야! 꺼져 버리라고! 하지만 조심해라. 내, 반드시 복수하고 말 테니까!」

그는 자신을 죽음으로 몰고 갈 수도 있는 상처를 헝겊으로 동여매어 출혈을 막느라고 애를 썼다. 그런 다음, 섬에 다다르기 위해 젖 먹던 힘까지 끌어 모아서 헤엄치기 시작하였다. 헤엄치는 와중에도 이 가공할 만한 사나이는 몇 번씩이나 멈춰 서서, 저 멀리 희미하게 보이는 순시선을 향해 무시무시한 저주를 퍼부었다. 치명상을 입었을지도 모르는데 아직도 섬은 까마득하게 멀었다. 그런데도 자신에게 패배의 쓰라림을 안겨 준 순시선을 쫓아가 병사들에게 마구 욕설을 퍼부으려고 했던 순간이 있었다.

그러나 산도칸은 이내 이성을 되찾았다. 그러고는 라부안의 해안을 감싸고 있는 어둠 속을 예의 주시하면서 무척이나 힘겹게, 도로 헤엄치기 시작하였다. 이따금 숨을 고르기 위해 멈추거나 헤엄치는 데 방해가 되는 옷을 벗어 버리기도 하면서 한동안 헤엄쳐 나갔다. 하지만 얼마 지나지 않아 그는 자신의 체력이 급속도로 저하되고 있다는 사실을 깨달았다. 사지가 뻣뻣해졌을 뿐만 아니라, 점점 더 숨을 쉬기가 어려웠고 상처에서는 계속 피가 흘러 나왔다. 게다가 소금기가 있는 바닷물에 상처가 닿을 때마다 극심한 고통이 더해지면서 사태를 더욱 악화시켰다. 잠시 쉬면서 힘을 되찾기 위해, 그는 몸뚱이를 공처럼 말아 올린 채 자신을 파도에 맡겨 버렸다.

그 순간, 갑자기 등에 무언가가 느껴졌다. 그의 몸에 무언가가 닿았다. 그것이 상어일 수도 있다는 생각이 산도칸을 오싹하게 만들었다. 그는 본능적으로 팔을 뻗어서 수면 바로 아래쪽을 표류하고 있던 거친 물체를 움켜잡았다. 자기 앞으로 끌어 당겨 보니 배의 잔해 조각이었다. 자신이 타고 있던 프라후의 갑판 조각이었는데, 줄 몇 개와 활대 양쪽 끝의 일부가 아직도 그대로 붙어 있었다.

「아아, 고맙기도 해라. 힘이 거의 다 빠졌었는데……」 산도칸이 혼자 중얼거렸다.

그는 천천히 널빤지 위로 올라가서 자신의 상처를 살펴보았다. 짠 바닷물의 영향으로 상처는 붉게 부풀어 오르고 계속해서 피를 줄줄 흘리고 있었다. 아직 죽을 준비도 되어 있지 않고, 패배를 인정하고 싶지도 않은 사내는 자신을 물에 빠뜨리려는 파도와 한 시간이나 더 싸웠다. 그러고 나자 완전히 기진맥진해져 활대 조각을 붙잡고 있을 수밖에 없었다.

여명이 밝아 올 무렵, 강력한 충격이 침울한 상태에 빠져 있던 그를 잡아 깨웠다. 거의 기절해 있다시피 하던 산도칸에게는 가장 적절한 순간에 충격이 가해진 셈이었다. 그가 서서히 정신을 차리면서 주변을 둘러보았다. 꿈틀거리면서 물거품이 이는 파도가 임시로 만든 자신의 뗏목 주변에서 세차게 부서지고 있었다. 모래톱 위로 굴러 온 것 같았다. 부상당한 사내는 불그스름한 안개 너머로, 그리 멀지 않은 곳에 해안이 있는 것을 알아보았다.

「라부안이로군.」 그가 혼잣말을 내뱉었다.

이어 산도칸은 1분쯤 멈춰 서서 젖 먹던 힘까지 끌어 모은 다음, 거의 죽을 뻔했던 그를 구해 준 널빤지 쪼가리를 버리고 떠났다. 그는 해안을 향해 조심스럽게 걸어가다가 자기 발밑에 자갈이 섞인 모래톱이 있다는 것을 깨달았다. 사방에서 파도가 몰려와 그를 이리저리 밀쳐 내면서 쓰러뜨리려고 하는 모습이, 마치 그가 이 저주받은 섬에 상륙하는 것을 말리고 싶어 하는 것 같았다.

산도칸이 모래톱 위를 비틀거리면서 천천히 앞으로 나아갔다. 밀려오는 파도와 끝까지 싸운 끝에 나무들이 줄지어 늘어선 해안에 도착한 그는 땅바닥에 둔중하게 몸을 부렸다. 출혈이 아주 심한 데다가 탈진 상태였음에도 불구하고, 그는 동여맸던 상처를 풀고 한참 동안 그것을 살펴보았다. 총탄에 맞은 상처는 오른쪽 다섯 번째 갈비뼈 바로 아래 부분으로, 짐작건대 권총에 맞은 것 같았다. 총탄 조각은 갈비뼈 사이를 뚫고 지나간 다음, 몸속 어딘가로 숨어 버렸는데 다른 신체 기관을 손상시킨 것 같지는 않았다. 당장은 심각한 중상이 아니나 즉시 손을 쓰지 않으면 급속도로 악화될 수 있다는 것을, 산도칸은 여러 차례의 부상 경험을 통해 금방 깨달았다.

근처에서 강물이 콸콸 흘러내리는 소리를 들은 그는 강가로 몸을 끌고 가서 다시 한 번 상처를 열어 보았다. 짠물에 너무 오래 닿아 있었던 까닭에 상처가 퉁퉁 불어 있었다. 산도칸은 조심스럽게 상처를 씻고 피를 몇 방울 짜낸 뒤, 다시 조심조심 봉하고 나서 허리띠와 단도를 제하고는 그에게 남아 있던 유일한 물건인 셔츠 조각으로 그것을 감쌌다.

「나는 나을 것이다.」 일을 다 끝낸 다음 그가 혼자 중얼거렸다. 그런데 그 말을 얼마나 박력 있게 내뱉던지, 그의 혼잣소리를 들은 사람이라면 누구라도 이 사내야말로 정말로 확고한 자기 운명의 지배자라는 것을 알 수 있었을 것이다.

비록 원수밖에 없는 섬에 홀로 떨어진 채, 몸을 피할 데도 없고 의지할 만한 친구 하나 없이 피를 흘리고 있으면서도 그는 여전히 새로운 승리를 확신하고 있었다. 자신을 짓누르기 시작하는 열기를 가라앉히기 위해 물을 좀 마신 다음, 산도칸은 몸을 이끌고 빈랑나무 아래로 갔다. 최소한 길이 450센티미터에 너비가 150에서 180센티미터는 되는 거대한 잎사귀가 썩 괜찮은 그늘을 제공해 주고 있었기 때문이었다. 나무 발치께에 이르렀을 무렵, 그는 다시 한 번 탈진 상태에 빠진 것을 느꼈다. 몹시 현기증이 나는 통에 눈을 감았다가, 헛되이 일어서려고 애를 쓴 끝에 의식을 잃고 땅바닥에 고꾸라지고 말았다. 그러더니 태양이 서서히 서쪽으로 넘어가기 시작할 때까지, 몇 시간이 지나도록 정신을 차리지 못했다.

그러다가 타는 듯한 갈증으로 잠이 깼다. 상처는 더 이상 끊임없이 욱신거리지 않았지만, 그래도 여전히 참을 수 없는 극심한 고통의 원천이었다. 일어나서 강물 쪽으로 가보려고 했으나, 일어나자마자 곧 쓰러지고 말았다. 그러자 자신이 이름을 따온 사나운 호랑이만큼이나 강하기를 바라는 그 사내는 무지막지하게 용을 쓴 끝에 무릎을 꿇고 일어나더니 목청껏 고함을 질렀다.

「나는 호랑이다! 나는 쓰러지지 않는다!」

그는 나무줄기를 움켜잡고서 일어난 다음, 놀라운 힘으로 몸의 균형을 유지한 채 작은 강을 향해 천천히 걸어갔다. 그런데, 강가에 이르자마자 주저앉은 것 말고는 가는 도중에 단 한 번도 쓰러지지 않았다. 갈증을 해소하고 상처에 물을 적신 후, 산도칸은 두 손으로 머리를 받친 채 귀가 멍멍할 만큼 시끄럽게 해안에 부딪쳐 부서지는 파도를 바라보았다.

「아!」이성을 잃고 정신이 혼미해진 그가 큰 소리로 중얼거렸다.「라부안의 사자들이 몸프라쳄의 호랑이들을 쳐부수는 날이 오리라고 누가 상상이나 했을까? 천하무적의 말레이시아의 호랑이인 내가 싸움에 지고 부상당한 채 이 해안에 상륙하리라고 누가 짐작이나 했겠는가? 이 원수를 언제 갚지? 원수를 갚자! 내 모든 배와 섬과 부하들과, 전 재산을 바쳐서라도 감히 내 바다를 빼앗으려고 덤벼든 저 가증스러운 자식들에게 복수하리라.

저놈들이 나를 쳐부수었다고 해서 무슨 상관이겠는가? 한두 달 안이면 내가 배를 가지고 돌아와서 항복이라고는 모르는 내 부하들을 이 바닷가에 풀어놓을 텐데! 어느 누가 감히 피와 복수에 굶주린 내 부하들에게 맞서서 버텨 낼 수 있단 말인가? 영국 사자 놈들이 오늘의 승리에 희희낙락한다고 해서 무에 그리 대수란 말인가? 모두 다 내 발 밑에서 죽어 넘어질 텐데! 내 깃발이 전투에서 다시 한 번 자랑스럽게 휘날리는 것을 보고 영국 놈들이 죄다 벌벌 떨게 만들고 말 테다!」

이글이글 타오르는 눈길에, 아직도 무시무시한 언월도를 쥐고 있기라도 한 듯이 오른손을 허공에 대고 위협적으로 흔들면서 산도칸이 일어섰다. 비록 부상을 당하기는 했어도 그는 여전히 불굴의 말레이시아 호랑이였다.

「지금은 참아라, 산도칸.」 그가 다시 한 번 땅바닥에 주저앉으면서 중얼거렸다. 「설령 내가 이 숲 속에서 한두 달을 지내면서 나무 열매와 굴 외에는 아무것도 먹지 못한다 할지라도, 나는 반드시 나을 것이다. 그리고 일단 기운을 차리면 몸프라쳄으로 돌아가겠다. 내 힘으로 뗏목을 만들거나 카누를 훔쳐야지. 만일 그래야만 한다면, 이 단도 하나로 모든 선원들을 깡그리 물리치고 말 테다.」

그는 빈랑나무 그늘 아래 몇 시간이고 누워 있으면서 자기 발치에 와서 부서지는 파도를 우울하게 바라보았다. 마치 얼마 전에 살해당한 부하들의 유품과 침몰한 해적선의 잔해를 찾으려고 바다를 훑어보는 것 같았다. 열이 점점 높아지는 가운데 피가 머리 꼭대기로 몰리는 것 같은 느낌이 들었다. 상처가 끊임없이 욱신거렸지만 이 대단한 사내의 입술에서는 신음 소리 한 번 새어 나오지 않았다.

여덟시가 되자, 수평선 너머로 해가 넘어가면서 잠깐 동안 석양이 주변을 붉게 물들이더니 이내 온 바다와 숲에 어둠이 내려앉았다. 한 번도 죽음을 두려워한 적이 없으며, 목숨이 아까운 줄도 모르고 위험한 전투와 파괴 행위에 용감하게 앞장섰던 산도칸이 어쩐지 자꾸만 창백해져 갔다.

「황혼이로구나!」 그가 손톱으로 땅을 후벼 파면서 외쳤다. 「난 어둠이 싫다! 죽고 싶지 않다고!」

그가 양손으로 상처를 누르고 나서 재빨리 일어섰다. 바다를 살펴보았으나 오로지 검은색 잉크 같은 수면만 어른거릴 뿐이었다. 이번에는 나무 밑을 자세히 응시하다가 어두컴컴한 그림자 사이를 주의 깊게 살펴보았다. 그러더니 별안간 정신 착란 상태에 빠진 듯, 미친 사람처럼 숲 속으로 달려가기 시작하였다.

그는 믿을 수도 없고 이해하기도 힘든 공포에 사로잡혀 있었다. 제정신을 잃은 그의 귀에 멀리서 개가 짖고 사람들이 고함치고 야수들이 포효하는 소리가 들렸다. 그가 속으로 내린 결론은 한 가지였으니, 적들이 그를 발견하고 쫓아 내려오는 중이라는 것이었다.

달음질은 현기증을 불러 일으켰다. 완전히 공포에 사로잡힌 산도칸이 발광 상태로 빠져들기 시작하였다. 수풀 한가운데로 뛰어들고, 쓰러진 나뭇가지를 뛰어넘고, 시내와 연못을 건너뛰면서, 줄곧 욕설을 내뱉고 울부짖고 위협적으로 단도를 흔들어 댔다. 단도 손잡이에 박힌 다이아몬드가 달빛 아래에서 반짝거렸다. 10분인가 15분을 달려서 숲 속 깊숙이 들어간 그가 내지르는 울부짖음이 어두컴컴한 나무들 사이로 울려 퍼졌다.

산도칸이 숨을 헐떡거리면서 갑자기 제자리에 멈췄다. 입술은 온통 피거품 투성이였고 눈에는 핏발이 서 있었다. 그러더니 미친 듯이 팔을 흔들다가 요란하게 땅바닥으로 넘어졌다. 정신 착란 상태에 빠진 것이었다. 관자놀이가 격렬하게 뛰고 있었고 머리는 금방이라도 터질 것만 같았다. 상처가 다시 화끈거리기 시작하였고, 심장은 달아나고 싶다는 듯이 몹시 격렬하게 쿵쾅거렸다.

그는 사방에서 적을 보았다고 생각했다. 나무 밑에도, 수풀 한가운데에도, 진흙 더미 뒤에도, 또 땅 위를 굽이치면서 뻗어 나가고 있는 뿌리들 사이에도 적이 있었다. 그의 시선이 매복하고 있는 적들을 탐색하고 있는 동안, 눈앞의 허공은 주변 나무들의 커다란 잎사귀들 사이에서 싱긋 웃고 있는 환영들로 가득 채워졌다. 땅속으로부터 사람들이 울부짖으면서 튀어 올라왔다. 머리에서는 피가 뚝뚝 흘러내리고 사지는 절단되고 몸은 꿰찔러져 있었다. 모두들 킬킬거리고 비웃으면서 말레이시아 호랑이의 무능함을 조롱하고 있었다. 완전히 넋이 나간 산도칸이 땅 위를 뒹굴다가, 일어났다가 넘어지는가 하면, 눈앞의 환영들을 향하여 움켜쥔 주먹을 위협적으로 흔들어 댔다.

「꺼져 버려, 개새끼들아!」 그가 으르렁거렸다. 「나한테서 무얼 원하는 거냐? 나는 말레이시아의 호랑이로, 아무도 두렵지 않다! 감히 나한테 덤벼 보고 싶으면 덤벼 보란 말이다! 아니! 웃고 있어? 너는 사자 놈들이 호랑이에게 부상을 입히고 물리쳤다고 생각하느냐? 나는 무섭지 않다! 왜 그런 이글거리는 눈빛으로 나를 쳐다보는 거냐? 왜 내 둘레에서 춤을 추는 거냐?」

「그래, 파탄, 나를 비웃으러 왔느냐? 그리고 파콘…… 너도 마찬가지냐? 두 자식 다 망할 놈들이로군, 둘 다 도로 지옥으로 돌려보내 버릴 테다! 그리고 너, 킴펄레인, 네놈은 무얼 원하는 거지? 내 언월도가 네놈을 골로 보내기에 충분하지 않을 것 같으냐? 모두들 여기서 멀리 꺼지라고, 바다 밑으로 돌아가란 말이다……. 암흑의 제국으로 돌아가라니까……. 안 가면 내가 다시 한 번 죽여 버리고 말 테다!」

「그리고 너, 지로바툴, 너는 도대체 무얼 원하는 거냐? 복수? 오냐, 복수하고 말 거다. 호랑이는 나을 거니까. 그런 다음 다시 몸프라쳄으로 돌아가겠다……. 프라후를 무장하고 다시 이곳으로 와서 영국 사자 놈들을 쳐부술 거다……. 깡그리, 죄다, 마지막 한 놈까지, 다 씨를 말려 버릴 거라고!」

눈을 부릅뜨고 얼굴을 일그러뜨린 채, 산도칸이 두 손으로 머리카락을 움켜쥐면서 제자리에 멈춰 섰다. 그러더니 민첩한 동작으로 다시 격렬하게 내달리면서 울부짖었다. 「피를! 내 갈증을 풀 수 있게 피를 달라! 나는 말레이시아의 호랑이다!」

그는 쉬지 않고 고함을 지르고 욕설을 퍼부어 대면서 제법 오랜 시간을 달렸다. 숲을 벗어나 작은 들판을 가로질러 갔는데, 산도칸은 그 끄트머리에 건물이 있는 것을 보았다고 생각했다. 그러다가 다시 멈춰 서서 무릎을 꺾었다. 그러고는 기진맥진한 채 숨을 헐떡거렸다. 그는 몸을 둥글게 말고서 몇 분 동안이나 그러고 있다가 다시 한 번 일어서려고 기를 썼다. 하지만 이번에도 힘이 따라 주지 않았다. 한 줄기 피가 눈 속으로 흘러 들어갔고, 마지막 고함 소리가 어둠 속으로 잦아드는 가운데 산도칸이 땅바닥으로 무겁게 쓰러졌다.

제6장
라부안의 진주

 너무나 놀랍게도 다시 정신을 차렸을 때, 산도칸은 더 이상 밤중에 건넜던 작은 들판에 있지 않았다. 대신 꽃무늬 벽지로 도배된 넓은 방의 안락하고 푹신한 침대에 누워 있었다. 처음에는 꿈을 꾸고 있다고 생각한 나머지 잠을 깨려고 몇 번이나 눈을 비볐다. 하지만 이내 모든 것이 현실이라는 사실을 깨닫고 자신이 있는 곳이 어디인지 의아해하면서 즉시 일어났다.

 주변을 둘러보았으나 아무도 눈에 띄지 않았다. 그는 관심을 방으로 돌려서 방 안의 이모저모를 시시콜콜 살펴보기 시작하였다. 그곳은 우아하게 장식된 매우 넓은 방으로, 정원이 내다보이는 두 개의 커다란 창문을 통해 빛이 들어오고 있었다.

 방 한쪽 구석에 놓인 피아노가 눈에 띄었는데, 그 위에 악보가 몇 장 펼쳐져 있었다. 반대편 구석에 세워진 이젤 위에는 바다를 그린 풍경화가 자랑스럽게 놓여 있었다. 방 한복판은 마호가니로 만든 테이블이 차지하고 있었으며, 거기에 수를 놓은 비단보를 씌워 놓았는데 분명 손재주가 뛰어난 여자의 작품임에 틀림없었다. 한편, 침대 옆에는 흑단과 상아를 박아 넣은 화려하게 장식된 오토만이 있었는데, 그 위에 놀랍고도 반갑게 그가 애지중지하는 단도가 놓여 있었다. 그리고 그 바로 오른쪽에, 책갈피에 마른 꽃을 꽂아 놓은 책이 조금 펼쳐져 있었다.

귀를 기울여 보았지만 사람의 목소리는 하나도 들리지 않았고, 다만 누군가가 연주하는, 만돌린인지 기타인지의 섬세하고 부드러운 소리만 들려올 뿐이었다.

「내가 지금 어디 있는 거지?」 산도칸이 의아한 표정으로 중얼거렸다. 「친구 집인가, 아니면 원수의 집인가? 도대체 누가 내 상처에 붕대를 감고 돌보아 준 걸까?」

그러다가 그의 시선이 다시 오토만 위에 놓인 책에 머물렀다. 거부할 수 없는 호기심에 이끌린 그가 팔을 뻗어서 책을 자기 쪽으로 끌어 당겼다. 표지에 금박으로 새긴 이름이 눈에 띄었다. 마리안나. 다시 한 번 이름을 읽는 순간, 설명하기 곤란한 묘한 감정이 그를 휩싸고 돌았다. 평상시 연애 감정에 대해 마음의 문을 닫고 살아 온, 강철 같은 심장을 소유한 사나이에게 낯설기 짝이 없는 달콤한 감정이 휘몰아쳤다. 책을 열어 보니 우아하고 깔끔하면서도 아름다운 글씨가 잔뜩 쓰여 있었다. 하지만 친구 야네스가 사용하는 포르투갈어와 비슷하게 생긴 그 글자가 무슨 뜻인지는 전혀 알 수가 없었다.

신비한 호기심에 이끌린 듯, 산도칸이 책갈피에서 꽃을 꺼내 자세히 들여다보았다. 그리고는 몇 번이고 냄새를 맡았다. 언월도의 손잡이에 더 익숙한 그의 손가락이 꽃을 망가뜨리지 않게 하려고 무척 조심하였다. 다시 한 번, 기묘한 감정과 더불어 불가사의한 전율이 느껴졌다. 그러더니 저 피에 굶주린 사나이, 저 전사의 마음속으로부터 그 꽃을 자신의 입술에 갖다 대고 싶다는 강렬한 소망이 솟아오르는 것이었다!

그는 아쉬운 표정으로 꽃을 도로 책갈피에 끼워 넣고 책을 덮은 다음, 다시 오토만 위에 갖다 놓았다. 시간이 딱 맞았다. 문의 손잡이가 덜거덕거리면서 돌아가더니 한 남자가 조용히 방으로 들어왔다.

쉰 살가량의 나이에 키가 다소 크고 활력이 넘쳐 보이는 사람으로, 깊고 푸른 눈에 이제 막 세기 시작한 흔적이 엿보이는 붉은 턱수염을 지니고 있었다. 척 보기만 해도 그가 지휘하는 데 익숙한 사람이라는 것을 금방 알아볼 수 있었다.

「편히 쉬고 있는 모습을 보니 기쁘구려. 당신은 의식을 잃고 사흘 동안이나 뛰고 박고 난리를 쳤다오.」

「사흘이나요!」 산도칸이 놀라서 큰 소리로 외쳤다. 「제가 여기 사흘이나 있었나요? 그럼 이게 꿈이 아니라는 말입니까?」

「꿈이 아니라오. 내, 이게 꿈이 아니라는 걸 보증하리다. 당신은 선량한 사람의 보호를 받고 있는데, 이제까지 당신을 정성껏 보살펴 주었거니와 앞으로도 계속해서 당신을 치료하는 데 필요한 모든 조처를 취할 것이오.」

「그런데, 누구신지요?」

「제임스 귈론크라고, 고매하신 빅토리아 여왕 폐하를 섬기는 해군 대령이오.」

산도칸이 흠칫 놀라면서 안색이 굳어졌다. 하지만 곧 정신을 차리고 그 영국인에게 품고 있는 증오심을 드러내지 않으려고 무진 애를 쓰면서 말했다. 「어쩌면 불구대천의 원수일 수도 있는, 생전 처음 보는 저에게 베풀어 주신 모든 은혜에 감사드립니다. 각하.」

「당신처럼 부상당한 사람을 우리 집으로 데려오는 것은 당연한 일이었소. 당신 상처가 치명적일 수도 있었으니까. 그런데, 지금은 기분이 어떻소?」 대령의 대답이었다.

「충분히 힘을 되찾은 것 같습니다. 더 이상 아프지도 않고요.」

「그렇다니 기쁘오. 당신에게 무슨 일이 있었는지 궁금했었소. 당신 가슴으로부터 총탄 몇 발을 제거했는데, 온몸이 유럽제 칼로 당했다고 볼 수밖에 없는 상처투성이였소. 당신 이야기를 들어 보고 싶구려, 물론 그 기억이 아주 고통스럽지 않다면 말이오.」

이런 질문이 나오리라는 것을 예상하고 있었으면서도 산도칸은 깜짝 놀라 움찔하였다. 그래도 자신의 정체를 드러내거나 사기를 잃지는 않았다.

「사실은, 잘 모릅니다. 밤중에 몇 놈이 저희 배를 습격하고 우리 선원들을 죽였습니다. 그런데 누구인지는 잘 모르겠습니다……. 그놈들을 알아볼 수 없었거든요……. 여기저기 베이고 멍든 채 첫 밤에 바다 속으로 떨어졌으니까요.」

「당신은 분명 말레이시아의 호랑이 부하들한테 공격을 받은 거요.」 제임스 경이 말했다.

「해적이라고요!」 산도칸이 큰 소리로 외쳤다.

「그렇소, 몸프라쳄의 호랑이들이오. 사흘 전에 그놈들이 이 섬 부근에서 노략질을 하고 있었소. 하지만 우리 순시선 가운데 하나에게 격파당했지. 그래, 어디서 공격당했소?」

「로마데스 근처입니다.」

「그럼 여기까지 줄곧 헤엄쳐 왔단 말이오?」

「난파선 쪼가리를 움켜잡고 있었습니다. 그런데 저를 어디서 발견하셨는지요?」

「풀밭 위에 누운 채 완전히 정신을 잃고 있었소. 배가 공격당했을 때 어디로 가고 있었소?」

「형님을 대신해서 바라우니의 술탄에게 선물을 전달하러

가는 중이었습니다.」

「형님이라면?」

「샤자의 술탄입니다.」

「그렇다면 당신은 말레이의 왕자님이시구려!」 대령이 손을 내밀면서 큰 소리로 반겼다.

잠시 머뭇거리던 산도칸이 두려운 마음을 감춘 채 악수를 나누었다.

「예, 각하.」

「당신을 내 손님으로 모시는 영광을 누리게 되어 무척 기쁘구려. 당신이 건강을 되찾을 때까지 지루해하시지 않도록 최선을 다하리다. 그런 다음, 괜찮으시다면 함께 바라우니의 술탄을 찾아뵙도록 합시다.」

「물론이지요, 그런데……」

산도칸이 아까부터 멀리서 아련하게 들려오던 소리에 귀를 기울이는 양, 말을 멈추고 고개를 치켜세웠다. 그 부드러운 만돌린 소리는 바깥에서 들리는 것 같았는데 아마도 좀 전에 들었던 것과 같은 것인 듯했다.

「각하!」 그가 형언할 수 없는 감정에 휩싸인 채 흥분하여 큰 소리로 물었다. 「저 노래를 연주하고 있는 사람이 누굽니까?」

「그게 무슨 문제가 되나요, 왕자님?」 대령이 미소를 지으면서 물었다.

「글쎄요……. 어쨌거나 저렇게 훌륭하게 연주를 하는 사람이라면 꼭 만나 보고 싶군요. 저 노래가 제 마음을 감동시켰다고나 할까요. 불가사의한 일입니다만.」

「잠시만 기다리시오.」

대령이 산도칸에게 누우라는 손짓을 하고서 밖으로 나갔다. 해적이 베개를 베고 누웠다가 금방 도로 벌떡 일어났다. 처음 그의 마음을 사로잡았던 불가사의한 감정이 점점 그 강도를 더해 가고 있었다. 피가 혈관을 타고 격렬하게 흐르는가 하면, 심장이 빠르게 고동쳤다.

「도대체 이게 무슨 감정일까? 정신 착란 증세가 다시 도지고 있는 건가?」 그 자신도 의아할 따름이었다.

그가 막 이 말을 중얼거리고 났을 때, 대령이 다시 방으로 들어왔다. 하지만 이번에는 혼자가 아니었다. 그의 뒤를 따라, 마치 양탄자에 거의 발을 대지 않는 것 같은 사뿐사뿐한 걸음으로 눈부시게 아름다운 젊은 아가씨가 들어왔다. 그 모습을 보고 산도칸은 놀라움에 가득 찬 탄성을 내지르지 않을 수 없었다.

열일곱 살가량 되어 보이는 젊은 아가씨였다. 작은 키에 호리호리하고 우아한 모습이었으며 한 팔로도 충분히 안을 수 있을 만큼 가냘픈 허리를 지니고 있었다. 아름다운 얼굴에 생기발랄한 싱싱한 피부, 바다처럼 푸른 눈도 그녀의 것이었다. 어깨까지 흘러내린 금발은 마치 금가루를 듬뿍 뿌려 놓은 것 같았다.

그 젊은 아가씨를 보면서 해적은 자기 영혼의 깊은 곳까지 떨려 오는 것을 느꼈다. 아까부터 빠르게 고동치고 있던 심장이 이제는 활활 타오르고 있었다. 그의 혈관 속으로 불길이 흘러가는 것 같았다.

「자, 왕자님, 이 매력적인 아가씨를 어떻게 생각하시오?」 대령이 물었다.

산도칸은 입이 떨어지지 않았다. 조각처럼 얼어붙은 채 젊은 아가씨를 뚫어지게 응시하는 그는 숨조차 쉬지 않는 것처럼 보였다.

「어디 불편하시오?」 대령이 그를 살피면서 물었다.

「아닙니다! ……아닙니다!」 해적이 떨리는 목소리로 극구 부인하였다.

「그렇다면 내 조카딸을 소개해 드리리다. 마리안나 귈론크 양이오.」

「마리안나 귈론크……! 마리안나 귈론크……!」 산도칸이 흥분해서 자꾸 중얼거렸다.

「제 이름에 뭐 이상한 점이라도 있나요?」 젊은 아가씨가 미소를 지으면서 물었다. 「제 이름 때문에 충격을 받으신 것 같군요.」

그 목소리를 듣고 산도칸이 깜짝 놀랐다. 포격 소리나 싸우다가 죽어 가면서 내지르는 비명 소리에 익숙한 그의 귀로는 일찍이 그토록 부드러운 목소리를 들어 본 적이 없었다.

「이상하다니요? 아닙니다…….」 그가 어조를 조금 바꾸면서 대답하였다. 「당신 이름이 그리 낯설지 않은 것뿐입니다.」

「오!」 대령이 끼어들었다. 「어디서 들어 보았소?」

「조금 전에 저기 있는 책의 표지에 쓰인 이름을 읽으면서 책 주인이 매우 발랄한 젊은 아가씨임에 틀림없을 거라고 상상했었습니다.」

「농담이시겠지요.」 젊은 숙녀가 얼굴을 붉히면서 말했다. 그러고는 바뀐 어조로 물었다. 「해적들이 당신에게 그런 중상을 입혔다는 게 사실인가요?」

「예, 사실입니다.」 산도칸이 갈라진 목소리로 대답하였다. 「그놈들이 저를 이기고 부상을 입혔습니다만, 제가 다 낫기만 하면 저를 이 지경으로 만든 놈들에게 화가 닥칠 것입니다.」

「많이 아프신가요?」

「아닙니다, 아가씨. 그리고 지금은 조금 덜합니다.」

「쾌유하시기를 바랄게요.」

「우리 왕자님은 아주 튼튼하시단다. 한 열흘 정도 지난 다음, 걸어 다니는 모습을 뵌다 해도 나는 놀라지 않을 거다.」

대령이 말했다.

「저도 그러기를 바랍니다.」 산도칸이 맞장구를 쳤다.

이야기하는 내내 아가씨의 얼굴로부터 눈길을 떼지 않았던 까닭에, 그녀의 뺨이 이따금 살짝 붉어지곤 하는 것을 알아차린 산도칸이 갑자기 벌떡 일어나서 큰 소리로 외쳤다.

「아가씨!」

「괜찮으세요?」 아가씨가 그에게 좀 더 가까이 다가서면서 물었다.

「혹시 마리안나 귈론크보다 훨씬 더 예쁜 이름을 또 하나 갖고 계시지 않으신지요?」

「뭐라고요?」 대령과 아가씨가 이구동성으로 물었다.

「맞아요, 맞아!」 산도칸이 큰 소리로 힘주어 말했다. 「당신은 이곳 원주민들이 라부안의 진주라고 부르는 사람임에 틀림없어요!」

대령이 이마를 잔뜩 찌푸린 채 놀란 표정으로 벌떡 일어섰다.

「당신이 좀 전에 말한 것처럼 그토록 먼 말레이 반도에서 왔다면 어떻게 그것을 알게 되었소?」 그가 불쾌한 어조로 물었다.

「그 머나먼 해안까지 제 별명이 알려졌다는 건 있을 수 없는 일이에요.」 마리안나 양도 거들었다.

「그 이름을 샤자에서 들은 건 아닙니다.」 하마터면 자신의 정체를 드러낼 뻔했다는 것을 알아차리고, 산도칸이 서둘러 변명하였다. 「며칠 전에 정박했던 로마데스에서였지요. 거기서 사람들이 둘도 없이 아름다운 젊은 처녀에 대한 이야기를 하더군요. 푸른 눈에, 보르네오산 재스민처럼 향기로운 머리칼을 날리면서 아마존처럼 말을 타고 달리는 뛰어난 사냥꾼이라고 들었습니다. 또 종종 라부안 바닷가에 나타나 시냇물이 졸졸거리는 소리보다 더 달콤하고 부드러운 목소리로 지나가는 어부들을 매혹시킨다고도 하더군요. 아, 아가씨, 저 역시 언젠가는 그 목소리를 듣고 싶었답니다!」

「그 사람들이 저한테 그런 재주를 갖다 붙였단 말인가요!」 젊은 숙녀가 웃으면서 말을 받았다.

「그렇습니다. 그리고 저는 이제 그 사람들이 당신에 대해 진실을 말하고 있다는 것을 알았습니다!」 해적이 열렬한 목소리로 말했다.

「입에 발린 소리를 하시는군요.」

「우리 귀여운 조카님, 네가 드디어는 왕자님까지 매혹시킬 모양이로구나.」 대령이 끼어들었다.

「맞습니다!」 산도칸이 큰 소리로 인정하였다. 「제가 고국으로 돌아가면 우리 동포들에게 한 젊은 아가씨가 스스로를 불사신으로 여기는 한 사나이의 마음을 사로잡았다고 말할 겁니다.」

산도칸의 고향과 몸프라쳄의 해적들, 그리고 라부안에 대한 이야기들로 한동안 대화가 더 이어졌다. 그러다가 밤이 되자 대령과 아가씨는 각자의 방으로 돌아갔다.

마침내 자기 혼자 남게 되자, 해적은 사랑스러운 아가씨가 나간 문에 눈길을 못 박은 채 한참 동안이나 꼼짝도 하지 않고 가만히 있었다. 어쩐지 불안해 보였고 무언가 깊은 생각에 빠진 것 같았다. 아마도 부드럽고 달콤한 감정에 익숙하지 못한 그의 가슴속에 엄청난 폭풍이 몰아치고 있는 것이리라.

느닷없이 산도칸이 부들부들 떨었다. 목구멍 저 깊은 곳으로부터 희미한 신음 소리가 터져 나오려고 했지만, 그는 그 소리가 새어나오지 못하도록 이를 악문 채 입을 꽉 다물었다. 그렇게 몇 분을 버티다 보니, 이마는 온통 땀으로 뒤범벅이 되었고 두 손으로는 자신의 길고 두꺼운 머리카락을 움켜잡고 있었다. 이윽고 그가 입을 열고 이름을 불러 보았다.
「마리안나!」
이제 해적은 더 이상 자신을 통제할 수가 없었다.
「아!」 그가 거의 분노에 찬 목소리로 손을 비틀면서 탄식하였다.「내가 돌아 버렸나 보다……. 사랑에 빠진 것 같구나.」

제7장
회복과 사랑

마리안나 궐론크 양은 아름다운 이탈리아 하늘 아래, 나폴리 만의 장려(壯麗)한 바닷가에서 이탈리아인 어머니와 영국인 아버지의 딸로 태어났다. 열한 살에 고아가 되면서 제법 큰 재산을 상속받은 그녀는, 그녀의 유일한 친척으로 당시 유럽에 살고 있던 숙부 제임스 경에게 보내져 그와 함께 살게 되었다.

그즈음, 제임스 궐론크는 전 세계의 바다를 누비고 다니는 가장 용맹스러운 바다 사나이 중의 하나였다. 그는 전쟁에 대비해 완벽한 시설을 갖춘 거대한 배를 가지고 후일 사라와크의 라자가 된 제임스 브루크와 협력해서 난바다에서 영국 무역 활동의 골칫거리인 말레이 해적들을 소탕하는 데 일조하였다.

제임스 경은 여느 선원들과 마찬가지로 거칠었을 뿐만 아니라, 평범한 인간관계를 형성하는 데에도 서툰 사람이었다. 하지만, 어린 조카를 특별히 사랑하지 않았으면서도 남의 손에 그녀를 맡기느니보다 자신의 배로 데려와 보르네오로 향하는 쪽을 선택하였다.

3년 동안, 어린 소녀는 수천 명의 해적들이 죽어 나간 피비린내 나는 전투이자, 나중에 라자가 된 브루크에게 통탄할 만한 명성을 안겨 준 전투 현장들을 목격하였다. 그의 동포들을 깊이 감동시킨 동시에 격분시키기도 한 명성이었다. 그러던 어느 날, 살육과 위험한 생활에 지칠 대로 지쳐 있던 제임스 경이 문득 자신에게 조카가 있다는 사실을 상기하였다. 그는 바다를 떠나기로 결심하고 라부안에 정착하여 커다란 나무들 아래에 집을 지었다.

그 무렵 마리안나는 열네 살에 접어들고 있었다. 겉으로는 전형적인 젊은 처녀처럼 보였지만, 그 짧은 기간 동안 남다른 배짱과 독특한 활력을 터득하였다. 사실, 격리된 생활과 거의 원시적인 수준의 생활 방식에 적응할 수 없으리라고 생각한 그녀는 숙부의 희망에 저항하였다. 하지만 예나 이제나 그녀에게 별로 관심이 없어 보이는, 늙은 바다의 늑대는 요지부동이었다. 결국, 그런 이상한 감금 생활을 하지 않을 수 없게 된 마리안나는 스스로를 교육하는 일에 전념하였다. 이제까지는 어쩔 수 없이 외면하고 살아 왔던 일이었다.

그녀는 끈질긴 의지로 자신의 됨됨이를 서서히 변화시키기 시작하였다. 전쟁터를 가득 채운 험악한 사람들이나 거친 바다 사람들과 끊임없이 접촉하는 가운데 형성된 딱딱하고 냉혹한 성품을 부드럽게 순화시켜 나갔다. 그녀는 자기 어머니의 옛날 친구 중 하나에게 교육을 받으면서 음악과 미술에 몰두하였는데, 그 선생님은 나중에 견디기 힘든 열대 기후로 말미암아 사망하고 말았다. 비록 영혼 깊은 곳에는 아직도 그 옛날의 대담했던 흔적이 남아 있었지만, 교육이 진행됨에 따라 그녀는 서서히 친절하고 자비롭고 몸가짐이 훌륭한 처녀로 탈바꿈하였다.

그래도 여전히 위험스러운 일과 행동에 나서기를 좋아하였다. 이 불굴의 아마존은 심심찮게 드넓은 숲으로 들어가 호랑이를 사냥하거나, 말레이시아 해의 푸른 바다 속으로 뛰어 들었다. 대담하게 수영을 잘했던 까닭이다. 하지만, 그보다 훨씬 더 자주, 그녀는 안타깝고 불쌍한 일들이 벌어지는 곳에 나타나 그 주변의 원주민들을 도와주었다. 원주민들로 말하면 제임스 경이 몹시 증오하는 바로 그 사람들로, 그가 기를 쓰고 근절시키고자 했던 해적들의 후예였다.

그리하여 이 젊은 처녀는 그녀의 아름다움과 너그러움과 대담무쌍함 덕분에 라부안의 진주라는 별명을 얻게 되었다. 엄청나게 먼 거리를 넘어서까지 퍼져 나간 이름이자, 말레이시아의 호랑이의 가슴을 그토록 격렬하게 고동치게 만든 바로 그 별명 말이다.

모든 문명 생활과 동떨어진 숲 속에 살면서, 마리안나는 이제까지 그리움이나 동경 같은 감정을 느껴 본 적이 없었다. 하지만 그 당당한 해적을 처음 본 순간, 그녀 안에서 말로 표현하기 어려운 감정의 소용돌이가 느껴졌다. 그녀는 그것이 어떤 감정인지 몰랐다. 어쨌거나 그것을 무시하려고 애를 썼지만 줄곧 그녀의 눈앞에 — 밤에는 꿈속에까지 — 술탄의 고귀함과 유럽 기사의 용감함을 지닌 그의 당당한 모습이 떠올랐다. 형형한 눈빛에, 길고 검은 머리카락을 휘날리는 그의 얼굴에는 불굴의 용기와 막강한 활력이 흘러넘쳤다. 자신의 눈과 목소리와 아름다움으로 그를 매혹시켰던 그녀가 이번에는 도리어 그에게 매혹당하고 정복당한 것이었다.

처음에는 기를 쓰고 그런 감정에 저항해 보았으나 결국 수포로 돌아갔다. 그 새로운 감정은 산도칸과 마찬가지로 그녀에게도 아주 낯선 것이었다. 마치 저항할 수 없는 힘이 그녀로 하여금 그 남자를 다시 만나도록 끌고 가는 것 같았으니, 그 남자 가까이 있지 않으면 도통 침착하게 있을 수가 없었다. 그녀는 그의 곁에서 자신의 미소와 대화와 음악으로 그의 상처의 고통을 덜어 줄 수 있을 때에만 행복을 느꼈다.

그녀가 만돌린의 우아한 반주에 맞춰 아스라한 고향의 달콤한 노래를 부르는 순간이면, 산도칸은 더 이상 말레이시아의 호랑이도, 피에 굶주린 해적도 아니었다. 침묵 속에서 고통도 잊어버린 채, 행여 그 황홀한 노랫소리에 방해가 될까 봐 숨을 죽이고서, 꿈꾸는 사람처럼 귀를 기울였다. 만돌린의 마지막 소절과 함께 그녀의 노랫소리가 잦아들고 난 뒤에도, 여전히 그 황홀한 노래를 듣고 있는 양, 그녀를 뚫어지게 바라보면서 깊은 생각에 잠긴 채 손가락 하나 까딱하지 않고 조용히 앉아 있곤 하였다.

그는 몸프라쳄에 관한 모든 것을, 자신의 해적선과 자신의 부하들과 심지어 포르투갈인 친구까지도 전부 다 잊었다. 자기 대장이 죽은 줄 알고서 어쩌면 그 순간 온갖 피비린내 나는 복수를 꾀하고 있을지도 모르는 친구를 말이다.

날짜는 화살처럼 흘러갔고 젊은 아가씨에게 느끼는 열렬한 감정에 크게 힘입어 그의 회복도 무척 빠르게 진행되었다. 보름째 되던 날, 대령이 그의 방에 들어서다가 산도칸이 침대에서 나와 밖으로 나가려고 준비하는 것을 발견하였다.

「오, 소중한 친구여!」 대령이 기뻐하면서 큰 소리로 말했다. 「자리를 털고 일어난 걸 보니 몹시 기쁘구려!」

「더 이상 침대에 누워 있을 수가 없어서요, 각하!」 산도칸이 대답하였다. 「호랑이처럼 튼튼해진 기분입니다.」

「좋아요, 그렇다면 당장 당신을 테스트해 보아야겠구려.」

「어떻게요?」

「내 영지 담장 주변을 배회하는 호랑이가 한 마리 있는데, 그놈을 처치하러 사냥을 한번 나가자고 친구들하고 약속했었소. 이제 당신이 완전히 회복되었으니 내일 아침 사냥에 나가자고 했다고 연락할 작정이오.」

「기꺼이 참가하겠습니다, 각하!」

「그러신다니 기쁘오. 이제 많이 좋아졌으니 당분간 내 손님으로 머물러 주시기를 바라오.」

「각하, 다른 곳에 중요한 볼일이 있어서 떠날 준비를 해야 합니다.」

「떠나다니! 그런 생각일랑 마시오. 일할 시간은 언제든지 있게 마련이오. 사실대로 말하자면, 최소한 한 달 내로는 떠나지 못하게 할 작정이라오. 그러니 머무르겠다고 약속하시구려.」

산도칸의 눈이 반짝반짝 빛났다. 그에게는 그 별장에 머무르면서 자신을 매혹시킨 아가씨 곁에 있는 것이야말로 삶의 모든 것을 의미하기 때문이었다. 그로서는 더 이상 바랄 것이 없었다. 그 성스러운 아가씨와 함께 단 며칠만이라도 더 지낼 수 있다면, 그 순간 몸프라쳄 해적들이 자기를 잃고 슬퍼한다 한들 무슨 상관이 있겠는가? 마리안나가 자신에게 빠져들기 시작한 마당인데, 야네스가 목숨까지 내걸고 애가 타서 근처의 섬들을 샅샅이 뒤지고 있다 한들 무슨 대수겠는가? 자신이 사랑하고, 자신으로 하여금 가장 숭고한 감정을 품게 한 여인의 발랄한 목소리를 계속 들을 수만 있다면, 요란하게 터지는 포격 소리 따위를 더 이상 듣지 못한다 한들 무슨 문제가 되겠는가? 마리안나와 같은 공기를 호흡하고 그녀가 사는 곳에서 함께 살 수만 있다면, 자신이 발각되면 감옥에 갇혀 있다가 죽을지도 모르는 상황이라고 한들 무슨 상관이 있겠느냐는 말이다. 그녀를 위해서라면 모든 것을 잊어

버릴 작정이었다. 자신의 배도, 호랑이들도, 몸프라쳄도, 그리고 복수까지도.

「그러지요, 각하. 원하시는 대로 머물겠습니다.」 그가 충동적으로 대답하였다. 「친절하게 제안하신 호의를 기꺼이 받아들이겠습니다. 그리고 설령 — 이 말을 잊지 마십시오, 각하 — 우리가 더 이상 친구가 아니라 서로에게 칼을 겨눈 무시무시한 원수로 만나는 날이 온다 할지라도, 저는 각하께 입은 은혜를 갚아 드릴 것입니다.」

영국인이 놀라서 그를 바라보았다.

「무슨 뜻이오?」

「아마 언젠가는 아시게 될 겁니다.」 산도칸이 침울하게 대답하였다.

「당신의 비밀을 꼬치꼬치 캐묻지는 않겠소.」 대령이 미소를 띠며 말했다. 「그날을 기다리리다.」 그러고는 시계를 꺼내서 보았다. 「내일 사냥 계획을 친구들에게 연락하려면 지금 당장 나가 봐야겠구려. 안녕히 계시오.」

대령이 막 방을 나가려다가 멈추더니 돌아서서 말했다. 「누군가와 이야기하고 싶으시거든 정원으로 나가 보시오. 내 조카딸이 거기 있소이다. 좋은 친구가 되어 드릴 것이라고 믿소.」

「감사합니다, 각하.」

그것이야말로 산도칸이 진정으로 바라던 바였다. 단 몇 분 동안이라도 젊은 아가씨와 단둘이 있으면서 그녀에게 자신의 마음을 사로잡고 있는 열렬한 감정을 털어놓고 싶었던 것이다. 혼자 남자마자 산도칸은 드넓은 정원이 내다보이는 창문으로 달려갔다.

거기, 꽃이 핀 중국목련나무 그늘 아래, 쓰러진 빈랑나무 줄기 위에 그녀가 앉아 있었다. 무릎 위에 만돌린을 올려놓은 채 혼자 골똘히 생각에 빠져 있었다. 그 황홀한 장면을 보자 산도칸의 머리로 피가 솟구쳤고, 심장은 형언할 수 없을 정도로 거세게 고동치기 시작하였다. 그는 손가락 하나 까딱하지 않고 그 젊은 처녀로부터 눈을 떼지 못하면서, 그녀를 방해할까 두려워 숨소리도 죽인 채 그대로 서 있었다.

그러다가 제정신이 돌아오면서 그때까지 어느 정도 잘 참고 있던 비명을 내질렀다. 그의 얼굴에 험악한 표정이 떠올랐다. 그때까지 황홀경에 사로잡혀 있던 말레이시아의 호랑이가 문득 정신을 차렸다. 다시 한 번 모든 감정에 무감각한 강철 같은 심장을 지닌, 사납고, 무자비하고, 피에 굶주린 전사로 돌아왔다.

「내가 지금 무슨 짓을 하고 있는 건가!」 그가 타는 듯이 뜨거운 이마 위로 손을 가져가면서 갈라진 목소리로 중얼거렸다.

자신이 어떻게 저 젊은 아가씨를 사랑할 수 있단 말인가? 꿈이거나 말도 안 되는 미친 짓거리가 아닐까? 자신은 이제 더 이상 인정사정없는 몸프라쳄의 호랑이가 아닌 걸까? 자신이 영원히 증오하겠다고 맹세한 족속의 딸에게 어떻게 그렇게 저항할 수 없는 매력을 느낄 수 있단 말인가? 증오 말고는 다른 감정을 느껴 본 적이 없고, 피에 굶주린 짐승의 별명을 지닌 그가 어떻게 사랑에 빠질 수 있단 말인가? 어떻게 자신의 몸프라쳄과 믿음직한 호랑이들과 훌륭한 친구 야네스를 잊어버릴 수 있단 말인가? 모두들 자신에게 무슨 일인가가 벌어졌을 것이라고 걱정하면서 자신을 기다리고 있을 텐데……. 젊은 아가씨의 동포들이 호시탐탐 자신을 파멸시킬 기회만 노리고 있다는 사실을 잊어버렸단 말인가?

여자 앞에서 이렇게 전율을 느끼는 것은 말레이시아의 호랑이한테는 어울리지 않는 일이다! 이제 가슴속에서 타오르는 불길을 끄고 자신과 그 매력적인 아가씨 사이에 건널 수 없는 심연을 두어야 할 시간이다. 몇 날 며칠 동안이나 밤새 자신을 괴롭혀 왔던 환상을 떨쳐 내야 하리라. 이 사람들이 자신을 돌봐 준 것은 사실이지만, 그에 대한 감사의 마음은 깨끗이 묻어 버리고 이곳으로부터 멀리 도망칠 것이다. 아무것도 모르는 채 자신을 해안으로 밀어냈던 바다로 되돌아가서, 다시 한 번 사람들을 공포로 떨게 만드는, 무시무시한 몸 프라쳄의 해적이 될 것이다!

그런 생각들로 머릿속이 복잡한 가운데 산도칸이 끓어오르는 분노를 자제하지 못하고 창가로 걸어갔다. 저 멀리 어디에선가 그를 전쟁터로 불러내는 호랑이들의 함성과 사격수들의 고함 소리가 들리는 것 같았다. 그럼에도 그는 분노보다 더 강렬한 어떤 힘에 이끌려 거기 창가에 그대로 붙어 선 채, 젊은 숙녀에게서 눈을 떼지 못하고 있었다.

「마리안나!」 문득, 그가 큰 소리로 외쳤다. 「마리안나!」

숭배하는 이름을 부르는 그의 음성에는 조금 전에 폭발했던 분노도, 증오도, 태양 속의 안개처럼 사라지고 없었다. 호랑이가 정말로 사랑에 빠진 것이었다. 그의 손이 무심코 창문을 더듬더니 그것을 열었다. 한 줄기 미지근한 돌풍이 수많은 꽃들의 향기를 싣고 방 안으로 밀려들어 왔다.

향기로운 냄새를 들이마시고 있자니, 조금 전에 기를 쓰고 억누르고자 했던 열정이 그 어느 때보다도 더 강렬하게 솟아올랐다.

황홀경에 도취된 상태에서 그는 창턱에 몸을 기댄 채 말없이 우아한 숙녀를 바라보며 감탄하였다. 그의 혈관으로 불길이 흐르고, 불그스름한 구름이 시야를 흐리게 하는 중에도 그는 줄곧 자신을 홀려 버린 사람을 응시하고 있었다.

얼마나 오랫동안 그러고 있었을까? 분명 상당한 시간이 흘렀을 것이니, 산도칸이 황홀경에서 깨어났을 때 젊은 숙녀는 더 이상 정원에 있지 않았다. 해는 이미 지고, 밤이 되어 있었다. 밤하늘에 무수한 별들이 반짝였다. 그는 생각에 골똘히 잠겨서 팔짱을 끼고 고개를 숙인 채 방 안을 왔다 갔다 하였다.

그러다가 다시 창가로 돌아가 서늘한 밤공기를 들이마셨다. 선택의 대상은 양쪽 다 너무도 분명하였다. 한쪽에는 사랑과 평화와 행복으로 가득 찬 새로운 삶이 있고, 다른 쪽의 몸프라쳄에는 그의 호랑이들과 훌륭한 친구 야네스, 그의 해적선, 요란한 대포 소리, 그리고 전쟁의 스릴이 있다! 과연 어느 쪽을 선택해야 하나?

만일 그가 마리안나를 선택한다면, 사람들은 그가 자신의 부하들이나 피의 복수보다 그녀를 더 우선시했다고 말하리라. 원수의 딸에게 사랑의 감정을 느끼는 것은 수치스러워해야 하는 일이 아닐까? 만일 그녀를 잊으려고 노력한다면? 하지만, 그는 자신의 심장이 그렇게 하도록 내버려 두지 않으리라는 것을 알고 있었다……. 그가 이 바다를 주름잡는 공포의 대상이었을 때에는 사랑의 감정을 느끼지 않았었다. 싸우는 것만으로 충분했었다……. 그런데 지금은…….

나뭇가지가 흔들리는 소리를 들으면서, 그의 피도 격렬하게 요동치고 있었다.

자신과 그 성스러운 여자 사이에 숲을, 바다를, 나아가 증오의 벽을 놓는다면 어떨까? 증오라니! 자신이 과연 그녀를 증오할 수나 있을까? 도망쳐야 한다, 몸프라쳄으로 돌아가야 한다, 그리고 거기서 자기 부하들과 함께 있어야 한다! 만일 그냥 이곳에 머무른다면 사랑의 열기가 자신을 다 태워 버릴 것이고, 자신의 권력도 영원히 사라져 버리리라. 아울러 이제 더 이상 말레이시아의 호랑이도 될 수 없을 것이다. 그러니 가야 하리라!

아래를 내려다보니 높이가 바닥에서 겨우 3미터밖에 되지 않았다. 주의 깊게 귀를 기울여 보았으나 아무 소리도 들리지 않았다. 그는 창턱을 넘어서 그 아래 화단에 있는 꽃들 사이로 가볍게 뛰어 내렸다. 이어 좀 전에 마리안나가 앉아 있던 나무를 향해 걸어갔다.

「그녀가 앉아 있던 곳이 여기야.」 그가 서글프게 중얼거렸다. 「그대는 얼마나 아름다운지, 마리안나! 그런데 그대를 다시는 볼 수 없으리라는 생각을 하자니……. 그대의 목소리도 다시는 들을 수 없을 테고…….」

산도칸이 나무를 향해 허리를 굽히더니 꽃을 한 송이 집어 들었다. 젊은 숙녀가 남겨 놓고 간 들장미였다. 그는 오랫동안 그것을 들여다보면서 감탄하고, 몇 번씩이나 그 천상의 향기를 들이마시다가 그것을 가슴 앞주머니에 집어넣었다. 그러고는 단 한 번도 뒤돌아보지 않은 채, 정원을 둘러싸고 있는 담장을 향하여 다급하게 뛰어가기 시작하였다.

「가야 할 시간이다, 산도칸. 이것을 끝낼 시간이란 말이다!」 그가 중얼거렸다.

담장이 가까워지자 막 뛰어넘으려고 하던 산도칸이 속도를 줄이면서 머리를 쥐어뜯었다. 그의 얼굴에 무서운 표정이 떠올랐다.

「안 돼! 안 되겠다고!」 그가 절망적으로 흐느꼈다. 「무슨 일이 벌어지든지 간에 여기 그냥 있어야겠구나!」

그는 담장 너머에서 펼쳐지는 삶이 자신을 유혹해 올까 두려워 정원을 향해 달리기 시작하였다. 그리고 자기 방 창문 아래에 이를 때까지 단 한 번도 쉬지 않았다. 마지막으로 한 번 더 잠시 망설였지만, 결국 단번에 껑충 뛰어올라 나뭇가지를 붙잡고 창턱까지 기어올랐다. 자신이 조금 전에 비우고 떠났던 그 집으로 다시 돌아온 것을 깨닫자, 그의 목구멍 깊은 곳으로부터 두 번째 흐느낌이 터져 나왔다.

「아아……!」그가 탄식하였다.「말레이시아의 호랑이도 곧 사라지고 말겠구나!」

제8장
호랑이 사냥

 대령이 새벽에 그의 방문을 두드렸을 때, 산도칸은 아직 한숨도 자지 못하고 있었다. 하지만 사냥하기로 한 것을 기억하고 번개처럼 일어나 믿음직스러운 단도를 옷의 주름 사이에 집어넣은 뒤 문을 열었다.
「준비되었습니다, 각하.」
「아주 훌륭하구려.」 영국인이 대답하였다. 「이렇게 준비를 잘하고 계시리라고는 생각지도 못했소이다. 기분은 어떠시오?」
「황소라도 쓰러뜨릴 만큼 기운이 펄펄 납니다.」
「그럼 서두릅시다. 사냥꾼 다섯이 정원에서 우릴 기다리고 있소. 우리 정찰대가 호랑이를 작은 숲으로 몰아넣었고, 모두들 시작할 준비를 마쳤소.」
「저도 준비되었습니다. 그런데, 마리안나 양도 같이 가실 건가요?」
「물론이오. 진작부터 밑에서 기다리고 있다오.」
 산도칸은 환호성을 참느라고 애를 썼다. 「가시지요, 각하. 잠시도 기다리기 어렵군요.」

그들이 침실을 나와서 응접실로 접어들었다. 응접실의 사방 벽은 다양한 무기들로 뒤덮여 있었는데, 그곳에서 젊은 숙녀가 기다리고 있었다. 그녀의 금발을 아주 멋지게 강조하는, 푸른 색 복장을 갖춘 모습이 그 어느 때보다도 눈부시게 아름다웠다. 그녀를 본 산도칸은 현기증이라도 난 듯 갑자기 멈추었다가 곧 정신을 차리고 재빨리 그녀를 향해 나아갔다.

「당신도 사냥하시려고요?」 산도칸이 그녀와 악수를 나누며 물었다.

「네, 왕자님. 당신 동포들이 그런 사냥에는 타의 추종을 불허한다는 이야기를 들었어요. 당신이 활약하시는 모습을 보고 싶어요.」

「제 단도로 호랑이를 죽인 후, 당신께 그 가죽을 선물로 드리지요.」

「안 돼요! 안 돼!」 그녀가 겁에 질린 목소리로 외쳤다. 「그러다가 또 다치시면 어쩌려고요.」

「당신을 위해서라면 제 한 몸 산산이 부서뜨리기라도 할 작정입니다. 아가씨. 하지만 두려워하지 마세요. 라부안의 호랑이들이 제게 덤벼들 수 없을 테니까요.」

그 순간 대령이 다가와 산도칸에게 훌륭한 카빈총을 주었다.

「이걸 가지시오, 왕자.」 그가 말했다. 「때로는 총알 하나가 담금질한 단도보다 더 나을 수도 있다오. 갑시다. 내 친구들이 안달을 하고 있을 게요.」

그들은 다섯 명의 사냥꾼이 기다리고 있는 정원으로 걸어 내려갔다. 넷은 근처에 사는 식민지 사람들이었고 나머지 하나는 잘생긴 해군 장교였다. 그 청년을 보자마자, 산도칸은 무어라고 설명할 수는 없으나 강한 혐오감을 느꼈다. 하지만 그런 감정을 억누른 채, 모든 이들과 악수를 나누었다.

소개가 진행되는 동안, 장교는 꽤 오랫동안 산도칸을 찬찬히 뜯어보았다. 그러더니 아무도 그에게 주의를 기울이지 않는 틈을 이용해 마구(馬具)를 검사하고 있던 대령에게 다가갔다.

「각하, 아무래도 저 말레이 왕자를 전에 어디선가 본 듯합니다.」 그가 거두절미하고 요점을 말했다.

「어디서 말인가?」 대령이 물었다.

「그건 잘 생각나지 않지만 하여간에 그의 얼굴이 낯설지 않습니다. 그것만큼은 확실합니다.」

「참내! 여보게, 자네가 착각하고 있는 게 틀림없네.」

「곧 아시게 될 겁니다, 각하.」

「모두 준비되었으니 말을 타십시다, 여러분. 그나저나 조심들 하시오. 우리는 막강한 짐승을 상대하고 있는 중이오.」

「단 한 방으로 그놈을 쏘아 죽인 후, 그 가죽을 마리안나 양에게 드리도록 하겠습니다.」 장교가 말했다.

「제가 먼저 그놈을 보지 못한다면요.」 산도칸이 끼어들었다.

「최고의 사냥꾼이 잡도록 합시다.」 대령이 말했다. 「자, 말에들 오르시오!」

사냥꾼들이 각자 자기 말에 올랐다. 마리안나 양도 눈처럼 흰 말갈기를 지닌 근사한 망아지 위에 자리를 잡았다. 대령의 신호가 떨어지자 여러 명의 정찰 대원과 스물네 마리의 커다란 개들이 앞장선 가운데 모두들 정원을 떠났다.

문밖으로 나오자마자 모두들 뿔뿔이 흩어져서 바다까지 이어진 광활한 숲의 여러 구역으로 호랑이를 찾아 나섰다. 기운이 펄펄 넘치는 말을 타고 있던 산도칸이, 맨 먼저 호랑이를 피로 물들이고 싶은 나머지 전속력으로 좁은 길을 달려 올라갔다.

「이랴, 이랴!」 짖고 있는 개들이 지나간 흔적을 뒤쫓아 훌륭한 말에 박차를 가하면서 해적이 고함을 질렀다.

그 시건방진 장교가 감히 자신이 할 일을 가로채려고 있었다. 젊은 숙녀에게 호랑이 가죽을 바칠 사람은 자신이 되어야 하리라. 비록 그것이 그 일을 하는 도중에 온몸이 산산조각 나는 것을 의미한다 할지라도…….

그 순간 숲 한가운데에서 나팔 소리가 울려 퍼졌다.

「호랑이가 발견되었군.」 산도칸이 중얼거렸다. 「이랴, 이랴!」

눈 깜짝할 사이에 그는 두리안나무, 야자나무, 빈랑나무, 녹나무 등이 빽빽하게 들어선 구역을 가로질렀고, 예닐곱 명의 정찰 대원들이 그를 향해 질주해 오는 것을 보았다.

「왜 그렇게 달리고 있나?」 그가 물었다.

「호랑이요!」 질주하던 정찰 대원이 소리를 질렀다.

「어디냐?」

「연못 근처요!」

해적은 말에서 내린 다음, 근처 나무에 말을 묶어 놓고는 단도를 입에 물고 카빈총을 움켜쥔 채 연못을 향해 나아갔다. 공기 중에 야수의 냄새가 강하게 풍겨 왔다. 호랑이가 덤벼들려고 기다리고 있지나 않은지 확인하려고 나뭇가지 사이를 둘러보았다. 일단 갈 길이 안전하다는 것을 확인하고 나자, 산도칸은 아직도 수면에 잔물결이 일고 있는 것을 바라보면서 조심스레 연못가를 따라 걸어갔다.

「호랑이가 이리로 지나갔군.」 그가 중얼거렸다. 「교활한 녀석, 개들이 자기 뒤를 밟지 못하도록 연못을 통과해 가다니…….」

그는 말을 두고 온 곳으로 돌아가서 다시 말에 올라탔다. 그런데 막 출발하려고 하는 순간, 그리 멀지 않은 곳에서 총성이 울려 퍼지더니 이어 탄식 소리가 들렸다. 깜짝 놀란 그가 재빨리 총소리의 진원지로 가보니, 작은 개활지 한가운데로 흰 조랑말을 탄 젊은 숙녀가 아직도 연기가 나는 카빈총을 쥐고 나타났다. 산도칸이 환호성을 지르면서 전광석화처럼 그녀 곁으로 달려갔다.

「당신이…… 여기에…… 그것도 혼자서!」그가 큰 소리로 말했다.

「당신도요. 그런데, 어떻게 여기 계세요?」그녀가 얼굴을 붉히며 물었다.

「호랑이 뒤를 쫓는 중입니다.」

「저도요.」

「무얼 쏘셨는데요?」

「그 짐승이요. 그런데 긁힌 구석 하나 없이 도망갔지 뭐예요.」

「맙소사! 왜 그런 사나운 짐승을 상대로 목숨을 겁니까?」

「당신이 단도로 그놈을 찌르는 무분별한 짓을 하지 못하시게 하려고요.」

「그런 짓을 해서는 안 됩니다, 아가씨. 음, 호랑이가 아직도 살아 있다니, 내 단도는 그놈의 심장을 떼어 낼 준비가 되어 있습니다.」

「오, 그러시면 안 돼요! 당신이 대담하시다는 건 당신 눈만 봐도 알 수 있어요. 게다가 힘도 장사시지요. 하지만 호랑이와의 싸움은 당신에게 치명적인 일이 될 거예요.」

「그게 무슨 상관입니까? 심각한 부상도 환영받을 마당인데……」

「왜요?」젊은 아가씨가 깜짝 놀라서 물었다.

「아가씨.」산도칸이 그녀에게 다가가며 말했다.「나는 이곳을 떠나서 다시는 당신을 못 볼 생각만 하면 가슴이 터질 것 같습니다. 만일 호랑이가 나를 산산조각 낸다면, 최소한 당신과 같은 지붕 아래 있으면서 내가 싸움에 지고 부상의 고통으로 누워 있을 때 경험했던 것과 같은 달콤하고 부드러운 감정을 즐길 수는 있겠지요. 또 다른 중상을 입고 당신 곁에 있을 수만 있다면, 당신과 같은 공기를 호흡하고, 당신의 사랑스러운 목소리를 듣고, 당신 얼굴과 미소를 바라볼 수만 있다면 저는 정말로, 정말로 행복할 겁니다!

아가씨, 당신은 저를 매혹시켰답니다. 당신 없이는 어떻게 살아야 할지도 모르겠고, 마음의 평화를 얻기는커녕 불행하기만 할 것 같습니다. 도대체 제게 무슨 짓을 하신 겁니까? 한때는 모든 부드러운 것에 대해 무감각했던 제 심장에 도대체 무슨 장난을 치신 건가요? 보십시오, 단지 당신을 보는 것만으로도 제 사지가 떨리고, 뜨거운 피가 혈관 속을 소용돌이치고 있습니다.」

뜻밖의 열렬한 고백에 충격을 받은 마리안나는 아무 말도 하지 않은 채 가만히 있었지만, 해적이 좀 전에 살며시 잡았다가 이제는 뜨겁게 쥐고 있는 자신의 손을 잡아 빼지는 않았다.

「놀라지 마십시오, 아가씨.」 어린 고아의 가슴속에 스며드는 달콤한 음악처럼 가라앉은 목소리로 호랑이가 말을 이었다. 「제가 당신을 사랑하고 숭배한다고 고백하더라도 화를 내지는 마십시오. 당신을 처음 본 순간부터 저는 모든 이성을 잃었답니다. 자나 깨나 온통 당신 생각뿐입니다.

제 가슴속에 불타고 있는 당신에 대한 사랑이 너무나 강렬한 나머지, 저는 당신의 명령이라면 모든 사람들에 맞서고, 운명에 맞서고, 하느님께도 맞서서 싸울 것입니다. 허락만 하신다면 저는 당신을 이 바다의 지배자, 말레이시아의 여왕으로 만들어 드릴 것입니다! 당신의 말씀 한마디에, 총알도 포탄도 두려워하지 않는 3백 명의 용맹스러운 사내들이 당신에게 왕관을 바치기 위해 일어나 전 보르네오와 싸울 것입니다. 당신의 꿈과 소망을 말씀만 해주시면, 제가 다 이루어 드리겠습니다. 제게는 도시 열 개쯤은 너끈히 살 만한 황금이 있습니다. 배, 병사, 대포도 가지고 있습니다. 저는 막강한 사람입니다. 당신이 상상하실 수 있는 것보다 훨씬 더 막강하답니다.」

「오오! 당신은 누구신가요?」 마리안나가, 그가 쏟아 내는 약속에 얼떨떨해하면서, 그의 타는 듯한 강렬한 눈빛에 넋을 잃은 채 물었다.

「제가 누구냐 하면!」 해적이 안색을 흐리면서 큰 소리로 말을 받았다. 「저는……」

그가 숙녀에게 좀 더 가까이 다가가 그녀를 뚫어질 듯 바라보더니 우울한 목소리로 말을 이었다.

「제 과거에 좀 어두운 그늘이 깔려 있는데 지금은 말씀드리지 않는 게 좋을 것 같습니다. 다만, 이 바다에 사는 모든 이들을 공포에 떨게 하는 이름을 지니고 있다는 것만은 말씀드릴 수 있습니다. 보르네오의 술탄이나 심지어는 영국 총독까지도 떨게 하는 이름이지요.」

「그런데 저를 사랑하신다고요……, 그렇게 막강하신 분이.」 아가씨가 중얼거렸다.

「당신을 말로 다 할 수 없이 사랑합니다. 당신을 위해서라면 무슨 일이든지 다 할 겁니다. 기적을 행하거나 범죄도 저지를 겁니다. 저를 시험해 보십시오. 말씀만 하시면 신음 소리나 한숨 소리 한 번 내뱉지 않고 노예처럼 복종할 겁니다. 제가 왕이 되어 당신에게 왕관을 씌워 주기를 바라시나요? 그렇게 하겠습니다. 당신은, 당신을 미치도록 사랑하는 제가, 떠나온 섬으로 돌아가기를 원하시나요? 설사 영원히 제 마음을 괴롭히는 일이라고 하더라도 그렇게 하겠습니다. 당신 앞에서 제가 자살하기를 원하신다면 그렇게 하겠습니다. 제게 말씀만 하십시오……. 저는 지금 제정신이 아닙니다!

말씀해 주십시오, 아가씨!」

「그렇다면 저를 사랑해 주세요.」 엄청난 사랑의 고백에 압도당한 그녀가 중얼거리듯 대답하였다.

해적이 커다랗게 환호성을 올린 것과 거의 동시에, 두세 발의 총성이 들렸다.

「호랑이다!」 마리안나가 외쳤다.

「내 거다!」 산도칸이 소리를 질렀다.

해적이 손에 단도를 쥐고 대담무쌍한 눈빛으로, 말에 박차를 가하면서 총알처럼 달려 나갔다. 오로지 약속을 지키기 위해 어리석게도 자기 목숨을 내걸고 있는 남자에게 끌리는 자신을 느끼면서, 젊은 아가씨도 그 뒤를 따랐다. 그들 앞쪽으로, 3백 미터가 조금 안 되는 곳에 다른 사냥꾼들이 벌써 모여 있었다. 해군 장교가 무리를 떠나서, 총을 겨누고 쏠 준비를 한 채 나무들을 향해 걸어 나가고 있었다.

「호랑이는 내 거요!」 산도칸이 말에서 뛰어내리며 고함을 질렀다.

그러더니 짐승처럼 울부짖으면서 믿을 수 없을 만큼 신속하고 민첩하게 움직였다.

「왕자님!」 마리안나가 말에서 내리면서 고함을 질렀다.

산도칸이 그 소리를 듣지 못한 채 전속력으로 앞으로 나아갔다.

호랑이는 강력한 발톱을 드러낸 채, 덤벼들 준비를 하고 커다란 나무 발치에 서 있었다. 해적보다 족히 열 발자국은 앞서 있던 해군 장교가, 해적이 앞으로 나아가는 소리를 듣고는 재빨리 총을 겨누고 발사하였다. 연기도 채 사라지지 않은 와중에 호랑이가 단번에 공중으로 뛰어오르더니 경솔한 장교를 쓰러뜨렸다.

호랑이가 막 다른 사냥꾼들을 공격하려고 할 때, 오른손에 단단히 단도를 틀어쥐고 있던 산도칸이 그놈을 향해 돌진하였다. 그가 호랑이의 성난 포효를 짓누를 정도로 있는 힘껏 그놈의 숨통을 틀어막자, 그 대담무쌍함에 놀란 호랑이가 미처 자신을 방어할 생각도 못해 보고 바닥으로 넘어졌다.

그러자 눈 깜짝할 사이에, 단 한 번의 날쌘 동작으로 산도칸이 야수의 심장 깊숙이 뱀 모양의 단도 날을 찔러 넣었고, 호랑이는 그대로 땅바닥에 죽어 넘어졌다. 그 용감한 행동에 귀청이 떨어져 나갈 듯한 환호성이 울려 퍼졌다. 싸움을 무사히 마친 해적이 이제 막 일어서고 있는 장교에게 경멸적인 시선을 던진 후, 두려움 속에서 말없이 이 모든 과정을 지켜보고 있던 숙녀를 향해 돌아섰다. 그러더니, 왕의 위엄을 더해 줄 만한 위풍당당한 태도로 입을 열었다. 「아가씨, 가죽은 당신 것입니다.」

제9장
폭로

 제임스 경이 손님들에게 베푼 오찬은 별장에서 열렸던 그 어느 때보다 활기차고 근사한 것이었다. 영국 요리로는 훌륭한 스테이크와 푸딩이 제공되었고, 말레이 요리로는 구운 큰 부리새와 부드러운 죽순, 싱가포르산 대합과 정말로 맛있는 과일들이 산더미처럼 나왔다. 모두들 칭찬을 아끼지 않으면서 오찬을 즐겼다. 말할 필요도 없이 수많은 포도주, 진, 위스키 병들이 오찬을 빛내 주었고, 그 술로 여러 차례에 걸쳐 산도칸의 명예로운 행동과 용감한 라부안의 진주를 위한 건배가 이루어졌다.
 차를 마시는 시간에는 대화가 더욱 활발하게 오갔다. 호랑이, 사냥, 해적, 선박, 영국과 말레이시아에 대한 이야기들이 만발하였다. 오로지 해군 장교만이 침묵을 지켰으니, 그가 유일하게 한 일이라면 산도칸을 유심히 관찰하는 것이었다. 산도칸에게서 눈을 떼지 않은 채, 그의 말이나 몸짓 하나도 놓치지 않았다. 대화가 해적에 관한 내용으로 넘어가자 장교가 불쑥 끼어들었다.
 「실례지만 왕자님, 라부안에 한참 동안 계셨습니까?」 그가 물었다.

「20일간 머물렀소.」 호랑이가 대답하였다.

「그런데, 왜 빅토리아에서 왕자님의 배를 보지 못했을까요?」

「이리로 오는 동안 해적들이 내 프라후 두 척을 강탈해 갔소이다.」

「해적이라고요? 해적의 공격을 받으셨습니까? 어디에서였나요?」

「로마데스 근처였소.」

「언제였습니까?」

「이 해안에 도착하기 몇 시간 전이었소.」

「착각하신 거겠지요, 왕자님. 우리 순시선 하나가 그 구역을 순찰하고 있었는데, 어떤 종류의 포격 소리도 들은 바가 없습니다.」

「아마도 바람이 동쪽에서 불어오고 있었나 보오.」 산도칸이, 장교가 무슨 이야기를 하려고 하는 건지 감을 잡지 못한 채 바짝 경계하면서 대답하였다.

「그런데 이곳으로는 어떻게 오셨나요?」

「헤엄쳐 왔소.」

「그럼, 해적선 두 척이 순시선과 전투를 벌이는 걸 보지 못하셨나요?」

「그렇소.」

「이상하군요.」

「나를 심문하는 거요? 내 말을 의심하고 있소?」 산도칸이 일어서면서 물었다.

「천만에요, 왕자님.」 장교가 빈정거리는 투로 대답하였다.

「자, 자!」 대령이 끼어들었다. 「윌리엄 남작, 우리 집에서는 논쟁하지 말아 달라고 당부하겠네.」

「죄송합니다, 각하. 그럴 의도는 없었습니다.」장교가 대답하였다.

「그럼, 그 문제는 이제 더 이상 언급하지 맙시다. 마지막으로 이 훌륭한 위스키나 한 잔씩 더 들고 가시구려. 밤이 되었는데, 아무래도 정글은 어두워진 다음에는 안전하지 못해서……」

주인의 인심 좋은 술대접을 마지막으로 한 번 더 받고 난 다음, 손님들이 산도칸과 마리안나와 함께 정원으로 나갔다.

「여러분, 모두들 조만간 다시 한 번 우리를 방문해 주시기 바라겠소.」제임스 경이 말했다.

「물론입지요.」사냥꾼들이 이구동성으로 합창했다.

「다음번에는 행운의 여신이 자네에게 미소 짓기 바라네, 윌리엄 남작.」대령이 장교를 향해 덧붙였다.

「다음에는 좀 더 겨냥을 잘하겠습니다.」그가 산도칸을 매섭게 노려보며 대답하였다.「잠깐 드릴 말씀이 있습니다.」

「그렇게 하게.」

장교가 다른 사람들에게 들리지 않는 작은 목소리로 뭐라고 몇 마디 하였다.

「알았네.」대령이 대답하였다.「자, 이제 안녕히들 가시오. 좋지 않은 일이 일어나지 않도록 하느님의 가호가 함께하시기를……」

사냥꾼들이 각자 자기 말을 타고 정원을 떠났다. 산도칸은 대령의 기분이 갑자기 가라앉은 것을 눈치 채고 그와 인사를 나누었다. 그리고 아가씨와 뜨거운 악수를 나눈 뒤 자기 방으로 돌아왔다.

하지만 침대에 드러눕는 대신 초조하게 방 안을 오락가락 하였다. 그의 얼굴에 막연한 불안감이 떠올랐고 그의 오른손이 무의식적으로 단도의 손잡이를 어루만졌다. 아까 해군 장교가 그에게 던졌던 질문을 생각하고 있는 것이 분명하였다. 거기에 매우 교묘한 함정이 숨겨져 있었는지도 모른다. 대체 그 장교는 누구일까? 그와 같은 질문 뒤에 숨겨진 저의는 무엇일까? 피로 물들었던 그날 밤, 그가 순시선의 갑판에서 자신을 보았던 것일까? 그가 자신을 알아본 걸까, 아니면 단지 의심하는 것에 지나지 않는 걸까? 그들이 지금 자기를 상대로 음모를 꾸미고 있는 것은 아닐까?

「훙!」 그가 어깨를 으쓱하면서 내뱉었다. 「설령 그들이 나를 공격한다고 해도 나 하나쯤은 스스로 방어할 수 있다고. 이제까지 한 번도 영국 놈들을 무서워한 적이 없었으니까. 일단, 지금은 쉬어야겠다. 내일 일은 내일 걱정하지, 뭐.」

산도칸은 단도를 옆에 놓고 옷을 다 입은 채로 침대에 몸을 던졌다. 그러고는 마리안나의 이름을 중얼거리면서 태평스럽게 꿈나라를 돌아다녔다. 다음 날 정오 무렵 잠에서 깨어 보니, 열어 놓은 창문 사이로 햇빛이 흘러 들어오고 있었다. 하인을 불러 대령의 소재를 물었다가 그가 새벽이 되기도 전에 말을 타고 빅토리아로 향했다는 대답을 들었다.

그 예상치 못한 소식이 그에게 충격을 주었다.

「빅토리아로 갔다고!」 산도칸이 중얼거렸다. 「어젯밤 그에 관해선 한마디도 없었는데, 갔단 말이지…….」

그럴 만한 이유들을 생각해 보려고 하였으나, 그의 마음은 자꾸 한 가지 생각으로 귀착하였다. 폭로. 대령이 더 이상 친구가 아니라 거들먹거리는 적이 되어 돌아오면 어떡하나? 자신은 어떻게 대응해야 할까? 어쨌거나 궐론크 경은 자신을 보살펴 주었고 또 자신이 애모하는 여자의 숙부가 아니던가. 그는 마리안나를 만나 그녀가 무엇을 아는지 알아내야 겠다고 생각했다.

그리하여 그녀를 만날 생각으로 정원으로 내려갔으나 아

무도 보이지 않았다. 그는 자신이 무슨 짓을 하고 있는지 의식하지 못한 채, 그녀가 으레 앉아 있곤 하던, 쓰러진 나무를 향해 걸어갔다. 일단 그곳에 이르자, 그 자리에 멈춰 서서 무거운 한숨을 내쉬었다.

자신이 도망가기로 작정했던 날 저녁, 마리안나는 얼마나 아름다웠던가! 그녀가 자신을 사랑한다는 것을 생각할 때, 그날 자신의 생각은 얼마나 어리석은 것이었던가! 운명이란 참으로 기묘한 것! 호랑이가 그런 여자와 사랑에 빠지리라고 누가 상상이나 할 수 있었겠는가! 게다가 자신은 또 그녀를 얼마나 사랑하는지! 그의 혈관과 심장과 머리 속에서 불길이 일기 시작하더니 그의 격정에 불을 놓으면서 점점 더 강렬하게 타올랐다. 그녀를 위해서라면 자신을 영국인으로 만들 수도, 노예로 팔아 버릴 수도 있으리라. 심지어는 모험으로 가득 찬 거칠고 사나운 삶을 저버리고, 자신이 다스려 왔고 자신의 것이라고 여겼던 호랑이들과 바다를 향해 저주를 퍼부을 수도 있을 것 같았다.

그렇게 한참 동안을 고개를 숙인 채 생각에 잠겨 있더니, 느닷없이 이를 악물고 눈에 불꽃을 튀기면서 벌떡 일어섰다.

「만일 그녀가 해적을 거부하면 어떡한단 말이냐!」 그가 쉰 소리를 내며 탄식하였다.

그런 일은 있을 수도 없다! 일어나지도 않을 테고! 그녀에게 왕관을 씌워 주기 위해 자신이 라부안 전체에 불을 지르거나 보르네오의 술탄을 전복시켜야 한다 해도 그녀는 자신의 것이 되리라!

해적이 정원을 걷기 시작했는데, 얼마나 흥분했던지 머리 끝부터 발끝까지 다 떨고 있었다. 그러다가 그의 심장의 폭풍을 가라앉혀 주는 다정한 목소리를 듣고서야 그 상태에서 벗어났다. 마리안나 양이 길 모퉁이에서 나타나 그를 부른 것이었다. 그녀는 완전 무장을 갖춘 두 명의 원주민을 대동하고 있었다.

「아가씨!」 산도칸이 그녀에게 뛰어가면서 외쳤다.

「내 용감한 친구여, 당신을 찾고 있었어요.」 그녀가 얼굴을 붉히며 말했다.

그러더니 입술에 손가락을 얹은 채 그의 손을 잡고서, 오렌지나무 숲에 일부가 가려진 작은 중국식 노대(露臺)로 데려갔다. 두 명의 원주민이 언제라도 무기를 사용할 채비를 마친 채 멀지 않은 곳에 서 있었다.

「저기요.」 젊은 아가씨가 무언가 두려워하는 듯한 표정으로 입을 열었다. 「어젯밤에 당신이 숙부를 놀라게 하는 말씀을 하시는 걸 들었어요. 당신이 제 심장을 찢어 놓고야 말리라는 끔찍한 의구심이 들었어요. 내 용감한 친구여, 말씀해 주세요. 당신이 사랑한다고 맹세한 여자가 당신에게 무언가를 고백해 달라고 부탁한다면, 들어주시겠어요?」

아가씨가 한마디 한마디 더할 때마다 점점 더 그녀 곁으로 다가가던 해적이 마지막 질문을 듣고는 펄쩍 뒤로 물러났다. 금방 세게 얻어맞기라도 한 양, 눈에 띌 정도로 부들부들 떨면서 비틀거렸다.

「아가씨.」 그가 잠시 동안 가만히 있다가, 아가씨의 손을 잡으면서 말했다. 「아가씨, 당신을 위해서라면 뭐든지 할 수 있습니다. 그저 묻기만 하십시오! 설사 우리 둘 다에게 고통스러울지도 모르는 사실을 털어놓아야 한다 할지라도, 어쨌거나 그렇게 하겠다고 맹세합니다.」

마리안나가 그를 올려다보았다. 두 사람의 눈길이, 무언가를 호소하는 듯한 눈물 어린 그녀의 눈과 번쩍이는 그의 눈이 한동안 불안스럽게 얽혀 들었다.

「제게 거짓말은 하지 마세요, 왕자님.」 마리안나가 조그맣게 속삭였다.「당신이 어떤 분이시든 간에 당신께서 제 마음속에 지펴 놓은 사랑의 불길은 꺼지지 않을 거예요. 왕이든 강도든, 저는 당신을 똑같이 사랑할 거예요.」

해적의 입술 사이로 안도의 한숨이 무겁게 새어 나왔다.

「그러니까 내 이름을, 내 진짜 이름을 알고 싶은가요, 성스러운 그대여?」

「네, 당신 이름이요. 당신의 이름!」

산도칸이 몇 번이고 이마를 문질렀다. 거절당할지도 모른다는 두려움이 별것도 아닌 일을 거의 초인적인 과제인 양 바꾸어 놓고 있었다.

「마리안나.」그가 과격한 어조로 입을 열었다.「이 바다를 지배하고, 모든 선원들을 괴롭히고, 모든 나라를 떨게 만들며, 그의 이름이 마치 장례식의 조종(弔鐘)처럼 울리는 남자가 있답니다. 혹시 말레이시아의 호랑이, 산도칸에 대해서 들어 보신 적이 있소? 내가 바로 그 사람이오!」

아가씨가 자기도 모르는 사이에 공포에 찬 비명을 내지르면서 얼굴을 손에 묻었다.

「마리안나!」해적이 그녀의 발치에 쓰러지면서 그녀를 향해 팔을 뻗었다.「두려워하지 말아요! 나를 밀어내지 말아요! 어쩔 수 없는 운명 때문에 나는 내 이름을 피로 물들이고 해적이 되었소. 내가 그들에게 아무 잘못도 저지르지 않았는데도 당신 동포들은 내게 너무 무자비했다오. 나를, 왕좌로 향하는 계단으로부터 진흙 구덩이 속으로 내동댕이친 게 그들이었소. 그들이 내 왕국을 빼앗아 갔다오! 그들은 나의 어머니와 형제자매를 암살하고 나를 바다 위로 내몰았소. 나는 욕심 때문에 해적이 된 게 아니오. 복수자요. 우리 가족과 우리 백성에 대한 복수자일 뿐, 그 이상은 아니오. 내 말을 믿어 주시오. 당신을 위협하고 싶은 생각은 추호도 없소. 이제, 그래도 당신이 저를 쫓아내는 것이 옳다고 생각하신다면 나는 영원히 이 섬을 떠나겠소.」

「아니에요, 산도칸. 당신을 쫓아내지 않을 거예요. 당신을 너무도 사랑하니까요.」

「아, 그럼 여전히 나를 사랑한다는 말씀이오? 당신 입술로, 다시 한 번 말해 주시오.」

「그래요, 당신을 사랑해요, 산도칸. 그 어느 때보다도 훨씬 더 많이요.」

해적이 그녀를 힘껏 끌어안았다. 그의 얼굴이 한없는 기쁨으로 빛났다. 그는 이제 더할 나위 없이 행복한 미소를 띠고 있었다.

「내 사람! 이제 당신은 내 것이오!」 그가 기쁨에 겨워 어쩔 줄 모르며 큰 소리로 외쳤다. 「그러니 말해 봐요, 내 사랑. 당신을 위해서 내가 할 수 있는 일이 무엇인지……. 불가능한 일이란 아무것도 없소. 만일 당신이 여왕이 되고 싶다면, 가서 술탄을 몰아내고 그의 왕국을 당신에게 바치리다. 만일 당신이 부를 원하신다면 내, 인도와 버마의 사원들을 약탈해서 당신을 다이아몬드와 황금으로 목욕시켜 드리리다. 말씀만 하시면, 영국 사람이라도 되어 드리겠소. 당신이 내가 복수하기를 포기하고 해적들을 없애 버리기를 바란다면, 우리 해적선에 불을 지르고 부하들을 해산시키고 대포도 철거하고 우리 섬에 있는 요새도 부숴 버릴 것이오. 말씀해 보시오. 당신 소망을 말해 보라니까요. 설사 불가능한 것을 요구한다 하더라도 내가 이루어 드리리다. 당신을 위해서라면 이 지구를 들어 올려서 밤하늘로 집어 던질 수도 있을 테니까.」

아가씨가 그를 향해 무릎을 꿇고 그의 목에 양팔을 두르면서 미소를 지었다.

「아니에요, 왕자님. 당신 곁에서 행복하게 지내는 것 말고는 더 이상 바라는 게 없어요. 아무런 두려움이나 위험도 느끼지 않고 우리가 결혼할 수 있는 머나먼 섬으로 저를 데려가 주세요.」

「그래요, 당신이 그러기를 원한다면 꽃과 나무들로 뒤덮인, 아주 머나먼 섬으로 데려가 드리리다. 거기서 당신은 라부안에 대한 이야기나 몸프라쳄에서 보낸 내 과거에 관한 이야기를 다시는 듣지 않게 될 것이오. 장담하건대, 우리들의 작은 섬에서 무시무시한 해적과 고상한 라부안의 진주는 행복하게 살게 될 거요. 내 생각이 어떻소, 마리안나?」

「네, 산도칸, 그렇게 할게요. 그나저나, 당신이 위험해요. 지금 이 순간에도 저들이 당신에 대한 음모를 꾸미고 있을 거예요.」

「알고 있소. 또 그러리라고 느껴지지만 두렵지는 않소.」 산도칸이 큰 소리로 말했다.

「당신은 내 말대로 하셔야 돼요, 산도칸.」

「무엇을 해야 하는 거요?」

「지금 당장 떠나세요.」

「떠나라고요! 떠나라니! 난 하나도 두렵지 않은데……」

「산도칸, 시간이 있을 때 탈출하세요. 무서운 예감이 들어요. 당신에게 안 좋은 일이 일어날까 봐 두려워요. 숙부님께서는 변덕 때문에 떠나신 것이 아니에요. 틀림없이 로젠탈 남작의 호출을 받으셨을 거예요. 당신의 정체가 드러난 것 같아요. 그러니 가세요, 산도칸. 안전한 당신 섬으로 돌아가세요. 폭풍우가 휘몰아쳐 오기 전에요!」

그녀의 말을 듣는 대신 산도칸은 그녀를 껴안았다. 관자놀이가 사정없이 뛰는 게 느껴졌다. 조금 전까지만 해도 사랑의 열정에 흠뻑 젖어 있던 그의 표정이 바뀌었다. 눈에는 불꽃이 일었고, 벌어진 입술 사이로 이를 악물고 있는 것이 보였다.

잠시 후, 그는 필사적으로 도망치는 것처럼 시내와 개울을 건너뛰면서 전속력으로 정원을 가로질러 달려갔다.

그러고는 해변에 이를 때까지 단 한 번도 멈추지 않고 달려갔다가, 무엇을 해야 할지 혹은 어디로 가야 할지 모르는 채 한참을 그대로 서 있었다. 그러다가 마침내 별장으로 돌아가기로 결정했을 때에는 이미 밤이 되었고 달도 떠 있었다. 별장에 이르자마자 대령이 돌아왔는지 물어보았다가 하인으로부터 아직 주인을 보지 못했다는 대답을 들었다. 거실에 들어갔더니, 마리안나가 온통 눈물 젖은 얼굴로 마리아상 앞에 무릎을 꿇고 있는 것이 보였다.

「마리안나, 내 사랑!」 산도칸이 그녀를 일으켜 세우며 물었다. 「나를 위해 흘리는 눈물이오?」

「그래요. 산도칸. 안 좋은 일이 벌어질 게 확실해요. 그러니 도망치세요. 이곳으로부터 멀리 가시라고요.」

「난 무섭지 않소. 말레이시아의 호랑이는 절대로 떨어 본 적이 없소, 그리고……」

그가 하던 말을 멈추더니, 자기가 한 말에 몸서리를 쳤다. 말 한 필이 정원으로 들어와서 별장 앞에 섰다.

「숙부님이세요! 여기서 나가세요, 산도칸!」 아가씨가 큰 소리로 외쳤다.

「나는……, 나는……!」

바로 그 순간 제임스 경이 거실로 들어왔다. 더 이상 예전의 친절한 주인이 아니었다. 그는 해군 사령관의 복장을 갖추고서 딱딱하게 얼굴을 굳힌 채 근접하기 어려운 표정을 짓고 있었다. 그가 거만한 태도로 해적이 뻔뻔스럽게 내민 손을 밀어냈다.

「만일 내가 너의 입장이었다면 불공대천의 원수로부터 호의를 구하느니 차라리 숲 속의 호랑이한테 잡아먹히고 말았겠다. 그 손 치워라! 그건 해적의, 암살자의 손이야!」

「각하!」 자신의 신분이 들통 난 것을 알고 끝까지 싸울 각오를 하면서 산도칸이 큰 소리로 외쳤다. 「나는 암살자가 아니라 복수자요!」

「내 집에서 더 이상 한마디도 나불거리지 말고 나가거라!」

「알겠소이다.」 산도칸이 대답하였다.

산도칸은 충격을 받고 기절해 버린 마리안나를 마지막으로 한 번 더 바라보았다. 그리고 그녀를 향해 달려가려고 하다가 멈춰 서더니 오른손을 단도 손잡이에 올려놓은 채, 고개를 빳빳이 치켜들고 당당한 표정으로 천천히 방을 나섰다. 이어 건물 밖으로 이어지는 층계를 내려갔다. 무섭도록 쿵쿵 울리고 있는 심장과 자신의 영혼을 가득 채우고 있는 뜨거운 열정을 억제하느라고 무진 애를 쓰면서……. 정원에 이르자, 그는 잠시 멈추어 서서 단도를 꺼내 들었다. 칼날이 달빛을 받아 번쩍번쩍 빛났다. 거기, 그의 앞으로 250미터가량 떨어진 지점에 카빈총을 겨눈 병사들이 쏠 준비를 마친 채 도열해 있었다.

제10장
해적을 찾아서

 예전의 산도칸이라면, 거의 무방비 상태에서 50대 1의 숫자로 밀리고 있다 할지라도 재고의 여지도 없이 그들 속으로 밀고 들어가, 어떤 대가를 치르고서라도 스스로 탈출로를 뚫었을 것이다. 하지만 이제 사랑에 빠진 그는, 목숨을 내거는 어리석은 행동을 저지를 수가 없었다. 자신이 사랑을 받고 있으며, 자기 연인이 자신의 일거수일투족을 걱정스럽게 지켜본다는 것을 잘 알고 있었기 때문이다. 그래도 숲으로 나가는 길을 뚫어야 할 필요가 있었다. 일단 거기로 가야 바다로 가서 탈출을 시도해 볼 수가 있었다.

 그는 병사들로부터 몸을 숨기고, 다시 계단을 올라와 손에 단도를 든 채 거실로 들어갔다. 대령은 아직 그대로 있었으나 아가씨는 가버리고 없었다.

 「대령.」 그가 대령에게 다가서며 말했다. 「만일 내가 당신을 환대하며 친구라고 부르다가 당신이 불구대천의 원수라는 걸 알았다면, 나는 당신에게 나가는 문을 알려 주었지 야비한 올가미를 설치하지는 않았을 거요. 정원에 쉰 명, 어쩌면 백 명 가까운 병사들이 발사 준비를 한 채 내 앞길을 막고 있소. 그들을 해산시키고 내 길을 열어 주시오.」

「그럼, 천하무적의 〈호랑이〉가 두려워하고 있다는 말인가?」 대령이 빈정거리면서 차갑게 물었다.

「두려워한다고요? 내가? 천만에요, 대령. 하지만 이것은 전투가 아니지 않소. 당신은 무장하지 않은 사람을 암살하려고 하고 있소.」

「그런 데 관심 없다. 나가거라, 더 이상 내 집을 모욕하지 말고. 안 그러면……」

「협박하지 마시오, 대령. 이 호랑이는 자신을 낫게 해준 사람의 손을 물 수도 있으니까.」

「나가라고 했다.」

「먼저 저자들을 물러나게 해주시오.」

「좋다. 어디 그럼, 스스로를 지켜보아라, 말레이시아의 호랑이야!」 대령이 칼집에서 칼을 꺼내 들고 문을 닫으면서 악을 썼다.

「아하! 알겠소이다. 먼저는 배신하더니 이제는 암살이라! 내 앞에서 비키시오. 안 그러시면 당신과 싸우겠소이다.」 산도칸이 말을 받았다.

그의 말을 듣는 대신, 대령은 벽에서 뿔피리를 내려 몇 소절을 불었다.

「앗, 배신자!」 산도칸이 혈관 속의 피가 끓어오르기 시작하는 것을 느끼면서 고함을 질렀다.

「이제 네가 우리 손아귀에 떨어질 시간이다, 이놈아!」 대령이 말했다. 「몇 분 안에 우리 병사들이 이리로 올 거다. 그 애들이 네놈을 잡으면 내일 해 지기 전에 네 목을 매달 작정이지.」

산도칸이 귀청을 찢을 듯한 고함을 내질렀다. 날쌘 동작으로 단번에 의자를 들고 방 한가운데 있던 테이블 뒤로 뛰어

넘어갔다. 분노로 일그러진 얼굴이 무시무시해 보였다. 그의 눈에서는 불꽃이 타오르는 것 같았고 입술 주변으로 섬뜩한 미소가 번졌다.

나팔 소리가 울린 데 이어 복도에서부터 누군가의 목소리가 들려왔다.

「도망가세요, 산도칸!」 마리안나가 필사적으로 외치고 있었다.

「피를! 피를 보겠다!」 해적이 으르렁거렸다.

산도칸이 의자를 들어 올려서 있는 힘껏 대령에게 던지자, 가슴을 맞은 대령이 바닥으로 나자빠졌다. 칼을 치켜든 산도칸이 순식간에 그를 타고 앉았다.

「나를 죽여라, 암살자 놈아.」 대령이 주절거렸다.

「내가 며칠 전에 한 말이 기억나지 않나? 당신 목숨만은 살려 두겠다. 하지만 묶어 놓기는 해야겠구나.」

그가 순식간에 제임스 경을 뒤집더니 자신의 허리띠로 단단히 묶었다. 그런 다음, 집주인의 칼을 들고 복도로 나갔다.

「마리안나!」 그가 큰 소리로 아가씨를 불렀다.

마리안나가 그의 팔에 안기면서 그를 자기 방으로 끌어들였다.

「산도칸, 병사들을 보았어요. 이제 다 틀렸어요!」

「아직은 아니오.」 해적이 대답하였다. 「탈출할 테니 두고 봐요.」

어느 정도 자제력을 되찾은 그가 마리안나의 팔을 잡고 창문으로 데려갔다. 그러고는 달빛 아래에서 몇 번이고 그녀를 바라보았다.

「마리안나, 내 아내가 되어 주겠다고 약속해 줘요.」 그가 말했다.

「어머니의 이름을 걸고 약속할게요.」 그녀가 대답하였다.

「그럼 나를 기다려 주겠소?」

「네, 약속할게요.」

「좋아요! 1주일이나 2주일 안으로 우리 부하들을 이끌고 당신에게 돌아오겠소. 너희, 개새끼들아!」 그가 자랑스럽게 일어서면서 고함을 질렀다. 「라부안의 진주를 위해 싸우노라.」

그가 정원에 있는 병사들의 눈에 띄지 않은 채, 창턱을 뛰어 내려서 빽빽한 화단 가운데로 떨어졌다.

육칠십 명쯤 되는 병사들이 사원(私園)을 철통같이 에워싼 채, 손에 라이플을 들고 발사 준비를 마친 자세로 별장을 향해 서서히 전진하고 있었다. 산도칸은 오른손에는 칼을 들고, 왼손에는 단도를 쥔 채 조용히 숨어서 기다렸다. 움직이기는커녕 숨도 쉬지 않았다. 불가항력적인 힘으로 포위망을 뚫고 나갈 준비를 하면서, 있는 힘 없는 힘을 다 끌어 모았다. 그러면서도 이따금 조심스럽게 고개를 들고, 마리안나가 걱정스러운 표정으로 싸움의 결과를 지켜보고 서 있는 창문을 힐끔 올려다보았다.

얼마 지나지 않아 병사들이 화단으로부터 몇 발자국 떨어지지 않은 곳까지 왔다. 그러더니 아직 벌어지지 않은 사태에 다소 불안해하면서 어떻게 전진해야 할지 결정을 내리지 못한 채 갑자기 멈춰 섰다.

「조심해라, 신호를 기다린 다음에 전진해야 한다.」 위병 하사가 경고했다.

「그 해적 놈이 정원 어딘가에 숨어 있다고 생각하십니까?」 병사 하나가 물었다.

「그놈이 집 안에 있는 사람들을 다 죽였을까 봐 겁나는구나. 정원이 워낙 조용해서⋯⋯.」

「그놈이 그런 흉악한 짓을 할 수 있을까요?」

「그놈은 무슨 짓이든 다 할 수 있는 살인자다. 아, 그놈이 목에다 밧줄을 걸고 활대 끝에 매달려 춤추는 꼴을 보면 얼마나 좋을까!」

단 한마디도 빼놓지 않고 다 듣고 있던 산도칸이 간신히 고함을 억누른 채 핏발 선 눈으로 위병 하사를 노려보았다.

「조금만 기다려라, 네놈이 제일 먼저 뒈질 것이니라.」 산도칸이 중얼거렸다.

그 순간 대령의 뿔피리 소리가 온 별장에 울려 퍼졌다.

「또 다른 신호인가?」 산도칸이 속으로 중얼거렸다.

「전진!」 위병 하사가 명령하였다. 「해적 놈이 정원 안 어딘가에 있다.」

병사들이 사방으로 불안한 눈길을 보내면서 천천히 앞으로 걸어갔다. 산도칸이 힐끗 쳐다보고 거리를 따진 다음, 무릎을 꿇었다가 있는 힘껏 뛰어올라 적에게 돌진하였다. 위병 하사의 머리를 박살 내고 도로 근처의 수풀 속으로 사라지기까지 채 몇 분도 걸리지 않았다. 그 대단한 용기에 놀랐을 뿐만 아니라, 자기네 지휘관이 갑자기 죽어 버린 것을 보고 충격을 받은 병사들은 미처 총을 쏠 생각조차 하지 못하였다. 산도칸이 담장에 도착해서 그것을 타올라 그 너머로 사라지는 데에는 그 짧은 순간의 머뭇거림만으로도 충분하였다.

병사들 사이에서 분노의 함성이 터졌고 이어 라이플을 발사하는 소리가 뒤따랐다. 장교나 사병을 가릴 것 없이 전 중대원들이 정원을 달려 나가서 산지사방으로 뿔뿔이 흩어졌다. 도망자를 명중시키겠다는 희망으로 무섭게 총질을 해댔지만 이미 너무 늦은 뒤였다. 무장한 병사들의 포위로부터 기적적으로 벗어난 산도칸이, 순식간에 제임스 경의 영지를 에워싸고 있는 숲 속으로 점점 더 깊이 도망쳐 들어갔다.

일단, 마음먹은 대로 저항할 수 있고, 아무 데나 숨을 수 있으며, 무수한 전략을 도모할 수 있는, 우거진 정글 속으로 들어오자 그는 더 이상 영국인들이 두렵지 않았다. 그들이 자신을 찾아 쫓아온다 한들 무슨 상관이 있으리오. 그의 눈앞에 확 트인 공간이 펼쳐져 있고, 〈제가 당신을 사랑하니까, 도망치세요〉라고 자꾸만 속삭이는 목소리가 그의 귓전에 울리고 있는데…….

〈이 정글 한복판으로 나를 따라와 보라지. 무슨 일이든 마음대로 할 준비가 되어 있는 호랑이를 만나게 될걸.〉 그가 달리면서 생각하였다.

그들은 섬 주변의 바다를 순찰하기 위해 순시선을 내보낼 수도 있고, 병사들을 숲으로 파견할 수도 있을 것이다. 나아가 전력 보강을 위해 전 빅토리아 주민을 소환할 수도 있겠지만, 그래도 그는 그들의 총칼과 대포 사이를 헤치고 나아가리라. 그런 다음, 연인을 위해 곧 자기 부하들을 이끌고 돌아와서 더 이상 패배하지 않고 승리하리라. 그러고 나서 그녀를 이 비참한 곳으로부터 영원히 데리고 나갈 것이다.

별장에서 점점 더 멀어질수록 추격자들의 고함 소리와 총격 소리 또한 점점 더 희미해지다가 마침내 더 이상 들리지 않았다. 그가 숨도 좀 돌리고, 수없이 얽히고설킨 덩굴 사이에서 어느 길로 가야 할지 판단할 시간도 가질 겸해서 거대한 나무 발치에 잠시 멈추었다. 다행히도 맑은 밤이었다. 잎사귀가 무성한 커다란 나무들 아래로 푸르스름한 빛을 흘려보내면서, 구름 한 점 없는 하늘에 달이 휘영청 빛나고 있었다.

그는 자신의 위치를 파악하기 위해서 별을 조사하였다. 영국인들은 뒤에 있고 바다는 서쪽에 있다. 그들은 그가 가장 가까운 해안으로 가려 한다고 생각할 것이다. 그러니 정말로 그 방향으로 간다면 영락없이 그들의 매복에 걸릴 터였다. 방향을 바꾸는 것이 더 나으리라. 그는 현재 위치로부터 상당한 거리에 있는 남쪽으로 해서 바다에 가기로 결정하였다. 그러고는 젖 먹던 힘까지 다 짜내서, 해안을 등지고 숲 속으로 점점 더 깊이 들어갔다. 수풀들 사이로 조심스레 길을 뚫고 나무줄기를 뛰어넘고 덩굴을 기어오르면서…….

그렇게 세 시간을 걸었다. 그의 출현으로 새나 야생 짐승이 흠칫 놀라서 달아날 경우에만 잠시 멈추었다. 그는 그것들이 우짖는 소리가 잦아들 때까지 기다렸다가 일단 정적이 돌아오면 다시 앞으로 나아가곤 하였다. 그러다가 진흙투성이의 개울이 나타나자, 물속으로 들어가 상류로 거슬러 올라갔다. 약 50미터쯤 갔을 때 커다란 나뭇가지가 보였고, 그는 잎사귀가 무성한 나무 위로 올라갔다.

수색견들이 그의 자취를 찾을 수 없을 만큼 충분히 멀리 왔다는 확신이 들자, 붙잡힐 가능성이 거의 없다는 걸 깨닫고 쉬기로 작정하였다.

반 시간쯤 지났을 때, 얼마 떨어지지 않은 곳에서 그보다 귀가 밝지 못한 사람에게는 들리지 않았을 희미한 소리가 들렸다. 그는 숨을 죽인 채 나뭇가지를 따라 천천히 앞쪽으로 기어와 숲의 어두운 그늘 너머로 미심쩍은 눈길을 보냈다. 남자 둘이 바닥에 바싹 붙다시피 몸을 구부린 채 주의 깊게 흙을 조사하면서 앞으로 오고 있었다. 산도칸은 그들이 영국 병사들이라는 것을 즉시 알아보았다.

「원수 놈들이로구나!」 그가 중얼거렸다. 「내가 길을 잃은 것이냐, 아니면 저놈들이 내내 나를 따라왔단 말이냐?」

병사들은 해적이 지나온 자취를 찾고 있는 것 같았다. 몇 미터쯤 더 온 다음, 그들이 산도칸이 은신처로 사용하고 있는 나무 바로 밑에 멈춰 섰다.

「자네도 알다시피 존, 이 컴컴한 숲이 어쩐지 좀 으스스하구먼.」 둘 중의 하나가 무언가 불안한 목소리로 말했다.

「나도 그렇다네, 제임스.」 다른 병사가 대꾸하였다. 「지금 우리가 찾고 있는 녀석은 우리 둘 다를 식은 죽 먹듯 쉽게 죽일 수 있는 놈이야. 그놈이 아까 정원에서 하사를 어떻게 죽이는지 보았지?」

「절대로 잊을 수 없지. 그놈은 사람이라기보다 우리 모두를 박살 낼 준비를 하고 있는 거인 같더군. 우리가 그놈을 잡을 수 있을까?」

「나도 의심스럽네만, 로젠탈 남작이 그놈 머리에다 50파운드의 현상금을 걸지 않았나. 그놈이 프라후에 가는 걸 막으려고 모두들 서쪽으로 향하고 있을 동안, 그놈은 북쪽으로 올라가거나 남쪽으로 내려가고 있을지도 모르지.」

「하지만 내일, 아니면 최소한 모레까지는 순시선을 파견해서 그놈이 도망가지 못하도록 할 게 확실하네.」

「그래, 자네 말이 맞아. 그럼, 지금 우리는 무얼 해야 하지?」

「일단 해안으로 간 다음, 두고 봐야지.」

「윌리스 병장을 기다려야 할까?」

「해안에서 기다리면 될 거야.」

「그 친구가 해적과 부딪치지 않았으면 좋겠군. 자, 가세.」

두 사람은 마지막으로 한 번 더 주변을 둘러본 다음, 서쪽으로 가던 길로 다시 접어들더니 캄캄한 어둠 속으로 사라져 버렸다. 그들의 대화를 단 한 마디도 놓치지 않고 듣고 있던 산도칸이 30분을 기다린 끝에 조용히 바닥으로 미끄러져 내려왔다.

〈아주 좋았어.〉 산도칸이 생각하였다. 그놈들이 모두 서쪽으로 가고 있단 말이지. 남쪽으로 계속 간다면 아마 아무도 만나지 않겠군. 물론 조심은 해야 하겠지. 윌리스 병장이 내 뒤를 바짝 쫓아올 테니까.

그는 남쪽을 향해 조용한 행군을 재개했고, 다시 한 번 시내를 건너고, 빽빽한 덤불을 헤치면서 길을 뚫고 나갔다. 그러다가 자신의 앞을 막고 있는 거대한 녹나무를 막 돌아가려고 할 때 위협적인 고함 소리가 들려왔다.「한 발자국만 더 내디디거나 조금이라도 움직이면 그 자리에서 죽는다!」

제11장
지로바톨

 자신의 목숨을 아무렇지도 않게 빼앗을 수 있는 무지막지한 명령이 느닷없이 날아온 참인데도, 해적은 침착함을 잃지 않았다. 그는 기회가 닿는 즉시 사용하려고 단도를 쥔 손에 힘을 주면서 천천히 몸을 돌렸다. 그로부터 여섯 발자국 앞에, 바로 조금 전에 추격자들이 언급했던 윌리스 병장임에 분명한 병사가 서 있었다. 그가 덤불 뒤로부터 일어나더니, 자신이 위협한 대로 실행하기로 결심이라도 했다는 듯이 산도칸을 향해 차갑게 총을 겨누었다. 산도칸이 별스럽게 눈을 깜빡거리면서 침착하게 그를 살펴보더니, 뜻밖에도 갑자기 웃음을 터뜨렸다.
 「왜 웃느냐?」 병장이 그와 같은 반응에 놀라서 물었다.
 「네까짓 게 감히 내 목숨을 위협하는 꼬락서니가 우스워서 그랬다.」 산도칸이 대꾸하였다. 「내가 누군지 아느냐?」
 「몸프라쳄 해적들의 두목 아니냐?」
 「확신하느냐?」 산도칸이 야유하듯 물었다.
 「내 일주일분 봉급을 걸겠다.」
 「맞다. 나는 말레이시아의 호랑이다!」

「앗!」

두 사내는 몇 분 동안 말없이 서로를 관찰하였다. 산도칸이 조롱하는 듯한 표정에 자신만만하고 위협적인 모습인 데 반해, 병사는 뒤로 물러서지 않겠다고 결심은 하였지만 전설적인 해적 앞에 혼자 서 있는 것이 두려운 것 같았다.

「자, 윌리스, 나를 체포해 보아라.」

「윌리스라고!」 미신적인 공포의 물결이 온몸을 훑고 지나가는 걸 느끼면서 병사가 큰 소리로 외쳤다. 「어떻게 내 이름을 아느냐?」

「저승사자가 모르는 일이라곤 아무것도 없는 법이지.」 산도칸이 이죽거렸다.

「나한테 겁을 주려고 하는군.」

「겁을 준다고!」 산도칸이 큰 소리로 외쳤다. 「윌리스, 내가 피를 봐야 직성이 풀리는 사람이라는 걸 알기나 하느냐?」

병사가, 자신이 사람을 상대하고 있는 건지 악마를 상대하고 있는 건지 헷갈려 하면서 아연실색한 낯빛으로 총을 낮추었다. 그런 다음, 몇 발자국 뒤로 물러나서 다시 한 번 목표를 조준하려고 하였으나, 그로부터 눈을 떼지 않은 채 호시탐탐 기회를 노리고 있던 산도칸이 번개처럼 그를 덮쳤다.

「이런, 이런!」 자신을 겨누고 있는 산도칸의 단도 끝을 보고, 가엾은 병장이 말을 더듬거렸다.

「네 목숨만은 살려 주마.」 산도칸이 말했다.

「당신 말을 믿으란 말이오?」

「말레이시아의 호랑이는 절대로 자신이 한 말을 어기지 않는다. 자, 일어나서 잘 들어라.」

병장이 부들부들 떨면서 산도칸에게 눈길을 고정시킨 채 일어섰다.

「좋아.」 산도칸이 말을 이었다.

「네 목숨을 살려주겠다고 약속했다. 그 대신, 너는 내가 하는 모든 질문에 대답해야 하느니라.」

「물어보시오.」

「병사들은, 내가 어느 쪽으로 가고 있다고 생각하느냐?」

「서쪽 해안이오.」

「얼마나 많은 병사들이 내 뒤를 쫓고 있지?」

「그건 말할 수 없소. 반역죄에 해당하니까.」

「네 말이 맞구나. 더 이상 물어보지 않으마. 사실은 네 용기에 감탄하고 있다.」

병장이 깜짝 놀라서 그를 바라보았다.

「당신은 도대체 어떤 축에 속하는 사람이오? 당신을 야비한 사람이라고 생각했는데, 내 생각이 틀린 것 같소.」

「그러거나 말거나 나하고는 아무 상관도 없느니라. 이제 네 군복을 벗어 다오.」

「뭐라고요?」

「도망가는 데 그게 필요하구나. 나를 쫓는 놈들 가운데 인도인 병사가 있느냐?」

「그렇소, 세포이[1]가 몇 명 있소.」

「아주 잘됐구나! 자, 다치고 싶지 않으면 내 명령에 따라라.」

병사는 그가 시키는 대로 하였다. 산도칸은 군복을 입고 탄띠를 두른 다음, 칼집에 칼을 넣고 머리에 베레모를 쓰고, 목에다는 카빈총을 걸쳤다.

「이제 너만 묶어 놓으면 되겠구나.」

「그럼, 나를 호랑이 밥으로 내버려 두겠다는 말이오?」

「훙! 이 주변에는 네가 생각하는 것만큼 호랑이가 많지 않

---

[1] 영국 육군에 속한 인도인 병사.

다. 이건 그저 네가 나를 밀고하지 못하도록 취하는 예방책일 뿐이지.」

그는 감히 저항할 엄두조차 내지 못하고 있는 병사를 붙잡아서 튼튼한 덩굴로 나무에 묶어 놓은 다음, 단 한 번도 뒤돌아보지 않고 전력 질주해서 숲 속으로 사라져 버렸다.

〈좀 더 빨리빨리〉라고 혼자 중얼거리면서…….

그는 오늘 밤에 해안에 도착해서 배를 타야 했다. 내일이면 너무 늦으리라. 변장한 덕분에 추격자들을 속이고 로마데스로 가는 배에 승선할 수 있을 것이다. 일단 그곳에 가면 몸프라쳄으로 돌아갈 수 있을 것이고, 그런 다음에는…… 아, 마리안나! 그녀는 얼마 지나지 않아 자신을 다시 만날 수 있으리라. 하지만, 이번에는 무시무시한 정복자로!

무심코 떠오른 그 이름을 생각하다 보니, 해적의 얼굴이 어두워지고, 표정 또한 고통스럽다는 듯이 일그러졌다. 그가 심장에 손을 가져다 대면서 한숨을 내쉬었다.

「조용, 조용히!」 그가 침울하게 중얼거렸다.

마리안나! 그녀도 지금 자신을 생각하고 있을까? 걱정하고 있을까? 그가 붙잡혀 갇혀 있거나 아니면 벌써 살해당한 건 아닌지 궁금해하면서. 한순간만이라도 그녀를 다시 만나서 호랑이가 아직 살아 있고 꼭 돌아올 것이라고 말해 줄 수만 있다면, 자신의 피를 마지막 한 방울까지 다 주었을 텐데……. 하지만, 그녀의 약속을 가슴속에 새긴 채, 오늘 밤 자신은 이 불친절한 해안을 떠나서 자신의 섬으로 돌아갈 것이니…….

그런 다음, 무엇을 해야 하나? 모험가로서의 삶과 자신의 부하들과 섬과 바다에 작별 인사를 고해야 하는 걸까? 그녀에게 그러겠다고 약속했으니 자신의 말을 지켜야 하리라. 자신의 마음을 사로잡은 사람을 위해서라면 어떤 희생도 아깝지 않으리라. 그는 정신을 차려야 했다. 그녀 생각을 계속하다 보면 멀리 가지 못할 터인즉······.

그는 세차게 고동치는 심장을 억누르려는 듯이 가슴을 꽉 움켜쥔 채, 점점 속도를 올리면서 걸음을 재촉하였다. 별을 보고 자기 위치를 확인하면서, 정글 속을 헤치고, 시내와 연못이 줄지어 늘어선 너른 들판을 가로지르면서 밤새 걸었다. 동이 틀 무렵, 산도칸은 일단 갈 길이 안전하다는 것을 확인하고 난 뒤, 쉴 요량으로 커다란 두리안나무 숲 근처에 멈추었다.

열대 덩굴 식물 한가운데로 막 몸을 숨기려고 하는 찰나, 어디선가 외치는 소리가 들려왔다. 「이보시오, 병사 나리! 거기서 뭘 찾고 있쇼?」

조금도 경계 태세를 늦추지 않고 있던 산도칸이, 자신이 입고 있는 군복 덕분에 아무것도 두려워할 필요가 없다는 것을 깨닫고 침착하게 뒤로 돌아보니 얼마 떨어지지 않은 곳에 있는 빈랑나무 서늘한 그늘 아래 병사 둘이 큰대 자로 누워 있었다. 자세히 살펴보니 윌리스 병장보다 먼저 지나갔던 병사들이었다.

「여기서 무얼 하고 있나?」 산도칸이 갈라진 목소리에, 엉터리 영어로 물었다.

「잠시 쉬고 있네.」 그중 하나가 대답하였다. 「밤새 해적 놈을 뒤쫓았더니 한 발자국도 더 걸을 수 없을 지경이라서.」

「자네들도 역시 해적 놈을 뒤쫓고 있었나?」

「그렇다네, 병장. 그러다가 간신히 그놈이 지나간 흔적을 찾아냈지.」

「오!」 산도칸이 놀라는 척하며 물었다. 「어디서들 찾았나?」
「저기 저 숲 속에서.」
「그런데, 놓쳤단 말인가?」
「그냥 사라져 버렸다네.」 병사 하나가 화난 소리로 대꾸하였다.

「그놈이 어디로 향하고 있던가?」

「바다 쪽이네.」

「그렇다면 우리 생각과 정확하게 일치하는군.」

「무슨 말인가, 병장?」 두 사람이 벌떡 일어나면서 물었다.

「윌리스와 내가……」

「윌리스라니! 그를 만났나?」

「그렇다네, 두 시간쯤 전이었지.」

「그래서?」

「윌리스와 내가 붉은 언덕 부근에서 그놈 흔적을 발견했거든. 우리는 그놈이 섬의 북쪽 해안으로 가려 한다고 생각했다네.」

「그렇다면 우리가 엉뚱한 놈을 뒤쫓고 있었군!」

「그렇지 않다네.」 산도칸이 말을 받았다. 「해적 놈이 영악하게도 우리를 속인 거지.」

「어떻게 말인가?」 둘 중 좀 더 나이가 든 병사가 물었다.

「그놈은 하상을 따라 북쪽으로 되돌아갔네. 그 약아빠진 녀석이 동쪽으로 뛰어가는 척, 숲에다 흔적을 남겨 놓은 거라고. 그러고는 자기 발자국을 밟고 되돌아갔지.」

「그럼, 이제 우리는 무얼 해야 하지?」

「다른 사람들은 어디 있나?」

「여기서부터 3킬로미터 떨어진 곳에서 동쪽을 향해 숲을 샅샅이 훑고 있다네.」

「그들을 찾아가서 당장 북쪽 해안으로 가라고 전하게. 서두르게나. 각하께서 그놈을 잡는 사람에게 백 파운드의 상금과 승진을 약속하셨네.」

더 이상 두 사람을 부추길 필요도 없었다. 그들은 서둘러 총을 집어 들고 담뱃대를 주머니에 넣었다. 이어 산도칸에게 작별 인사를 고한 뒤, 숲을 향해 가더니 순식간에 나무들 사이로 사라져 버렸다. 말레이시아의 호랑이는 그들의 뒷모습이 사라질 때까지 바라보고 있다가 덤불 속으로 돌아왔다.

〈저놈들이 내 앞길을 깨끗이 닦아 놓는 동안 한 시간 정도는 자도 되겠군. 계획은 나중에 세우지, 뭐.〉 그는 속으로 이렇게 생각하였다.

산도칸은 윌리스의 휴대용 수통에서 위스키를 몇 모금 따라 마시고, 숲에서 따온 바나나를 먹은 다음, 적에 대한 걱정은 털끝만큼도 하지 않은 채 풀밭에 누워 깊은 잠에 빠져들었다. 그렇게 얼마나 잤을까? 분명 서너 시간 이상은 자지 않은 것 같았다. 다시 눈을 떴을 때에 태양이 아직도 중천에서 빛나고 있었기 때문이다. 그가 자리에서 일어나 다시 행군에 나서려고 하는 순간, 총격 소리에 이어 전속력으로 달리는 말발굽 소리가 들려왔다.

「내가 발각된 건가?」 산도칸이 도로 덤불 가운데로 몸을 숙이면서 중얼거렸다.

그는 재빨리 카빈총을 장전한 후, 나뭇가지를 잡아당기고 사방을 둘러보았다. 아무것도 보이지 않았으나 그를 향해 빠르게 달려오는 듯한 말발굽 소리는 여전히 들려오고 있었다. 처음에는 바비루사[2]를 쫓는 사냥꾼인가 했다가 이내 자기 생각이 틀렸다는 것을 알았다. 누군가가 한 사내를 쫓고 있었다. 잠시 후, 말레이 원주민 하나가 빽빽하게 우거진 바나나 나무 숲을 향해, 들판을 가로질러서 전속력으로 기를 쓰고 달려오는 것이 보였다.

사내는 키가 작았으며 누더기를 걸치고 있었다. 또, 등나무로 만든 모자를 쓰고 있었는데 오른손에는 임시로 만든 곤

---

[2] 동인도 제도산(産) 멧돼지.

봉을, 왼손에는 단도를 쥐고 있었다. 너무 빨리 스쳐 가는 바람에 산도칸은 그가 누구인지 알아볼 수 없었다. 다만 그가 바나나나무 숲에 이른 뒤, 커다란 잎사귀들 사이로 사라지는 것을 지켜보았을 뿐이다.

그 순간, 문득 머릿속을 스쳐 가는 생각이 있었다.

「내 부하 중의 하나가 아니었을까? 야네스가 나를 찾아보라고 누군가를 보낸 게 아닐까? 내가 라부안으로 가고 있다는 것을 알고 있으니……」

그가 막 덤불 속을 빠져나와 도망자를 찾으려고 하는 찰나, 말을 탄 남자 하나가 숲의 가장자리에 나타났다. 벵골 연대 소속 경기병으로 몹시 성이 난 것 같았다. 불쌍한 말에게 욕설을 퍼부으면서 발로 걷어차고 고삐를 홱 잡아당기는 등 못살게 굴고 있었다. 바나나나무 숲에서 50보쯤 떨어진 곳에 이르자, 경기병이 말에서 내리더니 말을 나무에 매고 구식 소총에 총알을 재면서 조용히 사방을 둘러보았다.

「빌어먹을!」 그가 큰 소리로 외쳤다. 「그래 봤자 네놈이 이 지구상에서 사라질 리는 없지. 어딘가에 숨어 있겠지만 내 두 번째 총알은 절대로 피할 수 없을걸. 존 기브스는 말레이시아의 호랑이를 두려워하지 않는단 말이다. 이 망할 놈의 말이 뒷다리로 서지만 않았더라도 네놈의 목숨은 붙어 있지 못했을 거다.」

여전히 툴툴거리면서, 경기병은 칼집에서 칼을 꺼내 들고는 아주 조심스럽게 가지를 치워 가며 덤불과 빈랑나무 수풀을 향해 나아갔다. 수풀은 바나나나무 숲과 경계를 이루고 있었는데, 과연 그가 도망자를 밖으로 몰아낼 수 있을지 의심스러웠다. 그 사내가 안전한 피신처를 찾기 위해 전속력으로 열대 덩굴 식물과 초목들 너머로 달려갔기 때문이다.

덤불 속의 자기 자리에 그대로 있으면서 산도칸이 말레이인의 피신처를 찾아보았지만 아직까지는 오리무중이었다. 산도칸은 그 사내를 구하는 것이 좋겠다고 판단하였다. 그가 어쩌면 자기 부하들 중의 하나이거나 야네스가 보낸 수색 대원 중의 하나일 수 있기 때문이었다. 하지만 그보다 먼저 해야 할 일은 경기병이 사내를 찾아내기 전에 그를 없애 버리는 일일 터였다.

그가 막 덤불 밖으로 나오려고 하는데, 몇 발자국 앞에서 바스락거리는 소리가 들렸다. 소리 나는 쪽으로 고개를 돌렸다가 말레이인을 발견하였다. 잡힐까 봐 잔뜩 겁을 먹은 그 불쌍한 사내가, 빽빽한 나뭇잎이 아주 훌륭한 피신처 구실을 하고 있는 망고나무 꼭대기로 가려고 덩굴을 기어오르고 있었다.

「영악한 녀석!」 산도칸이 중얼거렸다.

말레이인이 나뭇가지에 도달하고 나서 아래를 내려다보았다. 그의 얼굴을 알아본 순간, 산도칸은 환성을 내지르지 않을 수 없었다.

「지로바톨!」 산도칸이 소리를 질렀다.

지로바톨은 대장이 아직도 살아 있는 걸 보고 몹시 놀랐다. 해적선이 가라앉기 직전, 사내가 그를 마지막으로 보았을 때만 해도 대장은 거의 죽어 가고 있었다.

〈대장님의 영혼이 그의 육신에 붙잡혀 있는 게 틀림없어. 그를 구해야 돼!〉 지로바톨이 생각했다.

산도칸이 카빈총에 총알을 넣은 뒤, 덤불 주변을 걸어서 숲 가장자리로 불쑥 나타났다.

「헤이, 여보게! 무얼 찾고 있는 건가? 원숭이라도 만났나?」 산도칸이 고함을 질렀다.

그 소리를 듣고 경기병이 그를 향해 구식 소총을 겨눈 채 즉시 덤불 속에서 뛰어 나왔다.

「아, 병장이로군!」 경기병이 놀라서 외쳤다.

「여보게, 놀랐나?」

「어디서 오는 길인가?」

「숲 속에서. 총소리가 나는 걸 듣고 무슨 일이 터졌나 보려고 달려 왔다네. 바비루사를 보고 쏜 건가?」

「그렇다네, 정글에서 가장 위험한 바비루사지.」 경기병이 화를 감추지 못한 채 대꾸하였다.

「도대체 어떤 짐승인데?」

「자네도 사람을 찾고 있는 중 아닌가?」 병사가 물었다.

「그렇다네.」

「말레이시아의 호랑이?」

「맞아.」

「그 무시무시한 해적을 보았나?」

「아니, 하지만 그놈의 자취를 찾았네.」

「병장, 내가 그 해적 놈을 찾아내었다네.」

「말도 안 되는 소리!」

「내가 그놈한테 총을 쏘았다고.」

「그런데, 잘못 쏘았나 보지?」

「신출내기 사냥꾼처럼 그랬지 뭔가.」

「그놈이 어디로 숨던가?」

「지금쯤 멀리 가버렸을 걸세. 그놈이 이 숲을 가로질러서 여기 이 덤불 속에 숨는 걸 보았거든.」

「그렇다면 그놈을 다시 찾기는 힘들겠군.」

「내 생각 역시 그렇다네. 그 자식은 원숭이보다 더 날쌔고 호랑이보다 더 무서운 놈이거든.」

「우리 둘 다 골로 보낼 수 있는 작자지.」

「나도 그 점을 잘 알고 있다네, 병장. 귈론크 경이 약속한 백 파운드만 아니었어도 감히 그놈 뒤를 쫓으려고 하지 않았을 걸세.」

「그래, 이제 어떻게 할 셈인가?」

「글쎄…… 이 덤불 속을 뒤지는 건 괜한 시간 낭비일 것 같고…….」

「조언 하나 해드릴까?」

「좋지, 병장님.」

「도로 말을 타고 나가서 숲 주위를 돌게.」

「나랑 같이 가겠나? 둘이 함께 있으면 좀 더 용감해질 수 있을 텐데…….」

「아니.」

「왜 싫다는 건가, 병장?」

「자네는 해적이 도망치기를 원하나?」

「무슨 뜻이지?」

「만일 우리 둘이 같은 쪽으로 간다면 해적은 다른 쪽으로 도망칠 걸세. 자네가 숲 주위를 돌아볼 동안 나는 덤불 속을 뒤져 보겠네.」

「좋아. 하지만 조건이 하나 있네.」

「무슨?」

「만일 자네가 운이 좋아 해적을 잡게 되더라도 상금은 둘이 나누어 가져야 하네. 백 파운드를 전부 다 잃고 싶지는 않거든.」

「그러지.」 산도칸이 미소를 지으며 대답하였다.

경기병이 칼을 꺼내 들고 다시 말에 올라타더니, 구식 소총을 앞에 놓고 병장에게 작별 인사를 하였다.

「숲의 반대편에서 다시 만나세.」 그가 말을 타고 떠나면서 덧붙였다.

「오래오래 기다려야 할걸.」 산도칸이 중얼거렸다.

그는 경기병이 덤불 사이로 완전히 사라질 때까지 기다렸다가 말레이인이 숨어 있는 나무 밑으로 갔다.

「내려 와라, 지로바톨.」 산도칸이 말했다.

그가 말을 채 끝맺기도 전에 말레이인이 그의 앞에 나타났다.

「대장님!」 지로바톨이 감정에 복받친 목소리로 부르짖었다.

「여보게, 내가 아직도 살아 있는 걸 보고 놀란 모양이군.」

「그렇습니다, 말레이시아의 호랑이님.」 그가 눈물을 글썽이면서 대답하였다. 「다시는 대장님을 못 보는 줄 알았습니다. 영국 놈들이 대장님을 죽였다고 믿었거든요.」

「죽이다니! 영국 놈들은 날 죽일 만큼 강하지 않다.」 산도칸이 말을 받았다. 「전에 그놈들이 내게 중상을 입혔을지는 모르나, 이제 나는 다 나았고 다시 싸울 준비를 하고 있느니라.」

「다른 동지들은요?」

「바다 밑에서 안식을 취하고 있다.」 산도칸이 한숨을 내쉬며 대답하였다. 「그 망할 놈의 배로 내가 이끌고 갔던 용감한 동지들이 전부 다 사자 놈들의 칼날 아래 쓰러졌구나.」

「하지만 그놈들에게 복수할 거지요, 대장님?」

「그럼, 곧 그래야지. 이제 네가 어떻게 해서 아직까지 살아 있는지 설명 좀 해봐라. 첫 번째 전투를 치를 동안, 네가 네 배에서 쓰러지는 걸 보았는데······.」

「맞습니다, 대장님. 총탄 부스러기 몇 개가 제 머리를 맞혔지만 저를 죽이지는 못 했습죠. 제가 정신이 들었을 땐, 순시선에서 날아온 포탄으로 벌집같이 되어 버린 제 배가 막 가라앉고 있었습니다. 저는 배의 잔해를 붙잡고 올라탄 채 해안에 이르려고 무진 애를 썼습니다. 하지만 몇 시간 동안 표류하다가 결국 의식을 잃었습죠. 그리고는 어부의 오두막에서 정신을 차렸습니다. 그 착한 어부가 해안으로부터 24킬로미터나 떨어진 곳에서 저를 구해 가지고는, 자기 카누에 태워서 육지로 데려왔답니다. 그런 다음, 완전히 나을 때까지 저를 돌봐 주었지요.」

「그런데, 어디로 달려가는 중이었느냐?」

「해변 근처에 카누를 숨겨 두었거든요. 병사에게 쫓기고 있었을 때, 저는 그것을 살펴보러 가던 중이었습니다.」

「너한테 카누가 있다고?」

「예, 대장님.」

「몸프라쳄으로 돌아갈 계획이었느냐?」

「바로 오늘 밤에요.」

「같이 가면 되겠구나, 지로바톨.」

「언제요?」

「오늘 밤에.」

「그럼, 잠시 제 오두막에서 쉬시겠습니까?」

「오두막도 있단 말이냐!」

「버려진 오두막입지요.」

「당장 출발해야겠다. 그대로 있다가는 그놈의 경기병을 다시 만날 위험을 감수해야 할 테니.」

「그놈이 다시 돌아올 것 같습니까?」 지로바톨이 걱정스럽게 물었다.

「그럴 것 같구나.」

「그럼, 날아가시죠, 대장님.」

「두려워할 것 없다. 보다시피 내가 최근에 벵골 육군 병장이 되었으니 널 지켜 줄 수 있느니라.」

「병사의 군복을 벗기신 겁니까?」

「그렇다.」

「대단하시군요, 대장님.」

「조용히 해라, 경기병 놈이 돌아오기 전에 여기를 빠져나가자. 네 오두막이 여기서 한참 머냐?」

「15분이면 갈 수 있습니다.」

「잠시 쉬도록 하자. 그런 다음 어떻게 탈출할지 생각해 보자꾸나.」

주변에 아무도 없다는 것을 확인하고 난 뒤, 두 사람은 작은 숲을 떠나 순식간에 들판을 건너서 또 다른 숲의 가장자리에 이르렀다. 그들이 막 우거진 초목 사이로 들어서려고 할 때, 산도칸의 귀에 그들을 향해 맹렬하게 달려오는 말발굽 소리가 들렸다.

「또, 그 성가신 자식이로군!」 그가 투덜거렸다. 「어서, 지로바톨, 덤불 속으로!」

「이봐, 병장!」 경기병이 화가 나서 으르렁거렸다. 「이게 자네가 나를 도와 불한당 같은 해적 놈을 잡겠다는 뜻이었나? 나는 죽으라고 말을 타고 돌아다녔는데 자네는 거의 움직이지도 않았다니…….」

그가 말을 하는 와중에도 계속 박차를 가하는 바람에 말이 뒤로 물러나면서 고통스럽게 힝힝거렸다. 경기병은 말을 타고 들판을 통과하더니 나무들이 튀어나온 곳 부근에서 멈췄다. 산도칸이 그에게 돌아서며 말했다. 「해적의 자취를 발견했으니, 숲 속으로 그놈을 쫓아갈 필요가 없다고 생각했네. 자네가 돌아오기만 기다리고 있었지…….」

「그놈의 자취를 찾았다고? 귀신이 곡할 노릇이군. 그 불한당은 도대체 얼마나 많은 흔적을 남긴 거지? 아무래도 그놈이 우리를 속이는 것 같군.」

「나 역시 그렇게 생각하네.」

「누가 자네에게 그 자취를 보여 주었나?」

「나 혼자서 찾았네.」

「어이, 이보게, 병장!」 경기병이 빈정거리는 투로 불렀다.

「왜 그러나?」 산도칸이 얼굴을 찡그리며 물었다.
「누군가가 자네에게 알려 준 것이 틀림없다고.」
「누구 말인가?」
「자네가 원주민과 함께 있는 걸 보았네.」
「우연히 그를 만나서 한동안 동행한 것뿐이네.」
「그가 섬 주민인 게 확실한가?」
「난 장님이 아니라고.」
「그가 어디로 갔나?」
「숲 속으로. 바비루사를 쫓고 있었다더군.」
「그 녀석을 돌아다니게 내버려 두는 게 아니었는데……. 그놈은 우리에게 아주 귀중한 도움을 줄 수도 있었네. 우리가 그 백 파운드를 버는 데 일조할 수도 있었다고…….」

「흠, 내 생각엔 그 돈은 거의 잃어버린 거나 마찬가지 같네. 나는 그만 포기하고 귈론크 경의 별장으로 돌아갈 작정이네.」

「음, 나는 두렵지 않네, 병장.」
「오, 그런가?」
「계속해서 해적 놈을 찾아다닐 작정이네.」
「좋으실 대로.」
「즐거운 여정이기를!」 경기병이 빈정거리는 투로 외쳤다.
「귀신이나 물어 가라.」 산도칸이 중얼거렸다.

경기병이 맹렬하게 박차를 가하면서 벌써 저만큼 멀어지더니, 바로 조금 전에 가로질러 온 숲을 향해 나아갔다.

「가자.」 경기병이 더 이상 보이지 않자 산도칸이 입을 열었다. 「만일 그 자식이 한 번만 더 돌아온다면, 이번에는 내 총으로 대화의 문을 열겠노라.」

그가 지로바톨이 숨어 있는 곳으로 다가갔고, 두 사람은 함께 숲 속으로 들어갔다. 얼마 후, 그들은 또 다른 개간지를 지나서 덩굴이 빽빽하게 우거진 구역으로 들어갔다. 그들 앞을 가로막는 마구잡이로 뒤얽혀 있는 등나무 덩굴과, 땅바닥을 따라 복잡하게 엉켜 붙은 뿌리 위로 힘겹게 길을 뚫고 나가면서…….

최근에 사람들이 지나간 자취가 남아 있는 시내를 수도 없이 건너면서 족히 15분은 걸었다. 그로부터 얼마 지나지 않아, 그들은 햇빛조차 거의 새어들 수 없을 정도로 빽빽하게 우거진 숲에 이르렀다. 지로바톨이 잠시 멈춰 서서 귀를 기울이더니 산도칸을 향해 돌아섰다.

「제 오두막이 저 안, 저 덩굴들 사이에 있습니다.」

「안전한 은신처로구나.」 말레이시아의 호랑이가 가볍게 미소를 띠면서 대답하였다. 「너의 신중함에 감탄했노라.」

「자, 대장님. 여기서는 아무도 우리를 방해하지 않을 겁니다.」

제12장
지로바톨의 카누

 지로바톨의 오두막은 빽빽하게 우거진 숲의 한복판, 햇빛을 완전히 차단하고 있는 두 그루의 거대한 폼보스나무 사이에 자리 잡고 있었다. 그것은 살림집이라기보다는 차라리 헛간에 가까웠으며, 간신히 두 사람을 거둘 수 있을 정도였다. 게다가 땅바닥에 납작하게 붙다시피 한 좁아터진 곳이었다. 지붕은 바나나 잎사귀로 켜켜이 덮어 씌웠고, 벽은 엉성하게 뒤얽힌 나뭇가지들로 이루어져 있었다. 또한 창문이 하나도 없었으며, 유일하게 뚫린 곳이라곤 출입문 하나뿐이었다. 집안 역시 누추하기 짝이 없었으니, 마른 나뭇잎으로 만든 침대 하나에 투박한 토기 냄비 둘, 화덕으로 쓰이는 바위 두 개가 다였다. 하지만 여러 가지 과일들이 넉넉하게 저장되어 있었고, 천장에는 바비루사 반 마리가 매달려 있었다.
 「수수한 오두막입지요, 대장님. 하지만, 여기서는 원하시는 대로 쉬실 수 있습니다. 아무도 방해하지 않을 거라고 장담합니다. 가까이 사는 원주민들조차도 이곳을 눈치 채지 못하고 있답니다. 주무시고 싶으시면 저 나뭇잎으로 만든 베개를 사용하십시오. 바로 오늘 아침에 베어 온 겁니다. 목이 마르시면 시원한 물이 가득 남긴 항아리가 있고요, 시장하시면 과일이나 고기를 마음껏 드시면 됩니다.」

「더 이상 바랄 게 없겠구나, 친절한 지로바톨.」 산도칸이 대꾸하였다. 「이렇게 풍족하리라고는 예상치도 못했는걸.」

「바비루사를 좀 구워 드릴 테니 30분만 기다리세요. 그동안에 과일이나 들고 계십시오. 아주 맛있는 파인애플과 바나나, 두리안 몇 개, 코코넛 약간, 그리고 즙이 많은 폼보스가 두 개 있습니다. 몸프라쳄에서는 그 비슷한 것도 보신 적이 없으실걸요. 아무거나 마음대로 드십시오.」

「고맙다, 지로바톨. 마치 일주일은 굶은 호랑이처럼 허기져서 죽을 지경이었는데……」

「가서 불을 피우겠습니다.」

「연기가 눈에 띄지 않을까?」

「걱정 마십시오, 대장님. 나무들이 키가 크고 빽빽하게 덮어 주는 덕에 아무도 눈치 채지 못할 테니까요.」

숲을 가로질러 오는 길고 고된 여정 끝인지라 몹시 허기졌던 산도칸이, 우선 무게가 적어도 2킬로그램은 나가는 코코넛에게 덤벼들어 그 희고 달콤한 과육을 게걸스럽게 먹어 치웠다. 그동안에 지로바톨은 마른 나뭇잎을 한 무더기 모아서 대나무 토막 두 개로 불을 붙였다.

말레이 사람들은 성냥을 사용하지 않고도 불을 붙이는 독특한 방법을 터득하고 있었다. 대나무 토막 두 개를 마련해서 그중 하나의 볼록한 표면에 금을 긋는다. 그런 다음, 금을 그은 토막을 나머지 토막의 비스듬한 곳에 대고 문지르기 시작하는데, 처음에는 천천히 하다가 점점 속도를 높인다. 문지르면서 생긴 연기로부터 서서히 불꽃이 일다가, 섬유로 만들어진 불쏘시개 위로 떨어진다. 이 작업은 아주 빠르고 간단하며 특별한 능력을 요하지도 않는다.

지로바톨이 초록색 꼬챙이에 꿰놓았던, 맛있는 바비루사 덩어리를 굽기 시작하였다. 그는 고깃덩어리를 땅바닥에 꽂힌, 두 갈래 난 나뭇가지에 꿰어서 불 위에 올려놓았다. 고기가 익어 가는 동안, 지로바톨이 새로 따온 나뭇잎 아래를 뒤지더니 항아리를 하나 꺼냈다. 항아리에서 이상야릇한 냄새가 풍겨 나왔건만, 그의 콧구멍은 벌써부터 기쁨으로 벌렁거렸다.

「무얼 만들고 있지, 지로바톨?」 산도칸이 물었다.

「끝내 주는 음료입지요, 대장님.」

산도칸이 항아리를 들여다보더니 얼굴을 찡그렸다.

「이봐, 나는 바비루사 갈비가 더 좋구나. 블라찬은 진짜로 내가 좋아하는 음식이 아니야. 어찌되었든 네 성의가 무척 고맙고 기특하구나.」

「특별한 경우를 위해서 아껴 두고 있었어요, 대장님.」 기분이 상한 말레이인의 대답이었다.

「너도 알다시피 난 말레이인이 아니지 않으냐. 나는 네가 준 과일이나 축낼 테니까 네가 내 몫까지 마시려무나. 그것이 버려지는 꼴은 정말 보고 싶지 않으니까.」

말레이인에게 두 번 다시 말할 필요도 없었다. 그가 곧바로 항아리에 덤벼들더니 그 안의 내용물을 너무나 맛있게 먹어 치웠다.

요리에 관해서라면 중국 사람들까지도 한 수 가르칠 정도인 말레이 사람들은 탐욕스러울 만큼 블라찬을 밝힌다. 그들로 말하면 먹는 문제에 있어서만큼은, 단연코 전 세계에서 가장 덜 까다로운 사람들이다. 그들은 뱀, 부패 정도가 다양한 상태인 짐승들, 양념에 넣은 벌레 따위는 말할 것도 없고, 심지어는 흰개미 유충을 보고서도 고개를 돌리지 않는다. 오히려 정복해야 할 진미(珍味)라고 생각한다. 블라찬은 모든 상상을 초월하는 음식이다. 참새우와 잡다한 생선 토막들을 함께 섞은 다음, 썩으라고 태양 아래 놓아두었다가 소금을 뿌린다. 혼합물의 냄새가 하도 지독해서 실제로 대부분의 사람들은 메스꺼워한다. 말레이인과 자바인들 모두 냄새가 역겨운 그 음식을 무척 좋아하는데, 닭고기나 즙이 많은 바비루사 고깃점보다 더 좋아할 정도다.

고기가 익기를 기다리는 동안, 두 사람은 다시 대화를 이어 나갔다.

「오늘 밤에 떠나는 거지요, 대장님?」 지로바톨이 물었다.

「그래, 달이 지자마자 출발한다.」 산도칸이 대답하였다.

「가는 길이 괜찮을까요?」

「그러기를 바라고 있다.」

「다른 병사들을 만날까 봐 겁이 납니다, 대장님.」

「걱정 마라, 지로바톨. 그들은 절대로 병장을 의심하지 않을 테니까.」

「대장님께서 변장하셨다고 하지만 누군가가 알아보면요?」

「나를 알아보는 사람도 없을 테지만, 우리가 가는 도중에 그들을 만날 일도 거의 없을 게다.」

「그런데, 친구는 좀 사귀셨나요?」

「아주 중요한 친구들을 사귀었지. 남작들, 경(卿)들……」 산도칸의 대답이었다.

「말레이시아의 호랑이인 대장님께서요?」 지로바톨이 놀라서 소리를 질렀다. 이어 당황스러운 표정으로 산도칸을 쳐다보다가 머뭇거리면서 물었다. 「라부안의 진주도요?」

말레이시아의 호랑이가 순간적으로 고개를 들고 말레이인을 시무룩하게 바라보더니 깊은 한숨을 내쉬며 말했다. 「조용히 해라, 지로바톨. 더 이상 한마디도 하지 말아 다오! 고통스러운 기억을 떠올리게 하지 마라!」

그가 두 손으로 머리를 꽉 움켜쥔 채, 아스라한 곳을 뚫어질 듯이 바라보며 몇 분 동안 조용히 앉아 있다가 혼잣말인 양 덧붙였다. 「나는 곧 이 섬으로 돌아올 거다. 내 의지보다 운명이 더 강하다는 게 드러나겠지⋯⋯. 용감한 내 부하들과 함께 몸프라쳄에 있다 한들, 내가 어떻게 그녀를 잊을 수 있겠느냐? 지는 것만으로는 충분하지 않았단 말인가? 이 끔찍한 섬에 내 사랑을 두고 떠나야 하다니!」

「무슨 말씀을 하시는 건가요, 대장님?」 지로바톨이 놀라서 물었다.

산도칸이 마치 어떤 모습을 보지 않겠다는 듯, 손으로 눈을 가리면서 드러나게 떨리는 목소리로 말했다. 「나한테 아무것도 물어보지 마라, 지로바톨.」

「어쨌거나 이리로 돌아오는 거, 맞지요?」

「오냐.」

「이 염병할 해안에서 살해당한 우리 동지들의 원수도 갚을 거고요.」

「오냐. 하지만, 어쩌면 이 섬을 두 번 다시 보지 않는 게 더 나은 일일지도 모른다.」

「무슨 말씀이세요, 대장님?」

「이 섬이 몸프라쳄의 세력에 치명적인 영향을 미칠 수도 있고, 어쩌면 말레이시아의 호랑이를 죽여 버릴 수도 있다는 말이다.」

「대장님을요? 그토록 막강하고 무시무시한 대장님을요? 대장님이 영국 사자 놈들을 무서워하실 리가 없어요.」

「그렇지, 그놈들은 아니지, 아니고말고. 하지만⋯⋯ 누가 내 운명을 예측할 수 있을까! 내 팔은 아직도 튼튼하다만, 내 심장은 더 이상 철옹성이 아니구나.」

「심장이라니요! 이해가 안 가는뎁쇼, 대장님.」

「그게 더 낫다. 밥이나 먹자, 지로바톨. 과거에 머무르지 말도록 하자꾸나.」

「저를 겁주고 계세요, 대장님.」

「그만 해라, 지로바톨.」 산도칸의 명령이었다.

말레이인이 감히 더 이상 계속하지 못했다. 대신, 식욕을 자극하는 냄새를 풍기고 있는 고기구이를 집어서 커다란 바나나 잎사귀 위에 올려놓고 산도칸에게 권했다. 이어 오두막 귀퉁이로 가서 구멍 속으로 팔을 집어넣더니, 등나무 섬유를 단단히 휘감아서 만든 주머니로 싸놓은, 반쯤 깨진 병을 꺼냈다.

「진이 약간 있습니다, 대장님.」 그가 이글거리는 눈빛으로 술병을 바라보며 말했다. 「원주민을 후려쳐서 이것을 빼앗아 오느라고 고생 좀 했지요. 바다에 한 번씩 나갈 때마다 원기 회복을 위해 마시려고 아껴 두고 있었답니다. 하지만, 원하시면 대장님께서 다 드셔도 됩니다.」

「고맙다, 지로바톨.」 산도칸이 서글픈 미소를 흘리며 대답하였다. 「형제처럼 사이좋게 나누어 마시도록 하자.」

산도칸은 아무 말도 하지 않은 채 음식을 먹었다. 하지만 친절한 말레이인이 바랐던 것보다는 적은 양이었다. 그러고는 진 한 잔을 꿀꺽꿀꺽 마신 다음, 새로 마련한 나뭇잎 위에 큰대 자로 누우면서 말했다. 「몇 시간 쉬도록 하자. 그동안에 밤이 오겠지. 그 후로는 달이 지기만 기다리면 된다.」

지로바톨이 조심스럽게 오두막의 문을 닫고, 불을 끄고, 술병을 비운 다음 한쪽 구석에 웅크리는가 했더니 이내 잠이 들었다. 꿈속에서 그는 몸프라쳄에 있었다.

하지만, 간밤의 고된 행군으로 말미암아 이루 말할 수 없이 피곤한 상태였음에도 불구하고 산도칸은 눈을 붙일 수가 없었다. 불시에 적의 기습 공격을 당할까 봐 겁이 나서 그러는 것은 아니었다. 얼마나 잘 숨겨져 있었던지, 그들이 이 오두막을 발견한다는 것은 불가능한 일이었다. 그를 잠 못 들게 하는 것은 바로 젊은 아가씨에 대한 생각이었다.

마리안나에게 무슨 일이 일어났을까? 그녀와 제임스 경 사이에서 무슨 일이 벌어졌을까? 그 노회한 바다표범과 윌리엄 로젠탈 남작 사이에 어떤 합의가 이루어졌을까? 그가 라부안으로 돌아왔을 때에도 그녀는 여전히 자유로운 상태일까? 저 무시무시한 해적의 심장이 질투로 인해 이토록 두근거리고 있단 말인가! 자신은 사랑하는 여자를 위해 아무것도 해줄 수 없는 무력한 존재였다. 저주스러운 원수의 불길 아래로 떨어지지 않기 위해 도망치는 것 외에는 아무것도 할 수가 없었다!

산도칸이 나뭇잎으로 만든 침대에서 몸을 뒤척거렸다. 자신의 심장을 이토록 격렬하게 뛰게 만드는 여자 곁에 있기를 얼마나 간절히 바랐는지! 그녀에게 말레이시아의 호랑이가 여전히 살아 있고, 또 그녀를 사랑한다는 말을 전할 수만 있다면 그는 자신의 모든 보물과 배와 섬까지도 다 내주었을 것이다……! 오늘 밤 그는 그녀의 약속을 간직한 채 이 끔찍한 섬을 떠나겠지만, 조만간 자신의 모든 부하들을 강제로라도 끌고서 다시 돌아올 것이다. 그녀를 위해서라면 라부안의 전체 병력을 상대로 필사적인 전투도 사양하지 않으리라. 설령 다시 한 번 패배하고 또다시 부상당하는 한이 있더라도…….

머릿속을 헤집고 돌아다니는 이런 생각들에 빠진 채, 산도칸은 해가 지기를 기다렸다. 일단 숲의 한가운데로 밤이 내려앉자, 그가 코를 골며 새우잠을 자고 있던 지로바톨을 깨웠다.

「가자, 말레이 녀석아.」 산도칸이 입을 열었다. 「구름이 잔뜩 끼어서 달이 지기를 기다릴 필요도 없구나. 어서 서둘러

라. 여기서 한 시간만 더 있다가는 내가 너랑 같이 가기를 거부할지도 모르니까.」

「그럼, 이 염병할 놈의 섬 때문에 몸프라쳄을 떠나실 거라는 말씀인가요?」

「됐다, 지로바톨.」 산도칸이 거의 성난 목소리로 말을 잘랐다. 「네 카누는 어디 있느냐?」

「여기서 조금만 가면 됩니다.」

「그럼, 바다에 가까워지는 거냐?」

「예, 말레이시아의 호랑이님.」

「필요한 물품은 어떻게 비축하지?」

「제가 다 생각해 놓았습니다, 대장님. 물과 과일은 충분하고요. 노 네 개에 돛도 하나 마련해 놓았습니다.」

「그럼 가자, 지로바톨.」

말레이인이 한쪽으로 치워 놓았던 구운 고기 조각을 챙겨 들고, 커다란 곤봉으로 무장한 다음 산도칸의 뒤를 따랐다.

「이보다 더 좋을 수가 없는 밤이로구나.」 구름이 잔뜩 낀 하늘을 올려다보며 산도칸이 말했다. 「들키지 않고 탈출할 수 있겠다.」

숲을 다 건너자, 지로바톨이 잠시 멈춰 서서 귀를 기울여 본 후, 나무들이 깊은 적막에 휩싸여 있다는 것을 확인하고 나서야 서쪽을 향한 행군을 계속하였다. 어마어마하게 큰 나무들 아래로는 짙은 어둠뿐이었으나, 지로바톨은 자기 주변 지리에 익숙할 뿐만 아니라 고양이보다도 훨씬 더 밤눈이 밝았다. 바닥을 뒤덮고 있는 수많은 뿌리 위를 기고, 서로 뒤얽혀 있는 길고 두꺼운 등나무 줄기 위로 올라가고, 늙어서 아래쪽으로 늘어진 커다란 나무줄기를 뛰어넘었다. 그러는 와중에도 지로바톨은 단 한 번도 제 위치를 잃지 않은 채, 어두운 숲을 헤치고 계속 앞으로 나아갔다. 말 한마디 없이 숨을 헐떡거리면서, 산도칸도 그가 하는 대로 따라 하면서 뒤를 바짝 쫓아갔다.

만일 달빛이 산도칸의 얼굴을 비추었더라면, 격렬한 고통으로 일그러진 표정이 드러났을 것이다. 불과 20일 전까지만 해도 그는 몸프라쳄으로 갈 수만 있다면 모든 것을 다 내줄 수 있을 것 같았다. 그런데 지금은 미치도록 사랑하는 여자를 무방비 상태로 혼자 이 섬에 남겨 두고 떠나야 한다는 사실이 믿을 수 없을 만큼 힘들게 느껴졌다. 바다를 향해 한 걸음 한 걸음 내디딜 때마다 그의 고통도 점점 더 커져 갔다. 시간이 흐르면서 그와 라부안의 진주 사이의 거리도 점점 더 벌어지고 있었다.

이따금 산도칸은 돌아가야 할지 계속 나아가야 할지 헷갈려 하면서 우뚝 멈춰 서곤 하였다. 하지만 자기 발밑의 땅이 불타고 있는 것처럼 느끼며, 오로지 탈출할 생각에만 빠져 있던 말레이인은 잠깐 지체하는 것이 얼마나 위험스러운 일인지 설교하면서 그에게 계속 앞으로 나아가라고 재촉하였다.

「저 소리 들리세요?」 그가 물었다.

「오냐, 바다로구나.」 산도칸이 대답하였다. 「네 카누는 어디 있느냐?」

「이 부근에요.」

말레이인이 산도칸을 이끌고 무성한 초목 지대를 건넜다. 일단 마지막 장애물을 통과하고 나니 해안으로 부서지는 파도가 눈앞에 펼쳐졌다.

「뭐가 좀 보이세요, 대장님?」 그가 물었다.

「아니.」 산도칸이 재빨리 수평선을 살펴보며 대답하였다.

「행운이 우리 편인가 봅니다. 순시선이 아직 잠들어 있는 걸 보니······.」

지로바톨이 해변으로 걸어 내려가서 나뭇가지 몇 개를 치우자, 작은 만 깊숙이 숨겨져 있던 배가 드러났다. 커다란 나무줄기를 불과 자귀[1]를 이용해 파낸 것으로, 아마존 강 부근의 인디언이나 태평양의 폴리네시아 사람들이 쓰는 것과 비슷하게 생겼다. 그 조그만 배를 타고 바다로 나가는 것이야말로 참으로 무모하기 짝이 없는 행동이었다. 파도만 몇 번 쳐도 전복될 게 뻔했으나, 두 사람으로 말하면 위험하다고 해서 하고자 하던 일을 미룰 사람들이 아니었다.

지로바톨이 먼저 뛰어내려서 돛대를 세우고 식물 섬유로 만든 작고 튼튼한 돛을 감아올렸다.

「어서요, 대장님.」 그가 노를 잡으면서 재촉하였다. 「이러다간 순시선이 우리 앞길을 막을 수도 있어요.」

침울하게 고개를 숙이고 팔짱을 낀 채 여전히 바닷가에 서 있던 산도칸이 동쪽을 바라보았다. 마치 어둠과 나무들 사이를 뚫고 라부안의 진주가 사는 곳을 바라보기라도 하려는 듯이……. 그는 도망칠 시간이 임박했다는 사실과, 단 몇 분만 지체해도 그들에게 치명적인 불상사를 가져올 수도 있다는 사실을 무시하고 있는 것 같았다.

「대장님.」 말레이인이 다시 한 번 재촉하였다. 「또다시 붙잡힐 수는 없잖습니까! 어서요, 너무 늦기 전에요.」

「간다.」 산도칸이 처량 맞게 대답하였다. 그러고는 카누로 뛰어들면서 눈을 감고 깊은 한숨을 내쉬었다.

---

[1] 북아메리카 원주민이 쓰던 도끼.

제13장
몸프라쳄을 향하여

 해적들에게는 다행스럽게도, 바람이 서쪽으로부터 불어오고 있었다. 팽팽하게 돛을 펼친 카누가 오른쪽으로 기울면서 순식간에 바다 위로 흘러갔다. 광대한 말레이시아 해를 사이에 두고 마리안나와 몹시 불행한 해적을 갈라놓고서……. 산도칸은 두 손으로 머리를 받치고 말없이 고물에 앉아서, 어둠 속으로 서서히 사라지는 라부안으로부터 눈길을 떼지 못하고 있었다. 반면, 지로바톨은 이물에 앉아 행복한 미소를 머금은 채, 저 혼자 열 사람 분의 말을 주워섬기고 있었다. 그러면서도 눈으로는 연신 몸프라쳄이 있는 서쪽을 살펴보았다.
「우리 왼쪽으로 기선이 가는군요.」 그가 말을 꺼냈다.
 산도칸이 아무 대답도 하지 않았다. 그의 말을 못 들은 것 같았다.
「대장님.」 그가 잠시도 가만히 있지 못하고 또 말을 걸었다. 「왜 그렇게 슬퍼하세요? 우리는 고향으로 가고 있잖아요! 제가 잘못 본 게 아니라면 대장님은 지금 라부안을 그리워하고 계시는 것 같군요.」
「그렇단다, 지로바톨.」 산도칸이 매가리 없이 대꾸하였다.

「그 영국 악당 놈들이 대장님을 홀려 놓은 건가요? 대장님, 그놈들은 대장님의 피를 보려고 들판과 숲을 헤매며 대장님을 쫓고 있었다고요. 내일 그놈들이 대장님이 도망친 걸 알고 어떤 상판을 할지 정말 보고 싶네요. 사내놈들은 격분해서 입술을 물어뜯을 테고, 여편네들은 성이 나서 울부짖을걸요.」

「그 여편네들이!」 산도칸이 화가 나서 소리를 질렀다.

「예! 그년들이 사내놈들보다 우리를 더 미워하거든요.」

「오, 다 그런 건 아니다, 지로바톨!」

「그년들은 뱀보다 더 사악하다고요, 대장님. 제 말씀을 믿으세요.」

「입 닥쳐라, 지로바톨. 입 다물라고……. 또 한 번 그런 말을 했다가는 너를 물속에 처박아 버리겠다!」

산도칸의 어조가 워낙 험악했으므로 말레이인이 즉시 입을 다물었다. 그러더니, 엄청난 고통을 억누르고 싶다는 듯이 두 손으로 가슴을 움켜잡은 채 하염없이 라부안을 바라보면서 울적해하는 대장을 한참 동안 지켜보다가 혼자 중얼거렸다. 「영국 놈들이 우리 대장님을 단단히 홀려 놓았군.」

간간이 몰아치는 파도로 배가 아주 위험하게 뒤흔들리기는 하였지만, 그래도 카누는 동풍을 받으면서 아주 잘 버티어 냈다. 산도칸이 위협한 대로 실행에 옮길까 봐 겁이 난 말레이인이 이물에 조용히 앉아서 어슴푸레한 수평선을 주의 깊게 살펴보았다. 그의 동반자는 고물에 누워서 꼼짝도 하지 않은 채, 라부안이 있으리라고 여겨지는 지점으로부터 눈길을 떼지 못하고 있었다. 라부안은 일찌감치 밤의 어둠 속으로 사라져 버렸건만……. 몇 시간 동안 항해를 계속한 끝에 시력이 좋은 지로바톨의 눈에 수평선에서 반짝이는 불빛이 들어왔다.

「저게 상선일까요, 전선(戰船)일까요?」 그가 걱정스럽게 물었다.

침울한 생각에 빠져 있던 산도칸은 아무런 대답도 하지 않았다. 밝은 점이 점점 커지더니 수평선을 벗어나기 시작했다. 그 불빛은 기선에서만 볼 수 있는 것으로 앞돛대에 달아놓은 등불이지 싶었다.

지로바톨이 꿈틀거리기 시작하였다. 곧 하얀 등불 위로 두 개의 불빛이 더 나타났는데, 하나는 초록색이고 나머지는 붉은색이었다. 그들은 곧장 카누 쪽으로 전진해 오고 있었다. 이제 불안감은 초조함으로 바뀌었다.

「대장님, 기선입니다!」 그가 다시 한 번 말했다.

비로소 몸프라쳄의 해적 대장이 우울한 상념에서 벗어났다.

「앗……!」 산도칸이 입을 열었다.

그는 재빨리 사방을 둘러본 다음, 한없이 펼쳐진 망망대해를 살펴보았다.

「또 다른 적이로군.」 그가 중얼거리면서 본능적으로 오른손에 단도를 쥐었다.

「그래 보이는데요, 대장님.」 말레이인이 맞장구를 쳤다.

산도칸이 빠르게 전진하고 있는 세 개의 불빛을 한참 동안 살펴 본 다음 말했다. 「곧장 우리를 향해 오는 것 같구나.」

「제 생각도 그렇습니다.」 말레이인이 대답하였다. 「지금쯤이면 사령관이 벌써 우리 카누를 알아보았겠군요.」

「그럴 수도 있지.」

「어떻게 할까요, 대장님?」

「가까이 다가오도록 내버려 두자.」

「그럼, 저놈들이 우리를 붙잡을 텐데요?」

「나는 더 이상 말레이시아의 호랑이가 아니다. 세포이 부대의 병장이지.」

「그러다가 누군가가 알아보면요?」

「말레이시아의 호랑이를 직접 본 사람은 별로 없다. 배가 라부안에서 오고 있다면 또 모르겠다만 반대편에서 오고 있으니 사령관을 속일 수 있을 게다.」 그가 잠시 동안 아무 말도 하지 않은 채 적의 배를 뚫어지게 응시하더니 덧붙였다. 「포함이로구나.」

「사라와크에서 오는 것일까요?」

「얼추 그런 것 같다, 지로바톨. 이제 저게 우리를 향해 오고 있으니 기다리면 되겠구나.」

포함은 실제로 뱃머리를 카누 쪽으로 향한 채 그것을 따라잡으려고 속도를 높이고 있었다. 카누가 라부안 해안으로부터 멀리 떨어져 있는 것을 보고, 아마도 함장은 그것이 한바탕 불어 닥친 돌풍에 떠밀려 바다로 나왔다고 추측하였을 것이다. 따라서 카누에 탄 사람들을 구하러 달려온 것일 수도 있었다. 아니면 그저 그 작은 배에 타고 있는 사람들이 해적인지 표류자인지 알고 싶었는지도 모르고.

산도칸이 지로바톨에게 다시 노를 젓기 시작하되, 뱃머리를 남쪽에 있는 로마데스 제도 쪽으로 향하라고 지시했다. 함장을 속이기로 작정한 것이다. 반 시간 후, 포함이 카누로부터 밧줄을 몇 개 이어 놓은 정도의 거리까지 왔다. 나지막한 갑판의 소형 포함으로 대포 한 문에, 돛대도 하나밖에 없었다. 선원도 40명이 넘을 것 같지 않았다.

함장인지 조타수인지가 카누에서 몇 미터 떨어지지 않은 지점까지 배를 지나가게 하라고 지시하였다. 그 구역에 이르자마자 그는 엔진을 멈추게 한 다음, 선측 밖으로 몸을 기울인 채 고함을 질렀다.

「정지! 안 그러면 침몰시킨다!」

산도칸이 곧바로 일어나 완벽한 영어로 물었다. 「도대체 제가 누구인 것 같습니까?」

「아니!」 깜짝 놀란 장교가 큰 소리로 외쳤다. 「세포이 부대 병장이로군. 라부안으로부터 이렇게 멀리 떨어진 곳에서 무엇을 하고 있나?」

「로마데스로 가는 중입니다.」 산도칸의 대답이었다.

「무슨 일로?」

「제임스 귈론크 경의 배에 전달할 지시 사항을 가지고 있습니다.」

「그 배가 그렇게 멀리 나가 있느냐?」

「예, 함장님.」

「그런데, 카누를 타고서?」

「더 좋은 것을 구할 수가 없었습니다.」

「조심해라! 말레이 해적선이 여러 척이나 나돌아 다니고 있다.」

「예!」 산도칸이 뛸 듯이 기쁜 마음을 간신히 억누르고 대답하였다.

「어제 아침에 그놈들을 보았는데 몸프라쳄에서 오고 있는 게 틀림없었다. 내게 대포 한 문만 더 있었더라도 그놈들이 아직까지 물에 떠 있지 못했을 텐데…….」

「그놈들의 배로부터 떨어져 있도록 하겠습니다, 함장님.」

「뭐 필요한 거 없나, 병장?」

「없습니다.」

「가보도록 해라. 여행 잘하고.」

포함이 라부안을 향해 다시 항진을 계속하였고, 지로바톨은 몸프라쳄을 향해 돛을 달았다.

「너도 들었느냐?」 산도칸이 물었다.

「예, 대장님.」

「우리 배가 바다를 순찰하고 다닌다는구나.」

「아직도 대장님을 찾고 있는 겁니다, 대장님.」
「그렇다면, 그들은 내가 죽었다고 생각하지 않는구나.」
「물론입지요.」
「야네스가 나를 보면 얼마나 놀랄까! 믿음직한 나의 친구…….」

산도칸이 다시 고물로 돌아가 앉더니, 라부안을 향해 눈길을 못 박은 채 입을 다물었다. 말레이인의 귀에 그가 몇 번씩이나 한숨을 내쉬는 소리가 들렸다.

동이 틀 무렵, 도망자들은 몸프라쳄으로부터 겨우 240킬로미터밖에 떨어지지 않은 지점까지 왔다. 그 정도 거리면 순풍이 불 경우, 스물네 시간 내지 서른 시간 안에 도착할 수 있었다. 지로바톨이 카누의 널빤지에 묶어 놓은 낡은 오지 냄비에서 먹을 것을 조금 꺼내 산도칸에게 주었으나, 고통스러운 상념에 빠져 있던 해적은 움직이기는커녕 대꾸조차 하지 않았다. 「완전히 홀려 버렸군.」 말레이인이 머리를 긁적이면서 중얼거렸다. 「그게 사실이라면, 그 영국 놈들 조심하는 게 좋겠어.」

낮 동안 바람이 여러 차례 멈추었고, 카누가 파도 때문에 생겨난 물골 속으로 깊이 가라앉으면서 갑판이 물로 흥건해졌다. 하지만 저녁이 되자 남동쪽으로부터 상쾌한 바람이 불어와, 빠른 속도로 조그만 배를 서쪽으로 몰아댔다. 바람은 다음 날 늦게까지 가라앉지 않았다. 해가 넘어가기 직전, 카누의 이물에 서 있던 지로바톨이 마침내 바다 저편에서 솟아오르는 커다란 검은 덩어리를 보았다.

「몸프라쳄이다!」 그가 환호성을 질렀다.

그 소리를 듣고, 산도칸이 카누에 발을 디딘 이래 처음으로 날쌔게 일어나서 움직였다. 이제 그는 더 이상 좀 전의 우울한 사내가 아니었다. 그의 얼굴에 드리워 있던 침울한 표정도 완전히 사라지고 없었다. 눈은 반짝반짝 빛났고, 얼굴 또한 더 이상 고통으로 일그러져 있지 않았다.

「몸프라쳄이구나!」 그가 있는 대로 몸을 일으켜 세우면서 외쳤다.

그는 꼼짝도 하지 않은 채 자기 섬을 떠올렸다. 자신의 것이라고 불러도 틀리지 않을, 바다를 주름잡는 막강한 권력의 중심이 되는 곳. 전설적인 말레이시아의 호랑이가 다시 깨어나고 있었다. 최고로 성능 좋은 쌍안경에 필적할 만한 그의 두 눈이 해안을 구석구석 살폈다. 만에서 흔들리고 있는 수많은 해적선과 마을을 방어하는 요새에 잠시 눈길이 머물렀다가, 자신의 문장이 그려진 깃발이 산들바람을 맞아 펄럭이고 있는 까마득한 절벽에서 멈추었다.

「아! 마침내…… 너를 다시 보는구나!」 그가 큰 소리로 외쳤다.

「이제 안전합니다, 대장님.」 말레이인이 정신없이 기뻐하면서 말했다.

「내가 아직도 그 직함에 어울린다고 생각하느냐, 지로바톨?」

「그럼요, 대장님.」

「하지만, 내 생각에는 내가 더 이상 그럴 만한 자격이 없는 것 같구나.」 산도칸이 한숨을 내쉬면서 중얼거렸다. 이어 키의 손잡이로 사용되고 있는 노를 그러쥐더니, 어둠 속으로 서서히 사라져 가는 섬을 향해 카누를 몰았다. 밤 열시, 해적 둘은 누구의 눈에도 띄지 않은 채 커다란 절벽 아래 배를 내렸다.

자기 섬에 다시 한 번 발을 내디디면서 산도칸이 심호흡을 하였다. 아마 그 순간만큼은 라부안을 떠나온 것을 슬퍼하지 않았으며, 아주 잠깐 동안이나마 마리안나에 관한 생각도 다 잊어버렸을 것이다. 그는 서둘러 절벽 밑을 따라 걸어가서,

대형 막사로 연결되는 구불구불한 층계에 이르렀다.

「지로바톨.」 그가 말레이인을 돌아보며 말했다. 「네 막사로 가서 동지들에게 내가 돌아왔다고 알려라. 하지만 방해하지는 말라고 전해라. 먼저 아네스와 할 말이 있다.」

「대장님, 대장님께서 원하실 때까지 아무도 방해하지 않을 겁니다. 저를 고향으로 데려다 주셔서 감사합니다. 누군가 몸 바쳐서 일할 사람이 필요하시면, 설사 영국 아가씨를 구해야 하는 일일지라도, 저를 마음대로 부리십시오.」

「고맙구나, 지로바톨. 고맙다. 이제 그만 가봐라!」

말레이인이 본의 아니게 불러일으킨 마리안나에 대한 기억으로 심장 깊숙한 곳을 얻어맞은 산도칸이 층계를 올라가 캄캄한 밤 속으로 사라졌다.

제14장
사랑과 환희

정상에 다다르자, 산도칸이 절벽 끄트머리에 멈춰 서서 멀리 라부안이 있는 동쪽을 뚫어질 듯 바라보았다.

〈제기랄! 나와 그 성스러운 아가씨가 이렇게 멀리 떨어져 있다니…….〉

그는 아가씨가 지금 무엇을 하고 있을지 몹시 궁금하였다. 자신이 포로가 되었다고 생각하면서 걱정하고 있을까? 아니면, 자신이 죽은 줄 알고 슬퍼하고 있을지도 모른다. 그가 한숨을 무겁게 내쉬고 고개를 숙이면서 중얼거렸다.

「다 운명이야!」

산도칸이 자기 연인의 향기로운 냄새를 밤바람 속에서 느껴 보려는 듯 잠시 동안 가만히 서 있다가 돌아서더니 대형 막사를 향해 천천히 걸어갔다. 아직도 불빛이 빛나고 있었다. 창문으로 들여다보니 한 사내가 얼굴을 손에 묻은 채 테이블에 앉아 있었다.

〈야네스겠지.〉 산도칸이 서글픈 미소를 지으며 생각했다. 〈호랑이가 깨지고 홀려서 돌아온 것을 알면 그가 뭐라고 할까?〉

그가 한숨을 억누르며 천천히 문을 연 다음, 야네스에게 들리지 않도록 소리 없이 이동하였다.

「음, 여보게.」 몇 분이 흐르고 나서야 산도칸이 입을 열었다. 「자네는 벌써 말레이시아의 호랑이를 잊어버렸나?」

그가 채 말을 끝내기도 전에 야네스가 달려와 그를 껴안으면서 고함을 질렀다. 「자네, 자네! 산도칸! 난 자네를 영영 잃어버린 줄 알았네.」

「음, 자네가 보고 있는 그대로야. 내가 돌아왔네.」

「그래, 이 악당아. 도대체 그동안 어디 있었나? 나는 근 한 달 동안이나 자네를 기다리면서 걱정하느라고 거의 돌아버릴 지경이었다네. 도대체 그동안 무얼 하고 있었나? 바라우니의 술탄을 약탈하러 갔었나, 아니면 라부안의 진주가 자네를 홀리기라도 했나? 말 좀 해보게, 궁금해 죽을 지경이네.」

그 모든 질문에 대답하는 대신, 산도칸은 팔짱을 낀 채 괴로운 표정으로 말없이 그를 쳐다보았다.

「아니!」 그의 침묵에 깜짝 놀라면서 야네스가 물었다. 「말해 보게! 자네가 입고 있는 옷이 도대체 왜 그렇지? 왜 그런 눈으로 나를 쳐다보는 건가? 무슨 재난이라도 당했나?」

「재난이라고?」 산도칸이 쉰 목소리로 말했다. 「내가 라부안으로 끌고 간 50명의 동지들 중에서 지로바톨 혼자만 살아 돌아왔다는 걸 알고 있나? 모든 동지들이 영국 놈들에게 살육당해 그 염병할 섬의 해변에 쓰러졌고, 나는 순시선의 선교에서 중상을 입고 고꾸라졌으며, 우리 배는 지금 바다 속에 가라앉아 있다는 말을 듣지 못했나?」

「자네가…… 졌다고! 말도 안 되네……! 말도 안 돼!」

「그랬다네, 야네스. 싸움에 졌고 심한 부상을 당했었지. 부하들은 다 죽었고 나는 중상을 입은 채 돌아왔네…….」

산도칸이 테이블로 의자를 끌고 가서 연거푸 석 잔의 위스키를 비우고 난 다음에야, 때로는 갈라지고 쉰 목소리로 때로는 활기차고 거친 목소리로, 욕설에 과격한 몸짓까지 섞어가며 자신에게 일어났던 모든 일을 설명하였다. 라부안 상륙, 순시선과의 회전(會戰), 운이 따르지 않았던 승선, 자신의 부상과 고통, 그리고 회복에 이르기까지…….

하지만 이야기가 라부안의 진주로 바뀌기 시작하면서 그의 분노도 사라졌다. 격분해서 사납게 씩씩거리던 목소리도 영 딴판으로 바뀌어, 어느덧 부드럽고 열정적이고 애정 어린 어조가 되어 있었다. 산도칸이 낭만적인 열정으로 사랑스러운 젊은 아가씨의 아름다움을 묘사하기 시작했다. 부드럽고 우수에 차 있으면서 바다만큼이나 푸른 그녀의 커다란 눈이 자신을 깊이 감동시켰다고……. 또 그녀는 황금보다 더 반짝이는 금발에다 비단결보다 더 부드럽고 숲 속의 뭇 꽃들보다 더 향기로운 머리를 가지고 있다고 했다. 아울러 비길 데 없이 아름다운 그녀의 목소리가 그때까지 무감각하기만 했던 자신의 심금을 미묘하게 울렸고, 만돌린을 능숙하게 연주하면서 무척이나 달콤한 음악을 빚어내는 그녀의 손 역시 자신을 황홀한 마법에 빠지게 했다는 말도 빼놓지 않았다.

또한, 사랑하는 여자 곁에서 보낸 한 달을 매우 열정적으로 이야기해 주었다. 몸프라쳄이나 호랑이들에 대한 모든 것을 새까맣게 잊고 지낸 최고의 순간으로, 자신이 말레이시아의 호랑이라는 사실도 완벽하게 잊고 있었노라고. 자신이 겪었던 모험도 다 털어놓았다. 호랑이 사냥, 사랑의 고백, 대령의 배신, 탈출, 지로바톨과의 우연한 만남과 몸프라쳄으로의 항해에 이르기까지 전부 다.

「그런데, 야네스.」 그가 흥분한 채 말을 이었다. 「마리안나를 무방비 상태로 혼자 남겨 놓고 카누에 발을 들여놓은 순간부터 심장이 터질 것만 같았네. 섬을 떠나느니 차라리 지로바톨의 카누를 침몰시켰으면 했지. 몸프라쳄을 부숴 버리고, 모든 해적선을 침몰시키고, 부하들을 해산시켰으면 했다네. 또한 털끝만큼도 죄책감을 갖지 않은 채 내가 말레이시아의 호랑이가 아니었으면 하고 바랐지.」

「아니! 산도칸!」 야네스가 비난하는 투로 탄식하였다.

「내게 훈계하지 말게, 야네스! 나는 내 마음이 강철로 이루어져 있어서 그 어떤 부드러운 감정도 얼씬거릴 수 없을 거라고 생각했었네. 그런데…… 여보게, 내가 그 여자를 너무 사랑하는 나머지 그녀가 나더러 국적을 포기하고 영국인이 되라고 말한다면…… 나, 그들에 대한 영원한 증오를 맹세했던 말레이시아의 호랑이가 말이지…… 추호도 망설이지 않고 그렇게 할 걸세! 내가 무슨 일을 겪고 있는지 자네가 알 수만 있다면! 꺼지지 않는 불길이 내 혈관을 돌면서 인정사정없이 내 육신을 갉아먹고 있다네. 항상 제정신이 아니야. 미쳐 가고 있는 것 같아! 정말 미치겠어……! 그녀를 처음 본 순간부터 이 지경이라네, 야네스. 그녀는 언제나 내 앞에 있어. 그 천사 같은 모습으로 말일세. 어디를 보든지 항상 그녀가 보인다네. 항상…… 늘, 그 여자의 아름다운 모습이 보인다니까.」

산도칸이 느닷없이 벌떡 일어났다. 무섭게 변한 얼굴로, 부르르 떨면서 이까지 악물고 있었다. 그는 자신의 뇌리를 떠나지 않는 영상과 자신을 괴롭히고 있는 불안감을 떨쳐 버리려고 애를 쓰면서 방 안을 몇 번이나 왔다 갔다 하였다. 그러다가 포르투갈인 친구 앞에 멈춰 서서 무언가를 묻는 듯한 눈길로 바라보았지만 정작 말을 꺼내지는 않았다.

「자네는 내 말이 믿기지 않겠지.」 그가 다시 말을 계속하였다. 「하지만 이와 같은 열정에 나 자신을 맡겨 버리기 전까지나도 버틸 만큼 버텨 보았네. 그런데, 말레이시아의 호랑이의 강철 같은 의지나 영국의 모든 것에 대한 나의 증오조차도 내 심장의 고동을 막을 수가 없더군. 이 마법을 깨버리려고 무진장 애를 썼다네. 정말로 수도 없이……. 언젠가는 바다를 저버리고, 피의 복수도 끝내 버리고, 나의 섬과 호랑이들을 떠나고, 내가 그토록 자랑스러워하던 이름도 포기하리라는 생각만 하면……. 단지 그 여자와 결혼하기 위해서 말일세. 기를 쓰고 도망쳐 보려고, 나 자신과 그녀의 매혹적인 눈 사이에 도저히 극복할 수 없는 장벽을 놓아 보려고 했다네! 하지만 내가 지고 말았어, 야네스. 한쪽에는 우리 해적들과 전투와 승리가 기다리고 있는 몸프라쳄이 있고, 다른 쪽에는 금발에 푸른 눈을 가진 사랑스러운 여자가 있었지. 오랫동안 망설였지만 결국 그녀를 선택하고 말았네. 이 지구상의 어떤 권력도 나한테서 그녀를 빼앗아 가지 못할 걸세. 하지만, 그렇게 되면 더 이상 호랑이도 존재하지 않으리라는 것을 너무나 잘 알고 있다네!」

「그럼, 그 여자를 잊어버리게!」 점점 더 열을 받고 있던 야네스가 쏘아붙였다.

「그녀를 잊어버리라고! 말도 안 돼, 야네스. 말도 안 된다고! 그녀가 내 심장에 쳐놓은 쇠사슬을 절대로 풀 수가 없네. 전투도, 모험으로 가득 찬 삶이 가져다주는 커다란 만족감도, 내 부하들에 대한 사랑도, 심지어 엄청난 대량 학살이나 무시무시한 피의 복수조차도 나로 하여금 그녀를 잊게 하지는 못할 거야. 그녀의 모습이, 호랑이를 유명하게 했던 그 용맹스러움과 활기를 무력화시키는 그 영상이 내가 어디에 있든지 나를 따라다닐 걸세. 안 돼, 안 된다고. 절대로 그녀를 잊을 수 없어. 그녀를 위해 내가 나의 명성과, 나의 섬과, 나의 권력과, 모든 것, 그래 내 모든 것을 희생한다면 그녀는 나의 아내가 되어 줄 거야!」

산도칸이 두 번째로 말을 멈추고 야네스를 바라보았다. 야네스는 다시 한 번 침묵에 빠져 있었다.

「어이, 여보게?」

「응?」

「내 말 알아들었나?」

「응.」

「무어라고 충고할 텐가? 자네한테 모든 것을 다 털어놓은 지금, 무어라고 말해 줄 거냐고?」

「아까랑 마찬가지네. 그 여자에 관한 모든 것을 깡그리 잊어버리게.」

「뭐라고!」

「자네는 이 미치광이 같은 연애질이 불러올 결과들을 생각해 보았나? 호랑이가 사랑에 빠졌다는 걸 알면 자네 부하들이 뭐라고 할 것 같은가? 그리고, 자네, 그 여자랑 어떻게 할 건데? 그 여자가 자네 마누라가 될 거라고? 그녀를 잊어버리게, 산도칸. 그냥 내버려 두라고. 그 여자를 다시 만나겠다는 생각일랑 깨끗이 포기하게나. 다시 한 번 말레이시아의 호랑이가 되어 주게. 아무도 뚫을 수 없는 강철 같은 심장을 지닌 사내 말일세.」

산도칸이 대번에 벌떡 일어나 문 쪽으로 가더니 문을 벌컥 열어젖혔다.

「어디 가려고?」 야네스가 따라 일어서며 물었다.

「라부안으로 돌아가려고.」 산도칸의 대답이었다. 「내일 부하들에게 전해 주게. 내가 이 섬을 영원히 떠났고 자네가 새로운 대장이 되었다고. 내, 다시는 이 바다로 돌아오지 않을 테니 그들이 나에 대한 이야기를 들을 일은 두 번 다시 없을 걸세.」

「산도칸!」야네스가 그의 팔을 단단히 움켜잡으며 외쳤다. 「자네 미쳤군! 배와 대포, 또 자네나 자네가 사랑하는 여자를 위해서라면 죽음도 불사할 부하들을 여기 이렇게 놓아두고 혼자 라부안으로 돌아간다니. 자네 사랑이 정말로 확고한 것인지 시험해 보고 싶었을 뿐이네. 어쨌든, 자네는 그 여자의 동포를 영원히 증오하겠다고 맹세하지 않았나…….」

「아니, 야네스, 그 여자는 영국인이 아니라네. 그녀가 내게 머나먼 나라의 해변을 적혀 주는, 우리보다 더 푸르고 아름다운 바다에 대해 이야기해 주었지. 그 나라는 온통 꽃으로 뒤덮여 있고, 연기를 뿜어내는 화산의 발상지이자 지상의 낙원인데, 그곳 사람들은 자네 나라 말과 비슷한 음악적인 언어를 사용한다고 하더군.」

「그래, 그녀가 영국인이든 아니든 자네가 그토록 열렬하게 사랑한다니까, 자네가 그로 인해 다시 행복해질 수만 있다면 우리 모두 그녀를 자네 신부로 맞이하는 일에 협조하겠네. 그러면 황금빛 머리칼을 지닌 젊은 아가씨와 결혼하고 난 뒤에도 자네는 여전히 말레이시아의 호랑이로 남을 수 있겠지.」

산도칸이 야네스를 따뜻하게 끌어안았다.

「이제, 어쩔 계획인지 말해 보게.」포르투갈인이 채근하였다.

「가능한 한 서둘러 라부안으로 돌아가서 마리안나를 납치해 올 작정이네.」

「괜찮은 생각이로군. 자네가 그 섬을 떠나서 몸프라쳄으로 돌아온 걸 알게 되면 대령이 공격당할까 봐 두려워 도망갈지도 모르니까. 서둘러 행동으로 옮기지 않으면 우리가 지게 될 거야. 이제 그만 자게. 자넨 좀 쉬어야 돼. 내일까지 우리 원정대가 항해할 준비를 다 해놓겠네.」

「그럼, 내일까지네, 야네스.」

「잘 자게.」야네스가 문을 열고 나가면서 인사하였다.

혼자 남게 되자, 산도칸이 아까보다 더 우울하고 흥분한 기색으로 테이블로 돌아가 눈앞에 보이는 여러 병의 위스키를 비우기 시작하였다. 적어도 몇 시간만이라도, 신경을 무디게 만들고, 자신을 그토록 매혹시키는 젊은 아가씨를 잊어버리고, 자신을 갉아먹고 있는 초조함을 달랠 필요가 있었던 것이다. 화가 난 상태에서 술을 마시기 시작한 그가 빠른 속도로 연거푸 술잔을 비웠다.

「아!」 산도칸이 탄식을 내뱉었다. 「만일 잠이 들 수만 있다면 라부안에 도착하기 전에는 깨어나지 않을 텐데! 이 초조함, 이 사랑, 이 질투심이 나를 죽이겠구나. 혼자라니……! 라부안에 혼자 있다니! 설상가상으로 어쩌면 그 남작 녀석이 그녀한테 구혼하려 들지도 모르는 일 아닌가.」

격노에 휘말린 그가 자리에서 일어나 조울증 환자처럼 방 안을 오락가락하기 시작하더니, 의자를 뒤엎고, 방 안에 흩어져 있던 술병들을 산산이 부수고, 선반에 줄지어 놓인 황금과 보석이 담긴 항아리들을 박살 내다가 문득 오르간 앞에 멈춰 섰다.

「내가 대령의 별장에서 상처를 회복하는 동안, 그녀가 불러 주는 노래를 듣는 것이 얼마나 행복했던가……. 그런데, 왜 그런지 모르겠지만 하나도 기억나지 않는구나! 마리안나가 부르던 노래 가사가, 오직 그녀만이 이해할 수 있는 외국어이긴 했어도, 참으로 멋지게 들렸었는데……. 오! 그때 그대는 얼마나 아름다웠던지, 라부안의 진주여! 그 찬란하던 순간, 그대가 내 가슴에 얼마나 커다란 행복감과 황홀함을 안겨 주었던지, 사랑하는 그대여.」

그가 건반 위로 손가락을 내달려 아찔하면서도 광기 어린 곡조를 연주했다. 때로는 격렬한 허리케인이 몰아닥치는 듯, 때로는 죽어 가는 사람을 애도하는 듯한 곡조였다. 그러다가 불현듯 새로운 생각이라도 떠오른 양 오르간 연주를 멈추더니 테이블로 돌아가 가득 채운 술잔을 들어올렸다.

「나는 그녀의 눈을 내 앞에서 볼 수 있다고!」 산도칸이 혼자 중얼거렸다. 「언제나 그녀의 눈을, 언제나 그녀의 얼굴을, 언제나 라부안의 진주를!」 단숨에 술잔을 비우고 나서 다시 채우더니 한 번 더 그것을 바라보았다. 「피다!」 그가 큰 소리로 외쳤다. 「누가 내 잔에 피를 쏟아 부었지? 그래, 피든 포도주든 마셔 버려라, 말레이시아의 호랑이여. 도취가 곧 행복이니라.」

술에 취한 해적이 생기를 되찾고 거침없이 마시기 시작하였다. 번갈아 욕설을 퍼붓다 웃다가 하면서 독주를 물인 양 벌컥벌컥 마셔 댔다. 그러더니 자리에서 일어나려고 하다가 의자 위로 벌렁 나자빠지자 험악한 눈초리로 사방을 노려보았다. 방 안을 돌아다니는 그림자를 본 것 같았다. 눈앞에 조롱을 퍼붓고 있는 유령들과 피범벅이 된 칼과 단도들이 어른거렸다. 그 그림자들 속에 자신의 경쟁자인 윌리엄 남작이 보이는 것 같았다. 그는 분노의 감정이 전신에 물결치는 것을 느꼈다.

「네놈을 보고 있다, 네놈을 보고 있다고. 빌어먹을 영국 놈아!」 산도칸이 고래고래 소리를 질렀다. 「내 손에 잡히면, 네놈은 세상에 태어난 것을 후회하게 될 거다! 네놈은 나한테서 진주를 훔쳐 가고 싶어 하지! 네놈 눈만 봐도 안다. 하지만 내가 못하게 막을 거다. 네 집을 파멸시키고 대령을 죽여 버리고, 온 라부안에 불을 질러 버릴 테다. 사방 천지를 피바다로 만들고 너희들 모조리…… 전부 다 죽여 버리고 말겠다! 어쭈, 웃고 있어……. 기다려라, 내가 돌아갈 때까지 기다리라고!」

그는 완전히 취해 버렸다. 자기 앞을 방해하는 것들을 모조리 죽여 버리고 싶은 욕망에 사로잡혔다. 몇 번씩이나 용을 쓴 끝에 그가 마침내 자리에서 일어나 칼을 잡았다. 그러더니 간신히 벽에 기대서서 죽기 살기로 사방을 난도질하기 시작했다. 남작의 환영을 쫓고, 태피스트리를 베고, 더 많은 술병들을 박살 내면서, 선반과 테이블과 오르간을 향해 마구잡이로 칼을 휘둘러 댔다. 항아리들이 깨지면서 그 안에 있던 황금과 진주와 다이아몬드가 폭포처럼 쏟아져 내렸다. 제정신을 잃고 날뛰던 산도칸이 완전히 나가떨어져서 깨진 파편들 가운데 쓰러져 깊은 잠 속으로 곯아떨어질 때까지…….

제15장
영국 위병 하사

 깨어나 보니 그는 자신을 시중드는 말레이인들에 의해 터키식 장의자에 옮겨진 채 누워 있었다. 깨진 유리들은 다 치워졌고, 황금과 진주들도 도로 선반 위에 올려놓았으며 다른 집기들도 가능한 데까지 수선해서 제자리에 갖다 놓은 것이 눈에 띄었다. 그가 발광을 부렸다는 유일한 흔적이라면 벽에 걸린 태피스트리에 남아 있는 칼로 난도질한 흔적뿐이었다. 간밤에 무슨 일이 있었는지 기억해 내려고 애를 쓰면서 산도칸이 눈과 이마를 자꾸만 문질렀다.
 「그런 일은 꿈도 꿀 수 없었는데……」 그가 혼자 중얼거렸다.
 그렇다, 그는 거나하게 취해서 행복하게도 인사불성이 되어 버렸다. 그런데, 이제 다시 뜨거운 불길이 그의 혈관을 타고 흐르기 시작했고, 그로서는 더 이상 그것을 진화할 수 없었다. 도대체 어떤 열정이기에 이처럼 호랑이의 심장을 사로잡았단 말인가?
 그는 윌리스 병장의 군복을 벗어 던지고 황금과 진주가 번쩍이는 새 옷으로 갈아입었다. 호두 크기만 한 사파이어로 장식한 화려한 터번을 이마에 두르고, 허리띠의 주름 사이에다 새 단도를 집어넣고, 새 칼까지 찬 다음 밖으로 나갔다.

바다 바람을 한 모금 들이마시자 마지막으로 남아 있던 지난밤의 취기가 깨끗이 사라졌다. 태양을 바라보니 이미 중천에 높이 떠 있었다. 그는 라부안 쪽에다 시선을 던지면서 동쪽으로 향했다.

「불쌍한 마리안나……!」 그가 가슴을 움켜쥐며 중얼거렸다.

이어 날카로운 눈길로 바다를 한 번 훑어 본 다음, 절벽 밑을 내려다보았다. 세 척의 배가 커다란 돛을 감아올린 채 항해 준비를 마치고 마을 앞에 닻을 내리고 있었다. 절벽 아래쪽에서는 해적들이 식량, 무기, 탄약, 포탄 따위를 싣느라고 분주하게 움직이고 있었다. 야네스 역시 그 소동의 한복판에 있었다.

「훌륭한 친구로고.」 산도칸이 중얼거렸다. 「내가 잘 동안 자네가 원정 준비를 다 해놓았군그래.」

그가 계단을 내려가 마을로 향했다. 그를 보자마자 해적들 사이에서 요란한 함성이 울려 퍼졌다. 「호랑이 만세! 대장님 만세!」

곧이어 갑작스러운 난동에 휩쓸린 양 해적들이 온통 산도칸 주위로 정신없이 달려와 귀가 멍멍할 정도로 환호성을 올리면서, 거의 질식할 지경이 되도록 손이며, 옷이며, 발에까지 키스를 퍼부었다. 나이든 해적들은 기쁨의 눈물을 흘렸으니, 대장이 그 우라질 놈의 섬에서 죽었다고 생각했던 것이다.

단 한마디의 원성도 나오지 않았다. 비참했던 원정 당시 영국군의 총칼에 무참하게 살해당한 동료나 형제들, 자식이나 부모들을 위한 눈물 역시 한 방울도 보이지 않았다. 대신 이따금 강철 같은 심장을 지닌 사내들 사이에서 무시무시한 고함 소리가 터져 나왔을 뿐이었다. 「우리는 피에 굶주려 있습니다. 말레이시아의 호랑이님! 우리 동지들의 원수를 갚으러 갑시다……! 라부안에 가서 몸프라쳄의 원수들을 몰살해 버립시다!」

「동지들이여.」 사람들을 매혹시키는 데 단 한 번도 실패한 적이 없는, 특유의 금속성 어조로 산도칸이 입을 열었다. 「여러분이 바라는 복수의 시간도 얼마 남지 않았다. 내가 라부안으로 이끌고 갔던 호랑이들이 우리보다 백배나 되는 인원에, 백배나 더 무장이 잘된 영국 사자 놈들의 총칼 아래 쓰러졌지만, 아직 게임은 끝나지 않았다. 아무렴, 끝나지 않았고 말고. 나의 호랑이들이여, 그 저주스러운 바닷가에서 싸우다 죽어 간 우리 전사들에 대한 복수를 오래 미루지는 않을 것이다. 우리들은 이제 곧 사자들의 땅으로 항해할 것이로되, 일단 그곳에 상륙하게 되면 그놈들에게 총탄은 총탄으로, 핏방울은 핏방울로 돌려줄 것이다. 전투의 날이 오면 몸프라쳄의 호랑이들이 라부안의 사자들을 먹어 치울 것이니라!」

「라부안으로, 라부안으로!」 해적들이 자신의 무기를 흔들어 대면서 고함을 질렀다.

야네스는 그가 한 말을 듣지 않은 것 같았다. 그는 낡은 포대(砲臺)에 올라서서 바다를 향해 뻗어 나온 갑(岬)을 바라보고 있었다.

「여보게, 무얼 보고 있나?」 산도칸이 말을 걸었다.

「저 바위들 뒤로 보이는, 꼿꼿이 세운 돛대 끝을 보고 있었네.」 야네스가 대꾸하였다.

「우리 배들 중 하나인가?」

「그 외에 감히 어느 배가 우리 해안에 저토록 가까이 올 수 있단 말인가?」

「우리 배가 전부 다 돌아오지 않았나?」

「피상우의 것 하나만 빼고 다 돌아왔네. 우리 배들 가운데 제일 크고 비교적 무장도 잘된 것들 중 하나였지.」

「그를 어디로 보냈는데?」

「라부안으로. 자네를 찾으려고.」

「예, 피상우의 배가 맞습니다.」 지휘관 하나가 확인해 주었다. 「그런데 돛대가 하나밖에 안 보입니다, 야네스 나리.」

「싸우다가 앞돛대를 잃어버렸을 수도 있지.」 산도칸이 중얼거렸다. 「기다려 보자. 그가 라부안으로부터 새로운 소식을 가져올지 누가 알겠느냐……」

해적들이 곶 사이로 서서히 들어오고 있는 배를 좀 더 잘 보기 위해 성벽 위로 올라갔다. 배가 곶의 외각 지점을 돌아 들어섰을 때 모두들 이구동성으로 환호성을 질렀다. 「피상우의 배다!」

그것은 정말로 야네스가 며칠 전에 말레이시아의 호랑이의 거취를 알아 오라고 라부안으로 보냈던 배였다. 그런데, 지금 어떤 몰골로 돌아오고 있는 중인지! 앞돛대는 받침만 빼고 남아 있는 게 없었고, 큰돛대는 돛대의 앞뒤 버팀줄로 이루어진 두꺼운 그물에 의지해 간신히 서 있었다. 현장 또한 남아 있는 부분이 거의 없고, 현측도 엄청나게 부서지긴 마찬가지였는데 총알과 포탄에 의해 뚫린 무수한 구멍들을 가리기 위해 나무 조각으로 덮여 있었다.

「아주 장렬하게 싸운 게 틀림없구먼.」 산도칸이 말했다.

「피상우는 제일 큰 순시선이라 해도 공격하는 것을 두려워하지 않는 용감한 사내지.」 야네스가 맞장구를 쳤다.

「포로를 데려온 것 같은데……. 우리 용감한 호랑이들 사이에 영국군이 있는 것 같지 않나?」

「그러게, 큰돛대에 영국 병사 한 놈이 묶여 있는 것 같군.」 야네스의 대답이었다.

「저놈을 라부안에서 붙잡았을까?」
「설마 바다에서 붙잡은 건 아닐 테지.」
「그렇다면 저 녀석이 무슨 소식인가를 전해 줄 수도……」
「마리안나에 대한 것 말인가, 아우님?」
「응.」 산도칸이 우물거렸다.
「그놈한테 물어보지, 뭐.」

바람이 다소 약하게 불고 있었지만, 배는 노의 힘을 빌려 빠른 속도로 항진해 오고 있었다. 후리후리한 키에, 근사한 올리브색 피부를 지닌, 고대 청동 조각상과 비슷해 보이는 외모의 보르네오 출신 선장이 산도칸과 야네스를 보고 환성을 올린 뒤 손을 들고 외쳤다.「아주 대단한 여정이었습니다!」

5분 후에 배가 만으로 들어와 해안에서 15미터 떨어진 지점에 닻을 내렸다. 즉시 기정 한 척을 내보내 피상우와 영국 병사와 노잡이 네 명을 태웠다.

「어디서 오는 길이냐?」 그들이 상륙하자마자 산도칸이 물었다.

「라부안 동쪽 해안입니다, 대장님.」 보르네오인이 대답하였다.「대장님의 거취에 관한 소식을 얻으려고 거기에 갔었는데, 이제 이렇게 무사히 돌아오신 걸 뵙게 되어 정말 기쁩니다.」

「포로는 누구냐?」
「위병 하사입니다, 대장님.」
「저놈을 어디서 잡았느냐?」
「라부안 근처입니다.」
「자초지종을 말해 보아라.」

「제가 바닷가를 돌아다니다가 이놈이 카누를 타고 강어귀로 나오는 것을 보았습니다. 그런데 해안에 이 녀석의 동료들이 있는 것 같았습니다. 누군가에게 신호를 보내는 것처럼 자주 호루라기를 불었거든요. 저는 즉시 기정에 열 명을 태워서 내보내 이놈 뒤를 쫓도록 했습니다. 대장님의 거취에 대한 소식을 얻을 수 있지 않을까 하는 희망에서요.」

「이놈을 붙잡는 건 어렵지 않았습니다만, 강어귀를 나서려고 보니 포함이 항로를 막아 버렸지 뭡니까? 전투가 벌어졌고, 엄청나게 많은 탄알과 포탄을 서로 주고받았습지요. 진짜 폭풍우 같았답니다, 대장님. 그놈들이 우리 동지들 절반을 죽이고 배도 작살냈지만 우리도 포함에게 그만큼 되돌려 주었지요. 원수 놈들이 퇴각하기 시작하자, 우리는 지그재그 항법으로 두어 번 방향을 바꿔 도망쳐 왔습니다. 그리고 최대한으로 서둘러서 이리로 돌아온 겁니다.」

「그럼, 저놈을 라부안에서 데려왔다는 말이냐?」

「그렇습니다, 대장님.」

「수고했다, 피상우. 그놈을 내게 데려다 다오.」

불쌍한 하사는 벌써 바닷가로 끌려와 있었는데, 해적들이 그를 에워싼 채 군복에서 계급장을 떼어 내고 고문을 가하기 시작하였다. 그는 키가 작고 땅딸막한 체격에 스물여섯 살 정도로 보였으며, 금발에 분홍색 피부를 지니고 있었다. 자신을 빙 둘러싸고 있는 해적들 무리에 대한 두려움이 얼굴에 역력하게 드러나 있었음에도 불구하고, 그는 단 한마디도 내뱉지 않았다. 산도칸을 보자 그가 억지로 미소를 지은 뒤 약간 떨리는 목소리로 말했다. 「말레이시아의 호랑이로군.」

「나를 아느냐?」 산도칸이 물었다.

「그렇소.」

「전에 나를 어디서 보았느냐?」

「귈론크 경의 별장이오.」

「아…… 거기 있었구나.」

「당신이 아직 라부안에, 우리 병사들의 손아귀에 있는 줄 알았소.」

「그럼, 너도 섬 전체를 뒤지며 나를 쫓던 놈들 가운데 하나였다는 말이냐?」

처음에 병사는 아무 대답도 하지 않았다. 그러다가 고개를 숙이면서 물었다. 「이제 나는 끝장이 난 거로군, 안 그렇소?」

「네가 대답하기에 달렸다.」 산도칸이 대답하였다.

「마치 술 한잔 가볍게 하듯이 태연자약하게 사람을 죽이는 사람의 말을 누가 믿을 수 있겠소?」

말레이시아 호랑이의 눈이 분노로 이글거렸다.

「거짓말 마라, 개새끼야……!」

「좋으실 대로……」 하사가 말을 받았다.

「네놈은 다 불게 될 거다.」

「흥!」

「좋은 말로 할 때 협조하도록 해라……. 내 단도로 네 몸뚱이를 조각조각 잘라 버릴 수도 있고, 펜치를 불에 시뻘겋게 달구어서 네 살갗을 갈가리 찢어 놓는 수도 있다. 납도 충분히 있다……. 보통은 그것을 뜨겁게 데워서 상처에 쏟아 붓지만, 간혹 기분이 안 좋을 경우, 끈질긴 놈들한테는 그것을 한 사발씩 삼키도록 하느니라. 그러니 말을 해라, 안 그러면 너로 하여금 고통에서 해방되기 위해 죽게 해달라고 기도하게 만들 테니까.」

영국인은 얼굴이 하얗게 질렸지만, 입을 여는 대신 단 한 마디라도 내뱉을세라 입술을 꼭 깨물었다.

「자, 말해 봐. 내가 대령의 별장을 떠날 때 너는 어디에 있었느냐?」

「숲 속이오.」 병사가 대답하였다.

「무얼 하고 있었지?」

「아무것도 안 했소.」

「영리한 대답이다마는, 농담이겠지. 라부안은 할 일 없이 숲에서 어슬렁거리라고 너를 내보낼 만큼 병력이 충분하지 않다.」 산도칸이 쏘아 붙였다.

「하지만……」

「말해라! 전부 다 알고 싶다니까.」

「나는 아무것도 모르오.」

「아하……! 모른다고? 알겠다.」

산도칸이 날쌘 동작으로 단도를 꺼내서 그의 목에 대고 누르자 피가 흘러 내렸다.

「말하지 않으면 죽여 버리겠다.」 서서히 붉게 물들어 가는 단도를 떼지 않은 채 산도칸이 차갑게 말했다.

위병 하사가 잠시 망설이다가 말레이시아 호랑이의 눈에서 타오르는 격렬한 분노를 보고 저항을 포기하였다.

「그만 하시오!」 그가 단도로부터 몸을 빼내려고 하면서 말문을 열었다. 「다 말하겠소.」

산도칸이 야네스만 빼고 모두 다 물러나라고 손짓한 뒤, 포대 위에 편안하게 걸터앉아 병사를 정면으로 바라보면서 물었다. 「잘 듣고 있다. 숲 속에서는 무얼 하고 있었느냐?」

「로젠탈 남작을 따라 다니고 있었소.」

「음.」 산도칸의 얼굴에 어두운 기색이 드리웠다. 「흠……!」

「궐론크 경은 다 죽어 가는 걸 발견해 자기 집에서 낫게 해 준 사내가 말레이의 왕자가 아니라 무시무시한 말레이시아의 호랑이라는 사실을 알게 되었소. 그래서, 남작과 빅토리아 총독의 협력을 구한 다음, 덫을 놓았소.」

「그런데, 영감이 그 사실을 어떻게 알게 되었다더냐?」

「모르겠소.」

「계속해라.」

「병사 백 명을 소집해서 그가 탈출하지 못하도록 별장을 포위하라고 파견하였소. 남작이 집 안으로 들어갔다가 퀼론크 경이 펄펄 뛰고 있는 걸 보았소. 다리를 다쳤는데 의심할 여지도 없이 당신한테 당한 거였소.」

「그래, 내가 그랬다!」 산도칸이 큰 소리로 말했다.

「아마도 고의는 아닌 것 같았소.」

「네 말이 맞다. 내가 그를 죽이고자 했다면 아무도 말릴 수 없었을 것이다. 그나저나, 마리안나 양은?」

「눈물 바람이었소. 아가씨와 숙부 사이에 격렬한 언쟁이 있었던 것 같았소. 각하께서 아가씨에게 당신이 탈출하는 것을 도왔다고 비난을 퍼부었소. 아가씨는 당신에게 자비를 베풀어 달라고 숙부에게 빌고 있었고……」

「내 사랑!」 산도칸이 눈에 띄게 표정이 바뀌면서 부르짖었다. 「저 말 들었지, 야네스?」

「계속해라.」 야네스가 병사에게 명령하였다. 「진실을 말해야 한다는 것을 명심해라. 우리가 라부안에서 돌아올 때까지 너를 여기다 그대로 둘 작정이니까. 만약 거짓말을 했다가는 죽음을 면치 못할 것이니라.」

「내게는 거짓말할 이유가 없소.」 위병 하사가 항변하였다. 「수색 작전이 허탕을 치자, 우리는 몸프라쳄 해적들이 공격해 오는 사태에 대비해 별장 부근에서 야영을 하였소. 사방에 소문이 나돌고 있었거든. 그의 부하 몇몇이 상륙했고 말레이시아의 호랑이는 숲에 숨어 별장을 공격하고 아가씨를 납치할 준비를 하고 있다고들 믿었소. 그 이후에 무슨 일이 벌어졌는지는 모르오. 내가 말할 수 있는 것은 퀼론크 경이 빅토리아로 옮겨 가기 위해 적절한 절차를 밟고 있으며, 거기에서 항구의 순시선을 지킬 거라는 것밖에 없소.」

「그럼, 로젠탈 남작은?」

「그분은 곧 마리안나 아가씨와 결혼하시게 될 거요.」

「뭐라고?」 산도칸이 벌떡 일어서며 외쳤다.
「그분은 당신 여자를 훔칠 궁리를 하고 있소.」
「정말이냐?」
「내가 무엇 때문에 거짓말을 하겠소? 내 말을 믿으시오, 한 달 안에 결혼식을 올리게 될 거요.」
「하지만, 마리안나 양은 그놈을 증오하고 있다.」
「그게 귈론크 경에게 무슨 상관이 있겠소?」
마음의 동요를 느낀 산도칸이 눈을 감고서, 상처 입은 짐승이 울부짖는 것과 같은 신음 소리를 토해 냈다. 무시무시한 경련이 그의 표정을 바꿔 놓았다. 그가 병사에게 다가가 거칠게 흔들어 대면서 씩씩거리는 목소리로 물었다.
「거짓말한 건 아니겠지, 그렇지?」
「맹세코, 사실대로 말했소.」
「우리가 라부안에 가 있는 내내, 너는 여기 있게 될 것이다. 네가 거짓말하지 않았다는 게 확인되면 네 몸무게만큼의 황금을 주겠다.」 이어 야네스를 향해 돌아서면서 단호하게 덧붙였다. 「가세.」
「자네만 준비되면.」 포르투갈인이 대답하였다.
「모든 준비가 다 끝났나?」
「이제 해야 할 일이라곤 우리와 동행할 동지들을 뽑는 일뿐이네.」
「가장 용감하고 강인한 아이들을 데려가야지. 대단히 중요한 전투를 치러야 하니까.」
「뒤에다 훌륭한 수비대도 남겨 놓아야 하네.」
「뭐 걱정되는 거라도 있나, 야네스?」
「영국 놈들이 우리가 없는 틈을 타서 우리 섬을 공격해 올 수도 있지 않은가?」
「감히 그러지는 못 할 걸세, 야네스.」

「내 생각은 다르네. 라부안의 그놈들은 공격을 시도할 만한 충분한 병력을 가지고 있네. 조만간 조종(弔鐘)이 울려 퍼지겠지.」

「우리도 준비를 할 테니, 정말로 라부안의 사자가 몸프라쳄의 호랑이보다 더 용맹스럽고 단호한지 알게 되겠지.」

산도칸이 부하들을 집합시켰다. 보르네오의 전사(戰士) 부족과 말레이시아 해의 여러 섬에서 모집한 사람들로, 전부 다 해서 240명이 넘었다. 산도칸은 그중에서 90명을 뽑았다. 가장 용감하고 강인하고 지독한 자들로, 그의 손짓 한 번이면 조금도 주저하지 않고 빅토리아 항구나 라부안의 성채를 공격할 사내들이었다.

그가 지로바톨을 불러 올려, 뒤에 남아 섬을 지키게 될 무리에게 소개하면서 말했다. 「가장 정당한 우리 지도자의 일원이 된 행운의 사나이를 소개한다. 지난번 라부안 원정에서 유일하게 살아남은 동지이기도 하다. 내가 없을 동안 내게 하듯이 이 동지에게 복종하기 바란다. 자, 야네스, 이제 항해에 나설 시간이네.」

제16장
라부안 원정

 90명의 사내들이 해적선에 승선하였다. 야네스와 산도칸은 제일 큰 배에 자리를 잡았다. 그들이 탄 배는 중장비 대포와 여섯 정의 대형 화승총으로 무장되었고, 현측 또한 대형 강철판으로 보강하였다. 닻이 올려지고 돛이 올라간 가운데, 뒤에 남은 수비대원들이 성벽과 해안에 몰려서서 질러 대는 환성을 뒤로하고 원정대가 출발하였다.

 하늘은 고요하고 바다는 유리처럼 매끄러웠지만 남녘 하늘에 구름이 조금 떠 있었다. 그 색깔과 특이한 형태가 뱃사람들에게 좋은 징조는 아니었다. 뛰어난 시력을 타고난 데다가 살아 있는 측정기라고도 할 수 있는 산도칸은 다가오는 폭풍을 감지하고 있으면서도 여전히 침착한 태도를 잃지 않았다.

 「나는 이제까지 누구에게도 굴복한 적이 없었네. 날씨 좀 험악한 것쯤이야 무서울 게 없지. 마음대로 험악해 보라지, 뭐.」

 「허리케인을 몰고 오는 구름 같지 않은가?」

 「맞아, 하지만 저것 때문에 돌아가지는 않겠네. 저 구름이 우리한테 큰 도움이 될 걸세, 야네스. 단 한 척의 순시선도 만나지 않고 상륙할 수 있을 테니까.」

「그런데, 일단 상륙하고 난 다음에는 어떻게 할 작정인가?」

「아직은 잘 모르겠네만, 내 앞길을 막는다면 전 영국 함대라도 공격할 수 있을 만큼 천하무적의 막강한 존재가 된 기분이야. 우리 부하들을 이끌고 별장을 공격해서 굴복시킬 수 있을 걸세.」

「전투를 통해 자네 상륙이 알려지면 대령은 자기 집에 오래 붙어 있지 않을 걸세. 빅토리아로 가서 항구와 함대를 방어할 대책을 강구하겠지.」

「자네 말이 맞네, 야네스.」 산도칸이 한숨을 내쉬며 수긍했다. 「그래도, 마리안나는 내 신부가 되어야 해. 그녀 없이는 절대로 행복할 수 없을 거야.」

「그것 때문에라도 좀 더 신중하게 행동해야 되겠군. 기습 공격으로 대령을 잡아야 하네.」

「그 영감을 기습 공격하다니! 그가 경계도 하지 않고 있을 것 같은가? 그 영감탱이는 내가 무슨 짓을 할지 잘 알고 있다네. 이미 그의 정원엔 장교와 사병들이 우글거릴 걸세.」

「그럴 수도 있지. 하지만 계교를 좀 쓰면 되지 않겠나. 내 머리를 굴려서 계획을 하나 짜고 있다네. 언제라도 준비를 마칠 수 있을 걸세. 그나저나 마리안나가 납치당하는 걸 허락할 게 확실한가?」

「그럼, 그녀가 나한테 약속했어.」

「그러면 그녀를 몸프라쳄으로 데려가겠군.」

「응.」

「그녀와 결혼한 다음에 거기 정착할 작정인가?」

「잘 모르겠네, 야네스.」 산도칸이 한숨을 무겁게 내쉬며 대답했다. 「자네는 내가 이 야만적인 섬에다가 그녀를 영원히 붙잡아 두었으면 좋겠나? 그녀가 매복 공격이나 꾀하고, 단도를 휘두르고 대포를 쏘는 일밖에 모르는 우리 호랑이들 사이에서 살았으면 하는가? 그녀의 사랑스러운 눈이 유혈과 학살의 공포를 목격하고, 우리 전사들의 고함 소리와 포성으로 그녀의 귀청이 떨어져 나갔으면 좋겠나? 그녀가 끊임없이 이어지는 위험에 노출되기를 바라나? 야네스, 자네가 내 입장이라면 그렇게 할 것 같은가?」

「하지만 생각해 보게, 산도칸. 말레이시아의 호랑이 없이 몸프라쳄이 어떻게 될 것 같은가? 자네가 있어야 우리 섬이 라부안과 다른 모든 섬들의 코를 납작하게 누르고, 다시 한번 찬란하게 빛날 수 있다고. 또, 자네 가족과 자네 부족을 파멸시킨 자들의 후예를 계속 저지할 수도 있을 테고. 자네가 신호를 보내기만 하면 수천 명의 다이아크족과 말레이족 사내들이 몸프라쳄 호랑이들의 병력을 불리기 위해 모여들 걸세.」

「나도 그 문제에 대해서 심사숙고해 보았다네, 야네스.」
「그래, 자네 심장이 무어라고 하던가?」
「심장이 피를 흘리는 것 같았네.」
「어쨌거나 한 여자에 대한 사랑 때문에 자네의 권력을 포기하겠다는 말인가?」
「나는 그녀를 사랑하네, 야네스. 내가 몸프라쳄의 호랑이가 아니라면 얼마나 좋을까.」

산도칸은 흥분한 채 포대 위에 주저앉아 얼굴을 손에 파묻었다. 마치 자신을 괴롭히는 생각을 억누르려는 것 같은 모습이었다. 야네스가 한동안 말없이 그를 살펴보다가 몇 번이고 고개를 흔들면서 선교를 따라 오락가락하기 시작하였다.

그동안, 세 척의 배는 불규칙하게 불어오는 바람에 밀려 서서히 동쪽으로 항진하기 시작하였다. 저마다 몹시 초조해하며 어쩔 줄 몰라 하던 선원들이 1미터를 지날 때마다 거리를 재면서 뱃머리에 삼각돛을 올리고 뒤편에 작은 세로돛을 추가하고 돛에다 못을 박는 등, 배가 좀 더 바람을 잘 탈 수 있도록 여러 가지 조처를 취했다. 먹구름이 수평선으로 밀려옴에 따라 항해 속도도 점차 떨어졌다. 하지만 그런 상태도 오래 지속되지는 않을 터였으니, 밤 아홉시가 가까워지면서 구름 쪽으로부터 불어오던 바람이 거세지기 시작했던 것이다. 남태평양 너머에서 폭풍이 휘몰아치고 있다는 명백한 신호였다.

선원들은 자신들의 배에 치명적일 수도 있는, 임박한 허리케인에 대해 눈곱만큼도 걱정하지 않고 환호성을 지르면서 거센 바람을 환영하였다. 오로지 야네스 혼자만이 노심초사하면서 최소한 돛의 크기라도 줄이자고 했지만 산도칸은 그 제안을 거절하였다. 한시라도 빨리 라부안에 가고 싶었던 그에게는, 남은 거리가 여전히 참을 수 없을 만큼 멀게 느껴졌던 것이다.

이튿날은 바다의 상태가 매우 좋지 않았다. 남쪽으로부터 커다란 파도가 일면서 바다가 낮게 울부짖는 소리를 내며 몸부림을 치더니, 세 척의 배를 사방으로 요동치게 뒤흔들어대는 어마어마한 물살이 몰려왔다. 가장자리가 활활 타는 듯한 붉은 빛으로 빛나는, 석탄처럼 시커먼 거대한 먹장구름들이 하늘 위를 거칠게 휘젓고 다녔다. 밤이 되자 바람의 세기가 곱절로 강해졌는데, 선원들이 돛의 크기를 줄이지 않았더라면 돛대를 부술 뻔하였다.

다른 뱃사람들 같았으면 그와 같은 하늘과 바다를 보고는 피난처를 찾아 즉시 가까운 섬으로 향했을 것이다. 하지만 라부안까지 110 내지 120킬로미터밖에 남지 않다는 것을 알고 있던 산도칸은 단 한 시간도 낭비하고 싶지 않았던 터라, 피신처를 찾는다는 생각은 꿈에도 하지 않았다. 차라리 그는 자기 배들 가운데 하나를 기꺼이 희생시켰을 것이다.

「산도칸.」 야네스가 초조한 빛을 감추지 못하고 말했다. 「조심하게. 우리는 지금 엄청난 위험을 감수하고 있네.」

「여보게, 무엇을 두려워하고 있나?」 호랑이가 물었다.

「허리케인이 우리 배를 침몰시킬까 봐 겁이 나네.」

「우리 배는 충분히 튼튼해.」

「허리케인이 점점 더 사나워지고 있는 것 같아. 훨씬 더. 말할 수 없이 거칠어지고 있네.」

「난 두렵지 않네, 야네스. 우리는 해낼 수 있어. 라부안도 얼마 남지 않았고. 그런데, 다른 배들이 보이나?」

「우리 바로 남쪽에 하나가 보이는군. 너무 어두워서 1백 미터만 떨어져도 잘 보이지 않네그려.」

「그들이 설사 길을 잃는다고 하더라도 우리를 어디서 찾아야 할지 알 걸세.」

「배가 침몰되기 십상이라고, 산도칸.」

「그래도 나는 물러나지 않겠네, 야네스.」

「신중하게, 아우님.」

갑자기 캄캄한 하늘을 가르면서 눈앞이 아찔하게 번개가 치더니 그 빛이 저 멀리 수평선에 이르기까지 온 바다를 비추었다. 〈쾅〉 하는 천둥소리가 요란하게 그 뒤를 이었다. 산도칸이 벌떡 일어나 구름을 바라보면서 남쪽을 향해 팔을 뻗은 채 외쳤다. 「허리케인아, 나하고 한판 붙어 보자꾸나.」

부하들이 다가오는 폭풍에 대비할 동안 그는 선교를 건너가서 조타기를 잡았다. 그들은 갑판 뚜껑을 누름판으로 막고, 대포와 구식 소총을 단단히 간수하고, ─ 그들은 아무리 큰 대가를 치르더라도 무기만큼은 잃고 싶지 않았다 ─ 구명정을 덮고, 삭구를 보강하고, 밧줄도 세 겹으로 보강하였다. 어마어마한 속도로 산더미 같은 파도를 몰고 오면서, 이미 첫 번째 스콜이 남쪽으로부터 도래해 있었다.

돛의 크기를 최대한 줄였음에도 불구하고 배는 동쪽을 향해 화살처럼 내닫기 시작하였다. 산도칸의 흔들림 없는 손길에 힘입어 항로에서 조금도 벗어나지 않은 채, 무시무시한 폭풍우를 교묘하게 앞서 갔다. 파도가 울부짖는 소리와 시시각각 격렬해지는 천둥소리 말고는 아무런 소리도 들리지 않았다. 그러다가 열한시 무렵, 갑자기 하늘과 바다를 찢으면서 허리케인이 위풍당당하게 몰아치기 시작하였다.

전날부터 점차 늘어나고 있던 구름이 이제는 바다 저편까지 광포하게 휩쓸고 다녔다. 바람이 구름을 데리고 농탕질을 치는데, 때로는 하늘 끝까지 밀어 올렸다가 도로 아래쪽에다 내동댕이쳤다. 그 바람에 빠른 속도로 북쪽을 향해 달아나던 파도가 아슬아슬하게 구름에 스치기도 하였다.

성난 자연에 도전하는 일엽편주(一葉片舟) 신세가 된 배는, 사방에서 공격해 오는 파도에 휩쓸려 격렬하게 흔들리면서, 거품이 이는 파도의 물마루에 올라앉았다가 불안정하게 요동치는 깊은 너울 속으로 내리 떨어지곤 하였다. 선원들이 갑판 위로 나동그라지고, 돛대가 삐걱거리고 선대(船臺)가 마구 뒤흔들리는가 하면, 엄청난 힘을 받아 덜컥덜컥 움직이는 돛은 금방이라도 폭발할 것만 같았다.

그와 같은 폭풍에도 불구하고 산도칸은 포기하지 않은 채, 대담무쌍하게 바람에 대항하면서 라부안을 향한 항해를 계속하였다. 긴 머리카락을 바람에 흩날리면서, 자기 주위에서 사납게 날뛰는 허리케인에 조금도 동요하지 않고 조타기에 매달려 있는 산도칸은 이제 자신만만한 말레이시아의 호랑이로 돌아와 있었다. 다른 인간이 제기한 도전으로는 도무지 성이 차지 않았던 그가 이제 대자연의 광포함에 맞서고 있는 것이다.

그의 부하들도 그에 못지않았다. 밧줄에 매달린 채 서슴지 않고 용감하게 바다에 대항하였으니, 자기 목숨을 내걸어야 할 임무까지도 수행할 준비가 되어 있었다. 그동안에도 허리케인은 점점 더 거세졌는데, 감히 자신에게 도전해 오는 인간을 풍비박산 내기 위해 모든 힘을 다 풀어놓고 싶어 하는 것처럼 보였다. 온갖 함성과 포효를 내지르며 산더미 같은 파도가 일었다가 서로 부딪치고 깨지면서 이따금 바다 밑바닥에라도 이를 것 같은 깊은 너울을 만들어 내었다. 구름을 휘저어 대면서 맹렬하게 울부짖는 바람 소리가 연신 울려 퍼지는 요란한 천둥소리와 불협화음을 이루고 있었다.

튼튼한 현측이 북쪽으로 끌고 가려는 파도에 맞서 완강하게 버티는 가운데, 배는 필사적으로 저항하였다. 배가 물속으로 곤두박질치면서 이물로 파도를 강타할 때마다, 그것은 무섭게 기울어졌다가 미친 말처럼 솟아올랐다 하였다. 큰돛대가 금방이라도 두 조각이 날 듯 삐걱거리다가 간간이 몹시 격렬하게 요동치는 바람에, 선원들이 다시는 평형 상태를 되찾지 못할까 봐 전전긍긍하였다. 시시각각으로 점점 더 거칠어지는 바다를 상대로 계속 싸우는 것은 완전히 미친 짓이었다. 무조건 자신들이 탄 배를 그냥 북쪽으로 흘러가도록 내버려 두어야 했다. 어쩌면 그것이야말로 다른 두 배가 맞이한 운명이었을지도 모른다. 그들은 이미 몇 시간 전부터 보이지 않고 있었다.

그토록 완강하게 버티는 것이 얼마나 무분별한 일인지를 잘 아는 야네스가 산도칸에게 항로를 바꾸자고 사정하기 위해 고물로 가고 있을 때, 멀리서 폭발음이 들려왔다. 잠시 후, 갑판 위로 포탄이 날아오더니 앞돛대를 날려 버렸다. 그 공격을 받고 배의 여기저기에서 성난 함성이 터져 나왔다. 그도 그럴 것이 자기들 주위를 휘몰아치고 있는 이 거센 폭풍우 속에서 적이 공격을 가해 오리라고는 꿈에도 생각하지 못했던 것이다. 산도칸이 다른 선원에게 조타기를 넘겨준 뒤, 이 무모한 공격자가 대체 누구인지 알아보기 위해 이물로 갔다.

「앗! 순시선이란 말인가?」 그가 소리를 질렀다.

사실이었다. 그와 같은 폭풍의 와중에서 매우 정확하게 대포를 쏜 공격자는 진짜 대형 기선이었다. 영국 국기가 활대에서 휘날리고 있었고, 군함의 깃발이 큰돛대 꼭대기에 매달려 있었다.

「이런 폭풍우 속에서 저 배는 도대체 무얼 하고 있지?」 산도칸이 의아하게 여기며 중얼거렸다. 「라부안 해안을 순찰하고 있는 걸까, 아니면 인근 섬에서 온 걸까?」

「지그재그로 항로를 바꾸세, 산도칸.」 야네스가 다가와서 말했다.

「지그재그로?」

「그래, 저 배는 우리가 라부안으로 가는 해적들이 아닌가 의심하고 있어.」

순시선의 갑판 위로부터 다시 포성이 울려 퍼지면서 두 번째 포탄이 날아오더니, 해적선의 밧줄을 관통하였다. 배가 몹시 심하게 요동치고 있었음에도 불구하고, 응사하기 위해 각자 자신의 대포와 구식 소총 앞으로 달려가는 해적들에게 산도칸이 그러지 말라는 손짓을 보냈다. 보복할 필요가 없었다. 그 기선은 자신의 이물을 공격하는 파도에 대항해 필사적으로 버티고 있었다. 하지만 결국에는 선체를 이루는 철강 구조물의 무게에 짓눌려 거의 가라앉기 직전이었다. 게다가 아무리 기를 써도 북쪽으로 끌려가지 않을 수 없었던 것이다. 몇 분이 지나자 순시선이 멀찌감치 떨어져 나갔고, 그들의 대포 또한 더 이상 위협이 되지 않았다.

「이 폭풍의 와중에서 그 배가 우리를 발견하다니 기분이 영 좋지 않군.」 산도칸이 침울하게 말을 꺼냈다. 「우리가 공격해서 굴복시킬 수도 있었는데……」

「이게 더 낫네, 산도칸.」 야네스가 위로하였다. 「그놈의 배, 악마에게 붙잡혀서 바다 속으로나 끌려가라지……」

「다른 배들이 모두 피난처를 찾고 있는 마당에 저 배는 도대체 외해(外海)에서 무얼 하고 있었을까? 혹시 우리가 라부안 해안에 접근한 게 아닐까?」

「그런 것 같네.」

「앞에 뭐가 좀 보이나?」

「산더미 같은 파도 말고는 아무것도 없네.」

「하지만, 내 심장이 뛰고 있네, 야네스.」

「심장은 종종 틀릴 수도 있다고.」

「난 아니네. 앗!」

「뭐가 보이나?」

「저쪽에 동쪽으로 가고 있는 검은 점이 있어. 방금 번갯불이 번쩍하는 동안에 보았네.」

「그나저나, 우리가 라부안에 가까워졌다고 하더라도 도대체 이 날씨에 어떻게 상륙할 작정인가?」

「우린 상륙할 걸세, 야네스. 설령 배를 산산조각 내는 한이 있더라도 말이네.」

바로 그 순간, 큰돛대 꼭대기에 있던 말레이 선원이 고함을 질렀다. 「고물 바로 앞쪽으로 육지가 보여요!」

산도칸이 기쁨의 함성을 내질렀다. 「라부안……! 라부안이로구나! 조타기를 내게 다오.」

그는, 걸음을 뗄 때마다 자기 발 위로 부서져 내리는 파도도 거의 의식하지 못한 채, 갑판을 가로질러서 조타기 뒤로 갔다. 그러고는 동쪽을 향해 배를 몰았다. 배가 해안에 접근했을 때, 바다가 한층 더 미쳐 날뛰는 모습이 마치 어떤 대가를 치르고서라도 그들의 상륙을 막겠다고 작심한 것처럼 같았다. 가공할 만한 파도가 사방에서 솟아오르는가 하면, 섬 안의 산에 부딪힌 바람은 훨씬 더 거칠고 강해졌다.

산도칸은 결코 포기하지 않았다. 그는 동쪽에다 눈길을 고정시킨 채 번갯불을 이용해 자신의 위치를 파악하면서 용감하게 항로를 고수하였다. 얼마 지나지 않아 그는 자신이 해안에서 몇 킬로미터 떨어지지 않은 지점에 이르렀다는 것을 알았다.

「조심하게, 산도칸.」 야네스가 어느새 그의 옆에 와서 말을 붙였다.

「여보게, 두려워하지 말게나.」

「암초를 조심하게.」

「잘 피할 걸세.」

「이 근처에 어디 피난처라도 있나?」

「두고 보면 알아.」

그들이 라부안으로부터 10킬로미터 안쪽으로 진입하자, 드디어 상상할 수 없을 정도로 파도가 맹렬하게 내리치고 있는 섬의 해안선이 보였다. 산도칸이 잠시 동안 열심히 해안을 살펴보더니 조타기를 과감하게 꺾어서 좌측으로 방향을 돌렸다.

「기다려라!」 그가 밧줄을 붙잡고 매달려 있는 해적들을 향해 고함을 질렀다.

산도칸은 가장 노련한 선원들조차 머리털이 곤두설 정도로 무지막지하게 배를 앞으로 몰았다. 그러더니 커다란 절벽 사이로 뚫린 좁은 통로를 따라 가다가, 강어귀에서 끝나는 작고 깊숙한 만으로 들어갔다. 그 작은 피난처로 밀려오는 파도가 하도 거세어서 배가 심각한 침몰 위기에 직면하였다.

차라리 바깥 바다의 분노에 대항하는 것이 파도가 휩쓸고 있는 해안에 상륙하려 하는 것보다 훨씬 쉬울 것 같았다.

「여기서는 아무것도 할 수 없겠네, 산도칸.」야네스가 말했다. 「배가 도저히 이 압력을 당해 낼 수 없을 것 같아.」

「자네, 수영 잘하지, 안 그런가?」 산도칸이 물었다.

「우리 섬의 여느 말레이인 못지않지.」

「파도가 두렵지는 않겠지?」

「물론이지.」

「그럼, 우리가 여느 때와 다름없이 상륙할 수 있겠군.」

「어떻게?」

대답 대신 산도칸이 부하 가운데 하나를 돌아보며 말했다. 「파라노아, 조타기를 잡아라.」

다이아크인이 고물로 가서 산도칸이 넘겨준 조타기를 잡았다.

「어떻게 할까요?」 그가 물었다.

「배가 계속해서 바람과 반대 방향으로 향하도록 해라.」 산도칸이 대답하였다. 「아울러, 모래톱 건너편으로 끌려가지 않도록 조심해라.」

「염려 마십시오, 말레이시아의 호랑이님.」

이어 산도칸이 부하들을 향해 돌아서면서 말했다. 「기정(汽艇)을 준비해서 현장 위에 놓았다가 파도가 갑판을 휩쓸자마자 내보내도록 해라.」

그 명령을 들은 부하들이 자기 대장의 의도가 무엇인지 정확히 파악하지 못한 채, 걱정스럽게 서로를 바라보았다. 기정을 타고 상륙을 시도한다는 것은 순전히 미친 짓거리로, 엄청난 파도가 그와 같은 시도를 자살 행위로 몰고 갈 게 뻔했다. 하지만 그들은 조금도 이의를 제기하지 않았다. 서둘러 지시대로 시행하였을 뿐만 아니라, 누구 하나 설명을 요구하지도 않았다. 그들은 산도칸이 지시한 대로 먼저 라이플과 탄약과 식량을 챙겨 넣은 다음, 기정을 우측 현장에 대령하였다. 산도칸이 야네스에게 다가가서 말했다. 「여보게, 기정에 타게.」

「그러니까, 자네 생각은……?」

「해안으로 가야지.」

「해변에 다다르기 전에 우리 몸뚱이가 풍비박산 날 걸세, 산도칸.」

「흥……! 타게나, 야네스.」

「자네 미쳤군.」

대답 대신 그는 야네스를 번쩍 들어 기정에 태운 후 자신도 따라 올랐다. 거대한 파도가 만으로 밀려오면서 험악하게 울부짖었다.

「파라노아! 바람 부는 쪽으로 돌릴 준비를 해라.」 산도칸이 명령하였다.

「저는 어디로 가야 합니까?」 다이아크인이 물었다.

「북쪽으로 향하되 오로지 작은 세로돛만 이용하도록 해라. 폭풍이 잠잠해질 때까지 기다렸다가 다시 이리로 오면 된다.」

「알겠습니다, 대장님. 그런데 대장님은요……?」

「우리는 해안으로 간다.」

「그러다가 돌아가시게요.」

「시끄럽다! 밧줄을 풀 준비나 해라! 파도가 오고 있다!」

물마루가 온통 물거품으로 뒤덮인 파도가 다가왔다. 파도는 두 개의 절벽 앞에서 반으로 갈라져 만으로 들어오더니 빠른 속도로 배를 향해 밀려왔다. 이어 순식간에 물거품으로 배를 휘감으면서 덮쳤다.

「밧줄을 풀어라!」 산도칸이 고함을 질렀다.

줄에서 풀려난 기정이 두 명의 용감무쌍한 승객과 함께 즉한 것도 아니고, 사실 포괄할 수도 없다. 다만 당신의 상상력을 자극하기 위해서 예를 든 것이다. 당신 스스로의 욕구와 가능성을 반영하는 실천 항목을 작성하는 것이 중요하다. 당신이 갖고 있는 낡은 사고 방식의 한계점에서 의식적으로 벗어날수록, 당신이 작성하고 있는 실천 항목들은 훨씬 더 가치 있고 효과적이 될 것이라는 점을 명심하라. 그리고 프로그램 진행의 초기 단계에서 보는 수치들은 그저 수치일 뿐임을 명심하라.

여윳돈 만들기

지출이 수입을 초과하지 않도록 하는 프로그램의 안정화 단계에서, 당신의 수입과 지출은 똑같아져서 이제 0이 되었다. 지출은 당신의 모든 수입을 요구했다.

좋다!

당신은 더 이상 빚지지 않을 것이다. 그것만으로도 상당한 진전이다. 월말 계산에서 사사 오입을 했기 때문에 0이 되었다면, 아주 조금이지만 잉여금이 남아 있는 셈이다.

> 그것을 절대로 빚쟁이에게 지불하지 마라.
> 그것으로 큰맘 먹고 뭘 사서는 절대로 안 된다.
> 그것을 전부 저축하지는 마라.

소비 계획표상의 여러 범주들 중에서 당신이 가장 증가시키고 싶은 범주에, 앞에서 남긴 잉여금 중 약 절반 정도를 일단 넣어라. 그 범주 외에도 삶의 즐거움과 삶을 즐기는 데 기여하는 범주에 항상 관심을 가져라.

앞에서 반 정도를 할당하고 남은 잉여금은 어떤 형태로든 저축을 하라. 그것이 바로 당신이 남기고자 하는 여윳돈이다.

여윳돈은 예상치 못한 사건이 생겨 당신이 빚질 수밖에 없을 경우 당신을 버틸 수 있게 해주고, 당신을 지켜 주게 되는 안전 장치가 될 것이다. 프로그램이 진행됨에 따라 여윳돈은 서서히 증가할 것이다.

매달 매달 잉여금이 생기면 앞의 과정대로 분할 방법을 계속 따라하라. 잉여금이 생긴다고 해서 전부를 여유 자금에 넣지 마라. 이 프로그램은 최저 상태의 생활을 유지하면서 빚을 갚게 하는 것이 아니라, 어떻게 삶의 질을 향상시킬 것인가에 관한 것임을 상기하라. 남는 돈의 반 이상을 영원히 여유 자금에 할당하라는 것이 아니다. 여유 자금의 본질과 어떻게 사용할 것인가는 18장에서 논의할 것이고, 여기서는 적절한 만큼을 쌓는 데에는 그리 오랜 기간이 소요되지 않는다는 점만 알면 된다.

여윳돈이 없어도 좋다

여윳돈이 없다고? 아직까지는 그래도 괜찮다. 또는 더 나쁘게, 여전히 매달 수입이 부족하다고? 그렇다고 해도 아직까지는 괜찮다.

다른 사람들은 다양한 수단들을 통해 어떻게 비상 자금을 증가시키는지, 어떻게 지출을 줄이는지, 그리고 어떻게 부수입을 얻는지를 다시 공부하라. 당신 자신만의 실천 항목을 아직도 작성하지 않았다면, 지금 바로 작성하라. 그것들은 매우 소중하다. 그걸 무시한다는 것은 당신 스스로 발목을 잡고 있는 것과 같다. 실천 항목을 작성하는 것은 생활 향상을 위한 필수 과정이다. 많이 하면

「이런 날씨에서는 도무지 분간할 수가 없네. 하지만 강에 매우 가까워진 것 같군.」

「무슨 강?」

「순시선과 싸우고 난 뒤 은신처로 이용했던 곳이지.」

「제임스 경의 별장에서 가까운가?」

「몇 킬로미터밖에 떨어지지 않았어.」

「그렇다면 강을 찾아내야 하겠군.」

「그렇다네, 야네스.」

「좋아, 그럼 내일부터 해안을 수색해 보자고.」

「내일이라고? 나는 그렇게 오랫동안 여기서 빈둥거리면서 주저앉아 있을 수가 없네. 혈관 속에 불이 난 것 같거든. 자네도 우리가 마리안나가 사는 라부안에 상륙했다는 사실을 알고 있지 않은가?」

「그럼 자네는, 우리가 영국군이 우글거리는 섬에 있다는 사실은 잊어버린 겐가?」

「그렇다면, 자네도 내 조바심을 이해할 수 있겠군.」

「전혀 아니올시다라네, 산도칸. 제기랄! 기정을 탄 후유증으로 나는 아직도 머리가 핑글핑글 도는데, 자네는 징글징글한 허리케인 속에서 어슬렁거리고 싶다고? 여보게, 자네 미쳤어.」

「시간이 없네, 야네스. 위병 하사가 한 말 기억 안 나나?」

「깡그리 기억나네, 산도칸.」

「제임스 경은 아무 때라도 빅토리아로 도망갈 수 있다고.」

「이런 지독한 날씨에는 그러지 않을 걸세.」

「농담하지 말게, 야네스.」

「농담할 생각 없네, 산도칸. 자, 이제 이야기 좀 해보세. 별장에 가고 싶다고? 가서 무얼 할 건데?」

「최소한 그녀를 만나 보기라도 해야지.」 산도칸이 한숨을 쉬며 말했다.
「그래서, 어리석은 짓거리나 저지르려고?」
「아니.」
「그렇다면 좋아……! 나는 자네의 능력을 잘 알고 있네. 마음 편히 갖게, 아우님. 별장에는 병사들이 많지만 우리는 고작 둘뿐이라는 사실을 염두에 두라고. 그러니 우리 배가 돌아올 때까지 기다린 다음에 행동에 나서세.」
「그냥 여기에서 죽치고 있는 것이 나한테 얼마나 힘든 일인지 자네가 안다면…….」 산도칸이 갈라진 목소리로 탄식하였다.
「짐작은 가네만, 그렇다고 해서 자네가 돌이킬 수 없는 미친 짓거리를 저지르도록 허락할 수는 없네. 별장에 가서 마리안나가 아직 거기 있는지 알고 싶단 말이지? 그래, 갈 거야, 하지만 허리케인이나 그치면 가자고. 어둠과 비 때문에 우리가 어디 있는지도 모르고, 강을 찾는 일도 힘들지 않은가. 내일 해가 뜬 다음에 걷기 시작할 거야. 그러니 지금은 피난처나 찾아보자고.」
「그럼, 내일까지 기다려야 한단 말인가?」
「새벽까지 세 시간밖에 안 남았네.」
「일각이 여삼추로고……!」
「아무것도 아니야, 산도칸. 그동안에 바다는 잠잠해지고 바람도 잦아들 테고, 우리 배도 이리 돌아올 기회를 잡게 될 걸세. 자, 저 빈랑나무 아래로 가보세. 저 거대한 잎사귀들이 아주 근사한 피난처를 제공하겠구먼. 새벽까지 기다리기에 안성맞춤인 곳이야.」
산도칸은 야네스의 충고를 받아들여야 할지 말아야 할지 확신이 서지 않았다. 그래도 출발하자고 설득해 볼 요량으로 그 믿음직한 친구를 한참이나 바라보았지만, 결국 무거운 한숨과 함께 포기하고서 나무 발치에 앉았다. 허리케인은 여전히 무시무시하게 휘몰아치고 있었고, 비 역시 아까와 마찬가지로 억수같이 퍼부어 댔다. 두 해적은 주위를 둘러싸고 있는 나무들 사이로 성난 파도가 온몸을 비틀면서 해안에 부딪치는 것을 볼 수 있었다. 파도가 자꾸 커지는 것을 보면서 야네스는 부하들이 궁금해졌다.

「저런 폭풍 속에서 과연 우리 배는 어떻게 될까……? 다들 괜찮겠지, 산도칸? 만일 그들이 침몰해 버리면 어쩌지? 우리에게 무슨 일이 닥칠까?」

「우리 동지들은 다들 유능한 뱃사람이라네. 어떻게 위기를 벗어나야 하는지 잘 알 걸세.」 산도칸의 대답이었다.

「만일 그래도 침몰한다면……? 그들의 도움 없이 무엇을 할 텐가?」

「무엇을 할 거냐고? 어쨌든 아가씨를 납치해 와야지.」

「자네가 좀 자만하고 있는 것 같군, 산도칸. 아무리 몸프라쳄에서 왔다고 하더라도, 두 사람으로는 20이나 30, 어쩌면 50정이 될지도 모르는 소총을 당해 낼 재간이 없다고.」

「꾀를 써야겠지.」

「당연하지…….」

「내가 계획을 포기할 것 같은가? 천만에, 야네스……! 마리안나 없이는 절대로 몸프라쳄으로 돌아가지 않겠네.」

야네스는 아무 대꾸도 하지 않았다. 그냥 담배에 불을 붙이고 나서, 커다란 나무가 가려 준 덕분에 거의 말라 있다시피 한 낙엽 위에 누워 눈을 감았다. 하지만, 산도칸은 자리에서 일어나 해안 쪽으로 갔다. 야네스는 산도칸이 숲 가장자리에서 돌아서더니 북쪽으로 올라갔다가 다시 남쪽으로 내려가는 것을 지켜보았다. 자신의 현재 위치와, 지난번 섬에 있을 동안 건넜던 해변을 알아내려고 애를 쓰는 것이 분명하였다. 그가 돌아왔을 때에는 이미 여명이 밝아 오고 있었다. 비도 그치고, 숲 속의 수많은 나무들 사이를 사납게 으르렁거리며 헤집고 다니던 바람도 수그러들었다.

「우리가 어디 있는지 알아냈네.」 산도칸이 말했다.

「아…….」 야네스가 일어날 채비를 하면서 대꾸하였다.

「강이 우리 남쪽에 있을 텐데, 그리 멀지 않을 거야.」

「그럼, 찾으러 갈 텐가……?」

「그래야지, 야네스.」

「자네가 낮에 별장을 방문할 작정이 아니었으면 좋겠구먼.」

「아니지, 물론 아니고말고……. 하지만 오늘 밤에는 아무도 말릴 수 없을 걸세. 열두 시간씩이나……! 미치겠구나!」

「숲에서는 시간이 금방 흐른다네, 산도칸.」 야네스가 미소를 지으면서 위로하였다.

「가세.」

「따라갈 준비 다 되었네.」

그들은 라이플을 등에 지고, 주머니에 탄약을 가득 채운 다음, 해안에서 너무 멀리 떨어지지 않으려고 애를 쓰면서 커다란 숲으로 들어갔다.

「해안을 따라 있는 깊숙한 후미는 피할 작정이네. 길이 약간 더 힘들기는 해도 거리는 좀 더 짧을 거야.」 산도칸이 말했다.

「길을 잃어버리지 않도록 하게나.」

「나를 믿게, 야네스!」

그 광활한 초목 지대에 길이라곤 드문드문 몇 개 나 있는 오솔길이 전부였다. 하지만 진실로 뛰어난 숲의 사나이였던 산도칸은, 어떻게 뱀처럼 기어가야 하는지, 햇빛이 들지 않는 상황에서 어떻게 자기 위치를 알아내야 하는지 다 알고 있었다. 두 사람은 산도칸이 지난번 원정 당시 숨어 있던 강을 찾기 위해 남쪽을 향해 나아가면서도, 해안에서 멀어지지 않도록 유의하였다.

일단 거기까지만 가면, 그다음부터는 겨우 몇 킬로미터밖에 남아 있지 않다는 걸 알고 있는 산도칸에게 별장에 가는 일은 식은 죽 먹기나 마찬가지일 터였다. 그런데, 허리케인으로 인한 피해 때문에 남쪽으로 가는 길이 점점 더 험해졌다. 바람으로 쓰러진 수많은 나무들이 어떻게 손 쓸 수 없을 정도로 방해가 되었다. 두 사람은 힘겹게 그 위를 기어오르거나, 아니면 멀리 돌아가야 했다. 엄청나게 쌓인 나뭇가지 더미가 그들의 앞길을 가로막았고, 가끔씩 다리가 덩굴에 얽혀 버리는 통에 속도가 느려질 수밖에 없었다. 이런 악조건 속에서도 그들은 단도를 이용해 가면서 숲 속을 굽이굽이 헤쳐 나갔고, 넘어진 나무들을 뛰어넘고 타 오르면서 계속 앞으로 나아갔다. 시종일관 해안에서 멀어지지 않으려고 신경을 곤두세운 것은 두말할 나위도 없었다. 그러다가 정오가 가까워질 무렵, 마침내 산도칸이 가던 길을 멈췄다.

「거의 다 왔네.」 그가 야네스를 돌아보며 큰 소리로 알렸다.

「강에, 아니면 별장에?」

「강이지, 저 콸콸거리는 소리 안 들리나?」 산도칸이 되물었다.

「들리는군.」 야네스가 잠시 주의 깊게 들어 본 다음 대답하였다. 「우리가 찾고 있는 강 같은가?」

「확실하네. 전에 이리로 지나간 적이 있거든.」

「그럼, 앞으로 가보지.」

그들은 순식간에 숲의 마지막 구역을 건너서, 10분 후 드디어 작은 강에 다다랐다. 강은 어마어마한 나무들로 둘러싸인 아름다운 만으로 흘러 들어가고 있었다. 우연히도 지난번 원정 당시 배가 상륙했던 바로 그 지점이었다. 순시선의 지독한 포격을 맞고 쫓겨 난 뒤 이루어졌던, 두 번째 배를 수리한 흔적이 아직도 그대로 남아 있었다. 가로 들보, 돛, 포탄, 부서진 널빤지 등이 여기저기 널브러져 있었다. 산도칸이 지난번 참패의 우울한 잔재들을 처량하게 바라보면서 순시선의 무자비한 사격으로 죽어 간, 용감했던 부하들을 떠올렸다.

「그들은 저 아래 잠들어 있네, 만 바로 바깥쪽 바다 밑바닥에. 불쌍하게 죽어 간 우리 동지들……. 아직 원수도 갚지 못하고 있다니!」 산도칸이 서글프게 중얼거렸다.

「여기가 지난번에 상륙했던 곳인가?」

「그렇다네, 야네스. 그때까지만 해도 나는 아직 불사조 같은 말레이시아의 호랑이로서 심장에 이 쇠사슬을 두르지 않고 있었지. 열화 같은 분노에 휩싸인 채 우리 동지들을 이끌고 막무가내로 싸웠지만 결국 영국 놈들이 우리를 쳐부수고 말았네. 야비한 자식들이 저 너머에서 총격과 포격을 퍼부었다네! 지금도 그들이 보이네. 내가 우리 용감한 동지들을 이끌고 앞장서서 공격에 나섰던 그 끔찍한 밤과 똑같은 모습으로 말일세! 얼마나 지독한 전투였던지. 야네스, 정말 끔찍한 전투였어! 나만…… 나 하나만 빼고 다 죽어 넘어졌으니…….」

「아직도 그날의 패배가 유감스러운가, 산도칸?」

「모르겠네. 만일 그날 총상을 입지 않았더라면 금발의 아가씨를 만나지도 못했을 테니까.」

그는 침묵에 잠긴 채, 만의 푸른 물결 아래를 뚫어지게 응시하면서 바닷가로 갔다. 그러더니 문득 멈춰 서서 팔짱을 끼고 야네스에게 상륙 작전을 펼쳤던 지점이 어디인지 보여 주면서 탄식하였다.

「배는 저기 저 아래 잠들어 있다네. 그 선체 안에 얼마나 많은 사망자들이 누워 있는지 누가 알겠는가.」

산도칸은 쓰러진 나무줄기에 걸터앉아서 손으로 머리를 괴고 깊은 생각에 빠져들었다. 야네스는 그를 그대로 내버려 둔 채 모래톱을 조사하러 갔다. 혹시 대합이라도 건져 볼 요량으로 갈라진 틈과 구멍을 날카로운 막대기로 쿡쿡 찔렀다. 그렇게 15분쯤 찾아 돌아다닌 끝에 커다란 대합을 낑낑거리면서 들고 돌아왔다. 불을 피워서 조개가 벌어지기까지 채 몇 분도 걸리지 않았다.

「자, 아우님, 자네 배는 그냥 물속에 놓아두고, 죽은 자들도 물고기한테 맡겨 놓고, 어서 와서 이 맛있는 조갯살 좀 한 입 먹어 보게. 과거에 매달려 봤자 아무것도 돌아오지 않는다네.」

「자네 말이 맞네, 야네스. 그 어떤 것도 용감하게 죽은 동지들을 다시 살려 낼 수는 없겠지.」 산도칸이 한숨을 쉬며 말했다.

아침 식사는 아주 훌륭했다. 대합 속살이 어찌나 부드럽고 연하던지 포르투갈인은 마치 천국에나 온 듯 황홀해했으며, 바다 공기와 숲의 향기까지 한층 식욕을 돋우어 주었다. 풍요로운 식사를 마친 뒤, 야네스는 강가 저편에 솟아 있는 멋진 두리안나무 아래 드러누워 느긋하게 담배나 두어 대 피워 볼 작정이었으나, 산도칸이 서둘러 숲 쪽을 가리키며 말했다.

「별장이 그리 멀지 않았네.」

「정확하게 어디 있는지도 모르지 않나?」

「그러게, 어렴풋하군. 지난번에 여기를 뛰면서 통과할 때에는 제정신이 아니었거든.」

「이런, 염병할!」

「걱정 말게, 야네스! 우리를 정원으로 데려다 줄 길을 찾을 수 있을 테니까.」

「자네가 너무 들떠 있는 고로 당장 출발하는 게 낫겠군. 어리석게 굴지 않도록 하게나.」

「조심할게, 야네스.」

「약속하지?」

「믿어도 되네.」

「가세.」

그들은 잠시 오른쪽 강둑을 따라 가다가 드넓은 숲 속으로 과감하게 들어갔다. 허리케인이 섬 안에서도 특히 그 지역을 몹시 심하게 할퀴고 지나간 것 같았다. 폭풍으로 인해 수없이 많은 나무들이 쓰러졌는데, 어떤 것은 아직도 일부가 쓰러질 듯 가지에 걸려 있었고 어떤 것은 완전히 나자빠져 있었다. 관목들은 뿌리가 뽑힌 채 뒤틀려 있고, 부러진 나뭇가지와 산더미같이 쌓인 열매와 잎사귀들이 여기저기 널려 있었다. 부상당한 원숭이 떼가 그곳을 임시 피난처로 삼고 있었는데, 모두들 하나같이 지독한 신음 소리를 냈다. 수많은 장애물에도 불구하고 산도칸은 멈추지 않았다. 해가 질 때까지 쉬지 않고 걸어가면서, 단 한 번도 어떤 길로 가야 할까 망설이지 않았다. 밤이 되면서 산도칸이 다시 별장을 볼 수 있을지 불안해하기 시작할 무렵, 갑자기 그들 앞에 커다란 길이 나타났다.

「무슨 일인가?」 그가 멈추는 것을 보고 포르투갈인이 물었다.

「별장 근방에 왔네.」 산도칸이 작은 목소리로 말했다. 「이 길을 따라가면 정원에 이르네.」

「운수 대통이로군, 아우님! 그럼 앞으로 가자고. 단, 어리석게 굴지 말아야 한다는 걸 명심하게……」

산도칸은 그의 말이 미처 끝나기도 전에 몸을 움직였다. 만일의 사태에 대비해 카빈총을 잰 후 길을 향해 쏜살같이 내려가는 바람에, 야네스만 그를 따라잡느라고 애를 먹었다.

「마리안나! 내 사랑!」 그가 점점 더 속도를 내어 길 위를 달려가면서 큰 소리로 외쳤다. 「내가 돌아왔소……」

그 순간, 산도칸은 별장에 이르기 위해서라면 연대 전체라도 쓰러뜨릴 태세였다. 아무것도 두려울 게 없었다. 죽음조차 그를 막을 수 없었을 것이다. 숨이 차서 헐떡거리고, 온몸에 불이 붙는 것 같은 와중에도, 한편으로 수많은 걱정거리가 슬금슬금 머릿속을 파고 들어왔다. 너무 늦게 온 나머지 사랑하는 아가씨를 더 이상 볼 수 없는 게 아닌가 하는 두려운 생각이 들었다. 그는 아무것도 신경 쓰지 않고 한층 더 열심히 달렸다. 관목과 나뭇가지를 꺾고, 부러뜨리고, 덩굴을 가차 없이 베어 내면서 길을 뚫고 나갔고, 자신의 앞을 가로막는 장애물은 뛰어넘었다.

「산도칸, 자네 귀신이라도 씐 것 같구먼!」 야네스가 그를 따라잡느라고 헉헉거리면서 고함을 질렀다. 「최소한 내가 따라갈 때까지라도 기다려 주게. 제발 좀 멈추게나. 내 몸이 터져 버릴 것 같다니까!」

「별장으로……! 별장으로!」 산도칸의 한결같은 대답이었다.

그렇게 정원의 바깥쪽 담장에 이를 때까지 쉬지 않고 달려가다가, 경계하거나 기진맥진해서라기보다는 순전히 친구를 기다리기 위해 그가 멈춰 섰다.

「드디어 왔구나!」 포르투갈인이 그를 따라 잡으며 외쳤다. 「내가 경주마인 줄 아나? 아니면, 내가 목이 부러져라 달리는 걸 좋아한다고 생각하는 건가, 뭔가? 별장이 벌떡 일어나서 도망치는 일은 절대로 없을 걸세. 게다가 자네는 이 담 너머에 뭐가 있는지도 모르지 않나!」

「나는 영국 놈들 따위는 두렵지 않다고.」 호랑이가 씩씩거리면서 대답하였다.

「알아. 하지만 자네가 죽어 버리면 사랑하는 마리안나도 보지 못할 게 아닌가?」

「그래도 그냥 여기 있을 수는 없네. 그녀를 만나야 돼!」

「긴장 좀 풀게, 아우님. 자네 너무 흥분한 나머지 제대로 판단이 안 서는 것 같군. 여기서부터는 내가 맡도록 함세.」

야네스가 친구에게 조용히 하라는 신호를 보낸 뒤, 고양이처럼 날렵하게 담을 타고 올라가 조심스레 정원을 살폈다.

「경비를 세워 둔 것 같지 않군, 들어가 보세.」

그가 먼저 담 건너편으로 떨어졌고, 산도칸도 즉시 그 뒤를 이어 뛰어내렸다. 그런 다음 두 사람은 어둠 속에 묻혀 간신히 보일 둥 말 둥 하는 별장에 시선을 고정시킨 채, 덤불과 꽃밭 뒤에 숨어서 조용히 사원(私園)으로 들어갔다. 산도칸이 별안간 멈춰 서서 권총을 꺼냈을 때, 그들은 거의 사정권 안에 들어와 있다시피 하였다.

「정지, 야네스.」 그가 조용히 속삭였다.

「무얼 보았는데?」

「별장 앞에 누군가가 서 있네.」

「혹시 대령이나 마리안나가 아닐까?」

심장이 두방망이질 치고 있던 산도칸이 천천히 일어나서 사람의 형체를 향해 시선을 집중시켰다.

「제기랄!」 그가 웅얼거렸다. 「병사들이로군!」

「윽! 계획이 꼬이는데!」 야네스가 투덜거렸다. 「이제 어떻게 해야 하지?」

「만일 여기에 병사들이 있다면, 그건 마리안나가 아직 별장 안에 있다는 뜻이겠지.」

「그렇군.」

「그럼, 공격하세.」

「공격하자고? 자네 미쳤나? 총 맞아 죽고 싶나? 우리는 겨우 둘인데 저놈들은 열, 스물, 어쩌면 서른 명이 될지도 모르네.」

「하지만 나는 그녀를 만나야 된다고!」 산도칸이 미친 듯이 부르짖었다.

「진정하게, 아우님.」 야네스가 산도칸이 어리석은 짓을 저지르지 못하게 하려고 팔을 꽉 움켜잡으면서 달랬다. 「진정하게, 그녀를 만날 수 있을 테니까.」

「어떻게?」

「어두워질 때까지 기다리세.」

「그런 다음에는?」

「다 생각이 있네. 하지만 지금은 어디 가서 좀 쉬자고. 자네 심장이 뜀박질하는 것 좀 말려 보게나. 자네가 후회하지 않을 거라고 약속할게.」

「하지만 병사들이······.」

「어이구! 그놈들도 언젠가는 자러 갈 생각이기를 바라야지.」

「자네 말이 맞네, 야네스. 기다릴게.」

두 사람은 병사들을 계속 감시할 수 있도록 빽빽한 관목 뒤에 자리를 잡고서 행동에 나설 적당한 순간을 기다렸다. 두 시간, 세 시간, 네 시간이 지나도록 아무 일도 일어나지 않았다. 그 시간이 산도칸에게는 4백 년은 되는 것처럼 느껴졌다. 마침내 병사들이 소란스럽게 문을 닫으면서 별장 안으로 들어갔다.

호랑이가 앞으로 뛰어나가려는 찰나, 야네스가 그를 제지하고 거대한 폼보스나무의 어두운 그림자 아래로 데려간 다음, 팔짱을 낀 채 친구를 뚫어져라 쳐다보면서 물었다. 「그래, 산도칸, 오늘 밤 여기서 무슨 일을 하고 싶은데?」

「그녀를 만나야지!」

「그게 그렇게 쉬울 것 같은가······? 자네는 도대체 계획이라는 걸 생각이라도 해봤나?」

「아니, 하지만……」
「자네가 여기 있는 걸 그녀가 아나?」
「아니, 그럴 리야 없겠지.」
「그럼, 큰 소리로 그녀를 불러야겠군.」
「그렇지.」
「그렇게 되면 병사들 역시 나오겠군. 모든 병사가 다 귀먹었을 턱은 없으니까. 그럼, 아무래도 그놈들이 우리에게 총을 쏘아 대기 시작하겠지.」

산도칸이 아무 대답도 하지 못했다.

「그러니 자네도 알다시피, 오늘 밤에는 아무 일도 할 수 없을 것 같네.」

「창문을 타고 올라갈 수 있네.」 산도칸이 우겼다.

「오, 그렇다면 자네는 노대(露臺) 모퉁이 근처에 숨어 있는 병사를 보지 못한 게로군.」

「병사라고……?」

「그래, 산도칸. 잘 보게, 달빛 아래 빛나고 있는 라이플의 총신이 보이지?」

「그럼, 나보고 어떻게 하라는 말인가……? 어서 말해 보게. 열불 나 죽을 지경이네.」

「자네, 정원의 어느 구역이 마리안나가 자주 들르는 곳인지 아나?」

「그녀는 매일 아침 중국식 노대에 가네.」

「좋았어, 어딘데?」

「여기서 가까워.」

「나를 그리 데려다 주게.」

「어쩔 셈인데, 야네스?」

「우리가 여기 있다는 걸 그녀에게 알려야지.」

그 자리를 뜨는 것이 몹시 고통스러웠음에도 불구하고, 산도칸이 옆길로 빠져나가 야네스를 노대로 안내하였다. 아주 매력적인 누각이었다. 벽은 번개무늬 세공으로 장식되고 화려한 색깔이 칠해져 있었고, 날카로운 뾰족탑에 〈쉿쉿〉 하고 혀를 날름거리는 용으로 덮인 황금빛 금속제 돔이 씌워져 있었다. 주변은 라일락과 커다란 중국장미들로 둘러싸여 있었다. 야네스와 산도칸이 카빈총을 장전하고, 그곳이 비어 있는지도 확실히 모르는 채 안으로 들어갔다. 다행히 노대는 텅 비어 있었다. 야네스가 성냥불을 켜자, 아름답게 조각된 탁자 위에 뜨개바늘과 실이 담긴 조그만 바구니가 놓여 있는 것이 눈에 띄었다. 그 옆에는 진주를 박아 넣은 만돌린이 있었다.

「그녀 것인가?」 야네스가 산도칸에게 물었다.

「응.」 산도칸이 어느새 무척이나 부드러운 목소리가 되어 대답하였다. 「그녀가 가장 좋아하는 곳이지. 그녀는 라일락 향기를 맡으면서 머나먼 고국의 노래를 부르기 위해 이곳에 온다네. 그녀가 나에 대한 영원한 사랑을 맹세한 곳도 바로 여기였지.」

야네스가 책에서 종이 한 장을 찢어 내고 자기 주머니를 뒤져 연필을 꺼낸 다음, 산도칸에게 성냥불을 한 번 더 켜게 하더니 다음과 같은 편지를 썼다.

우리는 어제 허리케인을 뚫고 상륙했습니다. 내일 밤 자정에 당신 창문 아래 있겠소이다. 산도칸이 올라갈 수 있도록 밧줄을 준비해 주십시오.

야네스 드 고메라

「내 이름이 그녀에게 알려져 있었으면 좋겠군.」
「이미 그녀는 자네가 나의 둘도 없는 친구라는 것을 다 알고 있다네.」 산도칸이 대답하였다.

두 사람의 해적이 서로 상대방을 바라보는 모습을 말하자면, 하나는 침착하기 짝이 없었고 다른 하나는 완전히 흥분 상태에 빠져 있었다.

「그만 가세, 산도칸.」 야네스가 재촉하였다.

「알았네.」 호랑이가 한숨을 삼키면서 대꾸했다.

5분 후, 그들은 정원을 둘러싸고 있는 담장을 넘어서 다시 숲으로 돌아왔다.

제17장
재회

 허리케인이 완전히 물러나지 않았던 까닭에, 그날 밤은 비바람이 몹시 사나웠다. 바람은 관목 숲 아래에서 시시각각 다른 소리로 악을 쓰고 울부짖으면서, 가지를 뒤틀고, 커다란 잎사귀들을 공중으로 집어던지고, 어린 나무들은 휘어 버리고, 늙은 나무들은 뒤흔들어 댔다. 간간이 번개가 치면서 두껍게 드리운 어둠의 휘장을 갈랐고, 때로는 거대한 나무들 가운데 하나에다 불을 지르기도 하였다.

 지옥같이 캄캄한 밤으로, 별장을 상대로 대담무쌍한 일을 시도하기에 절호의 찬스가 될 터였다. 하지만 유감스럽게도, 산도칸의 터무니없이 경솔한 위업을 거들어 줄 부하들이 곁에 있지 아니하였다. 그러나 맹렬한 허리케인조차 두 사람을 단념시키지는 못하였다. 그들은 번갯불에 의지해, 자신들의 배가 작은 만에서 피신하고 있는지 알아볼 작정으로 강으로 가는 길을 찾으려고 애를 썼다.

 억수같이 퍼붓는 비를 고스란히 맞으면서, 바람으로 말미암아 끊임없이 바닥으로 떨어져 내리는 나뭇가지에 얻어터지지 않도록 조심하며 가던 차에, 그들은 뜻밖에도 채 두 시간도 지나지 않아서 강어귀에 이르렀다. 별장으로 갈 때에 비해 절반밖에 걸리지 않은 셈이었다.

「훤한 대낮일 때보다 캄캄한 어둠 속에서 길을 더 잘 찾아왔구먼. 이런 밤에 참 억세게 운도 좋았네.」 야네스의 말이었다.

산도칸이 강가로 걸어 내려가서 번개가 치기를 기다렸다가 재빨리 바다를 살펴보았다.

「아무것도 없군. 우리 배에 무슨 재난이 닥친 건 아닐까?」 그가 느릿느릿 말했다.

「아직 피신처를 떠나지는 않았을 것 같은데. 아마 또 다른 허리케인이 발생할 거라는 것을 알고, 신중하게 항해에 나서지 않기로 결정했을 걸세. 자네도 알다시피 파도가 거칠고 바람이 몹시 강하게 부는 와중에 여기로 오는 것이 쉬운 일은 아니지 않은가.」

「감이 안 좋네, 야네스.」

「뭐가 두려운 건가?」

「그들이 침몰했을까 봐서……」

「에이! 우리 배는 아주 튼튼하다고. 이틀 안으로 이리 올 테니 걱정 말게. 그들에게 이 만(灣)에서 만나자고 한 것, 맞지?」

「그래, 야네스.」

「그럼, 올 거야. 그러니 비바람을 피할 곳이나 찾아보세, 산도칸. 이놈의 비가 양동이로 쏟아 붓는 것 같은데……. 허리케인이 쉽게 그칠 것 같지 않군.」

「어디로 가지? 음…… 지로바톨이 이 섬에 있을 동안 지냈던 오두막이 있기는 한데 찾을 수 있으려나 모르겠네.」

「바나나 숲 속으로 가세. 커다란 잎사귀들이 적당한 피난처를 제공해 줄 거야.」

「아탑[1]을 세워 보세, 야네스.」

「좋지…… 몇 분이면 세울 거야.」

두 사람은 단도를 이용해 강가에서 자라고 있던 대나무 줄기를 몇 개 잘라서, 비를 거의 다 막아 줄 정도로 잎사귀가 빽빽한, 근사한 폼보스나무 아래에다 박았다. 이어 대나무 줄기를 엮어 서까래를 만든 다음, 지붕에 물이 스며들지 않도록 커다란 바나나 잎을 뉘어서 덮었다.

야녜스가 예상한 대로 그 피신처를 세우는 데는 채 몇 분도 걸리지 않았다. 두 사람은 바나나 한 다발을 들고 그 밑으로 들어갔다. 형편없는 식사를 마치고 나서 잠을 청해 보려고 애를 썼지만, 때마침 허리케인이 한층 더 격렬하게 불기 시작했다. 울부짖는 바람 소리가 귀청이 떨어질 정도로 요란하게 터지는 천둥소리와 번개에 뒤섞인 채 사방을 뒤흔들어 댔다.

끔찍한 밤이었다. 야녜스와 산도칸은 몇 번씩이나 일어나서 오두막을 보강하였고, 쉬지 않고 퍼부어 대는 폭우를 가리기 위해 지붕에다 바나나 잎사귀를 더 가져다 올려놓았다. 그러다가 새벽 어름부터 날씨가 차차 잠잠해졌고, 덕분에 두 사람은 열시까지 푹 잘 수 있었다.

「아침거리 찾아봐야지.」 야녜스가 말했다. 「재수 좋으면 조개 두어 개는 건질 수 있을 걸세.」

야녜스가 남쪽 해안을 따라서 만으로 갔다. 그러고는 수많은 모래톱 사이를 뒤지고 다닌 끝에 수십 개의 대합과 약간의 게를 잡아 왔다. 거기에다 바나나와 폼보스 몇 개, 즙이 많은 커다란 오렌지 두 개가 더해졌다. 아침 식사를 마친 후, 그들은 자기네 배 중 하나라도 볼 수 있을까 하는 희망으로 북쪽으로 난 해변을 따라가 보았으나 개미 새끼 한 마리 보이

---

1 동아시아 지방의 전통 가옥.

지 않았다.

「폭풍 때문에 남쪽으로 항해하지는 못했을 걸세. 정오부터 줄기차게 불어 왔으니까.」 야네스가 산도칸에게 말했다.

「그런데, 여보게, 사실은 그들이 좀 걱정된다네. 너무 늦어지는 것 같아서 혹시라도 최악의 사태가 벌어진 게 아닌지 겁이 나는군.」 말레이시아의 호랑이가 대꾸하였다.

「에이! 우리 동지들은 하나같이 유능한 뱃사람들이라고.」

그들은 낮 시간의 대부분을 해변을 돌아다니며 보내다가, 해가 질 무렵이 되자 숲으로 들어와 귈론크 경의 별장을 향해 길을 나섰다.

「마리안나가 우리가 남긴 메모를 보았을까?」 야네스가 물었다.

「그랬을 거라고 믿네.」 호랑이의 대답이었다.

「그렇다면 그녀가 약속 시간에 나오겠군.」

「그럴 수만 있다면야…….」

「그게 무슨 뜻인가, 산도칸?」

「제임스 경이 그녀를 철저하게 감시하고 있을 것 같아서…….」

「망할 놈!」

「어쨌든 우리는 약속을 지켜야겠지, 야네스. 그녀를 만나게 될 거라는 느낌이 드네.」

「자네가 멍청한 짓을 저지르지만 않는다면 말이지……. 정원이나 별장에 병사들이 차고 넘칠 걸세.」

「나도 알아.」

「그놈들이 우리를 기습 공격하지 않도록 조심해야 하네.」

「침착하라고, 나도 이성적으로 처신할 테니.」

「약속하지?」

「물론이네.」

「그럼, 가세.」

아주 작은 소리 하나도 놓치지 않으려고 귀를 쫑긋 세운 채, 그들은 천천히, 조심스럽게 길을 나섰다. 복병을 만나지 않기 위해 나뭇가지와 관목 숲도 주의 깊게 살피면서 걸어간 끝에, 마침내 그들은 저녁 일곱시경 정원 부근에 도착하였다. 몇 분 뒤면 넘어가게 될 태양의 잔광만으로도 그들이 별장 주변을 정찰하는 데에는 충분하였다.

관목 숲에 병사들이 숨어 있지 않다는 것을 확인한 다음, 그들은 담장으로 접근해 서로 도와 가면서 담을 기어올라 반대편으로 뛰어내렸다. 그런 다음, 허리케인 탓에 엉망이 되어 버린 꽃밭을 지나서 모란꽃 사이에 몸을 숨겼다. 그 위치로 말하면, 정원과 별장의 움직임을 편안하게 관찰할 수 있는 곳이었으니, 그들 앞에 나무라고는 띄엄띄엄 한두 그루 정도밖에 없었기 때문이다.

「창문 중의 하나에 장교가 있군.」 산도칸이 말했다.

「누각 모퉁이 부근에는 감시병이 서 있네.」 야네스의 말이었다. 「저놈이 밤이 된 다음에도 저기에 그냥 서 있으면 골치 아픈데.」

「그럼 저놈의 목을 부러뜨리지, 뭐.」 산도칸이 단호하게 대꾸하였다.

「저놈을 불시에 붙잡아서 꽁꽁 묶은 다음 재갈을 물릴 수 있으면 더 좋을 것 같은데…… 줄 같은 거 있나?」

「허리띠가 있네.」

「좋았어, 그런데…… 저기! 이런 망할 놈들!」

「뭔데, 야네스?」

「저놈들이 창문에다 모조리 쇠창살을 달아 놓았지 뭔가!」

「알라께서 저놈들을 죄다 잡아 갔으면……!」 산도칸이 이를 악물면서 내뱉었다.

「아우님, 제임스 경은 말레이시아의 호랑이가 얼마나 노련한지 잘 알고 있는 게 틀림없네. 정말 용의주도하구먼!」
「그렇다면 마리안나도 감시당하고 있겠군.」
「당연하지, 산도칸.」
「그럼, 우리와 약속을 지킬 수 없을 것 아닌가.」
「그럴 것 같네.」
「어쨌든 나는 마리안나를 만날 걸세. 창문으로 올라가겠네. 자네가 이런 사태를 예상하고 그녀에게 밧줄을 준비하라고 한 게로군.」
「그러다가 병사한테 발각되기라도 하면?」
「싸우면 되지!」
「우리 둘이서?」
「자네도 알다시피 저놈들이 우리를 무서워하지 않나?」
「그거야 그렇지.」
「우린 일당백 아닌가?」
「그렇지, 총알이 비 오듯 날아오지만 않는다면 말이야……. 아니! 저기 좀 보게, 산도칸.」
「뭐가 보이는데?」
「한 떼의 병사들이 별장을 떠나고 있는데.」 야네스가 좀 더 잘 보려고 근처에 있던 폼보스나무의 커다란 뿌리에 올라서면서 대꾸하였다.
「어디로 가는 중인가?」
「정원을 나서고 있네.」
「숲 속을 순찰하러 가는 것 같은가?」
「그런 것 같네.」
「우리한테는 더 잘된 일이군.」
「그럴지도 모르지. 자정까지 기다려 보세.」

야네스가 조심스럽게 담배에 불을 붙이고 나서 산도칸 옆에 눕더니 마치 자기 배의 선교 위에 있기나 한 듯이 태평스럽게 담배를 피웠다. 하지만, 산도칸은 조바심 때문에 견딜 수가 없어서 단 한순간도 긴장을 풀지 못했다. 별장 안에서 무슨 일이 벌어지고 있는지 알아보거나 아가씨를 찾아보고자 하는 마음에 이따금 벌떡 일어나서 어둠 속을 주도면밀하게 관찰하곤 하였다. 자꾸만 떠오르는 의심스러운 생각에 괴로워하던 그는 마침내 별장 근처에 자신을 잡기 위한 함정이 설치되었을지도 모른다는 생각이 들기 시작하였다. 누군가 메모를 발견해서 제임스 경에게 갖다 주었을 확률이 높은 것 같았다.

산도칸이 스스로를 어찌하지 못하고 야네스에게 자꾸 질문을 퍼부었건만, 그는 대꾸 한마디 없이 그저 줄기차게 담배만 피워 댔다. 마침내 자정이 되었다. 산도칸이, 제임스 경의 병사들에게 붙잡힐 위험에도 불구하고 벌떡 일어나 별장으로 달려갈 준비를 하였다.

야네스 역시 벌떡 일어나서 그의 팔을 움켜잡았다.

「기다리게, 아우님.」 그가 산도칸을 달랬다. 「자네, 조심하겠다고 약속하지 않았나.」

「난 아무도 무섭지 않네. 무엇이든 할 준비가 되어 있다고.」 산도칸의 대답이었다.

「여보게, 자네 지금 신경과민이야. 벌써 누각 근처에 경비병이 있다는 걸 잊어 버렸구먼.」

「가서 그놈을 죽여 버리세.」

「그놈이 다른 누구에게도 알리지 못하도록 해야 되네.」

「그놈을 목 졸라 죽여 버리겠네.」

그들은 작약나무 덩굴을 떠나 덤불과 무수한 중국장미들 뒤에 몸을 숨긴 채 꽃밭을 기어서 통과하였다. 그들이 별장으로부터 75미터쯤 떨어진 지점에 왔을 때, 야네스가 산도칸에게 멈추라는 신호를 보냈다.

「병사가 보이나?」 그가 물었다.
「응.」
「자기 총에 기대 잠이 든 것 같네.」
「아주 잘됐군, 야네스. 그럼, 이제 작업에 들어갈 준비를 하게.」
「그놈 주둥이를 틀어막을 손수건이 준비되었네.」
「나는 손에 단도를 쥐고 있지. 만일 그놈이 찍소리라도 내면 가차 없이 죽여 버리겠네.」

두 사람은 누대를 향해 펼쳐진 꽃밭으로 몰래 숨어 들어가 두 마리 뱀처럼 미끄러져 나아가다가 병사로부터 불과 몇 발자국 떨어지지 않은 곳에 이르렀다. 불쌍한 젊은이는 밤새 아무 일도 없을 거라고 확신하고서, 손에 라이플을 부여잡고 누대의 벽에 기댄 채 잠이 들어 있었다.

「준비되었나, 야네스?」 산도칸이 작은 소리로 물었다.
「가세.」

산도칸이 호랑이처럼 뛰어가서 젊은 병사에게 왈칵 덤벼들어 목을 움켜잡고는 저항할 수 없는 힘으로 땅바닥에 쓰러뜨렸다. 야네스도 함께 움직였다. 재빠른 손길로 포로의 입에 재갈을 물리고 팔다리를 묶은 후 위협적인 목소리로 말했다. 「잘 들어라……! 만일 조금이라도 움직이면 네 심장에 이 단도를 박아 버리겠다.」 그러고는 산도칸에게 돌아서서 말했다. 「마리안나를 찾아보세. 어느 게 그녀 방 창문인지 아나?」

「오, 물론이지!」 산도칸이 벌써 그 창문에 눈길을 못 박은 채 대답하였다. 「저기, 저 정자 너머에. 아, 마리안나!」

「이봐, 좀 참으시지. 귀신이 훼방만 놓지 않으면 그녀를 만나게 될 테니까.」

「그런데, 저놈들이 창문에 쇠창살을 쳐놓지 않았나?」

「흥! 문제없네.」

그가 돌멩이를 한 줌 집더니 그중 하나를 창문에다 던졌다. 돌멩이가 유리창에 부딪히면서 가벼운 소리를 냈다. 두 사람이 숨을 죽인 채 기다렸으나 아무런 반응이 없었다. 야네스가 두 번째 돌을 던졌고, 세 번째에 이어 네 번째까지 던졌다. 갑자기 창문이 열리면서 달빛 아래 하얀 형체가 드러나자, 산도칸이 당장 그가 누구인지 알아보았다.

「마리안나!」 그가 쇠창살 사이로 내다보고 있는 아가씨를 향해 팔을 내밀면서 갈라진 목소리로 그녀를 불렀다.

강인하고 박력 있는 사람이었음에도 불구하고 그는 마치 금방 가슴에 총이라도 맞은 듯 부들부들 떨고 있었다. 창백한 얼굴이었지만 어지러운 와중에도 제자리에 굳건하게 서 있었다.

산도칸을 알아보고 아가씨의 가슴속으로부터 나지막한 비명이 솟아 나왔다.

「빨리, 산도칸. 창문으로 가게, 여기서 얼쩡거리는 건 현명하지 못하다고.」 야네스가 아가씨에게 정중하게 인사를 하면서 재촉하였다.

산도칸이 별장으로 가더니 정자로 기어 올라가 창문을 막아 놓은 창살을 붙잡았다.

「당신, 당신이……!」 아가씨가 미칠 듯이 기뻐하면서 부르짖었다. 「하느님, 감사합니다!」

「마리안나, 내 사랑!」 산도칸이 그녀의 손에 키스를 퍼부으며 중얼거렸다. 「마침내 당신을 다시 만나게 되었구려. 당신은 내 거요, 내 거라고. 아직도 내 사람이오!」

「그럼요, 당신 거예요, 산도칸. 언제까지나요.」 아가씨가 맞장구를 쳤다. 「당신의 죽음을 애도하고 난 다음에 당신을 다시 만나다니! 너무 멋진 일이에요, 내 사랑.」

「내가 죽었다고 생각했소?」

「예, 당신을 영원히 잃어버린 줄 알고 말도 못할 정도로 몹시 괴로워했어요.」

「안 죽었소, 마리안나. 말레이시아의 호랑이는 그렇게 쉽게 죽지 않는다오. 당신 동포들이 쏜 포탄 속에서 긁힌 데 하나 없이 탈출하였소. 바다를 건너가 우리 호랑이들한테 호소해서 백 명을 이끌고 이리로 돌아왔소. 당신을 자유롭게 해주기 위해서라면 무슨 짓이든 다 할 준비를 하고서 말이오.」

「산도칸……」

「잘 들어요, 라부안의 진주여. 대령이 여기에 있소?」

「네, 숙부님께서는 당신이 돌아올까 봐 무서워하면서 저를 인질로 잡아 두고 계세요.」

「병사들이 있는 걸 보았소.」

「그래요. 1층 방에 밤이고 낮이고 경비를 서는 병사들이 많아요. 사방으로 포위당한 채 바깥으로 나갈 기회라곤 손톱만큼도 없고 늘 총칼과 쇠창살에 둘러싸여 있어요. 용감한 그대여, 당신의 아내가 되지 못할까 봐 겁이 나요. 숙부님께서는 이제 저를 미워하셔서 절대로 말레이시아 호랑이와 인척이 되려 하지 않으실 거예요. 오히려 우리를 떼어 놓으려고 하실걸요. 우리 둘 사이에 바다라도 갖다 놓으실 양반이에요.」

그녀의 눈으로부터 두 방울의 진주가 굴러 떨어졌다.

「당신, 울고 있군요.」 산도칸이 고통스러운 표정으로 말했다. 「내 사랑, 그만 울어요. 안 그러면 내가 돌아 버려서 무슨 어리석은 짓을 저지를지 모르니까. 마리안나, 내 부하들이 멀리 있지 않소. 지금 당장 나와 함께 있는 사람은 얼마 되지 않지만 내일이나 모레면 아주 많아질 거요. 당신은 내 부하들이 얼마나 유능한지 잘 알고 있지 않소. 대령이 별장을 지키려고 아무리 애를 쓴다 하더라도 우리는 쳐들어올 터인

즉, 막말로 불을 지르거나 담장을 박살 내야 한다면 그렇게 라도 할 작정이오. 나는 호랑이요! 당신을 위해서라면 당신 숙부네 별장만이 아니라 라부안 전체에라도 대항해서 무기를 들겠소. 오늘 밤 내가 당신을 데려가 주기를 바라오? 지금은 우리 둘밖에 없지만, 당신이 원한다면 당신을 포로로 잡아 두고 있는 창살을 박살 내겠소. 당신 자유를 위해서 우리 목숨을 바쳐야 한다고 해도 말이오. 말해 봐요, 말해 봐, 마리안나. 당신을 향한 사랑 때문에, 나는 돌아 버릴 것 같기도 하고, 또 맨손으로 이 별장을 정복시킬 만한 힘이 솟아나기도 하는구려.」

「안 돼요……! 안 돼……!」 마리안나가 그를 말렸다. 「안 돼요, 내 사랑! 당신이 돌아가시면 제게 무슨 일이 일어날 것 같아요? 당신 없이 제가 살아갈 수 있을 것 같나요? 전 당신을 믿어요. 그럼요, 당신은 저를 자유롭게 해주실 거예요. 하지만 당신 부하들이 온 다음에요. 저를 이 감금 상태에서 풀어 줄 수 있을 만큼 당신 부하들의 인원이 충분해졌을 때 행동을 개시한다고 약속해 주세요.」

「만일 다시는 당신을 만날 수 없다면……」

정자 아래쪽에서 나지막한 휘파람 소리가 들리자, 마리안나가 흠칫 놀랐다.

「저 소리 들으셨어요?」 그녀가 물었다.

「그래요, 야네스가 자꾸 안달이 나서 부는 거요.」 산도칸의 대답이었다.

「위험한 일일지도 몰라요, 산도칸. 골치 아픈 일이 밤의 어둠 속에 숨어서 당신을 기다리고 있을지도 몰라요, 내 사랑. 아아, 당신이 또 한 번 제 곁을 떠날 시간이로군요!」

「마리안나!」

「만일 두 번 다시 서로 만날 수 없으면 어떡해요!」

「그런 말 하지 말아요, 내 사랑. 그들이 당신을 어디로 데려가든지 나는 당신을 찾아낼 거요. 다만 몇 시간을 더 기다려야 한다는 게 문제일 뿐이오. 아마 내일이면 내 부하들이 도착할 거고, 그러면 돌아와서 당신을 가두고 있는 이 담장을 깡그리 부숴 놓으리다.」

야네스가 다시 한 번 휘파람을 불었다.

「그만 가세요, 고귀한 그대여. 당신은 너무 큰 위험을 무릅쓰고 있어요.」 마리안나가 재촉하였다.

「오! 나는 하나도 두렵지 않소.」

「가세요, 산도칸, 제발요. 저들이 당신을 발견하기 전에 어서 가세요.」

「당신을 떠나라고……! 차마 떠날 수가 없소. 내가 왜 부하들을 이끌고 오지 않았을까? 기습 공격을 해서 당신을 데려갈 수 있었을 텐데……」

「뛰어요, 산도칸! 복도에서 발소리가 들려요.」

「마리안나!」

그 순간 방 건너편에서 사나운 고함 소리가 울려 퍼졌다.

「이 새끼!」

해적을 본 대령이 마리안나의 팔을 움켜쥐고 쇠창살에서 끌어내려고 하였다. 그와 거의 동시에 정문 입구 뒤편에서 빗장 열리는 소리가 들렸다.

「뛰게!」 야네스가 외쳤다.

「뛰세요, 산도칸!」 마리안나 역시 똑같은 소리를 외쳤다.

제18장
아궁이 속의 두 해적

 말레이 사람이 아니고서야 누구라도 그렇게 뛰어내렸다가는 다리가 부러지고 말았을 게 틀림없지만, 산도칸은 그렇지 않았다. 그가 참나무처럼 단단했을 뿐만 아니라 원숭이처럼 날래기도 한 덕분이었다. 그는 꽃밭으로 떨어졌는데, 바닥에 떨어지자마자 금방 일어서서 손에 단도를 쥐고 자신을 방어할 준비를 마쳤다. 다행히도 야네스 역시 거기에 있었다. 그가 산도칸의 어깨를 움켜잡고 덤불 쪽으로 밀어붙이며 퉁명스럽게 말했다. 「뛰게, 이 바보 천치야! 총 맞아 죽고 싶나?」
 「나를 그냥 내버려 두게, 야네스.」 걱정에 사로잡힌 산도칸이 통사정을 했다. 「별장을 공격하세!」
 서너 명의 병사가 창문에 나타나더니 그들을 향해 총을 겨누었다.
 「몸조심하세요, 산도칸!」 마리안나가 외치는 소리가 들렸다.
 그가 열 발자국쯤 뛰었을 때 총탄이 날아와 그의 터번을 간발의 차이로 스치고 지나갔다. 산도칸이 별장을 향해 돌아서더니 사자처럼 울부짖으면서 창문을 향해 총알이 다 떨어질 때까지 총을 쏘아 대었고, 그 결과 유리창이 산산조각 나고 병사 하나가 이마를 맞았다.

「이쪽으로!」야녜스가 그를 담 쪽으로 끌어당기면서 고함을 질렀다.「푼수도 모르는 멍청이 같으니라고!」

별장 문이 열리면서, 열 명의 병사가 그만큼의 원주민이 횃불을 들고 따르는 가운데 정원 속으로 흩어졌다. 야녜스가 덤불 사이로 총을 쏘았다. 그 작은 분대를 지휘하던 병장이 땅바닥에 죽어 넘어졌다.

「뛰게, 아우님.」병사들이 가던 길을 멈추고 자기 대장 주변으로 모여들고 있을 때 야녜스가 말했다.

「그녀를 여기 혼자 남겨 두고 갈 수가 없네.」자신을 희롱하는 격정에 휘말려 있던 산도칸의 대답이었다.

「그녀가 자네더러 도망치라고 하지 않았나. 빨리 오게, 안 그러면 내가 멱살을 잡아 끌고 갈 테니까.」

두 명의 병사가, 바로 뒤에 일개 소대를 거느리고 그들로부터 불과 30보밖에 떨어지지 않은 곳에 나타났다. 두 사람은 더 이상 머뭇거릴 것도 없이 덤불과 꽃밭 속으로 뛰어든 다음, 마구잡이로 날아오는 일제 사격을 날쌔게 피하면서 담장을 향해 달리기 시작하였다.

「곧장 가게, 아우님.」야녜스가 여전히 달리는 가운데 카빈 총에 총알을 재면서 말했다.「저놈들이 우리에게 쏘았던 총알을 내일 그대로 돌려줄 테다.」

「내가 다 망쳐 놓은 것 같아 걱정이네, 야녜스.」산도칸이 처량하게 말했다.

「뭐가?」

「이제 내가 여기 있다는 걸 저놈들이 알았으니, 아무런 경계도 하지 않은 채 불시에 공격을 당하지는 않을 게 아닌가?」

「그 말이 틀린 것은 아니네만, 그래도 우리 배가 도착하기만 하면 공격을 감행할 수 있는 호랑이가 백 명이나 되지 않나? 누가 그런 공격을 버텨 낼 수 있단 말인가?」

「솔직히 대령의 반응이 두렵네.」

「무슨 짓을 할 것 같은데?」

「그는 자기 조카가 나랑 도망치는 꼴을 보느니 차라리 그녀를 죽여 버릴 인간이거든.」

「어이쿠!」 야네스가 이마를 북북 긁으면서 탄식하였다. 「그 생각을 미처 하지 못했군.」

그가 한 차례 심호흡을 하면서 그 문제에 대한 대책을 강구하기 위해 잠시 멈추려는 찰나, 불그스레한 그림자 몇이 어둠 속에서 움직이고 있는 게 보였다.

「영국 놈들이다! 저놈들이 우리 자취를 발견하고 정원 사이로 따라오고 있군. 여기서 나가야겠네, 산도칸!」

그들은 담장을 향해 전력 질주하면서 정원 안쪽으로 점점 더 깊숙이 들어갔다. 하지만 깊이 들어가면 갈수록 길을 찾기가 그만큼 더 어려워졌다. 크기며 모양이 제멋대로인 어마어마한 나무들이 그들 앞에 불쑥불쑥 나타나서 앞길을 방해하기 일쑤였다. 하지만 두 사람으로 말하면 순전히 본능만으로도 자신의 위치를 알아 낼 수 있는 사람들이었다. 때문에 그들은 자기들이 금방 담장에 도달할 수 있으리라고 확신하였다.

나무가 우거진 구역을 통과하자 이내 경작지가 나왔다. 거대한 나무들 사이에서 길을 잃지 않기 위해 자신들이 온 길을 되짚어 보고 난 뒤, 두 사람은 멈추지 않고 중국식 노대를 지나 꽃밭 사이로 돌진해 들어갔다. 그리고 꽃들 사이로 열심히 달린 끝에 마침내 그 시각 정원 전체를 뒤지고 있던 병사들에게 들키지 않고 담장 부근에 이르렀다.

「조심하게, 산도칸.」 야네스가 막 담장 위로 돌진하려는 친구를 뒤로 잡아끌면서 말했다. 「총소리를 듣고 좀 전에 본, 순찰 나가던 병사들이 꼬여 들 수가 있네.」

「그놈들이 벌써 사원 안으로 들어갔다고 생각하나?」

산도칸이 귀를 기울였으나 나뭇잎 바스락거리는 소리 말고는 아무 소리도 들리지 않았다.

「누군가를 보았나?」 그가 물었다.

「담 저쪽에서 나뭇가지가 뚝 하고 부러지는 소리가 들렸네.」

「짐승이었을 수도 있지.」

「병사들이었을 수도 있네. 달리 뭐가 있겠나? 사람들이 말하는 소리가 들렸던 것 같아. 이 담장 너머에서 영국군이 우리를 기습 공격하기 위해 기다리고 있다는 데에, 내 단도 손잡이에 박힌 다이아몬드를 걸겠네. 정원을 나서던 병사들 기억나지?」

「물론이지, 야네스. 어쨌거나 여기 그냥 있을 수는 없네.」

「무슨 생각이라도 있나?」

「우선, 가는 길에 아무런 장애 요소가 없다는 걸 확인해야 돼.」

눈에 띄게 경계수위를 높인 산도칸이 소리 없이 일어나서 정원의 나무들을 재빨리 살펴본 다음 고양이처럼 날렵하게 담 위로 올라갔다. 막 담장 꼭대기에 다다랐을 때, 반대편에서 수군거리는 소리가 들려왔다.

〈야네스 말이 틀리지 않았군.〉 그가 속으로 중얼거렸다.

그는 몸을 굽히고 담장 반대편의 나무들을 살펴보았다. 짙은 어둠 속에서도 거대한 카수아리나나무 근처에 모여 있는 병사들의 윤곽이 희미하게 보였다. 그가 서둘러 내려와서 단 한 발자국도 움직이지 않고 있던 야네스에게 다가갔다.

「자네 말이 맞았네. 정말로 이 담 바로 건너편에 우리를 기습 공격하려고 기다리는 놈들이 있더군.」

「많던가?」

「대여섯 명쯤?」

「맙소사……!」

「어떻게 해야 되지, 야네스?」

「당장 여기를 빠져나가세. 다른 탈출로를 찾아봐야겠네.」

「그러기에는 너무 늦은 것 같네. 불쌍한 마리안나! 우리가 진작 잡혀 죽었다고 생각하고 있을 텐데……」

「당분간 아가씨 생각일랑 접어 두시지. 지금 당장 더 엄청난 위험을 무릅써야 할 사람은 바로 우리들이라고.」

「가세.」

「쉿, 산도칸. 담 너머에서 누군가 이야기하는 소리가 들리네.」

두 사람의 목소리가 들렸는데, 하나는 우악스럽고 다른 하나는 당당한 목소리로, 바로 담장 옆에서 말하고 있었다. 숲에서 불어오는 바람결에 실려 그들의 말소리가 두 사람의 귀에까지 또렷하게 들렸다.

「내 장담하건대, 해적들이 별장을 공격할 작정으로 정원에 들어온 거라고.」 당당한 목소리가 말하였다.

「그건 믿기 어려운데요, 벨 병장님.」 다른 병사의 대답이었다.

「멍청아, 그럼 너는 우리 병사들이 재미 삼아 총을 쏘고 있었다고 생각하냐? 논리적으로 좀 생각해 봐라, 월리스.」

「그렇다면, 그놈들이 우리한테서 도망칠 수는 없을 겁니다.」

「나도 그러기를 바란다. 우리가 총 서른여섯 명이니 담 전체를 지키고 있다가 맨 첫 번째 신호로 다시 뭉칠 수 있을 거다.」

「병사들을 해산시키면서 두 눈 부릅뜨고 지키라고 전해라. 아마도 우리가 말레이시아의 호랑이를 상대하고 있는 것 같구나.」

그 대화가 끝난 후, 나뭇잎 바스락거리는 소리와 나뭇가지 몇 개 부러지는 소리가 들린 것 말고는 더 이상 아무 소리도 들리지 않았다.

「저 악당 놈들 머릿수가 늘어났군.」야네스가 산도칸을 돌아보며 작은 소리로 말했다.「곧 포위당하게 될 것 같네, 아우님. 조심하지 않으면 저놈들이 우리를 잡으려고 쳐 놓은 함정에 용코로 걸려들겠어.」

「조용히 좀 해봐, 무슨 소리가 들리네.」말레이시아의 호랑이가 속삭였다.

당당한 목소리가 다시 말하고 있었다.

「밥, 내가 저 녹나무 뒤에서 잠복할 동안 너는 여기 그대로 있어라. 라이플을 장전한 채 담을 주시하도록.」

「염려 마십시오, 병장님.」밥이라 불린 병사가 대답하였다.「정말로 우리가 말레이시아의 호랑이를 상대하고 있다고 생각하십니까?」

「그 교활한 해적 놈이 귈론크 경의 조카딸한테 홀딱 빠져버렸지. 그런데 그 아가씨는 로젠탈 남작과 약혼이 되어 있거든. 놈이 항복하고 물러나지 않을 거라는 데 내기를 걸어도 좋다. 해적 놈이 오늘 밤에 와서 아가씨를 데리고 도망치려고 할 게 틀림없다.」

「그런데 어떻게 우리 순시선한테 들키지 않고 상륙할 수 있었을까요?」

「아마 허리케인 덕을 보았을 거다. 우리 섬으로부터 멀리 떨어진 바다에서 몇몇 해적선이 항해 중이라는 말을 들었거든.」

「정말 대담무쌍하군요……!」

「오, 이제 겨우 시작했을 뿐이다! 밥, 말레이시아의 호랑이가 우리한테 싸움을 걸어올 거다. 그놈은 내가 만났던 자들

중에서 가장 영리한 놈이야.」

「이번에는 우리한테서 도망칠 수 없을 겁니다. 그놈이 만일 정원 안에 있다면 그렇게 쉽게 빠져나가지 못할걸요.」

「자, 이제 그만 하자. 네 위치를 지켜라, 밥. 백미터당 라이플 세 자루면 말레이시아의 호랑이와 그놈의 친구를 저지하는 데 충분할 거다. 그놈을 죽이는 데 성공하면 우리 수중에 천 파운드가 굴러 들어온다는 사실을 잊지 말도록.」

「제법 큰 액수로군.」 야네스가 실실거리면서 말했다. 「제임스 경이 자네를 꽤 높이 쳐주는구먼, 아우님.」

「그놈들이 포상금을 쓸 수 있으려면 잠시 기다려야 할걸.」 산도칸이 말을 받았다.

그러고는 일어나서 사원 쪽으로 고개를 돌렸다. 멀리 꽃밭 사이로 밝은 점 몇 개가 나타났다가 사라지는 것이 보였다. 별장 안에 있던 병사들이 해적들의 흔적을 놓치고는, 좀 더 치밀한 수색 작업에 착수하기 전에 여명이 밝아 오기를 기다리면서 되는 대로 둘러보고 있었다.

「이제 저놈들을 무서워할 게 하나도 없군.」 산도칸이 말했다.

「다른 길로 도망치도록 해볼까? 이 정원은 하도 넓어서 모든 담을 다 지키고 있을 수는 없을 걸세.」 야네스의 말이었다.

「그렇지 않네. 만일 그놈들이 우리를 발견하게 되면 우리는 등 뒤에 40명의 병사들을 두게 되는 셈인데, 그렇게 되면 그놈들의 총알을 피하기가 쉽지 않을 걸세. 정원 안에서 다른 숨을 곳을 찾아 나서는 것이 상책이야.」

「무슨 좋은 생각이라도 있나?」

「나랑 같이 가보면 알게 될 걸세, 야네스. 자네가 나한테 몇 번씩이나 어리석게 굴지 말라고 경고했는데, 이제 자네에게 내가 얼마나 조심스러울 수 있는지 보여 주지. 만일 그놈들이 나를 죽이면, 마리안나도 계속 살아갈 수 없을 걸세. 그러니 우리, 멍청한 짓은 절대로 하지 말자고.」

「병사들이 우리를 찾아내지 않을까?」

「그렇지 않을걸. 우리가 여기 오래 있을 게 아니니까. 무슨 일이 벌어지든지 간에 내일 밤까지는 떠날 테니 말일세. 이봐, 야네스, 내가 자네를 안전한 곳으로 데려가 주지.」

꽃밭 사이에다 몸을 숨긴 두 해적이 자리에서 일어나 어깨 위에 카빈총을 걸치고 담에서부터 멀어져 갔다. 산도칸이 앞장서서 정원 구역을 가로질러 가더니, 화초용 온실로 쓰이는 1층 건물로 친구를 데리고 갔다. 귈론크 경의 별장으로부터 4백 미터가량 떨어진 곳이었다. 그는 소리 없이 문을 연 뒤, 자신의 위치를 파악하기 위해 손으로 더듬으면서 안으로 들어갔다.

「어디로 가는 중인가?」 야네스가 물었다.

「성냥불 좀 켜게.」 산도칸의 대답이었다.

「밖에서 불빛이 보이지 않을까?」

「그럴 위험은 없네. 이곳은 빽빽한 숲으로 둘러싸여 있거든.」

야네스는 그가 하라는 대로 불을 켰다.

꽃이 핀 화초들로 가득 찬 실내에서 기분 좋은 향기가 뿜어져 나왔다. 대나무로 만든 수많은 정원용 가구들이 어수선하게 흩어져 있었다.

「여기 숨어 있으려고?」 야네스가 물었다. 「내가 보기에 이곳은 그다지 안전할 것 같지 않구먼. 병사들이 와서 이 안을 둘러볼 게 틀림없어. 제임스 경이 자네를 잡으면 준다고 한 천 파운드를 타려고 그놈들이 사방팔방 다 뒤지고 다닐 텐데……」

「그놈들이 오지 않는다고 말할 수는 없지.」

「그럼 그놈들이 우리를 잡겠군.」
「꼭 그렇다고 보지는 않네, 야네스.」
「무슨 말인가?」
「그놈들이 아궁이 속을 뒤지지는 않을 거란 말이지.」
야네스가 참지 못하고 웃음을 터뜨렸다.
「저 아궁이 속이라고……!」 그가 소리를 질렀다.
「그래, 저 안에 숨어 있을 걸세.」
「석탄보다 더 새카맣게 변해 버리겠군. 저 거대한 아궁이 속에는 1톤도 넘는 검댕이 들어 있을 게 분명한데…….」
「나중에 씻으면 되네, 야네스.」
「하지만…… 산도칸!」
「들어가기 싫으면 자네 혼자 영국 놈들과 맞서던지……. 선택할 수 있는 건 두 가지밖에 없네, 야네스. 아궁이 속으로 들어가든지 아니면 붙잡히든지.」
「그러고 보니 정말 선택의 여지가 없군그래.」 야네스가 웃으면서 대답하였다. 「그럼, 우리의 새로운 거처가 최소한 편안하기라도 한지 알아보자고.」

그가 철문을 열고 성냥을 새로 켜더니 두어 번 재채기를 하느라 잠시 멈추었다가 커다란 아궁이 속으로 들어갔다. 산도칸도 바로 그의 뒤를 따랐다. 안은 무척 넓었으나, 그만큼 엄청난 양의 검댕과 재가 들어 있었다. 아궁이는 두 사람이 편안하게 설 수 있을 정도의 높이였다. 위태롭기 짝이 없는 상황이었음에도 불구하고, 항상 유머 감각을 잃지 않는 야네스가 발작이라도 일어난 듯 웃어 대기 시작하였다.

「무시무시한 말레이시아의 호랑이가 아궁이 속에 숨어 있었다면, 과연 누가 믿을까? 아하! 이제야말로 의심할 여지없이 우리가 탈출할 것이라는 확신이 서는군.」

「너무 크게 말하지 말게. 저놈들이 들을지도 모르니까.」 산도칸이 주의를 주었다.

「흥! 그놈들은 아직 멀찌감치 있다고.」

「자네가 생각하는 만큼 멀지는 않다네. 이 온실로 들어오기 전에 병사 둘이 여기서 불과 몇 발자국밖에 떨어지지 않은 곳에 있는 화단을 쿡쿡 찌르는 것을 보았네.」

「이곳도 조사할 것 같은가?」

「분명히 그럴 걸세.」

「이런! 그놈들이 아궁이를 조사하면 어쩌지?」

「우리가 그렇게 쉽게 포기할 사람들은 아니지, 야네스. 우리에게 무기가 있으니 공격을 물리칠 수 있을 걸세.」

「우리한텐 과자 부스러기 하나도 없지 않은가, 산도칸. 설마 검댕을 먹으려는 건 아니겠지. 그리고 또 하나, 내 눈에는 우리 요새의 벽이 그리 튼튼해 보이지 않는구먼. 삽으로 두어 번만 쳐도 금방 무너져 내릴 것 같은데……」

「그놈들이 벽을 무너뜨릴 기회도 갖기 전에 우리가 먼저 공격할 걸세.」 항상 그렇듯이 자신의 능수능란한 대처에 대해 대단한 확신을 지니고 있는 산도칸의 대답이었다.

「그나저나 무얼 좀 먹어야 하지 않을까?」

「무언가 구할 수 있을 걸세, 야네스. 온실 주변에서 바나나나무와 폼보스나무 과수원을 보았네. 그것들을 서리해 오지 뭐.」

「언제?」

「조용……! 무슨 소리가 들리는군.」

「자네가 나한테 겁을 주는군.」

「총을 꺼내 들되 쏠지는 말게. 들어 보라고!」

두 해적의 귀에 사람들이 이야기하는 소리가 들렸는데, 그들이 가까워짐에 따라 소리도 점점 더 커졌다. 나뭇잎이 바스락거렸고, 온실에 이르는 길에 깔린 자갈이 병사들의 발밑에서 저벅저벅 소리를 냈다. 산도칸이 성냥불을 끄고 야네스에게 움직이지 말라고 당부한 다음, 조심스럽게 철문을 열고 실내를 들여다보았다. 온실 속은 여전히 캄캄했지만 유리창 너머, 길을 따라 자라고 있는 바나나무 숲 사이로 타오르는 두 개의 횃불이 보였다. 좀 더 자세히 바라보니 병사 여섯에 원주민이 둘인 것을 분간할 수 있었다.

「저놈들이 온실을 방문할 준비를 하고 있는 걸까?」 그가 걱정스럽게 혼자 중얼거렸다.

한 줄기 불빛이 작은 건물 내부를 비추는 순간, 그가 뚜껑을 닫고 야네스 옆으로 돌아왔다.

「저놈들이 오고 있네.」 그가 감히 숨 쉴 엄두도 내지 못하고 있는 친구에게 알렸다. 「공격할 경우까지도 대비해 두게. 총알은 넣어 두었나?」

「손가락이 걸쇠에 걸려 있네.」

「좋았어, 단도도 꺼내 놓으라고.」

병사들이 온실 안으로 들어와 실내를 환하게 밝혔다. 뚜껑 옆에 앉은 산도칸이, 병사들이 꽃병과 의자를 옮기고 방 안 구석구석을 꼼꼼하게 뒤지고 있는 모습을 자세히 관찰하였다. 있는 용기 없는 용기 다 끌어 모았건만 떨지 않을 수가 없었다. 병사들이 빈틈없이 조사를 할 경우, 어마어마한 크기의 아궁이를 그냥 지나치지 않을 가능성이 높았다. 이는 곧, 두 사람이 어느 순간에라도 원치 않는 방문을 받을 수 있다는 뜻이었다. 산도칸, 절반은 재와 검댕을 뒤집어쓴 채 되는 대로 구석에 쑤셔 박혀 있던 야네스 옆으로 재빨리 옮겨왔다.

「움직이지 말게.」 산도칸이 속삭였다. 「저놈들이 우리를 못 찾을지도 몰라.」

「조용히 해! 좀 들어보자고.」 야네스가 대꾸하였다.

「그 망할 놈의 해적이 과연 도망칠 수 있었을까?」 누군가의 목소리가 들렸다.

「그놈이 여기를 뚫고 빠져나갈 수는 없을걸.」 다른 병사의 대답이었다.

「오, 여보게. 그놈은 무슨 짓이라도 할 수 있다네. 그놈은 그냥 단순한 인간이 아니야. 악마들 중의 하나라고.」 세 번째 목소리가 끼어들었다.

「맞아, 바레즈.」 첫 번째 병사가 두려움을 감추지 못한 채, 살짝 몸서리를 치면서 동의하였다.

「나는 그 대단한 녀석을 딱 한 번 보았을 뿐이지만 그걸로 충분했지. 그놈은 인간이 아니라 진짜 호랑이더군. 어디 한 군데 총알에 스치지 않고 혼자서도 너끈히 50명은 상대할 수 있을 만한 배짱을 지니고 있다네.」

「자네가 겁을 주는구먼, 밥.」 또 다른 병사가 말했다.

「두려워하지 않을 사람이 누가 있을까?」 밥이라고 불린 병사의 대답이었다.「내 생각에는 귈론크 경 자신도 그 악마와 맞서는 걸 감당하지 못할 것 같은데……」

「그거야 어쨌든 간에 죽기 살기로 그놈을 잡아야 하네. 그놈이 도망치는 건 불가능해. 정원이 완전히 포위되었으니 만일 그놈이 담으로 기어오르려고 한다면 발각될 수밖에 없다고. 우리가 그놈을 붙잡을 거라는 데 내 두 달치 월급을 걸지.」

「유령을 붙잡을 수는 없어.」

「그놈에게 초자연적인 무언가가 있다고 믿다니 자네도 미쳤군, 밥. 그 자식의 해적선 두 척을 부순 병사들이 그놈 가슴을 쏘지 않았는가? 본의 아니게 그놈의 상처를 치료해 준 귈론크 경이 운수가 사나웠던 거지. 그래도 그분은 호랑이도 우리와 마찬가지로 죽을 수밖에 없는 인간이고 그놈의 몸뚱이 역시 다른 사람과 똑같이 피를 흘린다는 사실을 우리에게 확인시켜 주신 셈이네. 설마 유령이 피를 흘린다고 말할 참은 아니겠지?」

「그야 그렇지.」

「그렇다면 그 해적 놈은 무법자에 불과한 거라고. 영리하고 용감한 건 인정하지만 그래 봤자 교수형감인 악당이라니까.」

「빌어먹을! 만일 내가 이 안에 있지만 않았더라도 네놈들에게 내가 누구인지 보여 줬을 텐데……」 산도칸이 중얼거렸다.

「자, 이제 계속 수색해 보지. 안 그랬다간 궐론크 경이 약속한 천 파운드를 놓칠 테니……」 첫 번째 목소리가 재촉하였다.

「그놈은 여기에 없어. 다른 데를 찾아보자고.」

「잠깐, 밥. 저 구석에 두 사람쯤은 충분히 숨을 만한 어마어마한 아궁이가 있군그래. 무기를 꺼내 들고 한번 조사해 보세.」

「진심으로 하는 말인가?」 또 다른 병사의 물음이었다. 「누가 저 안에 있을 것 같은데? 피그미족 두 사람도 저 안에 있기는 힘들겠구먼.」

「그래도 확실히 해두는 게 낫지.」

산도칸과 야네스가 아궁이 문으로부터 최대한 뒤쪽으로 물러난 다음, 병사들의 눈에 띄지 않도록 재와 검댕 속으로 몸을 낮추었다. 잠시 후에 철제문이 열리고 한 줄기 빛이 안을 비추었지만, 아궁이 전체를 다 비추기에는 역부족이었다.

병사 하나가 머리를 안으로 들이밀었다가 걷잡을 수 없이 재채기를 하며 얼른 도로 뺐다. 산도칸이 그의 얼굴에 재를 한 줌 뿌려서 앞이 안 보이게 하는 한편, 그를 굴뚝 청소부보다 더 시커멓게 만들었던 것이다.

「내 머리를 이 속에다 들이밀라고 한 놈은 지옥에나 가라. 그래, 이제 속이 시원한가? 이 안에는 검댕 말고는 아무것도 없네.」 그가 큰 소리로 말했다.

「웃기는 짓이야. 우리는 지금 시간을 너무 많이 낭비하고 있네. 말레이시아의 호랑이는 정원 안에 있는 게 틀림없다고. 우리가 떠드는 동안 어쩌면 그놈이 담을 기어오르려고 하고 있을지도 모르지.」 또 다른 병사가 덧붙였다.

「여기서 나가자고.」 병사들이 웅성거리기 시작하였다. 「여기 있다가는 천 파운드의 포상금은 구경도 못하겠네.」

병사들이 요란하게 문을 닫으면서 서둘러 온실을 빠져나갔다. 몇 분 뒤까지도 그들의 목소리와 발소리가 들려오다가 마침내 사방이 적막 속에 묻혔다. 더 이상 아무 소리도 들리지 않자 야네스가 안도의 한숨을 길게 내쉬었다.

「제기랄! 요 몇 분 동안에 백년은 흐른 것 같군. 우리가 숨어 있는 곳을 위해 땡전 한 닢 줄 수 없겠네. 그 병사가 우리를 거의 찾을 뻔하지 않았나. 그 녀석이 조금만 더 안쪽을 들여다보았더라면 분명 우리를 보았을 걸세. 털로 덮인 마돈나를 기념하기 위해 촛불을 켜야 하겠군.」

「비슷하지 않다고는 말하지 않겠네. 그나저나 바로 가까이 다가온 그 대가리를 보고 살기를 느꼈는데 뭐가 나를 말렸는지 모르겠어.」 산도칸의 대답이었다.

「대형 사고를 칠 뻔했군!」

「하지만, 이제는 더 이상 두려워할 게 없네. 저놈들이 계속해서 정원을 뒤지다가 결국에는 우리가 더 이상 여기 있지 않다고 믿고서 끝내겠지.」

「그런데 정확히 언제 여기를 떠날 셈인가? 설마 여기서 1년씩 머무를 작정은 아니겠지? 지금쯤 우리 배가 강어귀에 도착해 있을 것 같은데……」

「나도 여기 눌러앉을 생각은 없네. 먹을 것도 별로 신통찮아 보이고……. 영국 놈들의 감시가 좀 느슨해질 때까지만 기다렸다가 탈출하자고. 나 역시 우리 동지들이 도착했는지 궁금해 죽겠네. 그들 도움 없이 마리안나를 데리고 도망치는 건 불가능하니까.」

「여보게, 산도칸, 우리 나가서 씹을 거나, 하다못해 목구멍을 적실 거라도 좀 있나 찾아보세.」

「좋지, 야네스.」

아궁이를 가득 채운 검댕 속에서 거의 질식할 지경이었던 야네스가 카빈총을 앞으로 밀고 아궁이 뚜껑까지 죽 기어갔다. 그러더니, 바닥에 검댕의 흔적을 털끝만큼도 남기지 않으려고 매우 날렵하게 근처의 항아리로 뛰어올랐다. 산도칸도 그 신중한 동작을 그대로 따라 했다. 항아리에서 항아리로 건너뛴 끝에 마침내 두 사람은 온실 문에 다다랐다.

「누가 보이나?」 그가 물었다.

「아직도 밖이 몹시 캄캄하네.」

「그럼 가서 저 바나나나 서리해 오지.」

그들은 길을 따라 자라고 있는 바나나나무 숲으로 가서 바나나와 폼보스를 찾아낸 다음, 배고프고 목마르다고 아우성치는 위장과 목구멍을 충분히 만족시킬 만큼 많은 양을 땄다.

막 온실로 돌아오려고 하다가, 산도칸이 느닷없이 멈춰 섰다.

「여기서 좀 기다리게, 야네스. 병사들이 어디 있는지 알고 싶군.」

「그건 별로 좋은 생각이 아닌데. 제놈들 꼴리는 대로 아무 데나 찾으라고 내버려 두세. 그게 우리하고 무슨 상관인가?」 야네스가 이의를 제기하였다.

「좋은 생각이 있네.」

「생각은 무슨 개뼈다귀 같은 생각. 오늘 밤에는 더 이상 아무 짓도 해서는 안 되네.」

「누가 아냐? 내일까지 기다리지 않고 오늘 밤에 여길 나갈 수 있을지……. 몇 분만 다녀올게.」 산도칸이 대꾸하였다.

그는 야네스에게 자기 라이플을 건넨 다음, 손에 단도를 쥐고, 어둠 속에 몸을 감추느라 몹시 신경을 쓰면서 그 일대를 탐색하기 위해 조용히 나섰다. 바나나나무 숲길의 끄트머리에 이르렀을 때, 저 멀리 담을 향해 이동하고 있는 횃불의 행렬이 보였다.

〈저놈들이 점점 멀어지는 것 같군.〉 그가 속으로 중얼거렸다. 〈귈론크 경의 별장에서 무슨 일이 벌어지고 있는지 보자. 아! 내 사랑을 아주 잠시만이라도 볼 수 있다면 훨씬 더 마음이 놓일 텐데…….〉

산도칸이 한숨을 억누른 채 나무와 덤불 뒤에 조심스럽게 몸을 숨기면서 길 쪽으로 갔다. 별장 앞에 이르자, 그는 망고나무 숲에 서서 사방을 둘러보았다. 그러다가 마리안나의 방에 아직도 불이 켜져 있는 것을 보고 심장이 마구 뛰는 것을 느꼈다.

〈아! 그녀를 데려올 수만 있다면…….〉 그가 창살 너머로 내비치는 불빛에 눈길을 모은 채 속으로 중얼거렸다.

이어 산도칸은 매복하고 있을지도 모르는 병사에게 들키지 않기 위해 땅바닥에 몸을 붙이다시피 하면서 서너 발자국 더 나아간 뒤 다시 멈춰 섰다. 불빛 앞으로 그림자가 지나가는 것을 보고 단번에 그것이 마리안나라고 짐작하였다. 그가 막 앞으로 나가려다가, 시선을 아래로 떨어뜨리자 별장 현관 앞에 사람의 모습이 보였다. 카빈총에 기대고 있던 경비병이었다.

〈저놈이 나를 보았을까?〉 산도칸이 속으로 생각하였다.

그러나 망설임도 잠시뿐이었다. 창살 뒤로 아가씨의 그림자가 움직이는 모습이 다시 보이자, 그는 위험하다는 생각은 까맣게 잊어버린 채 앞으로 튀어 나갔다. 그리고 나서, 겨우 열 발자국이나 떼어 놓았을까 말까 할 무렵, 경비병이 갑자기 총을 들었다.
「거기 누구냐?」 그가 고함을 질렀다.
 산도칸은 그 자리에 얼어붙었다.

제19장
영국군의 유령

 이 대목에서 게임은 돌이킬 수 없는 완패였다. 실제로, 이와 같은 행위는 그와 그의 동료를 무척 위험한 지경에 빠트릴 가능성이 높았다. 어둠과 거리를 감안할 때, 경비병이 재빨리 덤불 뒤로 뛰어 들어간 산도칸을 확실하게 보았다고 추정할 수는 없었지만, 그래도 그가 산도칸을 찾아보거나 동료 병사들을 불러 모으기 위해 자기 자리를 뜰 수는 있었다. 산도칸은 즉시 자신이 위험에 노출되었다는 것을 깨달았지만, 도망치는 대신 잎사귀로 된 은신처에 그대로 가만히 숨어 있었다.

 경비병이 거듭 〈누구냐?〉를 외쳤지만 아무런 대답도 돌아오지 않았다. 그는 두어 걸음 앞으로 나와서 덤불 뒤에 누가 숨어 있지나 않은지 살펴보았다. 그러다가 자신이 착각했다고 생각했는지 도로 별장으로 돌아가서 현관 앞의 자기 자리에 섰다.

 만용을 저지르고픈 강렬한 충동에도 불구하고 산도칸은 천천히 뒤로 물러나기 시작하였다. 언제라도 발사할 준비가 되었다는듯 계속 손에 라이플을 들고 있는 병사로부터 눈을 떼지 않은 채, 산도칸이 조심 또 조심하면서 이 나무에서 저 나무로 옮겨 가다가 덤불 뒤로 기어갔다. 그러다가 꽃밭 사이에 이르자 다급하게 걸어서 야네스가 초조하게 기다리고 있는 온실로 돌진해 들어갔다.

「무얼 좀 보았나? 슬슬 걱정되기 시작하던 참이네.」그가 산도칸에게 물었다.

「별로 좋지 않았어.」호랑이가 화를 삭이면서 대꾸하였다. 「별장은 경비병이 지키고 있고 정원은 병사들로 우글거리더군. 오늘 밤에는 아무 짓도 꾀할 수 없을 것 같네.」

「잘됐군. 그 틈을 이용해 잠시 눈 좀 붙여야겠네. 설마 그 놈들이 다시 돌아와 우리를 성가시게 하지는 않겠지.」

「그걸 누가 보장하겠나?」

「자네, 나를 불안하게 만들려고 용을 쓰고 있나, 산도칸?」

「또 다른 조가 이리 와서 새로 수색 작전을 벌일지도 모르잖나?」

「일이 우리한테 불리하게 돌아가고 있는 것 같구먼. 자네 연인이 우리를 이 비참한 지경에서 구해 줄 수 있다면 얼마나 좋을까…….」

「불쌍한 마리안나! 그녀가 어떻게 감시당하고 있을지 누가 알리오……! 우리에게 무슨 일이 벌어지고 있는지 몰라서 얼마나 속을 태울까……! 그녀에게 우리가 아직 살아 있다는 것을 알릴 수만 있다면 무슨 짓이라도 다 할 텐데…….」

「걱정할 필요 없네, 아우님. 그녀의 상황이 어떻든 간에 우리가 처한 곤경보다는 나을 테니까. 그나저나 이 소강상태를 이용해 잠을 좀 자두어야 하네. 약간만 자두어도 우리 둘 다에게 많은 도움이 될 걸세.」

「그래, 하지만 한쪽 눈은 뜨고 자는 게 좋을걸.」

「양쪽 눈 다 뜨고 잘 수 있었으면 좋겠네. 자, 이제 이 항아리 뒤에 누워서 자도록 해보세.」

 비록 마음이 썩 편한 것은 아니었지만, 그래도 산도칸과 야네스는 중국장미들 사이에 가능한 한 편안하게 누워서 잠시 쉬어 보려고 하였다. 하지만 아무리 애를 써도 눈을 붙일 수가 없었다. 제임스 경의 부하들이 언제 다시 나타날지 모른다는 두려움이 잠을 달아나게 한 것이다. 그들은 점점 더 해 가는 불안감을 달래기 위해 몇 번씩이나 자리에서 일어났다가, 결국 원수들이 다가오고 있는지 알아보려고 온실을 나섰다.

 날이 다 샜는데도 영국군들은 아직도 구내를 수색하고 있었다. 인원이 좀 더 보강되었고, 도처에서 병사들이 맹그로브, 대나무 숲, 덤불, 화단 사이를 뒤지고 다녔다. 그들은 무모하게 담을 뛰어넘어 들어온, 영리한 두 해적을 조만간 잡으리라고 확신하는 것 같았다. 그들이 멀어지는 것을 확인하고 나서, 야네스와 산도칸은 말레이 사람들에게 부아 칸당사라는 이름으로 알려진 오렌지나무를 공략하였으니, 어린아이 머리통만 한 크기에 즙이 많은 열매가 달려 있었던 까닭이다. 이어 그들은 자신들이 바닥에 남겼던 검댕의 흔적을 조심스럽게 없앤 후 다시 아궁이 속으로 몸을 숨겼다.

 이미 온실을 수색하기는 하였지만, 언제라도 영국인들이 다시 돌아올 수 있었다. 해적 둘이 그 안에 있지 않다는 것을 밝은 날에 다시 한 번 확인하고 싶었을 테니까. 빈약한 아침일망정 허겁지겁 먹어 치운 다음, 두 사람은 탈출을 꾀하기 전에 먼저 밤이 오기를 기다릴 작정으로 담배를 꺼내 들고 잿더미 속에 편안하게 누웠다. 그런 상태로 여러 시간이 흐른 후, 야네스가 사람들의 발소리를 들은 것 같다고 했다. 두 사람은 벌떡 일어나서 제각기 단도를 꺼내 들었다.

「그놈들이 돌아오고 있어!」 야네스가 속삭였다.

「잘못 들은 것일 수도 있지 않을까?」 산도칸이 물었다.
「아니, 누군가가 이리로 내려오고 있네.」
「한 놈이라는 것만 확실하면 포로로 잡아 버릴 텐데……..」
「자네 미쳤군, 산도칸.」
「병사들이 어디 있는지, 가장 좋은 탈출로가 어디인지 불게 할 수 있지 않은가.」
「흠……! 그가 우리를 속이려 들 게 분명하네.」
「감히 그러지는 못할걸. 야네스, 그나저나 나가서 살펴보아야 할까?」
「쓸데없는 위험은 무릅쓰지 말자고, 산도칸.」
「여보게, 아무래도 무언가를 해야 할 것 같아.」
「내가 나가서 한번 살펴보지.」
「그럼, 나는 아무것도 안 하고 여기 그냥 처박혀 있으라는 말인가?」
「도움이 필요하면 고함을 지르겠네.」
「무슨 소리가 들리나?」
「아니.」
「나가 보게, 야네스. 나는 뛰쳐나갈 준비를 하고 여기 있을 테니까.」

야네스가 몇 분 동안 가만히 귀를 기울이고 있다가, 온실 반대편 끝으로 해서 밖으로 나가 조심스럽게 바나나나무 숲길을 살펴보았다. 이어 덤불 속에 몸을 숨긴 그는 몇몇 병사들이 굼뜨게 화단을 수색하고 있는 것을 보았다. 그 시간, 다른 병사들은 별장 근처에서 해적을 찾겠다는 희망을 포기하고 정원을 떠나 버렸다.

「희망을 갖자.」 야네스가 혼자 중얼거렸다. 「만일 그놈들이 오늘 우리를 찾지 못한다면 자기들이 최선을 다했음에도 우리가 탈출할 수 있었나 보다고 생각하겠지. 일만 잘 풀리면 오늘 밤에 은신처를 떠나 숲으로 갈 수 있겠군.」

그가 막 뒤로 돌아서려다가 별장을 바라보니 병사 하나가 온실로 통하는 길로 가고 있는 것이 보였다.

「저놈이 나를 보았을까?」 그가 불안스레 혼자 중얼거렸다.

야네스는 바나나나무 사이로 뛰어 들어가 그 커다란 잎사귀 아래에다 몸을 숨긴 채, 재빨리 산도칸 곁으로 돌아왔다. 그런 그를 보고서, 산도칸은 무언가 무서운 일이 벌어졌다는 것을 즉각 알아차렸다.

「그놈들이 자네 뒤를 따라오고 있나?」 그가 물었다.

「그놈들이 나를 보지 않았나 싶네.」 야네스가 대답하였다. 「우리 은신처로 오고 있는 병사가 하나 있더군.」

「딱 한 놈?」

「응, 딱 한 놈이었네.」

「내가 바라던 놈이군.」

「무슨 말인가?」

「다른 놈들은 멀리 있나?」

「담장 근처에들 있지.」

「그럼, 그놈을 붙잡도록 하세.」

「뭐라고?」 야네스가 신경질적으로 물었다.

「이리 오고 있는 놈을 붙잡자고.」

「자네가 아주 사람을 잡으려 드는군, 산도칸.」

야네스는 반대하고 싶었으나 산도칸이 벌써 온실 밖으로 뛰어나간 뒤였다. 좋든 싫든 간에 친구를 따라갈 수밖에 없었으니, 그가 경솔한 짓을 저지르지 못하도록 막아야 했기 때문이다.

야네스가 보았던 병사는 150미터도 떨어지지 않은 곳에 있었다. 약간 창백한 안색에 붉은 머리칼을 지닌 그 병사는 신출내기처럼 보였다. 그는 어깨에 라이플을 매단 채 휘파람을 불면서 무심히 걸어왔다. 야네스를 보지 못한 것이 틀림없었다. 만일 그를 보았다면 분명 총을 그런 식으로 매달고 있지도 않았을 것이고, 모종의 예방책을 강구하거나 동료 병사의 지원을 요청하지 않은 채 혼자 나서지도 않았을 것이기 때문이다.

「저놈 잡는 일은 누워서 떡 먹기겠군.」산도칸이 야네스 쪽으로 몸을 기울이면서 말했다. 「이 바나나나무 숲에 숨어 있다가 저 젊은 친구가 지나가자마자 뒤에서부터 달려들도록 하지. 자네는 손수건을 꺼내서 저놈 입을 틀어막을 준비나 하게.」

「준비는 되었네만, 아직도 우리가 너무 큰 위험 부담을 안고 있다는 생각이 드는군.」

「저놈은 제대로 싸울 만한 녀석이 아니야.」

「저 녀석이 소리를 지르면 어쩌지?」

「그럴 시간이 없을걸. 저기 놈이 온다!」

병사는 아무것도 눈치 채지 못한 채 바나나나무 숲길을 벌써 지나가 버렸다. 산도칸과 야네스가 완벽하게 일심동체가 되어 재빠른 동작으로 단번에 뒤로부터 그를 덮쳤다. 호랑이가 그의 목을 움켜잡고 있을 동안 야네스가 그에게 재갈을 물렸다. 비록 번갯불에 콩 볶아 먹듯이 순식간에 이루어진 공격이긴 했어도, 젊은이가 날카로운 비명을 지를 틈은 있었다.

「빨리빨리, 야네스.」산도칸이 재촉하였다.

야네스가 병사를 들어서 재빨리 아궁이 속에다 가져다 놓았다. 잠시 후 산도칸도 따라 들어왔다. 그런데, 병사 둘이 이쪽으로 내려오는 것을 보고 다급한 나머지 젊은 병사의 총을 챙겨 오지 못한 것이 걱정되기 시작하였다.

「골치 아프게 되었네, 야네스.」그가 다급하게 아궁이 속으로 들어오면서 말했다.

「저놈들이 우리가 이 녀석을 납치했다는 것을 알아차렸을까?」야네스가 얼굴이 핼쑥해지면서 물었다.

「비명 소리를 들었을 거야.」

「그렇다면 우리는 망했군.」

「아직은 아니네. 하지만 만일 저놈들이 바닥에 떨어진 병사의 총을 본다면 분명 우리를 찾으러 여기로 올 걸세.」

「여보게, 그럼 시간 낭비하지 말세. 여기서 나가서 담으로 뛰자고.」

「50보도 가기 전에 저놈들이 우리를 쏠 거야. 그냥 아궁이 속에 있으면서 무슨 일이 벌어지나 보자고. 게다가 우리한테는 무기도 있고, 무슨 일이라도 당해 낼 준비가 되어 있지 않나?」

「그놈들이 오고 있는 것 같군.」

「두려워하지 말게, 야네스.」

야네스의 말이 틀리지 않았다. 몇몇 병사들이 벌써 온실 부근에 도착해서 불가사의하게 사라져 버린 젊은 병사에 관한 이야기를 주고받고 있었다.

「그의 총이 여기 남겨져 있다는 건 누군가가 불시에 그를 공격해서 납치해 갔다는 말이지.」

「해적 놈들이 아직도 여기 남아서 대담하게 그런 일을 저질렀다는 건 말도 안 돼.」다른 병사의 말이었다.「배리가 장난치고 있는 건 아닐까?」

「지금은 장난할 시간이 아니야.」

「그래도, 그에게 무슨 일이 일어났다고는 여겨지지 않는걸.」

「내 생각에는 그 친구가 해적 놈들에게 납치당한 것 같아.」가까이 있던 스코틀랜드 사람의 말이었다.「사실 아무도 그놈들이 담을 넘어가는 걸 못 보지 않았나.」

「그럼, 도대체 그놈들이 어디에 숨었단 말인가? 정원 전체를 이 잡듯이 뒤졌지만 놈들의 흔적조차 찾지 못하지 않았나. 자네는 정말로 그놈들이 나무줄기나 땅속에 숨을 수 있는 악마라고 여기는 건가?」

「이봐 배리……!」 지휘관의 고함 소리가 들렸다. 「그놈의 장난 그만 집어치워, 멍청아. 안 그러면 흠씬 두들겨 패줄 테니.」

당연히, 아무런 대답도 들리지 않았다. 젊은이야 대답을 하고 싶었지만 재갈이 물려 있을 뿐만 아니라 두 개의 단도로 위협받고 있었던 까닭에 현명하게도 그 소망을 저버리기로 마음먹었다. 지금까지는 긴가민가하던 병사들이었으나, 아무런 대답도 들리지 않자 자기 동료에게 무슨 일이 벌어졌다고 확신하기 시작하였다.

「이제 어떻게 하지?」 스코틀랜드 사람이 물었다.

「그놈들을 찾아봐야지.」 다른 병사가 대답하였다.

「숲은 이미 다 찾아보지 않았나.」

「가서 온실 속을 찾아보도록 하지.」 세 번째 목소리가 제안하였다.

그 말을 듣고 해적들은 점점 더 불안해졌다.

「어떡하지?」 아녜스가 물었다.

「다른 일을 하기 전에 먼저 포로부터 죽이도록 하세.」 산도칸이 단호하게 말했다.

「그러면 우리 존재가 드러날 걸세. 게다가 이 젊은 친구는 우리한테 죽을까 봐 몹시 겁을 먹고 있으니 하등의 위협도 되지 못하지 않나.」

「좋아, 이놈의 목숨은 살려 주도록 하지. 자, 아궁이 문 옆에 있다가 맨 처음 대가리를 디미는 놈의 골통을 박살 낼 준비나 해두게.」

「그럼, 자네는?」

「나는 저 영국군 자식들을 기습 공격할 준비를 하고 있네.」

야네스가 라이플을 들어 총알을 넣은 뒤 재 가운데 내려놓았다. 그사이 산도칸이 포로를 향해 몸을 구부리며 위협하였다. 「만일 찍소리라도 내려 했다가는 이 칼로 네 모가지를 찔러 버릴 테다. 경고하건대, 칼끝에 유퍼스 독을 묻혀 놓았다. 살고 싶으면 꼼짝달싹하지 마라.」

말을 마친 산도칸이 아궁이 측면을 가볍게 두드려 보았다.

「아주 근사한 기습 공격이 될 걸세. 우리들을 보여 줄 적당한 순간을 기다리자고.」

그동안 병사들은 온실로 들어와, 화를 내고 말레이시아의 호랑이와 그의 친구를 싸잡아 욕하면서 항아리 주변을 돌아다녔다. 그러다가 아무것도 찾지 못하자 그들의 시선이 아궁이로 쏠렸다.

「맙소사!」 스코틀랜드인이 외쳤다. 「배리가 살해당한 뒤 저 안에 숨겨져 있지는 않을까?」

「한번 조사해 보지.」 다른 병사의 목소리였다.

「여보게, 조심하게. 아궁이가 커서 사람 하나는 더 숨을 수 있겠네.」

산도칸이 무지막지하게 밀어붙일 채비를 하고서 벽에 기대섰다.

「야네스, 따라올 준비하게.」

「준비됐네.」

산도칸이 아궁이 문이 열리는 소리를 듣고 약간 뒤로 물러선 다음 냅다 벽에다 몸을 던졌다. 엄청난 타격으로 부서진 벽이 떨어져 나가면서 귀청을 찢을 듯이 날카로운 소리가 났다.

「호랑이다!」 병사들이 큰 소리로 외치면서 사방으로 흩어졌다.

산도칸이 손에 라이플을 들고 이빨로 단도를 문 채, 부서진 파편들 사이로 느닷없이 튀어나왔다. 그러고는 맨 처음 본 병사를 향해 총탄을 날린 뒤, 다시 다른 병사 둘을 쓰러뜨린 다음, 야네스가 바싹 뒤따르는 가운데 온실 밖으로 뛰쳐나갔다.

제20장
숲을 가로질러서

 악명 높은 말레이시아의 호랑이와 직접 마주친 데서 비롯된 공포가 너무도 큰 나머지 아무도 감히 총을 쏠 엄두를 내지 못했다. 이윽고 그들이 충격에서 벗어나 공격에 나섰을 때는 이미 너무 늦어 버렸다. 두 해적은 별장에서 울려 퍼지는 나팔 소리와, 실제 무슨 일이 벌어졌는지 제대로 알지도 못하는 병사들이 아무렇게나 쏘아 대는 총탄은 아랑곳하지 않고 이미 덤불과 꽃밭으로 이루어진 안전지대에 도착해 있었다.
 죽기 살기로 달려온 결과, 산도칸과 야네스는 2분도 되지 않아서 어마어마한 나무들에 둘러싸이게 되었다. 그들은 일단 숨을 고르고 나서 주변을 둘러보았다. 아궁이 속에서 자신들을 궁지에 몰아넣으려 했던 병사들이 온실을 나와, 목이 터져라 고함을 지르면서 나무들에 대고 마구 총을 내갈겼다. 별장 안에 있던 병사들이 마침내 총격이 심각한 상황이라는 것을 깨닫고 자신들의 동료가 무시무시한 말레이시아의 호랑이를 발견한 게 아닌지 궁금해하면서 사원을 가로질러 담으로 달렸다.

「너무 늦었다, 이놈들아.」 야네스가 비아냥거렸다. 「우리가 먼저 가 있을걸.」

「전속력으로.」 산도칸이 덧붙였다. 「저놈들이 우리 앞길을 막게 할 수는 없으니까.」

「내 다리는 준비가 끝났네.」

연신 나무 사이로 몸을 숨기면서, 산도칸과 야네스는 똑같은 속도로 힘차게 달려 나갔다. 일단 담에 도착하자 두 사람은 순식간에 담을 타고 올라가 반대편으로 뛰어 내렸다.

「아무도 없나?」 산도칸이 물었다.

「개미 새끼 한 마리 없네.」

「숲 속으로 가자고. 저놈들이 우리 자취를 뒤쫓지 못하도록.」

숲까지는 고작 두어 걸음밖에 떨어져 있지 않았다. 그들은 전력 질주하느라고 숨을 헐떡거리면서 숲으로 들어갔다. 하지만 앞으로 나아갈수록 점점 더 달리기가 어려워졌다. 빽빽한 덤불과 어마어마한 나무들이 그들을 에워쌌고, 바닥에는 한도 끝도 없이 많은 뿌리들이 서로 얽혀 있었다.

등나무와 칡 따위의 덩굴들이 위로부터 늘어져 내려와 수많은 줄기와 가지에 들러붙어 얼기설기 그물을 쳐놓는 통에 빠져나가기가 여간 힘든 것이 아니었다. 가장 날카로운 칼날조차 당해 낼 재간이 없었다. 그런가 하면 좀 더 아래쪽으로는 후추나무가 하도 무성히 자라 도저히 걸어서 지나갈 엄두를 낼 수 없을 정도였다.

그것들 주위로 미끈하게 쭉 뻗은 줄기를 지닌 두리안나무들이 자라고 있었다. 거기에 거의 다 익은 열매들이 매달려 있었는데, 뾰족하니 날카로운 끝이 천연 화살 노릇을 하고 있어 위험하기 짝이 없었다. 구장,[1] 사탕수수, 오렌지나무와

---

[1] 후춧과 식물.

바나나나무에도 마찬가지로 어마어마한 열매가 지천으로 매달려 있었다. 그 빽빽하게 우거진 처녀림 한복판에서 길을 잃은 두 해적은 이내 더 이상 앞으로 나아갈 수 없다는 것을 깨달았다. 나무들로 이루어진 벽과 뿌리와 들러붙어 있는 덩굴들을 뚫자면 대포가 필요할 것 같았다.

「어떻게 하지, 산도칸? 아무 데에도 길이 보이지 않는군.」

「원숭이가 하는 것처럼 해야지, 뭐.」 말레이시아의 호랑이가 대답하였다. 「우리, 전에도 해보지 않았나?」

「천만다행히도 실습을 했었군그래.」

「그랬지. 그나저나 영국 놈들이 우리 흔적을 찾을 일은 없겠군.」

「그런데, 우리 위치가 어디쯤인지 알 수 있겠나?」

「나를 믿으라고, 야네스. 정글에 관한 한 내 본능은 절대로 틀리지 않는다니까.」

「아하. 영국 놈들이 숲 사이로 지나가기 시작했을까?」

「그렇지는 않을걸.」 산도칸이 대답하였다. 「나무들 속에서 사는 데 이골이 난 우리가 이렇게 어려움을 겪고 있을 정도니, 그놈들은 열 발자국 이상 전진하지 못했을 거야. 어쨌거나 가능한 한 빨리 여기를 빠져나가세. 그놈들이 개라도 한두 마리 풀어 놓았다면 그 망할 놈의 짐승들이 우리를 덮칠 수도 있을 테니까.」

「칼로 쫓아 버리지 뭐.」

「그놈들이 사람보다 더 위험하다네. 이봐, 야네스. 이제 자네 팔을 쓸 시간이네.」

등나무와 칡, 후추나무 줄기를 그러쥐고서, 두 사람은 나무들로 이루어진 벽을 원숭이들조차 부러워할 만큼 날쌔게 타고 오르기 시작하였다. 올라갔다가 내려오고 다시 올라가기를 거듭하면서, 그들은 나뭇가지들로 이루어진 어마어마한 그물을 건너고, 유별나게 큰 바나나나무와 숲 속의 다른 나무들을 미끄러져 내리면서 숲을 통과해 나갔다.

그들의 갑작스러운 방문은 조용히 넘어가지 못했다. 화려한 왕관 무늬 비둘기와 모로보가 미친 듯이 날아올랐고, 큰 부리새는 울긋불긋한 나뭇잎들 사이로 도망갔으며, 알록달록한 기다란 꽁지를 가진 꿩들도 아름다운 청록색 날개를 퍼덕이며 순식간에 높이 날아올랐다. 모두들 멀리 달아나면서 하나같이 꽥꽥거리거나 날카롭게 울부짖는 소리를 냈다. 긴 코원숭이조차 두 사람의 갑작스러운 출현에 놀라, 재빨리 숨을 곳을 찾아 나섰고, 우묵하게 파인 나무를 발견하기까지 계속 공포에 찬 비명을 질러 댔다.

야네스와 산도칸은 한 번도 발을 헛디디는 일 없이 이 나무에서 저 나무로 옮겨 다니며 대담무쌍하게 어려운 과업을 수행해 나갔다. 그들은 믿을 수 없을 만큼 배짱 좋게 칡 사이로 뛰어 올라가서 한참 동안 매달려 있다가 다시 등나무 줄기로 껑충 뛰어올랐다. 거기서부터는 온몸을 흔들면서 이 나무에서 저 나무로 옮겨 갈 수 있었다.

몇 번씩이나 까마득하게 높은 곳에서 떨어질 뻔하면서 오륙백 미터가량 전진하고 난 다음, 그들은 송진 냄새가 나는 열매가 달린 부아 맘플람나무 가지에서 멈추기로 결정하였다.

「여기서 두어 시간은 쉴 수 있을 걸세.」 산도칸이 말했다. 「이 숲 한복판까지 쫓아와서 우리를 괴롭힐 녀석은 아무도 없을 테니까. 요새 속에 있는 것과 마찬가지인 셈이지.」

「그 악당들로부터 도망치다니, 아주 운이 좋았어. 여남은 명이나 되는 병사들에게 포위당한 채 아궁이 속에 쭈그려 앉아 있다가 이렇게 목숨을 건질 수 있었다는 건 정말 기적이라고. 그놈들이 자네를 끔찍하게 무서워하고 있는 것이 틀림없더군.」

「그렇겠지.」 산도칸이 미소를 지으면서 말했다.

「마리안나가, 우리가 용케 탈출에 성공한 것을 알까?」

「그럴 거라고 생각하네.」 산도칸이 한숨을 쉬며 대답하였다. 「우리들의 가벼운 소풍이, 대령이 빅토리아에 피난처를 구하겠다고 결심하는 데 일조한 것은 아닐까 걱정이야.」

「그렇게 생각하나?」 산도칸이 어두워진 표정으로 물었다.

「우리가 별장 가까이 있다는 걸 알았으니 안전하다고 생각하지는 않겠지.」

「자네 말이 맞아, 야네스. 이제 우리 동지들을 찾아보러 가야겠네.」

「그들이 지금쯤이면 도착했을 거라고 생각하나?」

「강어귀에서 그들을 찾을 거라고 절대적으로 확신하네.」

「그들에게 벌써 비극적인 일이 닥치지만 않았다면 그러겠지.」

「내게 새로운 걱정거리를 안기지 말게나. 어쨌든 곧 알게 되겠지.」

「당장에 별장을 공격할 작정인가?」

「우리가 선택하기 나름이지.」

「제안 하나 해도 될까, 산도칸?」

「물론이지, 야네스.」

「별장을 습격하는 대신 대령이 출발하기를 기다리세. 내 생각에는 그가 오랫동안 여기 있을 것 같지는 않네……」

「그러니까, 그들이 가는 길목에서 일행을 공격하자는 말인가?」

「그들이 숲 가운데로 들어왔을 때 하자는 거야. 거기서 공격을 하면 그들은 오랫동안 붙잡아 둘 수 있고, 또 심각한 타격을 입힐 수도 있을 걸세.」

「지금까지는 그럴 듯하게 들리는구먼.」

「일단 호위 병력이 무너지거나 도망쳐 버리면, 아가씨를 납치해서 곧장 몸프라쳄으로 돌아가는 거지.」

「그럼, 대령은?」

「지 꼴리는 대로 가라고 내버려 두지 뭐. 그게 무슨 상관인가? 그 영감이 사라와크로 가든 영국으로 가든 우리에게는 아무 차이도 없을 텐데……」

「그 영감은 어느 쪽도 선택하지 않을걸.」

「무슨 말인가?」

「그 영감은 단 한순간도 우리를 봐주지 않을 테니, 라부안의 전 병력을 동원해서라도 우리를 공격할 걸세.」

「하나도 두려워하지 않는 것 같은데?」

「내가……? 말레이시아의 호랑이가 그를 두려워할 것 같은가? 그놈들은 우리 섬을 정복할 작정으로 수많은 병력을 이끌고 중무장을 하고 오겠지만 우리도 준비가 되어 있을 걸세. 보르네오에는 내가 저희를 불러 주기만 기다리고 있는 원주민 부대가 있네. 일단 내가 로마데스나 큰 섬들에 사자를 파견하기만 해도 수십 척의 프라후가 내 휘하로 모여들 걸세.」

「당연히 그렇겠지, 산도칸.」

「자네도 알다시피, 야네스, 내가 원하기만 하면 보르네오 해안에서 전쟁을 일으킬 수도, 또 이 지긋지긋한 섬에 사나운 원주민 떼거리를 풀어놓을 수도 있다네.」

「하지만 자네는 그렇게 안 할걸.」

「왜 안 한다는 건가?」

「내 느낌에 일단 마리안나 퀼론크를 납치하고 나면 자네는 더 이상 몸프라쳄의 운명이나 자네 호랑이들에 대해 관심을 갖지 않을 것 같거든.」

산도칸이 아무런 대꾸도 하지 않았다. 대신 그의 입술 사이로 멀리서 짐승이 으르렁거리는 것 같은 무거운 한숨이 터져 나왔다.

「마리안나 양은 씩씩한 사람인지라, 자네 곁에서 용감하게 싸워 달라고 굳이 사정하지 않아도 될 거야. 하지만 그 아가씨가 몸프라쳄의 여왕이 되지는 않을 것 아닌가. 그렇지, 산도칸?」

산도칸은 아무 말도 하지 않았다. 그저 손으로 머리를 감싼 채, 미래를 힐끗 들여다보기라도 하려는 듯이 음울한 불길이 타오르고 있는 눈길로 망연자실하게 앞을 내다볼 뿐이었다.

「몸프라쳄에게 슬픈 날들이 기다리고 있는 셈이지.」 야네스가 하던 말을 계속하였다. 「난공불락이었던 우리 섬이 몇 달 안 가서, 아니 어쩌면 그보다 더 빨리, 몇 주도 안 돼서, 모든 위엄과 모든 호랑이들을 다 잃어버리겠지. 그렇게 될 수밖에 없을 걸세. 그동안 엄청난 재산을 긁어모았으니 극동 지방의 어느 부유한 도시로 가서 조용한 삶을 즐기게 되겠지.」

「됐네!」 산도칸이 거의 속삭이는 듯한 목소리로 말을 막았다. 「됐네, 야네스. 자네는 몸프라쳄의 호랑이들에게 어떤 운명이 닥쳐오고 있는지 모르지 않나?」

「하지만 짐작하기는 어렵지 않아.」

「자네 짐작이 틀릴 수도 있어.」

「그럼, 자네 생각은 어떤데?」

「아직은 잘 모르겠네. 일이 어떻게 풀리는지 두고 보자고. 자, 이제 슬슬 움직여 볼까?」

「아직은 좀 이른데.」

「배가 보고 싶어 미치겠네.」

「숲 가장자리에서 영국 놈들이 우리를 기다리고 있을 수도 있다고.」

「이제 그놈들은 더 이상 무섭지 않네.」

「조심해, 산도칸. 자네는 이제 막 지독한 싸움을 시작하려고 하네. 제대로 겨냥한 총알 한 방이면 자네를 저승으로 보내는 데 충분하다고.」

「알았네, 조심할게. 그런데, 여보게, 저 아래쪽 숲이 점점 더 성겨지는 것 같아 보이는군. 가보세, 야네스. 열불 나서 죽을 지경이네.」

「좋으실 대로.」

숲 속으로 슬그머니 미끄러져 들어왔을지도 모르는 영국군의 공격이 두렵지 않은 것은 아니었지만, 사실은 야네스 역시 과연 자기들 배가 섬을 휩쓸었던 엄청난 폭풍을 피할 수 있었는지 궁금해서 미칠 지경이었다.

몇 개의 부아 맘플람 즙으로 갈증을 달랜 후, 그들은 나무에 걸쳐 있는 칡과 등나무 덩굴을 휘어잡고 바닥으로 내려왔다. 숲을 빠져나가는 게 그리 만만할 것 같지 않았다. 자그마한 개간지를 지나자마자 나무들이 이전보다 더 빽빽해지기 시작하였다. 산도칸조차 어느 쪽에 작은 강이 있는지 더 이상 감을 잡을 수가 없었다.

「우리가 아주 궁지에 빠져 버렸군.」 야네스가 태양을 보고 현재 위치를 알아내려고 헛되이 애를 쓰다가 말했다. 「어느 쪽으로 가야 하지?」

「확실히는 모르겠네만, 저 아래쪽에 오솔길이 보이는 것 같군. 이미 풀로 다 덮여 버렸지만 내 생각에 저 길로 가면 이곳을 벗어나서…….」 산도칸의 대답이었다.

「저 개 짖는 소리 들었나?」

「응.」 산도칸이 어두운 얼굴로 대답하였다.

「개들이 우리 냄새를 맡았나 보군.」

「우연히 쫓아오게 된 거겠지. 어디 들어 보자고.」

저 멀리, 어두운 숲 속에서 개 짖는 소리가 두 번째로 들렸다. 개는 도망자들에게 이르기 위해 엄청난 나무들을 헤치면서 달려오고 있었다.

「혼자 같은가, 아니면 사람들이 따라오는 것 같은가?」야네스가 물었다.

「아마 원주민일 거야. 영국군이라면 이런 아수라장을 헤치고 들어올 수 없을 테니까.」

「이제 어떻게 하지?」

「개가 오기를 기다렸다가 죽여 버려야지.」

「총을 쏴서?」

「아니, 총소리가 우리를 드러낼 테니까 그건 안 되지. 야네스, 단도를 꺼내 들게, 기다려 보자고. 사태가 위급해지면 이 폼보스나무 위로 올라가지 뭐.」

두 사람은 나무뿌리와 등나무 덩굴로 둘러싸인 커다란 나무줄기 뒤에 몸을 숨긴 채, 네 발 달린 적이 나타나기를 기다렸다. 개가 빠른 속도로 다가왔다. 개 짖는 소리가 점점 커짐에 따라 잎사귀와 가지가 움직이는 소리가 들렸다. 개는 벌써 두 사람의 자취를 찾은 것이 분명했으며, 그들의 탈출을 저지하려고 서두르고 있었다. 그 뒤를 원주민 몇이 따라오고 있는지도 몰랐다.

「저기 있네.」야네스가 말했다.

턱에 무시무시하게 날카로운 이빨의 윤곽이 드러나 있는, 털이 뻣뻣하게 선 검정색 개가 덤불 뒤에서 나왔다. 그 혈통으로 말하면, 앤틸리스 제도나 미국 남부의 대농장주들이 노예들을 잡을 때 앞세우는, 사나운 맹견의 일종이었다. 두 사람을 보자 개가 잠깐 멈춰 서서 그들을 침착하게 뜯어보더니, 표범처럼 날쌔게 뿌리 위로 뛰어 올랐다. 그러고는 사납게 으르렁거리며 미친 듯이 덤벼들었다.

산도칸이 단도를 수평으로 잡은 채 잽싸게 무릎을 꿇었고, 야네스는 곤봉으로 사용할 요량으로 자기 총의 총열을 그러쥐었다. 개가 마지막으로 한 번 더 펄쩍 뛰어오르더니, 두 사람 중 좀 더 가까이 있던 산도칸에게 덤벼들어 그의 목을 물어뜯으려고 하였다. 하지만 그 개에 못지않게 말레이시아의 호랑이 또한 사나웠다.

전광석화처럼 순식간에 그의 오른손이 앞으로 나가는가 싶더니, 어느새 칼날이 개의 턱 사이에 깊숙이 박혔다. 그와 거의 동시에, 야네스도 단 한 방의 공격으로 개의 머리통을 움푹 꺼지게 만들어 버렸다. 개는 즉시 모든 전의를 상실하였다.

「이 정도면 충분한 것 같군.」 산도칸이 일어서서 고통스러워하는 개를 밀치면서 말했다. 「우리 뒤를 쫓기 위해 영국 놈들이 좀 더 사나운 동맹군을 얻지 못한다면 그저 시간만 낭비하게 될 거야.」

「조심해. 저 개를 뒤쫓아서 사람들이 올 수도 있어.」

「그랬다면 지금쯤 우리를 향해 총을 쏘았을 걸세.」

「가자고, 야네스.」

더 이상 아무 걱정도 없이, 두 사람은 전에 왔던 길을 따라가려고 애를 쓰면서 나무들 사이로 들어갔다. 온갖 식물과 나무뿌리, 창포 덩굴, 등나무 등속이 길을 완전히 뒤덮다시피 하였다. 그럼에도 길의 흔적이 제법 많이 남아 있어서 별 어려움 없이 따라갈 수 있을 것 같았다. 하지만 유감스럽게도 겉으로만 그렇게 보였을 뿐, 실제로는 앞으로 한 발자국 내디딜 때마다 새로운 장애물이 튀어나오기 일쑤였다. 얼마나 크고 튼튼한지 작은 새 한 마리 정도는 쉽게 가둘 수 있는 거미줄에 머리가 걸리기도 했고, 풀 사이를 휘감고 도는 뿌리에 발이 걸려 넘어지는 통에 몇 번씩이나 허공을 날기도 했다.

수많은 날도마뱀들이 두 사람의 출현에 놀라 사방으로 달아났고, 잠을 자다가 방해를 받은 몇몇 파충류들이 재빨리 도망치면서 쉿쉿거리는 소리를 내기도 하였다.

하지만, 얼마 지나지 않아 길의 흔적은 사라졌고 야네스와 산도칸은 다시 한 번 등나무와 감비르[2]와 창포 가지 가운데에서 공중 묘기를 부릴 수밖에 없었다. 그런데, 이러한 그들의 여정이 보르네오와 인근 섬들에 많이 서식하는, 나무에 사는 비지트와 검은 피부 원숭이들에게 들키고 만 것이다. 자기네 영토가 침범 당한 것을 보고 몹시 화가 난 그 영장류의 동물들은 두 사람의 훼방꾼에게 이따금 그들에게 나뭇가지나 열매를 퍼부어 댔다.

두 사람은 태양을 이용해 자신들의 위치를 알아낼 수도 없는 가운데 이런 식으로 두어 시간을 전진하였다. 그러다가 우연히 자기들 아래로 검은 진창의 시냇물이 흐르는 것을 보고 바닥으로 내려가기로 결정하였다.

「저 안에 물뱀이 있지 않을까?」 야네스가 물었다.

「아니, 거머리뿐이네.」 산도칸의 대답이었다.

「저 길로 가고 싶나?」

「공중보다는 저기가 더 좋지 않을까?」

「물이 깊은지 한번 알아보자고.」

「30센티미터는 넘지 않을 걸세. 하지만 자네 말이 옳아, 확실히 해두는 게 상책이지.」

야네스가 나뭇가지 하나를 꺾어 작은 시내 속에 넣어 보았다.

「자네 말이 맞았네, 산도칸. 아래로 내려가세.」

---

[2] 염색과 무두질에 사용하는 식물 추출물인 담색 아선약(阿仙藥)과 갬비어나 테라자포니카를 얻을 수 있는 잎으로 인도네시아 아치펠라고 산지에서 자람.

그들은 이제까지 매달려 있던 가지를 놓아 버리고 시냇물 속으로 내려왔다.

「뭐가 좀 보이나?」 산도칸이 물었다.

야네스가 몸을 구부린 채 시냇물 위로 늘어진, 수많은 나무들 사이를 살펴보았다.

「저 멀리 아래쪽에서 햇빛이 비치는 것 같은데……」

「숲이 끝나 가고 있는 것 같은가?」

「그런 것 같네, 산도칸.」

「어디, 가보세.」

시냇물 밑바닥이 진흙이었던 관계로 그들은, 때로는 수면 위로 뻗어 내린 나뭇가지를 움켜쥐곤 하면서 힘겹게 앞으로 나아갔다. 캄캄한 시냇물 밑바닥에 쌓인 썩은 나뭇잎과 열매들로부터 구역질 나는 악취가 스며 나왔다. 실제로 심각한 열병에 걸릴 위험이 매우 높았다. 둘이서 그렇게 250미터쯤 걸어가다가, 야네스가 갑자기 멈춰 서더니 시내를 가로질러 뻗어 나온 커다란 나뭇가지를 움켜잡았다.

「무슨 일인가, 야네스?」 산도칸이 어깨에서 총을 내리면서 물었다.

「들어 보게!」

산도칸이 몸을 앞으로 기울인 채 귀를 기울이다가 몇 분 후에 입을 열었다. 「누군가 오고 있군.」

그와 동시에 공포에 사로잡히거나 흥분한 곰이 내지를 법한 강력한 포효가 온 숲을 뒤흔들었고, 순식간에 뭇 새와 원숭이들이 입을 굳게 다물었다.

「준비하게, 야네스.」 산도칸이 주의를 주었다. 「우리 앞에 마이아스가 있네.」

「그런데, 그게 다가 아닌 것 같군.」

「무슨 말인가?」

「저기 좀 보게. 시냇물 위로 뻗친 커다란 나뭇가지 위 말일세.」

산도칸이 발뒤꿈치를 들고 서서 재빨리 야네스가 가리킨 곳을 쳐다보았다.

「아하!」 그가 두려워하는 기색이라고는 조금도 없이 중얼거렸다. 「한쪽은 마이아스고 다른 쪽은 하리만 – 빈탕이로군! 저놈들이 과연 우리 앞길을 막을 수 있는지 두고 보자고. 총알을 재놓고 만일의 사태에 대비해 두게.」

제21장
표범과 오랑우탄

두 사람 앞에 가공할 만한 적이 둘이나 서 있었는데, 위험하기로 말하면 어느 쪽도 기울지 않는 상대였다. 그런데, 적어도 그 순간만큼은 놈들에게 두 사람을 상대할 의사가 전혀 없는 것처럼 보였으니, 그들이 시내 쪽으로 내려오는 대신 상대방의 힘을 테스트해 볼 심산으로 순식간에 서로를 향해 나아갔던 것이다. 산도칸이 하리만-빈탕이라고 말했던 짐승은 순다 지방의 멋진 표범이었고, 그 상대는 지금도 보르네오나 인근 섬에 많이 서식하고 있는 마이아스 혹은 오랑우탄(말레이 말로는 야만적인 원시인을 뜻한다)으로 그 엄청난 힘과 사나움 때문에 공포의 대상이 되고 있는 유인원이었다.

표범은 배가 고픈 것 같았다. 녀석은 건너편 시냇가로 유인원이 지나가는 것을 보자, 재빨리 물 위로 늘어진 커다란 나뭇가지 위로 뛰어 올랐다. 그것을 다리 삼아 건너 갈 모양이었다. 아름다우면서도 위험하기 짝이 없는 야수였다. 생김새와 몸집은 조그만 호랑이와 비슷하고, 작고 둥근 머리에 강렬한 눈, 얼룩투성이의 진노랑 털을 지니고 있었다. 몸의 길이가 1미터 50센티미터 정도로 자기네 종류 가운데에서도 가장 큰 것들 중의 하나였다.

그놈의 상대로 말하면, 키가 1미터 47센티미터에 2미터 50센티미터나 되는 긴 팔을 갖고 있었다. 불그죽죽한 머리털로 둘러싸인 크고 쭈글쭈글한 얼굴이 그놈을 한층 더 사나워 보이게 했고, 움푹 들어간 두 눈은 끊임없이 희뜩번뜩하였다. 유인원의 엄청난 가슴과 탄탄한 근육을 자랑하는 팔다리에는, 그놈의 막강한 힘이 분명하게 드러나 있었다.

이들 유인원은 가장 우거진 정글 속에 살면서, 습기가 많은 저지대를 좋아했다. 또한, 손수 나무 우듬지에 아주 널따란 보금자리를 짓고 살았는데, 건축 재료로 커다란 나뭇가지를 이용할 줄 알았다. 처량한 표정을 짓고 있으며, 동료들에 대한 애정이 별로 없는 족속이었다. 보통은 사람이나 다른 동물들을 피하지만, 일단 위협을 느끼거나 흥분하면 무척 위험해질 수 있고, 그 상상할 수 없는 힘 덕분에 대체로 자신의 적에게 승리를 거두곤 하였다.

표범이 거칠게 울부짖는 소리를 들은 마이아스가 그 자리에 우뚝 멈춰 섰다. 그놈은 반대편 시냇가의 커다란 두리안 나무 그늘 아래 서 있었다. 열매를 따기 위해 막 나무 위로 올라가려다가 불시에 당한 일이었다. 위험한 짐승이 가까이 있는 것을 보고 처음에는 그저 상대방을 뚫어지게 바라보기만 했는데, 화가 났다기보다는 놀란 것 같았다. 그러더니 느닷없이 휘파람을 나지막하게 세 번 불었다. 끓어오르기 시작한 분노의 표시였다.

「끔찍한 한 판 승부를 보게 될 것 같군.」 최대한 쥐 죽은 듯 조용히 있던 야네스가 입을 열었다.

「천만다행히도 저놈들이 우리한테 화가 난 것은 아니었군. 우리를 공격할까 봐 겁이 났거든.」 산도칸이 말을 받았다.

「나도 그랬다네, 아우님. 그런데 길을 바꿔야 하나?」

산도칸이 양쪽 시냇가를 살펴보았다. 하지만 숲으로 들어가기 위해 그리 올라간다는 것은 불가능해 보였다. 나무줄기와 잎사귀, 뿌리와 가시와 덩굴들이 양쪽에 벽을 치고 있었다. 따라서, 길을 내기 위해서는 단도를 꺼내 들고 난도질을 시작해야 했다.

「올라갈 수 없을 것 같군. 처음 나는 칼질 소리에 마이아스와 표범이 연합해서 우리를 공격해 올 테니까. 차라리 들키지 않도록 조심하면서 여기 그냥 있는 게 낫겠네. 싸움이 오래갈 것 같진 않거든.」

「그럼, 이긴 놈과 붙어야 되겠군.」

「아마 그때쯤이면 그놈은 감히 우리 앞길을 막으려 들지 않을 정도로 형편없는 상태가 되어 있을 걸세.」

「시작할 것 같네. 표범이 점점 더 안달을 부리는군.」

「마이아스는 상대방의 갈비뼈를 으스러뜨리고 싶어서 환장한 것 같아.」

「총알을 재놓게, 산도칸. 유비무환이니까.」

「나야 두 놈 다 쏠 준비가 되어 있지. 그리고……」

등골을 오싹하게 하는 울부짖는 소리가 그의 말허리를 잘랐다.

오랑우탄이 성이 날 대로 났다. 표범이 나뭇가지를 떠나거나 시냇가로 내려갈 기미가 없다는 것을 알아차리고, 오랑우탄이 위협적으로 앞으로 나아갔다. 이어 또 한 번 울부짖으면서 제 가슴을 사납게 치는데 그 소리가 마치 북소리 같았다. 불그죽죽한 털을 뻣뻣이 세운 채, 말할 수 없이 사나운 표정으로 겁을 주는 한편, 총신쯤이야 막대기나 되는 것처럼 꺾어 버릴 만큼 강력하고 기다란 이빨을 위협적으로 드러내고 있었다.

오랑우탄이 다가오는 것을 보고 표범이 덤벼들 준비를 하는 양 몸을 뒤로 웅크렸다. 하지만 서둘러 가지를 떠날 기미는 보이지 않았다. 오랑우탄이 한 발로 바닥을 따라 구불구불 뒤얽혀 있는 커다란 뿌리를 움켜쥐었다. 그러더니 시냇물 위로 몸을 기울인 채 적이 앉아 있는 나뭇가지를 두 손으로 그러쥐고 헤라클레스 같은 힘으로 뒤흔들어서 삐걱대는 소리를 냈다.

그 충격이 얼마나 대단했던지, 표범이 강력하고 날카로운 발톱을 가지 속에 박고 있었으면서도 더 이상 버텨 내지 못하고 물속으로 떨어졌다. 모든 일이 순식간에 벌어졌다. 표범이 물 위를 스치는가 싶더니 어느새 다시 가지 위로 뛰어 올랐다. 그러고는 잠시 멈추었다가 전력을 다해 돌진하면서 오랑우탄의 어깨와 사타구니에 발톱을 단단히 들이박았다.

오랑우탄이 고통에 찬 비명을 질렀다. 즉시 피가 뿜어져 나오면서 털 사이를 흘러 시냇물 속으로 뚝뚝 떨어졌다. 속공의 결과에 만족한 영리한 표범이 오랑우탄에게서 떨어져 나와, 상대방이 반격을 가하기 전에 도로 가지 위로 뛰어올라 갔다. 거만하게 한 바퀴 공중 돌기를 한 다음, 오랑우탄의 커다란 가슴을 발판 삼아 앞으로 뛰어올랐다. 그러면서 발톱으로 나뭇가지를 그러잡아, 나무껍질을 파고들었으나 마음먹은 대로 몸을 세울 수가 없었다.

살점이 몹시 심하게 뜯겨져 나갔음에도 불구하고 오랑우탄이 재빨리 손을 뻗어서 표범의 꼬리를 움켜잡았다. 양쪽 다 엄청난 힘으로 꼬리를 팽팽하게 잡아당겼다. 끌려가지 않으려고 몸부림치는 표범의 목구멍으로부터 고통스러운 비명이 터져 나왔다.

「불쌍한 표범 같으니라고!」 살벌하게 진행되고 있는 싸움의 전 과정을 매우 흥미롭게 관찰하고 있던 아녜스가 말문을 열었다.

「저 표범이 지겠군. 꼬리가 떨어져 나가지 않는 한 말일세. 그런데 그건 아주 불가능한 일일 테니, 오랑우탄의 손아귀를 벗어나기는 틀렸구먼.」 산도칸이 말을 받았다.

산도칸의 예측이 정확하게 들어맞았다. 오랑우탄이 여전히 손에 꼬리를 쥔 채 앞으로 뛰어서 가지 위로 올라갔다. 그러고는 있는 힘껏 표범을 들어 올리더니 마치 쥐새끼나 되는 것처럼 허공에 대고 빙글빙글 돌리다가 어마어마한 두리안 나무 줄기에 냅다 집어던졌다.

두 사람의 귀에 뼈다귀 한 자루는 부서지는 것 같은, 건조하게 부닥치는 소리가 들렸다. 이어 운수 사나운 표범이 숨이 끊어진 채 어두운 시냇물 위로 굴러 떨어졌다. 단 한 방에 박살 난 머리에서 흘러내린 피가 나무 위에 커다란 핏자국을 남겼다.

「맙소사! 정말 대단하군……!」 야네스가 중얼거렸다. 「오랑우탄이 저렇게 순식간에 표범을 처치할 줄은 몰랐네.」

「저놈이 보통은 숲에 사는 어떤 짐승도 다 이기지. 이무기까지도.」 산도칸이 말했다.

「저놈이 우리에게도 성질을 부릴까?」

「눈에 띄기만 해도 우리 둘 다 골로 보낼 만큼 지금 단단히 성이 나 있다네.」

「아주 상태가 안 좋은 것 같은데……. 사방에다 피를 흘리고 있지 않나.」

「그렇게 오해할 수도 있지만, 실제로 오랑우탄은 믿기 어려울 정도로 잘 버텨 낸다네. 여러 번씩 거듭 총을 맞고서도 살 수 있을 정도라니까.」

「그럼, 저놈이 갈 때까지 기다려야 하나?」

「얼마 걸리지 않을 거야.」

「저놈이 여기서 더 이상 할 일도 없을 것 같은데⋯⋯.」

「내 생각에는 저놈의 은신처가 저 두리안나무 속이 아닌가 싶네. 잎사귀들 사이에 검은 덩어리가 있어. 보라고, 가지 사이에 들보 몇 개가 엇갈리게 놓여 있지 않은가?」

「그렇다면 우리가 왔던 길로 되돌아가야 하겠군.」

「그건 불가능한 일이야, 야네스. 굉장히 돌아가야 하거든.」

「그럼, 저 유인원을 쏴 죽여 버리고 계속해서 시내를 따라가도록 하지.」

「나도 같은 생각이네, 야네스.」 산도칸이 맞장구를 쳤다. 「우린 둘 다 유능한 명사수고, 또 대부분의 말레이인들보다도 단도를 더 잘 다룰 수 있지 않나. 실수하지 않도록 좀 더 가까이 가자고. 총알을 빗나가게 할 나뭇가지들이 너무 많단 말이야.」

그들이 오랑우탄을 공격하려고 준비하는 동안, 그 녀석은 시냇가에 웅크리고 앉아서 열심히 상처에 물을 뿌리고 있었다. 표범이 몹시 지독하게 상처를 입혀 놓았다. 그 힘센 발톱을 불쌍한 유인원의 살점에 얼마나 깊이 쑤셔 박았던지 쇄골이 다 드러날 정도였다. 허벅지마저 갈가리 찢겨졌던 까닭에 피가 콸콸 뿜어져 나오면서 땅바닥에 작은 웅덩이를 이루고 있었다. 부상당한 짐승의 입술 사이로 거의 사람 소리와 흡사한 신음 소리가 흘러나오다가, 이따금씩 무시무시한 비명으로 바뀌었다. 그놈은 아직까지도 흥분이 가라앉지 않는지 경련을 일으키는 와중에도 격분해서 무슨 소리인가를 내곤 했다.

산도칸과 야네스는, 자신들이 발사한 총알이 빗나가는 바람에 오랑우탄을 쓰러뜨리지 못할 경우 재빨리 숲으로 도망치기 위해 반대편 시냇가에 앉았다. 시냇물을 가로질러 뻗어나간 커다란 나뭇가지 뒤에 자리를 잡고서, 좀 더 확실하게 조준할 수 있도록 가지 위에 팔을 얹어 놓았다. 그 순간, 갑자기 오랑우탄이 벌떡 일어나더니 제 가슴을 격렬하게 두드리기 시작하였다.

「무슨 일이지? 저놈이 우릴 보았을까?」 야네스가 물었다.

「아니, 저놈이 싸울 작정인가 본데 우리하고는 아니야.」 산도칸이 대답하였다.

「그럼, 다른 짐승이 저놈을 공격하려 한다는 말인가?」

「조용히 좀 하게, 금방 가지랑 잎이 흔들리는 게 보였네.」

「맙소사! 영국 놈들일까?」

「입 좀 다물게, 야네스.」

산도칸이 가만히 가지 위로 올라갔다. 그러고는 위로부터 늘어져 내린 등나무 덤불 뒤에 몸을 숨긴 채 반대편 시냇가를 건너다보면서 오랑우탄에게 눈길을 고정하였다. 누군가가 다가오고 있었는데, 자신이 그랬던 것처럼 조심스럽게 나뭇잎을 흔들고 있었다. 자신을 기다리고 있는 심각한 위험을 깨닫지 못한 채, 그 인물은 곧장 두리안나무 둥치를 향해 갔다. 오랑우탄은 벌써부터 그가 오는 소리를 듣고 나무 뒤에 몸을 숨기고 그 새로운 적에게 덤벼들어 갈가리 물어뜯을 준비를 하고 있었다. 더 이상 신음 소리도, 비명 소리도 내지 않았다. 오로지 거친 숨결만이 그의 존재를 일러 줄 따름이었다.

「음, 무슨 일인가, 산도칸?」 야네스가 물었다.

「누군가가 오랑우탄에게 조심스럽게 접근하고 있네.」

「짐승인가, 사람인가?」

「그 무모한 작자가 어느 쪽에 해당하는지 아직 보이지 않는구먼.」

「그게 일진이 안 좋은 원주민이면 어쩌지?」

「우리가 여기 있으니 오랑우탄이 그를 죽이도록 내버려 두지는 않을 거 아닌가. 잠깐! 금방 손이 보인 것 같아.」

「흰색인가, 갈색인가?」

「갈색이네, 야네스. 오랑우탄을 겨누게.」

「준비되었네.」

갑자기 오랑우탄이 소름 끼치는 비명 소리와 함께 빽빽한 덤불 사이로 돌진해 들어왔다. 오랑우탄이 순식간에 벌려 놓은 나뭇가지와 잎사귀들 사이로 한 남자가 드러났다. 공포와 충격에 휩싸인 비명이 허공을 가르는 순간, 두 발의 총성이 울려 퍼졌다. 산도칸과 야네스가 쏜 것이었다. 정통으로 등을 맞은 오랑우탄이 비명을 지르면서 뒤로 돌았다가 두 사람을 보았다. 그러자 그놈은 막 등장한 운수 사나운 원주민에 대한 생각은 깨끗이 잊어버리고 즉시 시냇물 속으로 뛰어들었다.

산도칸이 총을 내려놓은 후, 육탄전에 대비해 단도를 꺼내 들었다. 한편, 야네스는 가지 위로 올라가서 재빨리 총알을 다시 집어넣었다. 새로 부상을 입었음에도 불구하고 오랑우탄이 산도칸에게 달려들었다. 그놈이 막 털북숭이 앞발을 뻗치려고 하는 순간 반대편 시냇가에서 고함 소리가 터져 나왔다.

「대장님이다!」

총알이 발사되었다.

오랑우탄이 그 자리에 서더니 손을 머리로 가져갔다. 그러더니 잠시 그대로 선 채 산도칸을 사납게 노려보다가 물을 엄청나게 튀기면서 물속으로 무겁게 쓰러졌다. 그와 동시에 간발의 차이로 오랑우탄의 제물이 될 뻔하다가 살아난 사내가 고함을 지르면서 시내로 돌진해 왔다. 「대장님! 야네스 나리! 제가 실수하지 않아서 기뻐 죽겠어요!」

야네스와 산도칸이 재빨리 가지 위로 뛰어 올랐다.

「파라노아!」 호랑이가 신이 나서 소리를 질렀다.

「몸소 문안 인사 올립니다, 대장님.」 말레이인이 대답하였다.

「숲 속에서 무얼 하고 있었느냐?」 산도칸이 물었다.

「대장님을 찾고 있었습니다.」

「우리가 여기 있을 줄 어떻게 알았지?」

「제가 정글 언저리를 돌아다니다가 영국 병사들이 와글거리는 것을 보았거든요. 한 떼의 개를 데리고 있는 걸 보고 그놈들이 대장님을 찾고 있다고 짐작했습니다.」

「그래서 위험을 무릅쓰고 혼자 이리 왔단 말이냐?」 산도칸이 물었다.

「저는 짐승 따위는 겁내지 않습니다요.」

「하지만, 오랑우탄이 너를 거의 찢어발길 뻔하지 않았느냐?」

「그래도 그놈이 저를 잡지는 못했습니다, 야네스 나리. 그리고 보셨다시피 제가 그놈의 커다란 대갈통에다 총알을 쑤셔 박았고요.」

「모든 배가 다 도착했느냐?」 산도칸이 물었다.

「제가 대장님을 찾아서 떠날 때까지만 해도 저희 배 이외에는 하나도 도착하지 않았습니다.」

「하나도……?」 산도칸이 걱정스럽게 물었다.

「예, 대장님.」

「언제 강어귀를 떠났느냐?」

「어제 아침입니다.」

「혹시 다른 배에게 안 좋은 일이 일어난 게 아닐까?」 야네스가 산도칸에게 염려스러운 눈길을 던지며 물었다.

「아마도 폭풍 때문에 멀리 북쪽까지 밀려간 것 같네.」 호랑이가 대답하였다.

「그랬을 겁니다, 대장님.」 파라노아가 거들었다. 「남풍이 어찌나 거세게 불던지 무슨 수를 써도 당해 낼 재간이 없었습니다. 저는 운이 좋게도 여기서부터 약 백 킬로미터 떨어진 작은 만에서, 안전한 피난처를 찾을 수 있었던 관계로 다른 배들보다 먼저 돌아왔습니다. 하지만, 좀 전에 말씀드린 것처럼 제가 어제 아침에 나섰기 때문에 대장님을 찾는 동안 다른 배들이 도착해 있을지도 모릅니다.」

「그래도 어쩐지 불안하구나, 파라노아.」 산도칸의 고백이었다. 「이 불안감을 털어 내기 위해서라도 강어귀에 가 있는 게 더 나을 것 같다. 그나저나 폭풍이 불 동안 잘못된 사람은 없었느냐?」

「단 한 사람도 없었습니다, 대장님.」

「배는 어떠냐?」

「약간 부서지긴 했지만 다 수리해 놓았습니다.」

「만에 숨겨 놓았느냐?」

「어떤 종류의 기습 공격도 피하기 위해 출항하라고 일렀습니다.」

「그럼, 혼자 상륙했단 말이냐?」

「혼자 왔습니다, 대장님.」

「만 주변에 영국군들이 얼쩡거리기라도 하더냐?」

「아닙니다. 하지만 아까도 말씀드렸다시피 몇몇 놈들이 숲의 가장자리를 샅샅이 훑고 다니는 건 보았습니다.」

「언제였지?」

「오늘 아침입니다.」

「어느 길이었는데?」

「동쪽 방향입니다.」

「틀림없이 제임스 경의 별장에서부터 오는 중이었을 게야.」 그가 야네스를 바라보며 말했다. 이어 파라노아에게 돌아서며 물었다. 「여기서부터 만까지 많이 떨어져 있느냐?」

「해가 지기 전에는 도착하지 못할 겁니다.」

「그렇게 멀다고!」 야네스가 소리를 질렀다. 「이제 겨우 두 시밖에 안 됐는데…… 아직도 갈 길이 창창하구나.」

「숲이 무진장 넓은 데다가 건너가기도 무척 힘들거든요, 야네스 나리. 가장자리까지 가는 데만도 최소한 네 시간은 걸릴걸요.」

「가자.」 산도칸이 흥분한 목소리로 재촉했다.

「자네, 만에 가려고 서두르는 건가, 아우님?」

「그래, 야네스. 무언가 안 좋은 일이 일어났을 것 같은 느낌이네.」

「나머지 두 척의 배를 잃어버린 것 같아서?」

「유감스럽게도 그렇다네, 야네스. 만일 그들이 만에서 우리를 기다리고 있지 않다면 그들을 다시는 볼 수 없을 걸세.」

「맙소사! 그런 재앙이……!」

「끔찍한 비극이지.」 산도칸이 한숨을 쉬며 말을 이었다. 「어쩐지 운명이 우리와 맞서고 있는 듯한 느낌이네. 마치 몸프라쳄의 호랑이들한테 최후의 일격을 가하려고 안달복달하고 있는 것 같아.」

「그런데, 만일 자네의 비관적인 예측이 맞아떨어지면 어쩌지? 그럼, 우리는 어떡해야 하는 거냐고, 산도칸?」

「어떻게 하느냐고……? 나한테 묻고 있는 건가, 야네스? 자네 생각에 말레이시아의 호랑이가 낙담하고 운명에 굴복할 것 같은가? 아니, 싸움을 계속해야지. 원수들을 우리 칼 아래 굴복시킬 걸세. 화끈하게 싸우는 거야.」

「잠깐, 우리 배에는 겨우 40명밖에 없네.」

「하지만 40마리의 호랑이지. 우리 지휘 아래 그들은 기적을 이룰 거고, 아무도 우리를 막을 수는 없을 걸세.」

「별장을 공격하고 싶나?」

「생각 좀 해보세. 맹세컨대 마리안나 귈론크 없이는 이 섬을 떠나지 않겠네. 설사 빅토리아의 전 주둔군과 싸우는 한이 있더라도 말일세. 그녀가 몸프라쳄의 승패를 좌우할 열쇠를 쥐고 있을지 누가 알겠나? 우리 행운의 별이 다 타 버리려 하고 있네. 그것이 자꾸 희미해져 가는 것을 알 수 있지만 나는 별로 걱정하지 않네. 아마 그 어느 때보다도 찬란하게 빛날 걸세. 아……! 그녀만……. 몸프라쳄의 운명이 그녀의 손에 달려 있네, 야네스.」

「그리고 자네 손에도.」 야네스가 한숨을 내쉬며 대답하였다. 「자, 지금 그런 이야기를 해보았자 아무 소용도 없지 않은가. 강으로 가서 두 척의 배가 도착했는지나 확인해 보자고.」

「그래, 가보세.」 산도칸이 동의하였다. 「그 정도 증원 부대라면 라부안 전체라도 정복할 수 있겠군.」

파라노아가 이끄는 대로 시내를 거슬러 올라간 두 사람은 그가 몇 시간 전에 발견했던 오래된 오솔길에 이르렀다. 풀과 나무뿌리들이 길을 뒤덮고 있다시피 하였지만 그래도 그럭저럭 앞으로 나아갈 정도의 공간은 남아 있었다. 그들은 다섯 시간 동안이나 드넓은 숲을 헤치고 나가면서 때때로 짤막한 휴식 시간을 가졌다. 마침내 해가 질 무렵, 그들은 만으로 흘러 들어가는 작은 강가에 도착하였다.

적이 하나도 없는 것을 확인하고 난 뒤, 그들은 서쪽으로 가서 바다로 통하는 작은 늪을 건넜다. 그들이 작은 만의 해변에 도착했을 때는 이미 몇 시간 전에 날이 어두워진 다음이었다. 파라노아와 산도칸이 가장 멀리 있는 모래톱까지 나아가서 수평선을 주의 깊게 살펴보았다.

「저거 보이세요, 대장님?」 사람들이 별이라고 착각하기 십상인 희미한 불빛을 가리키며 파라노아가 물었다.

「우리 배에서 나오는 불빛이냐?」 산도칸이 물었다.

「그렇습니다, 대장님. 저게 남쪽을 향하고 있는 건 보이지 않으세요?」

「저들에게 가까이 오라는 신호를 어떻게 보내지?」

「바닷가에 두 개의 불을 피우면 됩니다.」 파라노아의 설명이었다.

「이 조그마한 반도의 끄트머리로 가세. 배한테 정확한 길을 보여 줄 수 있을 걸세.」 야네스가 제안하였다.

그들은 조개껍데기, 갑각류의 잔해, 해조류 더미 등으로 어지러운 모래톱 한가운데로 들어가서 나무가 우거진 섬의 끄트머리에 도착하였다.

「여기서 불을 피우세. 배가 좌초당하는 위험을 무릅쓰지 않고도 만으로 들어올 수 있을 테니.」

「배가 강물을 따라 올라오도록 하게. 영국 놈들 눈에 띄지 않기를 바라네.」 산도칸이 당부하였다.

「그 점을 특히 조심하겠네.」 야네스가 대답하였다. 「배를 늪지대의 갈대밭 사이에다 숨겨 놓아야겠어. 일단 모든 돛대와 밧줄을 제거한 다음 나뭇가지로 덮어 놓을 작정이네. 파라노아, 불을 피워 신호를 보내라.」

말레이인이 당장 지시대로 하였다. 그가 작은 숲 가장자리에서 마른 나무를 좀 구해다가 어느 정도 거리를 두고 두 무더기로 쌓아 놓은 다음 불을 붙였다. 잠시 후, 배의 하얀 등불이 사라지고, 대신 붉은 등불이 걸린 것이 보였다.

「저 친구들이 우리를 보았습니다. 이제 불을 꺼도 됩니다.」 파라노아가 말했다.

「아니다. 이 불이 우리 동지들에게 길을 알려 줄 게다. 만을 잘 아는 사람이 아무도 없지 않느냐?」 산도칸이 반대하였다.

「그렇습니다, 대장님.」

「그럼, 그들을 안내하도록 그대로 놓아두자.」

산도칸과 야네스가 방향을 바꾼 붉은 불빛에 눈길을 고정시킨 채 바닷가에 앉았다. 10분이 지나자 배가 보이기 시작하였다. 거대한 돛들이 바람에 펄럭거렸고 이물 앞쪽에서 물이 갈라지는 소리가 들렸다. 어둠 속에서 그것은 마치 거대한 새가 물 위에 떠 있는 것처럼 보였다. 지그재그로 방향을 두 번 바꾼 끝에 배가 만 앞에 이르러 수로로 진입하더니 강어귀를 향해 밀고 들어왔다.

야네스와 산도칸, 파라노아도 모래톱을 뒤로하고 서둘러 작은 늪가로 돌아갔다. 그리고 배가 강기슭의 우거진 갈대밭 근처에 닻을 내리는 것을 보자마자 배에 올라탔다. 두 해적 대장을 향해 해적들이 때 아닌 환호성을 올리면서 경례를 하려고 들었지만 산도칸이 조용히 하라는 몸짓을 하였다.

「우리 원수들이 그리 멀지 않은 곳에 있을지도 모른다.」 그가 입을 열었다. 「절대적으로 조용히 할 것. 내 계획을 완수하기도 전에 발각당하는 위험을 무릅쓸 수는 없다.」 그런 다음 그가 부대장 쪽으로 돌아서서 약간 떨리는 목소리로 물었다. 「다른 두 프라후는 도착하였느냐?」

「아니요, 말레이시아의 호랑이님.」 해적 하나가 대답하였다. 「파라노아님이 상륙하고 안 계시는 동안 보르네오까지 항해하면서 근처 해안을 다 돌아보았습니다만, 우리 배는 보이지 않았습니다.」

「그럼 네 생각에는……?」

그 해적이 아무 대답도 하지 않았다. 망설이는 것 같았다.

「네 생각을 말해 보아라.」 산도칸이 다그쳤다.

「말레이시아의 호랑이님, 우리 배들이 보르네오 북쪽 해변에서 풍비박산 나지 않았나 싶습니다.」

산도칸이 손톱으로 제 가슴을 찌르는데, 〈쉿〉하는 소리가 입술 사이로 터져 나왔다.

「운명이군! 운명이야……!」 그가 몸을 흔들면서 중얼거렸다. 「금빛 머리칼을 지닌 여인이 몸프라쳄의 호랑이들에게 불운을 가져오는구나.」

「마음 단단히 먹게, 아우님.」 야네스가 그의 어깨에 손을 얹으면서 말했다. 「아직은 절망하지 말도록 하자고. 어쩌면 배가 터무니없이 멀리 떠밀려 나가면서 너무 심하게 파손된 나머지 당장 항해에 나서지 못하고 있는지도 모르지 않나. 배의 잔해를 발견하기 전까지는 그것들이 침몰했다고 추측해서는 안 되네.」

「아! 기다릴 수가 없네, 야네스. 대령이 자기 별장에 앞으로도 한참 동안 더 있을 거라고 누가 장담할 수 있겠나?」

「대령이 그러지 않기를 바라네.」

「무슨 말인가, 야네스?」

「그 영감이 별장을 떠나기만 한다면, 우리한테는 그를 공격해서 아름다운 조카딸을 납치하기에 충분한 인원이 있네.」

「그렇게 해보고 싶은가?」

「그럼 안 될 게 무언가? 용감한 우리 호랑이들은 비록 대령의 병력이 우리 두 배나 된다 하더라도 싸우기를 주저할 친구들이 아니지. 이렇게 이야기하고 있는 동안에도 이 영리한 작은 머리를 마구 돌리고 있으니 분명 근사한 결과가 나올 걸세. 이제 오늘 밤은 쉬고, 내일 시작하도록 하자고.」

「자네만 믿고 있네, 야네스.」

「편히 쉬게, 산도칸.」

「그런데, 여기다 배를 놓아 둘 수는 없겠군. 만으로 들어오는 다른 배들이나 강을 따라 올라오는 사냥꾼들 눈에 쉽게 띌 테니 말일세.」

「다 생각해 놓았네, 산도칸. 벌써 파라노아에게 적절한 지시를 내려놓았지. 자, 아우님. 우리 뭐 좀 먹자고. 그러고 나서 좀 눕자니까. 솔직히 말하자면, 난 지금 허기지고 탈진해서 죽을 지경이라네.」

파라노아의 지시를 받으면서 해적들이 배의 밧줄을 내리는 동안, 산도칸과 야네스는 상갑판으로 들어가 배의 비축 식량을 공략하였다. 여러 시간 동안 두 사람을 고문하던 배고픔이 누그러지자, 그들은 옷을 그대로 입은 채 침대 위로 몸을 던졌다. 야네스는 눕자마자 잠시도 깨어 있지 못하고 금방 깊은 잠에 빠져 들었다. 하지만 산도칸은 눈을 붙일 수가 없었다. 서글픈 생각과 불길한 걱정 때문에 몇 시간 동안이나 잠을 이루지 못하였다. 그러다가 새벽이 가까워질 무렵에야 겨우 눈을 붙였는데 그나마도 아주 잠깐 동안이었다.

그가 갑판으로 돌아갔을 때에는 배가, 만 앞을 지나갈 가능성이 있는 모든 순시선과 강가로 내려올지도 모르는 모든 사냥꾼들의 눈에 띄지 않게끔 해적들이 이미 모든 조치를 취해 놓은 다음이었다. 배는 늪의 가장자리에 있는 우거진 갈대밭 사이에다 끌어다 놓았고, 돛은 밧줄과 함께 묶어서 내려놓았다. 갈대 더미, 나뭇잎, 나뭇가지들로 갑판을 아주 그럴싸하게 덮어 놓은 덕분에 배 전체가 교묘하게 감추어져 있었다. 지나가는 사람이 보면 말라빠진 식물들이 늘어선 작은 숲이거나 폭풍에 휩쓸려 온 나뭇가지와 잎사귀들이 쌓여 이루어진 커다란 무더기로 착각하기 십상이었다.

「어떤가, 산도칸?」 벌써 선교 위에 올라가서, 고물 위에 세워진 갈대로 만든 임시 지붕 아래 서 있던 야네스가 물었다.

「대단히 훌륭한 생각이로군.」 산도칸이 감탄하였다.

「자. 같이 가보세.」

「어디를?」

「해변으로. 우리와 동행하게 될 스무 명의 동지를 집합시켜 놓았네.」

「도대체 무슨 꿍꿍이인가, 야네스?」

「곧 알게 될 걸세. 어이! 기정을 내려라. 배를 조심하고 눈을 부릅뜨고 있어야 한다.」

제22장
포로

야네스가 산도칸을 이끌고 강을 건너서 빽빽하게 우거진 수풀 속으로 들어갔다. 거기에는 스무 명의 해적들이 완전 무장을 갖춘 채 보급 받은 모직 담요와 식량 자루를 지니고 매복하고 있었다. 파라노아와 그의 직속 부하들도 함께 있었다.

「모두 다 여기에 있느냐?」 야네스가 물었다.

「예, 전부 다 있습니다.」 대답이 돌아왔다.

「그럼, 내 말을 유의해서 들어라.」 야네스가 말했다. 「이카우트, 너는 배로 돌아가게 된다. 만약 무슨 일이 일어나거든 바로 이 지점으로 사람을 보내라. 지시를 기다리고 있는 동지를 만날 수 있을 것이다. 우리도 그를 통해서 지시 사항을 전달할 터인데 일단 명령을 받으면 지체 없이 실행해야 하며, 예외란 없다. 정신을 바짝 차리고 조심해야 한다. 영국군의 기습 공격을 받지 않도록 주의하고, 또 우리가 아무리 멀리 있다 하더라도 네가 보내는 메시지는 즉시 받을 수 있다는 사실을 명심해라.」

「저를 믿으십시오, 야네스 나리.」

「좋다! 이제 배로 돌아가서 계속 감시하도록 해라.」

그가 배로 돌아가는 동안, 야네스가 부하들을 이끌고 다시 강을 향해 행군하기 시작하였다.

「우리를 어디로 데려가는 중인가?」 무슨 일이 진행되고 있는지 감을 잡을 수 없었던 산도칸이 물었다.

「잠시만, 아우님. 여기서부터 따졌을 때, 귈론크 경의 별장이 바다로부터 얼마나 떨어져 있지?」

「일직선으로 약 3킬로미터 정도네.」

「그렇다면 우리 인원이 남아돌겠구먼.」

「무얼 할 건데?」

「음, 조금만 기다려 보게, 산도칸.」

야네스가 배에서 가져온 나침반으로 위치를 확인하더니, 빠른 걸음으로 거대한 나무들 밑으로 갔다. 4백 미터쯤 간 다음 우거진 덤불 가운데에서 위로 솟아오른, 커다란 장뇌나무 근처에 서더니 해적 중의 하나를 향해 돌아서면서 말했다. 「너는 여기에 있어라. 이유 여하를 막론하고 우리의 명령 없이 이 자리를 뜨면 안 된다. 강이 고작 4백 미터밖에 떨어져 있지 않기 때문에 우리 배와 쉽게 연락을 주고받을 수 있을 것이다. 또 다른 동지가 여기서부터 동쪽으로 4백 미터 떨어진 곳에 서 있게 될 것이다. 배에서부터 오는 명령은 어떤 것이라도 다 그에게 전달해야 한다. 무슨 말인지 알겠느냐?」

「예, 야네스 나리.」

그 말레이인이 거대한 나무 둥치 아래 손수 조그마한 달개 지붕을 세우기 시작하는 동안, 일행은 계속 전진하면서 오직 야네스의 지시대로 인원을 배치할 때에만 잠시 멈추었다.

「이제, 내 계획이 이해가 가나?」 야네스가 산도칸에게 물었다.

「응.」 산도칸이 대답하였다. 「자네 머리가 존경스럽네. 숲에 배치한 저 보초들이면 순식간에 우리 배와 연락을 취할 수 있겠군그래. 제임스 경의 별장에서부터라도 말일세.」

「그렇네, 산도칸. 그런데 그보다 더 중요한 것은 이카우트에게 증원군을 보내 달라거나 항해할 준비를 해놓으라고 연락할 수 있다는 점이지.」

「그런데, 어디에다 캠프를 세울 작정인가?」

「빅토리아로 연결되는 길에다. 거기라면 누가 별장으로 드나드는지 다 감시할 수 있을 테고, 따라서 대령의 기습적인 탈출 작전도 몇 분 안에 막을 수 있을 걸세. 만일 그 영감이 떠나고 싶다면 호랑이들과 한판 붙어야 하겠지. 내 장담하건대, 우리 호랑이들이 싸움에서 질 사람들은 아니지.」

「그런데, 만일 대령이 떠나지 않겠다고 마음먹는다면?」

「제기랄……! 그렇게 되면 별장을 공격하든지 아가씨를 납치할 다른 방법을 강구해야겠지.」

「그런 극단적인 지경까지는 가지 말도록 하세, 야네스. 제임스 경은 자기 조카가 내 수중에 떨어지는 꼴을 보느니 차라리 그녀를 죽여 버릴 사람이거든.」

「이런!」

「무슨 짓이라도 할 수 있는 작자라네, 야네스.」

「그렇다면 잔머리를 좀 굴려야겠군.」

「무슨 좋은 생각이라도 있나?」

「생각나겠지 뭐. 그 망할 놈의 영감이 사랑스러운 아가씨를 죽이도록 내버려둔다면 나 자신을 용서하지 않을 걸세.」

「그러니 나는 어떻겠는가? 그렇게 되면 말레이시아의 호랑이도 죽을 걸세. 난 그녀 없이는 살아 갈 수 없을 것 같네.」

「유감스럽게도…… 나도 잘 알고 있다네. 그 여자가 자네를 완전히 홀려 버렸어.」 야네스가 한숨을 내쉬며 말했다.

「나를 실컷 욕하게, 야네스. 단 한 번도 가슴이 두근거리는 걸 겪어 보지 않은 채 오로지 바다와 전투에서만 기쁨을 찾던 내가, 어느 날 이 바다에서 씨를 말려 버리겠다고 다짐한 종족의 여자에게 마음을 빼앗기게 될지 누가 알았겠는가! 그것만 생각하면 힘이 다 빠지고 피가 끓기 시작한다네……! 그런데도 나를 얽매고 있는 이 사슬을 부수지도 못하고, 나를 그토록 매혹시켰던 그 눈동자를 내 마음속에서 지울 수도 없다네, 야네스. 그나저나 더 이상 이런 이야기는 하지 말도록 하지. 운수소관으로 맡겨 두자고.」

「몸프라첌의 앞날에 치명적일 운수소관 말인가, 산도칸?」 야네스가 물고 늘어졌다.

「아마도……」 산도칸이 공허한 목소리로 대답하였다.

그들 일행이 숲 가장자리에 도착하였다. 한쪽에 작은 초원이 펼쳐져 있고 그 주변에 덤불과 감비르나무와 한 무리의 빈랑나무가 어수선하게 자리 잡고 있었다. 그 사이로 길이 하나 나 있는데, 그 위에 다시 풀이 나기 시작한 걸로 보아 거의 이용되지 않는 것 같았다.

「이게 빅토리아와 연결되는 길인가?」 야네스가 물었다.

「응.」

「제임스 경의 별장이 멀지 않겠군.」

「저 아래, 저 나무들 바로 뒤로 바깥쪽 담장 일부가 보이네.」

〈좋아〉라고 말하면서 야네스가 여섯 명을 데리고 그들을 따라오고 있던 파라노아를 향해 돌아섰다. 「숲의 끄트머리로 가서 잡목으로 빽빽하게 둘러싸인 곳을 찾아 텐트를 치도록 해라.」

파라노아가 즉시 출발하였다. 그는 가다가 적당한 곳을 발견하자 나뭇가지와 바나나 잎사귀 뒤로 잘 가려지도록 유의하면서 텐트를 세웠다. 그리고 통조림, 훈제 고기, 비스킷, 스페인산 포도주 몇 병 등으로 이루어진 자기네들 식량을 전부 한쪽으로 내려놓게 한 뒤, 근처에 잠복하고 있는 첩자가 없는지 확인하기 위해 여섯 명을 내보내 숲을 순찰하도록 하였다. 정원 담장으로부터 2백 미터 떨어진 곳까지 갔던 산도칸과 야네스가 도로 숲으로 돌아와서 본부 텐트 아래 큰대 자로 누웠다.

「계획이 마음에 드시는가, 산도칸?」 야네스가 물었다.

「들고말고.」 말레이시아의 호랑이가 대답하였다.

「우리는 지금 빅토리아와 연결되는 길에서 불과 몇 발자국 밖에 떨어지지 않은 곳에 있네. 만일 대령이 별장을 떠나고 싶어 한다면, 우리 사정권 안을 통과할 수밖에 없지. 우리는 반 시간 이내로 단단히 작정한 스무 명의 병력을 집합시킬 수 있고, 한 시간 안으로 우리 배의 모든 선원을 다 동원할 수 있네. 그 영감이 움직이자마자 공격에 나설 작정이네.」

「그래, 나도 무슨 일이든 할 준비가 되어 있네. 내 부하들을 이끌고 연대 전체에 맞서기라도 하겠네.」

「그럼, 우선 아침이나 먹지, 아우님.」 야네스가 웃으면서 말했다. 「아침부터 어슬렁거렸더니 몹시 배가 고프군.」

그들이 게걸스럽게 아침 식사를 마친 후, 담배를 몇 대 피우면서 위스키 잔을 주거니 받거니 하고 있는데 갑자기 파라노아가 텐트 속으로 뛰어 들어왔다. 보통은 아주 침착한 표정을 지니고 있게 마련인 그 훌륭한 말레이인이 무척 흥분한 것 같았다.

「무슨 일이냐?」 산도칸이 재빨리 총을 찾아들고 일어나면서 물었다.

「누군가 오고 있습니다, 대장님. 말이 다가오는 소리를 들었어요.」 파라노아의 대답이었다.

「빅토리아로 가는 병사일 게다.」

「아닙니다, 말레이시아의 호랑이님. 빅토리아 쪽으로부터 오고 있었습니다.」

「아직 멀리 있느냐?」 야네스가 물었다.

「그런 것 같습니다.」

「자, 산도칸.」

그들이 무기를 챙겨 들고 밖으로 나오는 동안, 다른 해적들이 재빨리 덤불 뒤로 숨으면서 총을 쏠 준비를 하였다. 산도칸이 길 쪽으로 가서 무릎을 꿇고 땅바닥에 귀를 대어 보니 과연 멀리서 다급하게 달려오는 말발굽 소리가 들렸다.

「그래, 누군가가 말을 타고 오고 있구나.」 그가 잽싸게 일어서면서 말했다.

「그놈을 방해하지 말고 그냥 보내 주는 게 좋을 것 같은데……」 야네스가 제안하였다.

「아…… 그렇게 생각하나? 난 그 녀석을 포로로 잡을 작정인데…….」

「무엇 때문에?」

「그놈이 별장에 전하는 중요한 소식을 지니고 있을지도 모르지 않나?」

「만일 그놈을 공격한다면 그 녀석도 자기 자신을 방어할걸세. 그놈이 구식 소총을 쏘면 그 소리가 별장에 있는 병사들한테도 들릴 텐데?」

「그놈이 총을 꺼내 들고 자시고 할 틈도 없이 내 손아귀에 떨어질 거라고.」

「그렇게 하긴 어려울 걸세, 산도칸.」

「자네가 생각하는 것보다 쉽다네.」

「어떻게 할 건지 말해 주지 않나?」

「그놈이 말을 달리면서 앞으로 오겠지. 그럼, 장애물을 피할 수 없을 거라고. 타고 있던 녀석은 땅바닥으로 내동댕이 쳐질 테고, 그때, 그놈을 잡으면 되지.」

「그럼, 무엇으로 장애물을 만들 건데?」

「파라노아, 긴 덩굴 하나 다오.」

「아, 알겠네.」 야네스가 그제야 알아듣고 감탄을 금치 못했다. 「정말 근사한 생각이로군! 그래, 그놈을 잡자, 산도칸. 아하! 그 녀석을 얼마나 유용하게 써먹을 수 있는데! 왜 진작 그 생각을 못 했는지 모르겠군.」

「무슨 말을 하고 있는 건가, 야네스?」

「나중에 알게 될 걸세. 정말 훌륭한 계략이로고!」

「자네 웃고 있나?」

「다 그럴 만한 이유가 있다네. 곧 알게 될 걸세, 산도칸. 오오, 대령을 어떻게 속여 먹을까! 파라노아, 덩굴 좀, 어서!」

두 사람의 도움을 받아서 말레이인이 튼튼한 덩굴을, 길을 가로지르게 쳐놓았다. 땅바닥 가까이 아주 낮게 설치한 덕에 키가 큰 풀들이 그것을 시야에서 완벽하게 가려 주었다. 작업을 마친 그가 단도를 손에 쥔 채 덤불 뒤로 숨었고, 나머지 일행은 기수가 용케 복병을 피해 도망가는 사태에 대비해서 좀 더 길 위쪽으로 올라가 흩어졌다. 말이 빠른 속도로 다가오고 있었다. 잠시 후면 길머리에 기수가 나타나리라.

「저기 왔다!」 야네스 옆에 숨어 있던 산도칸이 속삭였다.

잠시 후에 말이 덤불을 뛰어넘어 길로 접어들었다. 말에 탄 사람은 스물두셋쯤 되어 보이는 잘생긴 인도 청년으로 세포이 군복을 입고 있었다. 부지런히 말에 박차를 가하면서 사방을 의심스럽게 살펴보는 걸로 보아 불안해하는 것 같았다.

「준비하게, 야네스.」 산도칸이 속삭였다.

기수가 자꾸 박차를 가하자, 말이 덩굴을 향해 빠른 속도로 달려 나갔다. 그러다가 별안간 땅바닥에 무겁게 쓰러지면서 다리를 씰룩거렸다. 해적들이 번개처럼 공격에 나섰다. 기수가 미처 말 아래 깔린 제 몸뚱이를 빼낼 생각도 하기 전에 산도칸이 그에게서 칼을 빼앗았고, 파라노아는 그를 땅바닥에 눌러 붙인 채 그의 가슴에 단도를 들이댔다.

「목숨이 아깝거든 반항할 꿈도 꾸지 마라.」 산도칸이 외쳤다.

「망할 놈들!」 병사가 소리를 지르면서 몸을 비틀어 빼려고 하였다.

다른 해적들의 도움을 받아서 파라노아가 그를 단단히 묶어 덤불 속으로 끌고 가는 동안, 야네스는 말이 넘어지면서 다리나 부러지지 않았는지 염려하면서 조심스럽게 말을 살펴보았다.

「오오!」 야네스가 행복에 겨워 큰 소리로 부르짖었다. 「내가 별장에서 두각을 드러내겠군. 야네스 드 고메라, 세포이 부대 병장이라! 내 소매에 계급장이 달리게 될 줄은 꿈에도 몰랐는걸!」

그가 말을 나무에다 묶고서는, 매우 꼼꼼하게 적의 소지품을 수색하고 있던 산도칸에게 다가갔다.

「아무것도 없나?」 야네스가 물었다.

「종이 나부랭이 하나 없네.」 산도칸의 대답이었다.

「이 친구가 말하겠지.」 야네스가 병장을 뚫어지게 노려보면서 말했다.

「천만에.」 포로가 대꾸하였다.

「입 조심해라.」 가장 흉악한 사람조차 몸서리치게 만들었을 것 같은 목소리로 산도칸이 말을 받았다. 「어디로 가는 중이었느냐?」

「승마하러 나왔다.」

「아하, 그렇다고!」

말레이시아의 호랑이가 단도를 꺼내 병사의 목에 들이대면서, 위협한 대로 실행에 옮기겠다는 확고한 의지를 드러내는 어조로 말했다. 「말하지 않으면 죽여 버리겠다!」

「안 한다.」
「말해라!」 칼날을 들이밀며 산도칸이 다그쳤다.
단도가 살갗을 찌르면서 피가 흘러내리자 포로가 고통스러운 비명을 내질렀다.
「말하겠다.」 세포이가 주검처럼 하얗게 질린 몰골로 빠르게 지껄였다.
「어디로 가고 있었느냐?」 산도칸이 물었다.
「제임스 귈론크 경을 만나러 가는 중이었다.」
「무슨 이유로?」
병사가 잠시 머뭇거리다가 해적이 두 번째로 단도를 꺼내 드는 것을 보고 말을 이었다. 「윌리엄 로젠탈 남작의 편지를 전달하기 위해서였다.」
산도칸의 눈에 분노의 불길이 확 일었다.
「그 편지를 다오!」 그가 거친 소리로 외쳤다.
「모자 속, 안감 밑에 있다.」
야네스가 병사의 모자를 들어 안감을 찢고 편지를 꺼내서 즉시 펼쳐 보았다.
「그 남작 새끼가 뭐라고 썼나?」 산도칸이 물었다.
「그놈이 우리가 곧 라부안에 도착할 거라고 경고하고 있구면. 우리 배들 중의 하나가 이쪽 해안으로 가고 있는 걸 순시선이 보았다고 하면서 병사들에게 보초를 서게 해야 한다고 적었네.」
「다른 내용은 없고?」
「오! 세상에! 그놈이 자네의 마리안나에게 영원한 사랑을 맹세하면서 수도 없이 정중한 인사를 전하고 있군그래.」
「염병할 놈, 신의 저주나 받아라! 그놈을 만나게 되면 내가 천 번의 인사를 올려야겠군.」
「파라노아.」 편지의 필적을 주의 깊게 살펴보는 것 같던 야

야네스가 입을 열었다. 「배에 사람을 하나 보내서 종이랑 펜, 잉크를 가져오도록 해라.」

「그걸로 뭘 하려고?」 산도칸이 물었다.

「내 계획을 위해서는 그것들이 필요하다네.」

「그 계획이라는 게 뭔데?」

「바로 조금 전에 30분 동안이나 생각하고 있었던 거지.」

「죽을 때까지 비밀로 할 작정인가?」

「좋아, 자네가 그 생각에 목을 매고 있으니, 내 말해 주지. 내가 제임스 경의 별장에 가려고 하네.」

「자네가!」

「그래.」 야네스가 매우 침착한 태도로 대답하였다.

「정확히, 어떻게?」

「세포이로 변장해서. 오! 내가 얼마나 근사한 병사가 될지 곧 알게 될 걸세.」

「이제야 알 것 같군. 자네가 저 세포이의 군복을 입고 빅토리아에서 온 척한단 말이지……」

「대령에게 별장을 떠나도록 충고해서 자네가 그 영감을 위해 여기에 쳐둔 함정으로 곧장 이끌고 오겠네.」

「아, 야네스!」 산도칸이 친구를 끌어안으며 큰 소리로 외쳤다.

「진정하게, 아우님. 내 팔뚝 부러뜨리지 않도록 조심하라고.」

「만일 자네가 성공한다면 자네한테 온 세상을 다 주어서라도 그 은혜를 갚아야겠구먼. 대단히 큰 위험을 무릅쓰는 건데……」

「흠! 내 털끝 한 올도 다치지 않고 쌈박하게 일을 해치울 걸세.」

「그런데, 잉크는 뭐 하게?」

「대령에게 편지를 써야지.」

「그건 반대네, 야네스. 그 영감은 의심이 많은지라, 만일 그가 편지의 글씨가 남작의 것과 다르다는 것을 알아내기라도 하면 자네를 총살시킬 수도 있거든.」

「자네 말이 맞겠군, 산도칸. 편지에 쓰려고 했던 내용을 말로 하는 게 더 낫겠네. 자. 부하들에게 세포이의 옷을 벗기라고 하지.」

산도칸이 신호를 보내자 두 명의 해적이 병사를 풀어 주고 군복을 벗겼다. 불쌍한 병사는 마지막 순간이 왔다고 생각하였다.

「나를 죽일 건가?」 그가 산도칸에게 물었다.

「아니다.」 산도칸이 대답하였다. 「너를 죽여 봤자 내게 아무런 도움도 되지 않는다. 그래서 너를 살려 줄 작정인데, 대신 우리가 이 섬에 있을 동안은 우리 배에 포로로 있어 주어야겠다.」

「고맙소.」

그동안에 야네스는 옷을 갈아입었다. 군복이 약간 끼었지만, 별로 시간을 들이지 않고서 완벽한 채비를 갖출 수 있었다.

「어때, 아우님, 근사한 병사가 되지 않았나?」 그가 칼을 조정하면서 물었다. 「내가 이렇게 멋지게 보일 줄은 꿈에도 몰랐는걸.」

「정말, 자네 아주 잘생긴 세포이가 되었군그래.」 산도칸이 웃으면서 맞장구를 쳤다. 「이제 마지막 지령을 내려 주시게나.」

「좋지.」 야네스가 설명하기 시작하였다. 「이 길을 따라 숨어 있으면서, 가능한 모든 인원을 다 이리로 데려오게. 내가 대령을 찾아가서 자네 일당이 공격을 받고 흩어졌다고 말하겠네. 하지만 다른 배들이 있는 걸 보았으므로, 이 절호의 기회를 이용해 빅토리아로 피신해야 한다고 설득할 작정이네.」

「완벽하군!」

「우리가 지나가거든 자네가 호위대를 공격하게. 내가 마리안나를 가로채서 배로 데려가겠네. 됐나?」

「됐네. 가보게, 용감한 친구여. 마리안나에게 내가 그녀를 사랑한다고, 또 나를 믿어 달라고 전해 주게. 어서 가게. 자네에게 신의 가호가 있기를.」

「안녕, 아우님.」 야네스가 마지막으로 한 번 더 친구를 끌어안으면서 대답하였다.

야네스가 세포이의 말 위로 뛰어 오르더니 손에 지휘봉을 쥐고, 칼을 뽑아 들고는 흘러간 노래를 휘파람으로 불면서 전속력으로 달려 나갔다.

제23장
별장에 간 야네스

그 임무는 단연코 용맹스러운 야네스가 평생 동안 수행했던 일 중에서 가장 위험하면서도 대담한 부류에 속하는 일이었다. 잘못 튀어 나간 말 한마디나 의심스러운 행동 한 번만으로도 그의 목에 아주 튼튼한 밧줄을 감아 나뭇가지에 매달기에 충분할 터였다. 그럼에도 야네스는 자신의 냉정함과, 지칠 줄 모르고 자신을 지켜 주는 행운의 별을 믿고, 침착하고 용감하게 몹시 위험스러운 게임을 준비하였다. 안장 위에 자랑스럽게 앉아서 콧수염을 비비 꼬고, 모자를 삐딱하게 기울인 채 말에 박차를 가해 전속력으로 달렸다. 한 시간가량을 정신없이 달려온 끝에, 그는 제임스 경의 웅장한 별장을 뒤로 한 채 높이 솟아오른 문 앞에 당도하였다.

「거기 누구요?」 문 근처에 있는 나무 뒤에 숨어 있던 병사가 물었다.

「총 좀 내려놓지, 젊은이. 나는 호랑이도, 바비루사도 아니니까.」 야네스가 말을 손보면서 대답했다. 「이런! 내가 군인인 게 보이지 않나? 군복을 알아보지 못했나?」

「용서하시오. 하지만 누가 보냈고 어떤 성격의 일로 방문한 것인지 알아내기 전에는 누구도 들여보내지 말라는 지시를 받았소.」

「좋네! 나는 윌리엄 로젠탈 남작을 대리해서 왔고, 대령님을 만나러 가는 중이네.」

「통과!」

병사가 문을 열고 정원을 순찰하고 있던 다른 동료들을 불러 누군가가 새로 도착했음을 알리고 난 다음 한쪽으로 이동하였다.

〈흠!〉 말을 타고 앞으로 나아가는 동안 마음의 준비를 단단히 하면서 야네스가 속으로 중얼거렸다. 〈경계가 제법 삼엄하군. 온통 공포에 휩싸여 있구먼.〉

그가 담장 앞에 멈춰 서서 여섯 명의 병사들이 지켜보는 가운데 땅바닥으로 뛰어 내렸다. 병사들이 발사 준비를 한 채 즉시 그를 에워쌌다.

「대령님은 어디 계시오?」 야네스가 물었다.

「서재에 계시네.」 지휘를 맡은 병장이 대답하였다.

「저를 그리로 데려다 주시오. 긴급한 일이오.」

「빅토리아에서 왔나?」

「그렇소.」

「그럼, 몸프라쳄의 호랑이들을 만나지 않았나?」

「그런 놈은 씨알도 못 봤소. 그 도둑놈들에게는 이 주변에서 우글거리는 것보다 더 중요한 일이 있나 보더군요. 어서, 저를 대령님께 데려다 주시오.」

「따라오게.」

야네스가 위험한 인물을 만날 준비를 하느라고 온갖 꾀를 다 짜내면서 병장을 따라갔다.

「여기서 기다리게.」 그를 응접실로 안내한 다음 병장이 말했다.

혼자 남게 되자 야네스는 기습 공격이 가능한지 알아보기 위해 방 안을 주의 깊게 살펴보았다. 하지만 곧 그와 같은 일을 시도해 보았자 아무 소용이 없음을 깨달았다. 창문은 바닥으로부터 너무 높았고 벽과 문들도 지나치게 튼튼했다.

「그거야 상관없지. 어차피 이놈들을 숲에서 잡을 테니까.」 그가 혼자 중얼거렸다.

그 순간 병장이 다시 방으로 들어왔다.

「대령님께서 자네를 기다리고 계시네.」 그가 야네스에게 열린 문을 가리키면서 말했다.

야네스는 뼈 속을 훑고 지나가는 전율을 느꼈다. 그의 안색이 약간 파리해졌다.

〈이봐, 야네스, 조심하고 마음 단단히 먹게나.〉 그가 속으로 중얼거렸다.

방으로 들어가 경례를 한 다음 살펴보니 매우 고상하게 꾸며진 아름다운 서재였다. 대령은 구석에 위치한 책상 뒤에 앉아 있었는데, 하얀 옷을 입고서 어두운 안색으로 얼굴을 찌푸리고 있었다.

그는 마치 새로운 출현자의 머릿속을 면밀하게 조사라도 하고 싶다는 듯이 아무 말도 하지 않고 야네스를 뚫어져라 올려다보았다. 이윽고 대령이 차가운 목소리로 말문을 열었다. 「그래, 빅토리아에서 왔다고?」

「그렇습니다, 각하.」 야네스가 딱딱하게 대답하였다.

「남작을 대신해서?」

「그렇습니다, 대령님.」

「그가 너에게 편지를 주었느냐?」

「아닙니다.」

「그럼, 전달할 소식을 가져왔느냐?」

「그렇습니다.」

「그럼 어디 말해 봐라.」

「그분께서는 제게 말레이시아의 호랑이가 여기로부터 남쪽에 있는 만에서 우리 병력에게 포위되었다는 말씀을 전하라고 하셨습니다.」

대령이 자리에서 벌떡 일어나 큰 소리로 되물었다.「호랑이가 우리 병사들에게 포위되었다고?」

「그렇습니다. 드디어 그 악당 놈이 끝장날 것 같습니다. 도망갈 길이 없거든요.」

「네가 하고 있는 말이 틀림없느냐?」

「틀림없습니다. 대령님.」

「너는 누구냐?」

「남작의 친척 가운데 하나입니다.」 야네스가 대담하게 거짓말을 하였다.

「라부안에는 얼마나 오랫동안 있었나?」

「보름입니다.」

「그렇다면 내 조카딸이……」

「제 사촌인 윌리엄의 약혼녀시지요.」 야네스가 미소를 지으면서 말을 받았다.

「자네를 만나게 돼서 무척 반갑네.」 대령이 악수를 건네면서 말했다.「언제 산도칸이 공격을 받았는지 말해 주게.」

「오늘 새벽에 많은 해적 떼를 이끌고 앞장서서 숲을 건너던 중에 그랬습니다.」

「그렇다면 그놈은 분명 악마로군. 간밤에 그놈이 여기에 있었네. 일고여덟 시간 만에 그토록 먼 지역으로 옮겨 가다니 그게 가능한 일인가?」

「그놈에게 말이 있다고들 하더군요.」

「이제야 이해가 가는군. 그런데, 윌리엄 남작은 어디 계신가?」

「저희 부대 선두에 계십니다.」

「자네는 그분이랑 함께 있었나?」

「예, 대령님.」

「해적들은 얼마나 멀리 떨어져 있는가?」

「16킬로미터 정도입니다.」

「남작으로부터 다른 전달 사항은 듣지 못했나?」

「그분께서는 대령님께 지체 없이 별장을 떠나서 조카 분을 데리고 빅토리아로 가시라는 말씀을 꼭 전하라고 제게 신신당부하셨습니다.」

「왜지?」

「대령님, 대령님께서도 말레이시아의 호랑이가 어떤 부류의 인간인지 잘 알고 계십니다. 그에게는 80명의 부하들, 즉 80마리의 호랑이가 있습니다. 그 정도면 우리 부대를 처부수고 순식간에 숲을 건너와 별장을 공격하는 일도 가능할 겁니다.」

그와 같은 추론에 충격을 받은 대령이 말없이 야네스를 살펴보다가 혼잣소리처럼 말했다.「있을 법한 일이로군. 빅토리아 항구와 선박의 보호 아래 있는 것이 여기 있는 것보다 훨씬 더 안전하겠지. 경애하는 윌리엄의 생각이 옳아. 그리로 가는 길이 아직은 뚫려 있으니 이 기회를 이용하는 것이 상책이겠지. 아, 사랑하는 조카딸아, 네가 소위 네〈영웅〉으로 생각하는 깡패 놈에게 품은 열정을 내가 깨부숴 주마. 만일 내가 너를 갈대처럼 꺾어 버릴 것 같으면, 너는 내 말에 복종하고 너를 위해 내가 고른 남자와 결혼하게 될 거다.」

야네스가 무의식적으로 손을 칼 손잡이에 올려놓았다가 이내 인내심을 발휘했다. 별장을 경비하는 병력이 상당하다는 것을 감안할 때, 무자비한 늙은이의 죽음이 하등 도움이 되지 못할 것이라는 것을 깨달았기 때문이다.

「대령님.」그가 말을 돌렸다.「제가 미래의 인척을 만나 볼 수 있도록 허락해 주시겠습니까?」

「그 애에게 윌리엄을 대신해서 전할 말이라도 있는가?」

「예, 대령님.」

「별로 따뜻한 환영을 받지는 못할 텐데······.」

「상관없습니다.」 야네스가 미소를 지으면서 말했다. 「그분께 윌리엄이 보내는 메시지를 전해 드린 후 여기로 다시 돌아오겠습니다.」

노 대령이 단추를 누르자 즉시 하인이 들어왔다.

「이분을 아가씨께 모셔다 드려라.」 대령이 말했다.

「감사합니다.」 야네스가 인사를 했다.

「그 애 마음을 바꾸어 보도록 하게. 그런 다음 다시 만나서 함께 저녁을 들도록 하지.」

야네스가 인사를 올린 뒤 하인을 따라서 푸른색으로 도배된 객실로 갔다. 방은 수많은 화초들로 인해 온실처럼 보였고 기분 좋은 향기로 가득 차 있었다. 하인이 나가고 난 뒤, 야네스가 온갖 식물들 사이로 천천히 다가갔다. 곧 하얀 옷을 입은 사람이 눈에 띄었다.

어떤 충격에도 놀라지 않을 준비를 하고 있던 야네스였건만, 탄성을 내지르지 않을 수 없었다. 마리안나가 비단으로 된 오토만에 누워 있었는데, 그녀의 아름다운 머리칼이 금실이 물결치듯 어깨까지 흘러 내려와 있었다. 그녀는 한 손으로 머리를 받친 채, 곁에 있는 꽃들을 우울하게 바라보며 신경질적으로 잡아 뜯고 있었다.

그녀의 얼굴은 헬쑥하고 침울했으며, 평소에는 무척 침착하던 푸른 눈에 억누른 분노의 빛이 드러나 있었다. 야네스가 다가오는 것을 보더니 몸을 덜덜 떨면서 마치 꿈에서 깨어나고 있는 양 이마에 손을 짚은 채 미심쩍은 시선으로 그를 바라보았다.

「누구세요?」 그녀가 약간 떨리는 목소리로 물었다. 「누가 당신을 이 방에 들어오도록 허락했나요?」

「대령님이십니다, 아가씨.」 산도칸이 묘사한 것보다 훨씬 더 아름다워 보이는 아가씨를 뚫어져라 쳐다보면서 야네스가 대답하였다.

「나한테서 무얼 원하는데요?」

「먼저, 여쭤 볼 게 하나 있습니다, 아가씨.」 야네스가 둘밖에 없다는 것을 확인하기 위해 사방을 둘러보면서 대답하였다.

「물어보세요.」

「우리가 하는 말을 다른 사람이 들을 수 있나요?」

마리안나가 그의 생각을 알고 싶다는 듯이 이마를 찌푸리며 바라보다가, 그 질문 뒤에 숨어 있는 저의를 짐작하고 대답하였다. 「우리밖에 없어요.」

「저, 아가씨, 저는 아주 멀리서 왔답니다……」

「어디에서요?」

「몸프라쳄입니다.」

벌떡 일어서는 그녀의 얼굴에 창백한 기색이 마술처럼 사라져 버리고 없었다.

「몸프라쳄이라고요!」 그녀가 얼굴이 발개지면서 큰 소리로 말했다. 「당신…… 백인이면…… 영국인이로군요!」

「아닙니다, 마리안나 아가씨. 저는 영국인이 아니고, 제 이름은 야네스……」

「야네스 씨라고요? 산도칸의 친구이자 동지이신……! 이 별장에 들어오시다니 정말 대담하시군요. 선생님! 산도칸은 어디 있나요? 그분은 무얼 하고 계시죠? 안전한가요, 아니면 부상을 당했나요? 저를 괴롭히지 말고 어서 그분에 대해 말씀해 주세요.」

「목소리를 낮추세요, 아가씨. 벽에도 귀가 달려 있을지 모르니까요.」

「그분에 대해 말씀해 주세요, 용감한 친구여. 산도칸에 대해서 말씀해 달라니까요.」

「산도칸은 당신을 구출할 준비를 하고서 지금 빅토리아로 가는 길 어딘가에 숨어 있습니다.」

「아…… 하느님! 그분을 지켜 주셔서 정말로 감사합니다!」 신께 감사의 인사를 올리는 아가씨의 눈에 이슬이 맺혔다.

「제 말씀 잘 들으십시오, 아가씨.」

「말씀하세요, 용감한 친구여.」

「제가 여기 온 것은 대령에게 별장을 떠나 빅토리아로 가라고 설득하기 위해서입니다.」

「빅토리아라고요. 하지만 일단 거기로 가면 어떻게 저를 납치하실 건데요?」

「산도칸은 그렇게 오래 기다리지 않을 겁니다, 아가씨.」 야네스가 미소를 지으면서 말했다. 「산도칸은 자기 부하들과 함께 매복해 있다가 아가씨께서 별장을 나서자마자 일행을 공격할 계획이랍니다.」

「그럼, 우리 숙부님은요?」

「그 양반 목숨은 살려 두겠다고 보장하지요.」

「그러면, 저를 납치하실 건가요?」

「그렇습니다, 아가씨.」

「그런데, 그분이 저를 어디로 데려가실 건가요?」

「자기 섬으로요.」

마리안나가 고개를 숙이고 침묵에 잠겼다.

「아가씨.」 야네스가 진지한 어조로 말을 이었다. 「두려워하지 마십시오. 산도칸은 자신이 사랑하는 여자를 어떻게 기쁘게 해주어야 할지 아는 사람입니다. 그는 악당이고 무자비하게 굴기도 했지만 사랑이 그를 바꾸어 놓았습니다. 당신께 장담하건대, 당신은 말레이시아 호랑이의 아내가 된 것을 결코 후회하지 않을 겁니다.」

「당신 말을 믿어요.」 마리안나의 대답이었다. 「그분의 과거가 끔찍했다거나, 희생자를 찔러 죽였다거나 무시무시한 피의 복수를 이끌었다고 한들 무슨 상관인가요? 그분이 저를 사랑해서, 제가 부탁하는 것이라면 다 들어주실 테고, 이제는 다른 사람이 될 텐데요. 저는 제 섬을 떠나고 그분은 몸프라첸을 떠나서 이 무시무시한 바다로부터 멀리 떠나갈 거예요. 다시는 이들 섬에 대한 이야기가 들리지 않는 아주 머나먼 곳으로요.

세상의 한구석에서 모든 사람들부터 잊힌 채 우리는 행복하게 살 거예요. 아무도 라부안의 진주의 남편이 예전에 엄청나게 많은 피를 흘리게 했고 수많은 왕국을 떨게 만들었던 말레이시아의 호랑이라는 사실을 모를 거예요. 그래요, 저는 그분의 신부가 될 것이고 영원히 그분을 사랑할 거예요.」

「아, 아가씨!」 야네스가 무릎을 꿇으면서 감격에 찬 목소리로 말했다. 「당신을 구출해서 제 가장 친한 친구이자 형제처럼 사랑하는 산도칸에게 모셔다 드리기 위해 제가 무슨 일을 할 수 있는지 말씀만 하십시오.」

「여기 와주신 것만으로도 충분히 많은 일을 하셨어요. 제가 살아 있는 한 당신께 감사드릴 거라는 사실을 믿어 주세요.」

「그것으로는 충분하지 않습니다. 산도칸이 계획을 실행할 수 있으려면 대령이 빅토리아로 가도록 설득해야 합니다.」

「하지만 숙부님께서 몹시 의심하고 계세요. 만일 제가 그런 제안을 드린다면 숙부님께서는 모종의 속임수가 아닐까 두려워한 나머지 아예 별장을 떠나지 않으려 하실 거예요.」

「당신 말이 맞습니다, 경애하는 아가씨. 하지만 아까 숙부님과 나눈 대화로 미루어 볼 때 빅토리아로 가기로 결심했을 게 확실합니다. 만일 그 영감님이 아직도 미심쩍어 한다면 제가 설득해 보도록 하겠습니다.」

「조심하세요, 선생님! 몹시 의심이 많은 분이라 함정을 눈치 챌지도 몰라요. 당신이 해적처럼 보이지 않는 건 사실이지만, 숙부님께서 산도칸에게 유럽인 친구가 있다는 것을 아실지도 모르거든요.」

「조심하겠습니다.」

「숙부님께서 당신을 기다리고 계신가요?」

「예, 아가씨. 그 양반께서 저를 저녁 식사에 초대하셨습니다.」

「그분이 의심하지 않도록 그만 가보세요.」

「당신도 우리와 합석하실 거지요?」

「예, 나중에 다시 보게 될 거예요.」

「안녕히 계십시오, 아가씨.」 야네스가 아가씨의 손에 정중하게 키스를 하면서 말했다.

「가보세요, 훌륭한 친구 분. 절대로 당신을 잊지 않을게요.」

야네스가 아가씨의 멋진 모습에 압도당해 몽롱하게 도취된 상태로 방을 나갔다.

「제기랄!」 그가 대령의 서재를 향해 걸어가면서 탄식하였다. 「저렇게 아름다운 여자는 생전 처음 보는군. 저 산도칸이라는 악당한테 진짜 질투가 나기 시작하는데.」

대령이 방에서 그를 기다리고 있었다. 팔짱을 단단히 낀 채 잔뜩 눈살을 찌푸리고 방 안을 왔다 갔다 하면서…….

「그래, 젊은 친구, 내 조카딸이 어떤 대접을 하던가?」

「그분께서는 윌리엄 사촌의 말을 듣고 싶어 하시지 않는 것 같았습니다.」 야네스의 대답이었다. 「거의 쫓겨나다시피 했거든요.」

대령이 고개를 저었고, 그의 이마에 난 주름도 더 깊어졌다.
「언제나 이런 식이지! 언제나!」 그가 이를 악물면서 중얼거렸다.

그가 살벌한 침묵에 휩싸인 채 신경질적으로 손가락을 까닥까닥하면서 다시 방 안을 오락가락하다가 문득 야네스 앞에 멈춰 섰다. 그동안 야네스는 쥐 죽은 듯이 조용히 있으면서 오로지 노인네만 뚫어질 듯이 바라보고 있었다.

「내가 어떻게 해야 한다고 생각하나?」 대령이 물었다.

「이미 말씀드린 대로, 빅토리아로 가시는 게 상책일 것입니다.」

「자네 말이 맞네. 그나저나, 내 조카딸이 언젠가는 윌리엄을 사랑할 수 있을까?」

「그렇게 되기를 바랍니다. 하지만 그보다 먼저 말레이시아의 호랑이가 죽어야 하겠지요.」 야네스가 대꾸하였다.

「우리가 그를 죽일 수 있을까?」

「그의 호랑이들이 병사들에게 포위당했고, 윌리엄이 지휘하고 있습니다.」

「그래, 자네 말이 옳아. 그 친구는 산도칸을 죽이든지 그놈에게 죽든지 할 걸세. 그 젊은이를 잘 알고 있지. 영리하고 용감한 청년이야.」

대령은 다시 침묵에 빠진 채 창문으로 가서 서서히 지는 해를 바라보았다. 그러더니 몇 분 후에 다시 방으로 들어와서 물었다. 「그러니까, 자네 말은 떠나라는 거지?」

「예, 대령님.」 야네스가 대답하였다. 「이 절호의 기회를 틈타 별장을 떠나신 다음, 빅토리아에서 피난처를 찾으십시오.」

「그런데, 만일 산도칸이 모종의 함정을 파놓았으면 어쩌지? 내가 듣기로 그놈에게는 야네스라는 이름의 유럽인 친구가 있는데, 아주 영리한 데다가 말레이시아의 호랑이만큼이나 위험하다고 하더군.」

〈칭찬해 주어서 눈물 나게 고맙군.〉 야네스가 웃음을 참느라고 무척 애를 쓰면서 속으로 중얼거렸다. 그러고는 대령을 바라보며 말했다.「각하께서는 어떤 공격도 물리칠 수 있는 충분한 호위병이 있지 않습니까?」

「그래, 전에는 대규모 호위병이 있었지. 하지만 지금은 아니라네. 여러 명의 부하를 빅토리아 총독에게 파견해야 했거든. 그들이 긴급하게 필요하다고 해서 말일세. 자네도 알다시피 이 섬의 수비대는 그리 많지 않다네.」

「그건 사실입니다.」

노 대령이 초조하게 방 안을 오락가락하였다. 매우 심각한 고민에 빠진 것처럼 보였는데, 얼굴에 몹시 혼란스러워 하는 기색이 역력하였다. 그러다가 불쑥 야네스에게 다가와 물었다.「이리로 오는 도중에 아무도 보지 못했단 말이지?」

「그렇습니다.」

「의심스러운 것을 아무것도 보지 못했나?」

「못 봤습니다.」

「그럼, 우리가 이동할 수 있을까?」

「그럴 겁니다.」

「그래도 좀 의심스럽네.」

「무엇이 말입니까?」

「모든 해적들이 다 떠나 버렸다는 사실이……」

「대령님, 그깟 범죄자들을 두려워하지 마십시오. 제가 주변 지역 좀 수색할까요?」

「그래 주면 고맙지. 자네와 동행할 부하를 좀 붙여 줄까?」

「아닙니다, 대령님. 오히려 혼자 가는 게 낫습니다. 혼자면 적의 관심을 끌지 않고 숲으로 들어갈 수 있지만, 여럿이면 경계를 서고 있는 보초에게 들키지 않고 통과하기가 어렵습니다.」

「자네 말이 맞네. 그래, 언제 출발할 텐가?」

「지금 당장 떠나겠습니다. 몇 시간이면 많은 구역을 돌아볼 수 있습니다.」

「해가 거의 다 졌네.」

「그편이 더 낫습니다.」

「무섭지 않나?」

「무장하고 있으면 아무도 무섭지 않습니다.」

「로젠탈 가문의, 훌륭한 혈통이군.」 대령이 중얼거렸다. 「가보게. 저녁 식사 때 만나기를 바라네.」

「아, 대령님! 졸병과 함께 저녁을 드시려고요?」

「자네는 신사가 아닌가? 게다가 가까운 장래에 친척이 될 사이 아니던가?」

「감사합니다, 대령님.」 야네스가 말했다.

그가 칼을 꺼내 대령에게 군대식으로 경례를 올린 후 도로 칼집에 집어넣고서 침착하게 계단을 내려가 정원으로 들어갔다.

「이제 산도칸을 찾아야지.」 별장으로부터 상당히 떨어진 곳에 이르렀을 때 그가 중얼거렸다. 「염병할! 영감탱이를 행복하게 해드려야 하거든.」

그는 정찰 임무를 완수할 것이고 제임스 경은 자신이 해적과 만나지 않으리라고 확신하면서 쉴 수 있을 것이다. 이 얼마나 근사한 속임수인가! 일이 이렇게 술술 잘 풀리리라고 누가 상상이나 했겠는가? 야네스가 바라는 대로 매끄럽게 풀린 건 아니었을지 몰라도, 어쨌거나 그의 불한당 같은 동지는 황금빛 머리칼의 아가씨와 결혼하게 될 터였다. 그는 도무지 산도칸의 취향을 흠잡을 수도 없었다. 이제까지 그토록 아름답고 우아한 여자를 만나 본 적이 없었으니……. 그런데, 그러고

나면? 자신이 사랑하는 몸프라쳄의 앞날이 걱정되긴 했지만, 지금 그런 문제를 생각해 보았자 아무 소용도 없었다. 자기들이 더 이상 바다를 헤매고 돌아다닐 팔자가 아니라면, 남은 인생을 광저우나 마카오 같은 동방의 어느 도시에서 조용히 살면 될 것이었다. 그러다가 시간이 되면, 이 땅에 영원히 작별을 고할 준비를 하리라.

앞날에 대한 생각을 골똘히 하다 보니, 어느새 넓은 정원 구역을 지나서 어떤 문 앞에 이르렀다. 문 앞에서 병사 하나가 경비를 서고 있었다.

「이봐, 문 열게.」야네스가 말했다.

「떠나시는 겁니까, 병장님?」

「아니, 주변 지역을 정찰하려고 나가네.」

「해적들을 찾아서요?」

「이 구역에는 더 이상 개미 새끼 한 마리도 없어.」

「제가 동행하길 원하십니까, 병장님?」

「그럴 필요 없네. 두어 시간 안에 돌아올 테니까.」

야네스가 문을 통과해서 빅토리아로 가는 길을 향해 올라갔다. 그는 경비병의 시야에 있을 동안에는 천천히 걸어가다가 일단 나무들이 그의 거동을 가려 주자, 걸음을 빨리하기 시작하더니 이내 무서운 속도로 숲 속을 달렸다. 7백 여 미터쯤 나아갔을 때 한 사람이 수풀 뒤에서 나와 그의 길을 가로막았다. 즉시 그를 향해 총을 겨누면서 위협적으로 호통 치는 소리가 뒤따랐다.「항복하지 않으면 죽는다!」

「나를 못 알아보겠나?」야네스가 모자를 벗으면서 물었다. 「자네 시력이 지난번만큼 좋지 못하구먼, 파라노아.」

「야네스 나리!」말레이인이 큰 소리로 반겼다.

「그래, 살아서 만나는군. 그런데 이렇게 별장 가까이에서 무얼 하고 있었나?」

「담을 망보고 있었습니다.」
「산도칸은 어디 있지?」
「여기서부터 1.5킬로미터 떨어진 곳에 계십니다. 무슨 좋은 소식이라도 있나요?」
「더 이상 좋을 수가 없지.」
「지시 사항이 무엇인지요?」
「산도칸에게 달려가서 내가 여기서 기다린다고 전하게. 또 이카우트에게 배를 준비하라는 명령을 내리라고 하게.」
「떠나게 됩니까?」
「어쩌면 바로 오늘 밤에.」
「당장 뛰어가겠습니다.」
「잠깐만, 다른 배들은 도착했나?」
「아니요, 나리. 그들이 침몰한 게 아닌가 걱정들 하기 시작했습니다.」
「하느님 맙소사! 우리 원정에 그런 불운이 닥치다니! 그래도 우리에게는 대령의 호위대를 무너뜨리기에 충분한 인원이 있으니 다행이군. 가보게. 파라노아, 서둘러야 하네.」
「제가 말보다 빠를걸요.」

파라노아가 화살처럼 달려 나갔다. 야네스는 조용히 담배에 불을 붙인 후 멋진 빈랑나무 아래 누웠다. 채 20분도 지나지 않아 산도칸이 그를 향해 전속력으로 달려오는 것이 보였다. 파라노아를 비롯해 완전 무장한 해적 네 명을 동반하고 있었다.

「여보게, 야네스!」 산도칸이 그를 향해 뛰어오면서 큰 소리로 불렀다. 「내가 자네를 얼마나 걱정했다고……! 그녀를 만났나? 여보게, 그녀 이야기 좀 해보게! 말 좀 하라고! 궁금해서 돌아 버리겠네.」

「아주 바람처럼 날아왔구먼.」 야네스가 웃으면서 놀렸다.

「보시다시피 신짜 영국인처럼 내 임무를 완수했다네. 사실은 남작의 친척 행세를 했지. 얼마나 환대를 하던지! 누구 하나 한순간도 날 의심하지 않았네.」

「대령까지도?」

「오! 그 영감이야말로 전혀 아니올시다였지. 그 양반이 나와 함께 저녁을 들려고 기다리고 있다네.」

「그런데 마리안나는……?」

「그녀와 말을 하긴 했는데, 그녀가 너무 아름답고 매력적인 걸 보고 내 머리가 돌아 버렸지 뭔가. 그런데 그녀가 우는 걸 보고서…….」

「그녀가 우는 걸 보았다고!」 산도칸이 충격을 받고 소리를 질렀다. 「누가 그녀에게 눈물을 흘리게 했는지 말해 보게. 그녀의 아름다운 눈에 눈물을 흘리게 한 악당 놈의 심장을 갈가리 찢어 버릴 테니까.」

「자네 미친 것 아닌가? 그녀는 자네 때문에 울었다고.」

「아, 내 사랑!」 산도칸이 부르짖었다. 「전부 다 말해 주게, 말하라니까! 야네스, 제발.」

두 번 다시 묻기도 전에 야네스가 재빨리 대령 및 아가씨와 나눈 대화 내용을 말해 주었다.

「그 영감은 지금 떠나는 쪽으로 마음이 기운 것 같더군.」 그가 말을 이었다. 「그러니 혼자 몸프라쳄으로 돌아가지는 않을 거야. 그래도 조심하게, 아우님! 정원에는 아직도 병사들이 좀 있고 또 그의 호위대를 물리치는 것도 쉽지는 않은 일이라네. 나는 그 영감을 신뢰하지 않아. 그는 자기 조카가 자네한테 납치되는 꼴을 보느니 차라리 그녀를 죽여 버릴 작자야.」

「오늘 밤에 그녀를 만날 건가?」

「물론이지.」

「아! 나도 별장에 들어갈 수만 있다면!」

「좋은 생각이 있네……」
「대령이 언제쯤 별장을 나설까?」
「아직은 잘 모르겠네만, 아마도 오늘 밤에 결정을 내리지 않을까 싶군.」
「오늘 밤에 출발할 가능성이 있을까?」
「그럴 것 같아.」
「그걸 어떻게 확인하지?」
「방법은 하나밖에 없어.」
「어떻게?」
「우리 부하 하나를 중국식 노대나 온실로 보내서 내 지시를 기다리도록 하게.」
「사원 주변에 경비병들이 흩어져 있지 않나?」
「아니, 그들은 문만 지키고 있다네.」 야네스가 대답하였다.
「내가 온실에 숨어 있으면 어떨까?」
「안 돼, 산도칸. 자네가 이 오솔길을 떠나면 안 되지. 그 영감탱이가 출발을 서두를 수도 있으니 자네가 여기 있다가 부하들을 지휘해야 하네. 자네가 일당백이라는 사실, 잘 알고 있지 않나?」
「파라노아를 보낼게. 그는 유능하고 신중하니까 들키지 않고 온실에 들어갈 수 있을 거야. 해가 지자마자 그가 담장을 뛰어넘어가서 자네 명령을 기다릴 걸세.」
야네스가 잠시 가만히 있다가 입을 열었다. 「그런데, 만일 영감이 마음을 바꿔 먹고 별장에 남아 있기로 하면 어쩐다?」
「제기랄……! 그거 골치 아프게 생겼군. 자네가 밤중에 우리한테 문을 열어 줘서 우리를 안으로 들어가게 할 수는 없을까? 안 될 게 뭔가? 나한테는 그거야말로 실행 가능한 선택일 것 같은데.」
「비현실적인 생각이네, 산도칸. 수비대 규모가 크다고. 그들이 별장 안에서 방어하고 있을 수도 있고 강력하게 저항해 올 수도 있네. 게다가 만일 그 영감이 다급한 궁지에 몰렸다는 걸 깨달을 시에는, 꼭지가 돌아서 아가씨를 향해 총알을 날릴 수도 있네. 그 양반을 과소평가하지 말라고, 산도칸.」

「자네 말이 맞네.」 산도칸이 한숨을 쉬며 동의했다. 「제임스 경이라면 그녀를 죽이고도 남지.」

「그러니까, 길에서 기다릴 거지?」

「그래, 야네스. 하지만 만일 그 영감이 당장 떠날 결심을 하지 않는다면 궁여지책을 써볼 수밖에. 영원히 여기 있을 수는 없잖은가? 빅토리아 당국이, 우리가 몸프라쳄을 거의 무방비 상태로 놓아둔 채 여기 상륙한 걸 알아채기 전에 마리안나를 빼내야 하네. 내 섬이 걱정되네. 섬을 잃어버리면 우린 어떻게 되지……? 우리 보석들이 모두 다 거기에 있는데…….」

「내가 대령에게 서둘러 출발하라고 설득해 보겠네. 그동안에 배를 준비하고 모든 병력을 다 이리로 데려오게. 대령이 자포자기한 상태에서 우리한테 엉뚱한 짓을 저지르기 전에 재빨리 호위병을 제압해야 하거든.」

「별장에 병사들이 많던가?」

「여남은 명 있는 데다가 또 그만큼의 원주민이 있더군.」

「그럼 승리는 확실하겠군.」

야네스가 일어섰다.

「이제 돌아가려고?」 산도칸이 물었다.

「저녁 식사 시간에 사람을 기다리게 해서는 안 되지. 더구나 상대가 대령님이시고 내가 일개 병장에 불과할 때에는 더욱 그렇다네.」 야네스가 빙글거리며 대답하였다.

「자네가 너무 부럽군, 야네스.」

「먹을 것 때문은 아니겠지, 산도칸? 안심하고 기다리게나.

내일이면 아가씨를 보게 될 테니.」

「나도 그러기를 바라네.」 호랑이가 한숨을 내쉬며 다시 한 번 중얼거렸다. 「여보게, 잘 가게. 가서 영감탱이를 잘 설득하게나.」

그들은 악수를 하고 나서 각자의 길로 나섰다.

산도칸과 그의 부하들이 함정을 준비하기 위해 정글 속으로 가고 있는 동안, 야네스는 담배에 불을 붙인 후, 마치 정찰 임무가 아니라 산책에서 돌아오기라도 하는 듯 침착하게 사원 쪽으로 걸어갔다. 그러고는 보초를 통과해서 정원 주변을 어슬렁거리기 시작하였다. 대령을 만나기에는 아직 너무 일렀던 것이다. 그러다가 도로 끝에서 그를 찾고 있는 것처럼 보이는 아가씨와 마주쳤다.

「아, 아가씨! 아주 운이 좋군요!」 야네스가 외쳤다.

「당신을 찾고 있었어요.」 아가씨가 그에게 손을 내밀며 말했다.

「뭐 중요하게 하실 말씀이라도 있으신가요?」

「네, 우리는 다섯 시간 안에 빅토리아로 떠날 거예요.」

「숙부님이 그렇게 말씀하시던가요?」

「예.」

「산도칸이 준비하고 있습니다, 아가씨. 동지들도 우리 계획을 알고 호위대가 도착하기만 기다리고 있고요.」

「어머나! 저는 그런 일이 일어나리라는 걸 믿을 수가 없어요.」

「아가씨, 우리는 굳세고 단호해야 합니다.」

「우리 숙부님께서는…… 저를 저주하고, 미워하실 거예요.」

「하지만 산도칸이 당신을 행복하게 해드릴 겁니다. 세상에서 가장 행복한 여인으로요.」

아가씨의 분홍빛 뺨에 두 줄기 눈물이 천천히 흘러 내렸다.

「우세요? 울지 마세요, 마리안나 양!」 야네스가 달랬다.

「무서워요, 야네스.」

「산도칸이요?」

「아니요, 앞날이요.」

「근사할 겁니다. 산도칸이, 당신이 원하는 거라면 무엇이든지 다 해드릴 테니까요. 그 친구가 자기 배를 불태우고, 부하들을 해산시키고, 피의 복수도 깨끗이 잊어버릴 준비를 하고 있거든요. 자기 섬에 작별을 고하고 권력을 포기할 준비도 다 되어 있답니다. 당신의 한마디면, 그의 인생을 바꾸기에 충분할 겁니다.」

「그러니까 그분이 저를 대단히 사랑하시는 거지요?」

「미친 듯이 사랑하지요.」

「그런데, 그분은 도대체 누구인가요? 왜 그렇게 많은 피를 흘리게 했고, 또 왜 그렇게 피의 복수를 하는 건가요? 그분은 대체 어디 출신이지요?」

「제 말씀을 잘 들으십시오, 아가씨.」 그가 아가씨가 팔짱을 낄 수 있도록 자기 팔을 내준 다음, 그녀를 그늘 아래로 인도하면서 말했다. 「대부분의 사람들이 산도칸을 보르네오 정글 속에서 태어난, 피와 재물에 굶주린 야비한 해적에 불과한 사람으로 여기고 있는데, 다 틀린 겁니다. 그는 왕족의 후예로, 해적이 아니라 복수자입니다. 그는 스무 살 때, 보르네오 남쪽 해안 부근에 있는 물루데르 왕국의 왕위에 올랐습니다. 사자처럼 강인하고, 호랑이처럼 지혜롭고, 옛날 영웅처럼 용감하고, 미치광이라는 말을 들을 정도로 대담했던 까닭에, 얼마 지나지 않아 그는 모든 이웃 나라들을 정복했고 보티강과 바라우니 왕국의 경계선까지 국경을 넓혔습니다.

하지만 그런 일들이 그에게 치명적인 결과를 가져왔습니다. 바야흐로 모든 섬을 정복할 것처럼 보이는 새로운 세력에 질투를 느낀 영국과 네덜란드가, 그 용감한 전사를 쓰러뜨리기 위해 바라우니의 술탄과 동맹을 맺었습니다. 황금과 무기라는 뇌물이 새로운 왕국의 파멸을 불러일으켰지요. 배신자들이 여러 원주민 그룹들을 휘젓고 다녔고, 산도칸의 어머니와 형제자매를 살해하려고 암살자를 고용했습니다. 막강한 군대가 그의 왕국을 침략해서 지휘관과 병사들을 매수하고, 약탈하고, 죽이고, 그 밖에 알려지지 않은 많은 잔학 행위를 저질렀습니다. 노발대발한 산도칸이 이쪽저쪽 가릴 것 없이 때리고 부수면서 필사적으로 싸웠지만 결국 아무 소용이 없었습니다. 반역적인 배신행위가 바로 그의 왕궁에까지 미쳤거든요. 그의 가족은 청부 암살자의 칼날 아래 쓰러졌고, 방화와 살육이 벌어지던 그날 밤에 그는 용감한 부하 몇몇과 함께 겨우 도망칠 수 있었습니다.

그는 몇 년 동안 말할 수 없는 불행에 사로잡힌 채, 잃어버린 왕위를 되찾고 자기 가족의 살해자에게 복수하겠다는 희망으로, 야수처럼 보르네오 남쪽 해안 외곽을 떠돌아 다녔습니다. 그러던 어느 날 밤, 모든 일이 다 글렀다고 체념한 산도칸은 모든 백인들과 바라우니의 술탄에 대한 전쟁을 맹세하고 배를 탔습니다. 그리고 몸프라쳄에 도착하자 사람들을 모집해서 바다를 노략질하기 시작한 거죠.

그는 강하고, 용감하고, 영리한 데다가 복수심에 불타고 있었습니다. 그는 한 번도 중간에 멈추거나 분노를 누그러뜨리지 않은 채 술탄의 궁정을 유린하고 영국과 네덜란드의 배를 공격했습니다. 그 결과 이 바다에서 공포의 대상이 되었지요. 무시무시한 말레이시아의 호랑이가 탄생한 겁니다. 나머지는 다 아실 테고요.」

「그러니까, 그분은 가족들의 원수를 갚고 계신 거로군요!」 마리안나가 더 이상 울지 않고 말했다.

「그렇습니다, 아가씨. 그는 암살자의 칼날 아래에서 죽어 간 자신의 어머니와 형제자매들 때문에 자주 슬픔에 빠지곤 하는 복수자입니다. 결코 추잡한 행동을 하지 않으며, 항상 약한 자를 위해 주고 여자와 어린이를 절대로 해치지 않는 복수자입니다. 재물에 대한 갈증 때문이 아니라 언젠가 군대를 일으켜서 잃어버린 왕국을 되찾기 위해 자기 원수들을 약탈하는 복수자랍니다.」

「당신 말씀을 들으니 정말 안심이 되는군요, 야네스.」 아가씨의 말이었다.

「그럼, 말레이시아의 호랑이를 따라가기로 결심하신 겁니까?」

「네, 저는 그분 거예요. 그분을 사랑해요. 그분 없이는 살 수 없어요.」

「이제 그만 별장으로 돌아가시지요, 아가씨. 하느님이 우리를 돌봐 주실 겁니다.」

야네스가 아가씨를 데리고 별장으로 갔고, 두 사람은 함께 만찬장을 향해 걸어 올라갔다. 대령은 이미 거기에 와 있었는데, 여전히 음산한 얼굴로 바닥만 뚫어지게 쳐다보며 앞뒤로 오락가락하고 있었다.

「아, 왔나? 자네한테 나쁜 일이 일어난 건 아닌가 걱정하고 있었네.」

「하나도 위험하지 않다는 것을 제 눈으로 똑똑히 확인하고 싶었습니다.」 야네스가 대답하였다.

「몸프라쳄에서 온 개새끼들을 하나도 보지 못했나?」

「쥐새끼 한 마리 없었습니다. 우리가 편리한 시간에 빅토리아로 갈 수 있습니다.」

대령이 잠시 가만히 있다가 창문 근처에 서 있는 마리안나를 향해 돌아서면서 물었다. 「우리가 빅토리아에 가기로 했다는 말을 들었느냐?」

「예.」 그녀가 냉담하게 대꾸하였다.

「너도 같이 가겠느냐?」

「제가 아무리 저항해도 아무 소용이 없다는 걸 잘 아시잖아요.」

「너를 그리 강제로 끌고 가야 할 줄 알았다.」

「대령님!」

야네스는 아가씨의 눈에서 험악한 불길이 타오르는 것을 알았으나, 그 늙은이를 갈겨 버리고 싶은 충동에도 불구하고 그냥 가만히 있었다.

「음, 나는 네가 빅토리아에 가기로 결심할 거라고는 꿈에도 생각하지 못했구나. 혹시라도 칼을 휘두르고 다니는 네 〈영웅〉에 대한 사랑을 집어치운 건 아니냐? 축하드리옵나이다, 아가씨.」 대령이 빈정거렸다.

「그만큼 하셨으면 됐어요!」 대령조차 오싹하게 할 어조로 아가씨가 쏘아붙였다.

그들은 한참 동안 침묵을 지킨 채, 맹수들이 싸움에 들어가기 전에 상대방의 화를 돋우는 것 같은 눈빛으로 서로를 노려보았다.

「오, 네가 포기할 거다. 포기하지 않으면 너를 가만두지 않을 테니까!」 대령이 격분해서 으르렁거렸다. 「네가 산도칸, 그 개새끼의 마누라가 되도록 내버려 두느니 너를 죽여 버릴 테다.」

「죽여 보세요.」 아가씨가 위협적으로 다가가면서 말했다.

「한바탕 소동을 피우고 싶은 게냐? 애야, 그래 봤자 아무 소용도 없다. 이 문제에 관해서 내 생각이 얼마나 완강한 지는 너도 나만큼 잘 알고 있을 텐데……. 가서 떠날 준비나 하는 게 나을 거다.」

아가씨가 잠깐 멈춰 섰다. 그러고는 재빨리 야네스와 눈짓을 주고받더니, 자기 등 뒤로 쾅 소리가 나도록 거칠게 문을 닫으면서 방을 나갔다.

「저 애가 하는 짓거리 보았지?」 대령이 야네스를 향해 돌아서면서 말했다. 「저 애는 제가 나한테 대항할 수 있을 거라고 생각하는 모양인데, 틀렸네. 흥! 저 애를 가만두지 않을 걸세.」

야네스는 그 말에 대답하는 대신, 이마에 흐르는 식은땀을 닦아 낸 뒤, 칼을 잡고 싶은 유혹을 뿌리치기 위해 팔짱을 끼었다. 무슨 짓이라도 다 할 수 있는, 저 끔찍한 늙은이를 없애 버릴 수만 있다면 무엇이든지 다 주었을 것이다. 대령이 몇 분 동안이나 방 안을 오락가락하다가 야네스에게 식탁에 앉으라는 손짓을 했다.

식사는 조용한 가운데 이루어졌다. 대령은 자기 음식에 거의 손을 대지 않았다. 하지만 야네스는 두 번 다시 먹을 일이 없으리라고 생각하는 사람 마냥 게걸스럽게 먹어 치우는 것으로, 다양한 음식에 대해 지대한 경의를 표했다. 그들이 막 식사를 끝냈을 때 위병 하사가 들어왔다.

「부르셨습니까, 대령님?」 그가 물었다.

「병사들에게 출발 준비를 시켜라.」

「몇 시에 출발할까요?」

「자정에 별장을 떠날 작정이다.」

「말을 타시고요?」

「오냐, 그리고 모든 병사들에게 새로 총탄을 장전하도록 하여라.」

「지시대로 하겠습니다.」

「모두 다 떠나는 건가요?」 야네스가 물었다.

「네 사람을 뒤에 남겨 놓을 작정이네.」

「호위병은 충분한가요?」

「믿음직한 병사 열두 명과 원주민 열 명으로 구성할 작정이네.」

「그 정도 병력이면 무서울 게 없겠군요.」

「여보게, 자네는 몸프라쳄의 해적들을 모르는구먼. 만일 그놈들을 만나게 되면 어느 쪽이 이길지는 아무도 모르는 일이라네.」

「정원에 나가 봐도 되겠습니까?」

「무슨 일로?」

「병사들의 준비를 감독하려고요.」

「좋고말고.」

야네스가 방을 나가더니 다급하게 계단을 내려가면서 혼자 중얼거렸다. 「제시간에 거기 도착해 파라노아에게 알려 주어야 할 텐데. 산도칸이 아주 근사한 매복 공격을 준비하겠지.」

그는 멈추지 않고 병사들을 통과한 뒤, 자기 위치를 파악하기 위해 최선을 다하면서 온실로 가는 길을 내려갔다. 그러고는 5분 뒤에 바나나나무 숲길 한가운데에 도착하였으니, 지난번에 영국 병사를 붙잡았던 바로 그곳이었다. 따라오는 사람이 아무도 없다는 것을 확인하기 위해 사방을 둘러본 다음, 야네스는 온실로 다가가 조용히 문을 밀었다. 어두운 그림자 하나가 즉시 그의 가슴에 총을 겨누었다.

「날세, 파라노아.」 그가 말했다.

「아, 야네스 나리.」

「당장 출발해야겠네. 산도칸에게 우리가 몇 시간 안에 별장을 떠날 거라고 전하게.」

「어디서 기다리면 됩니까?」

「빅토리아로 가는 길이네.」

「인원이 많습니까?」

「스무 명가량.」

「즉시 출발하겠습니다. 안녕히 가세요, 야네스 나리.」

파라노이가 온실을 나가 초목들이 만드는 어두운 그늘에 조심스럽게 몸을 숨기면서 길로 내려갔다.

야네스가 별장으로 돌아와 보니, 칼을 차고 어깨에 총을 멘 대령이 계단을 내려오고 있었고 호위대를 구성하고 있는 병사들이 차렷 자세로 서 있었다. 전부 다해서 스물두 명이었는데 영국군 병사 열둘에 원주민이 열로 모두 완전 무장을 하고 있었다. 정원 문 옆의 뜰에서는 한 떼의 말들이 쉴 새 없이 앞발로 땅을 긁고 있었다.

「내 조카는 어디 있느냐?」 대령이 물었다.

「저기 오고 계십니다.」 경비대의 병장이 대답하였다.

승마복 차림의 마리안나 양이 그때 막 계단을 걸어 내려오고 있었다. 긴 치마에 푸른색 벨벳 재킷을 받쳐 입었는데 그녀의 빼어난 아름다움을 한층 돋보이게 하는 색상이었다. 깃털 달린 모자가 그녀의 황금빛 머리 위에 비스듬하게 얹혀 있었다. 얼굴에 불안하고 초조한 기색이 드러나 있었으며, 그녀를 주의 깊게 바라보고 있던 야네스의 눈에 그녀의 눈썹에 맺힌 이슬이 보였다.

그녀는 더 이상 그토록 생기발랄하고 당당하게 이야기하던 몇 시간 전의 원기 왕성한 아가씨가 아니었다. 납치된다는 생각과 더불어 자신의 숙부를 영원히 떠난다는 생각이 그녀의 마음을 어지럽히는 것 같았다. 숙부가 그녀를 사랑하지 않는 건 사실이지만 그래도 청소년 시절 동안 그녀를 돌보아준, 자신의 유일한 친척이 아닌가. 또한 말레이시아의 호랑이라는 이름을 지닌 남자 팔에 안긴 채 낯익은 곳을 떠나 미지의 세계로 향한다는 생각이 그녀를 압도하고 있는 것 같았다. 그녀가 말 위에 올라타자, 더 이상 참을 수 없었던 눈물이 딸꾹질과 함께 펑펑 흘러내렸다.

야네스가 그녀 곁으로 말을 몰고 가서 위로하였다. 「힘내세요, 아가씨. 라부안의 진주 앞에 찬란한 미래가 펼쳐질 텐데요.」

대령의 명령에 따라 호위대가 행진을 시작하였다. 정원을 떠나서, 그들은 알지 못한 채 호랑이들이 매복하고 있는 곳으로 향하는 길로 접어들었다. 여섯 명의 병사가 손에 총을 들고 앞장을 섰다. 그들은 어떤 기습 공격에도 대비하기 위해 길 양쪽으로부터 눈길을 떼지 않았다. 대령이 야네스와 아가씨, 그리고 네 명의 병사들과 함께 말을 타고 그 뒤를 따랐다. 나머지 호위병들은 안장에 총을 매달고 후미에서 따라왔다.

야네스의 정찰 보고에도 불구하고 모두들 걱정을 떨치지 못한 채 주변 숲을 주의 깊게 살펴보았다. 대령은 이 모든 일에 무관심한 것 같았으나, 그래도 이따금 주변을 둘러보면서 마리안나를 향해 위협적인 눈길을 던졌다. 해적이 있다는 첫 신호만으로도 능히 자기 조카를 죽일 채비를 갖추고 있다는 사실을 한눈에 알 수 있었다.

다행히도 그를 계속 지켜보던 야네스가 그의 흉악한 의도를 알아차리고는, 아가씨를 보호하기 위해 어떤 짓이라도 다할 준비를 하고 있었다. 그들이 줄곧 깊은 침묵에 휩싸인 채 2킬로미터쯤 나아갔을 무렵, 길 오른쪽으로부터 나지막한 휘파람 소리가 들려왔다. 금방 공격이 이루어질 것이라고 짐작한 야네스가 칼을 뽑아 들고 대령과 마리안나 양 사이에 섰다.

「무슨 짓을 하고 있는 건가?」 대령이 재빨리 사방을 둘러보면서 물었다.

「저 소리 못 들으셨습니까?」 야네스가 물었다.

「휘파람 소리 말인가?」

「예.」

「그게 무언데?」

「제 친구들이 우리를 포위했다는 뜻입니다.」 야네스가 차갑게 대꾸하였다.

「앗, 이 배신자!」 대령이 소리를 지르면서 칼을 꺼내 들고 야네스에게 달려들었다.

「너무 늦으셨습니다, 대령님!」 야네스가 큰 소리로 외치면서 마리안나 앞에 자리를 잡았다.

바로 그 순간 길 양쪽으로부터 무자비한 충격이 시작되어 순식간에 병사 넷과 말 일곱 마리를 땅바닥에 쓰러뜨렸다. 이어 서른 명의 사내들, 즉 서른 마리의 호랑이가 덤불 뒤에서 달려 나와 무시무시하기 짝이 없는 고함을 지르면서 병사들을 공격하였다. 병사들이 말 뒤에 모여들었다. 산도칸이 자기 부하들 맨 앞에 서서 그들 가운데로 돌진해 들어가더니 그의 눈앞에서 첫 번째로 얼쩡거리던 녀석을 단칼에 날려 버렸다.

대령이 몹시 성이 나서 으르렁거렸다. 오른손에 칼을 들고 왼손으로 권총을 꺼내 들면서 말갈기를 부여잡고 있는 마리안나 쪽으로 달려갔지만 벌써 야네스가 바닥으로 뛰어 내린 다음이었다. 야네스는 아가씨를 도와 안장에서 내리게 한 다음, 억센 팔로 그녀를 자기 가슴 쪽으로 끌어당겼다. 그러면서 싸움터에서 떨어져 나가려고 애를 썼지만 원주민들이 무서우리만큼 필사적으로 지키고 있었던 까닭에 일이 생각만큼 쉽지가 않았다.

「길을 비켜라! 길을 비켜라!」 요란한 총소리와 격렬하게 칼이 부딪치는 소음을 뚫고 자기 목소리가 들리도록 하기 위해 그가 기를 쓰고 고함을 질렀다.

하지만 유감스럽게도 총의 공이치기를 당기고 있는 대령 이외에는 아무도 그의 말을 듣거나 그에게 주의를 기울이지 않았다. 그러지 않아도 불리한 입장에 처해 있던 야네스에게 설상가상으로 결정적인 불운까지 겹쳤으니 아가씨가 그의 팔 안에서 기절해 버린 것이다. 그가 아가씨를 말들의 시체 뒤에 내려놓는 순간, 분노로 하얗게 질린 대령이 그를 향해 총을 쏘았다. 야네스가 오른쪽으로 고개를 홱 숙여서 총알을 피한 다음 칼을 꺼내 들고 외쳤다. 「잠깐만 기다리시오, 영감. 내 칼날의 맛을 보여드리리다.」

「배신자! 너를 죽여 버리겠다!」 대령이 말을 받았다.

두 사람이 서로 상대방을 향해 돌진하였다. 야네스는 아가씨를 지키기 위해 자신을 희생하기로 결심하였고, 대령은 아가씨를 말레이시아의 호랑이한테 넘겨주지 않기 위해 무슨 짓이든 다 할 준비를 하고 있었다.

두 사람이 고래 심줄보다 더 질기게 무시무시한 공격을 주거니 받거니 하는 동안, 영국군과 해적들 또한 막상막하의 맹렬한 기세로 기선을 잡기 위해 피 튀기는 접전을 벌였다. 원주민들이 아주 치열하게 싸워 준 덕에 겨우 몇 사람밖에 남지 않은 영국군은 그래도 쓰러진 말의 시체 뒤에 몸을 숨긴 채 자신을 방어할 수 있었다. 원주민들이 내지르는 사나운 함성이 호랑이들의 고함 소리와 뒤섞여 어지럽게 울려 퍼졌다. 그들은 앞뒤 가리지 않고 막무가내로 싸우다가, 총알이 떨어지자 자신의 총을 거꾸로 잡아서 곤봉으로 사용하였다. 뒤로 물러났다 앞으로 나아갔다를 반복하면서도 항복하기를 거부하였다.

손에 칼을 쥔 산도칸이 인간 장벽을 무너뜨리고, 노인네의 격앙된 공격을 막아 내느라 고생하고 있는 야네스를 돕기 위해 달려가려고 애를 썼지만 아무 소용이 없었다. 그는 짐승처럼 울부짖으면서 적의 머리를 베고 가슴을 찔렀다. 그러고는, 하나같이 피 묻은 무기와 무거운 칼을 흔들고 있는 부하들을 모조리 이끌고 미친 듯이 적의 총칼 아래로 돌진해 들어갔다.

영국군의 저항은 오래가지 못하였다. 산도칸이 다시 한 번 자기 부하들을 이끌고 공격에 나서자, 마침내 적이 뿔뿔이 흩어지면서 방어선이 뚫리고 말았다.

「기다리게, 야네스!」 그의 길을 가로막으려던 병사에게 무섭게 칼을 내리치면서 산도칸이 고함을 질렀다. 「기다리게, 거의 다 왔네.」

느닷없이 야네스의 칼이 반 토막으로 부러졌다. 그 바람에 그는 아무런 무기도 지니지 못한 채, 바로 자기 코앞에 대령이 서 있는 상황에서 정신을 잃어버린 아가씨를 지켜야 했다.

「도와줘, 산도칸!」 그가 소리를 질렀다.

대령이 승리의 함성을 내지르며 그를 향해 달려들었지만 야네스도 포기하지 않았다. 그가 재빨리 한쪽으로 뛰어서 칼을 피한 다음, 최후의 필사적인 몸부림으로 자기 머리를 대령에게 들이받았다. 둘 다 쓰러졌다가 금방 다시 일어나 시체와 부상자들 사이를 뒹굴면서 서로 짓누르고 목을 죄는 등, 죽기 살기로 육탄전을 벌였다.

「존.」 얼굴에 도끼로 심한 부상을 입은 채 자신으로부터 얼마 떨어지지 않은 곳에 쓰러져 있던 병사를 발견한 대령이 명령을 내렸다. 「마리안나 양을 죽여라! 내 명령이다!」

필사적인 노력을 기울인 끝에 그 병사가 무릎을 꿇고 단도를 손에 쥐고서 명령에 따를 준비를 하였지만 시간이 없었다. 수적으로 우세했던 영국군이 해적의 칼날 아래 차례로 쓰러졌다. 그때 산도칸은 겨우 60센티미터밖에 떨어지지 않은 곳까지 와 있었다. 걷잡을 수 없는 힘으로 마지막까지 남아 있던 병사들을 땅바닥에 쓰러뜨린 뒤, 칼을 치켜든 병사에게 달려가 단칼에 그를 죽여 버렸다.

「마침내!」 산도칸이 아가씨를 들어 자기 품에 끌어안으면서 외쳤다.

그가 아수라장에서 뛰어 나와 가까운 숲으로 몸을 피하는 동안 그의 부하들이 마지막으로 남은 병사들을 처치하였다. 반쯤 죽다시피 한 상태로 혼자 남은 대령은, 야네스가 그를 내동댕이친 곳 부근의 나무에 기댄 채 길 주변에 흩어져 있는 시체들을 무력하게 바라볼 수밖에 없었다.

제24장
호랑이의 아내

아주 근사한 밤이었다. 하늘에는 구름 한 점 보이지 않았고, 달은 어둠 속에 잠긴 신비로운 정글과 졸졸 흐르는 시냇물 위로 창백한 푸른빛을 흘리고 있었다. 말레이시아 해의 굽이치는 파도 위로 달빛이 잔잔하게 퍼져 나갔다.

숲의 향기를 실은 온화한 바람이 양치식물들 사이를 부드럽게 서걱거리다가, 고요한 바다를 스치면서 아스라한 수평선을 향해 서쪽으로 불었다. 사방이 온통 고요하고 평화롭고 신비스럽기 그지없는 밤이었다. 이따금씩 해적선 갑판 너머에서 불어오는 산들바람과 밀려오던 파도가 바닷가의 황량한 모래사장에 부딪히면서 내는 단조로운 소리만이 적막을 깰 뿐이었다. 배가 하구를 떠나 서쪽을 향해 빠른 속도로 도망치고 있는 동안 라부안은 순식간에 어둠 속으로 사라지고 말았다.

갑판 위에 세 사람이 앉아 있었다. 야네스는 슬프고 침울한 표정으로 말없이 한 손을 조타기에 올려놓은 채 고물에 앉아 있었고, 마리안나와 산도칸은 커다란 돛의 그림자가 지는 이물에 앉아 있었다. 산도칸이 아가씨를 팔에 안은 채 문득문득 그녀의 눈썹에 맺히는 눈물을 닦아 주고 있었다.

「내 사랑, 울지 말아요. 당신을 행복하게, 정말로 행복하게 해주겠소. 우리는 이 섬에서 멀리 떠나서 내 타락한 과거를 묻어 버릴 것이고, 다시는 해적들에 대해 왈가왈부하는 소리도 듣지 않게 될 것이오. 나의 영광, 나의 권력, 나의 명예, 피의 복수까지, 당신을 위해 이 모든 것을 다 포기하고 새 사람이 되겠소.

잘 들어요, 내 사랑. 오늘까지 나는 무시무시한 몸프라쳄의 해적이었소. 끔찍하고 잔인한 사람이었는데 그럴 수밖에 없었소. 하지만 지금 이 순간부터는 더 이상 무자비한 충동에 따라 행동하지 않을 것이오. 나의 권력을 포기하고 부하들을 해산하고, 한때는 자랑스럽게 나의 것이라고 불렀던 이 바다를 떠날 작정이오.

울지 말아요, 마리안나. 우리의 앞날은 밝고 평화로울 것이오. 우리 섬에 관한 이야기가 들리지 않는 머나먼 곳으로 떠날 작정이오. 가족과 친구를 뒤로하고 떠나기는 하지만 그래도 우리는 다시 시작할 수 있소. 당신에게 대포 소리가 조금도 들리지 않는 새로운 섬을 드리겠소! 더 이상 싸움은 없을 것이오! 그 점은 믿어도 되오! 그리고, 늘 당신을 사랑하겠소, 마리안나! 오, 폭풍우처럼 거칠게 살아오는 동안 내 마음이 누려 보지 못했던 달콤한 말들을 해주오!」

아가씨가 딸꾹질하는 와중에 작은 목소리로 속삭이면서 그를 포옹하였다. 「당신을 사랑해요, 산도칸. 이전에 그 어떤 여자가 한 것보다도 더 당신을 사랑해요!」

산도칸이 자기 입술을 그녀의 황금빛 머리칼에 묻으면서 마리안나를 꼭 끌어안았다.

「이제야 비로소 우리가 함께 있게 되었구려. 아무도 당신을 내게서 빼앗아 갈 수 없을 거요.」 산도칸이 말을 이었다.

「내일이면 우리가 안전하게 몸프라쳄에 도착할 것이고, 거기서는 감히 누구도 우리를 공격하지 못할 것이오. 일단 위험이 가라앉으면 당신이 원하는 곳으로 가겠소, 내 사랑.」

「그래요, 우리 멀리 가도록 해요······.」 마리안나가 중얼거렸다. 그러고는 깊은 한숨을 내쉬더니 산도칸의 품속에서 기절해 버렸다. 그와 거의 동시에 야네스의 목소리가 들렸다. 「여보게, 적이 우리를 따라오고 있네!」

산도칸이 약혼자를 그대로 팔에 안은 채 빙 돌아보니, 야네스가 앞에 서서 바다 위의 밝은 지점을 가리키고 있었다.

「적이라고?」 산도칸이 성난 목소리로 물었다.

「금방 저 불빛을 보았네. 동쪽에서부터 오고 있더군. 우리가 대령으로부터 아주 멋지게 납치해 온 아가씨를 찾아 우리를 쫓아오는 배일 가능성이 높네.」

「우리가 그녀를 지켜야지, 야네스!」 산도칸이 큰 소리로 외쳤다. 「우리 앞길을 막으려는 놈들이라면 누구를 막론하고 싸워야지! 마리안나를 지키기 위해서라면 온 세상과도 맞설 작정이네.」

그가 불빛을 자세히 살펴보더니 칼집에서 칼을 빼 들었다. 그 순간, 마리안나가 정신을 차렸다. 산도칸의 손에 칼이 들려 있는 것을 보고 그녀가 공포에 찬 비명을 나지막하게 토해냈다.

「왜 칼을 꺼내 들고 계세요, 산도칸?」 안색이 창백해진 마리안나가 물었다.

산도칸이 그녀를 매우 다정하게 바라보면서 잠시 머뭇거리다가 조용히 고물로 데려가 바다 너머로 보이는 밝은 불빛을 가리켰다.

「별인가요?」

「아니요, 내 사랑. 배요.」

「맙소사! 그럼 저이들이 우리를 따라오고 있다는 말인가요?」

「그런 것 같소. 하지만 그래 봤자 저놈들은 포탄이나 총탄을 맞고 골치만 아플 거요.」

「하지만 만일 저 사람들이 당신을 죽이면요?」

「나를 죽인다고?」 산도칸이 미소를 지으면서 몸을 꼿꼿이 세운 채 말했다. 「나는 나 자신을 불사신이라고 여기고 있소.」

이제 순시선은 더 이상 어렴풋한 그림자가 아니었다. 맑은 하늘을 배경으로 돛대들뿐만 아니라, 번쩍이는 무수한 불꽃으로 인해 더욱 뚜렷해진 커다란 연기구름도 확실하게 보이기 시작하였다. 배의 이물이 별빛을 받아 반짝이는 물살을 빠른 속도로 가르고 있었고, 파도 속을 휘젓는 조타기 소리도 바람결에 실려 왔다.

「와라, 와. 이 망할 놈들아!」 산도칸이 한쪽 팔에 아가씨를 안은 채 칼로 배를 치면서 소리를 질렀다. 「와서 호랑이랑 겨뤄 보라고! 대포를 펑펑 쏴 봐라. 네 패거리들을 공격에 내보내려면 보내 봐!」 그러고는 적의 배가 가까워지는 모습을 걱정스럽게 바라보고 있는 마리안나를 돌아보며 덧붙였다. 「자, 내 사랑, 내가 당신을 저놈들로부터 안전한 선실로 모셔다 드리리다. 어제까지는 저놈들이 당신 동포였지만 오늘부터는 당신 적이오.」

그가 잠시 멈춰 서서 최대한으로 속력을 내고 있는 순시선을 못마땅한 눈빛으로 뚫어지게 노려보다가 마리안나를 선실로 데려갔다. 고상하게 장식된 방이었다. 벽은 값비싼 동양의 태피스트리로 뒤덮여 있고, 바닥에는 온통 푹신한 인도산 깔개가 깔려 있었다. 사방 구석에는 최고급 마호가니와 흑단으로 정교하게 만든, 진주를 박아 넣은 가구가 놓여 있고, 천장에는 금박을 입힌 커다란 등이 매달려 있었다.

「여기서는 안전할 거요, 마리안나.」 산도칸이 아가씨를 안심시켰다. 「고물을 철판으로 보강해 놓았으니, 적의 총탄으로부터 당신을 지켜 줄 것이오.」

「그럼, 당신은요, 산도칸?」

「나야 지휘하러 선교로 가야지요. 순시선이 한판 붙기로 작정했을 경우, 부하들을 이끌고 싸우기 위해 거기 있어야 하오.」

「그러다가 당신 가슴에 총알을 맞으면요?」

「걱정할 필요 없어요, 마리안나. 그놈들이 발사를 개시하자마자, 내가 그 배의 조타기에 엄청난 포탄과 총탄을 쏟아부어서 당장에 꼼짝 못하도록 해놓을 테니까.」

「산도칸……」

「죽음조차 말레이시아의 호랑이를 두려워한다오.」 산도칸이 무척 당당하게 대답하였다.

「만일 저놈들이 우리 배에 오르면요?」

「나는 그놈들이 무섭지 않소. 내 부하들이야말로 하나같이 용감한 진짜 호랑이들로, 자기 대장과 당신을 위해 죽을 준비가 되어 있소. 당신 동포들이 우리 배에 오르려면 올라와 보라고 해요……! 그놈들을 전부 다 몰살시켜서 바다 속에 처박아 버릴 테니까.」

「용감한 그대를 믿지만, 그래도 무서워요. 그들은 당신을 미워하고 있고, 당신을 잡기 위해서라면 어떤 일도 서슴지 않을 사람들이에요. 조심하세요, 내 사랑. 그들이 당신을 죽이겠다고 다짐했어요.」

「나를 죽이겠다고……!」 산도칸이 경멸적인 어조로 내뱉었다. 「말레이시아의 호랑이를 죽이겠다고! 감히 그럴 수 있으면 그래 보라고 하지 뭐. 나는 지금 맨손으로도 포탄을 막을 수 있을 만큼 막강해진 기분이오. 그러니 나 때문에 두려워하지 말아요, 내 사랑. 감히 내게 도전하고자 하는 무례한 놈들을 응징하러 가야겠소. 그런 다음, 당신에게 돌아오리다.」

「그동안 당신을 위해 기도드리겠어요, 용감한 산도칸.」

산도칸이 몹시 감탄 어린 눈빛으로 한동안 마리안나를 바라보다가 그녀의 턱에 손을 대고 자신의 입술로 그녀의 머리카락을 쓸어내렸다.

「이제, 저 망할 놈의 배들을 처치할 시간이오.」 그가 단호하게 일어서면서 말했다.

「하느님, 저분을 지켜 주세요!」 아가씨가 무릎을 꿇으면서 중얼거렸다.

야네스의 경고와 첫 번째로 날아온 포탄에 정신이 번쩍 든 해적들이 갑판으로 몰려나와 싸울 준비를 하였다. 배가 아주 가까이 다가온 것을 보고 해적들이 대포와 화승총으로 뛰어가 순시선의 도발에 응사할 준비를 하였다. 사격수들이 이미 도화선에 불을 붙이고 막 대포를 쏘려는 찰나 산도칸이 선교에 나타났다. 그를 보자 해적들 사이에서 환호성이 터져 나왔다.

「호랑이 만세!」

「잠깐!」 그가 사격수를 제지하면서 고함을 질렀다. 「나 혼자서 저 무례한 배를 응징하겠다! 저 우라질 놈의 배는 라부안으로 돌아가 어떻게 몸프라쳄의 깃발을 향해 발사했는지 이야기할 수 없을 것이다.」

그렇게 말하고 나서 산도칸은 대포의 등에 한 발을 올려놓은 채 고물에 자리를 잡았다. 다시 한 번, 전설적인, 가공할 말레이시아의 호랑이로 돌아간 것이다. 그의 눈이 불이라도 붙은 듯 번쩍거렸고, 얼굴에는 속에서 끓어오르는 분노가 고스란히 드러나 있었다.

「감히 나에게 도전하겠다고?」 그가 큰소리로 외쳤다. 「오너라, 내 아내를 보여 주마……! 그녀는 저 밑에서 내 칼과 대포의 보호를 받고 있다. 할 수 있으면 와서 그녀를 데려가 보아라! 몸프라쳄의 호랑이가 너희들을 기다리고 있다!」

그가 바로 옆에 서서 조타기를 맡고 있던 파라노아에게 돌아서며 말했다. 「선창으로 열 명을 보내서 박격포를 갑판으로 가져오도록 해라.」

잠시 후 열 명의 해적들이 커다란 박격포를 끙끙거리면서 갑판으로 들어 올린 다음 굵고 묵직한 밧줄로 큰돛대에 묶었다. 일단 박격포가 안전하게 자리를 잡자 사격수가 무게가 21킬로그램이나 나가는 20센티미터짜리 포탄을 장착했는데, 그것은 장차 스물여덟 조각으로 부서지면서 폭발할 터였다.

「이제 새벽이 오기만 기다리면 되겠군. 그 염병할 놈의 배한테 내 깃발과 내 아내를 보여 주고 싶구나.」 산도칸이 말했다.

그러고는 고물의 현장으로 올라가 가슴 위로 팔짱을 낀 채 순시선을 노려보았다.

「자네 계획이 정확히 무언가?」 야네스가 물었다. 「잠시 후면 배가 사정권 안에 들어갈 테고, 일단 그렇게 되면 저놈들이 우리를 향해 발사하기 시작할 것 같은데…….」

「그럼 제놈들이 더 손해지, 뭐.」

「음, 자네가 결단을 내린 모양이군. 그럼, 기다리기만 하면 되겠구먼.」

야네스의 예상은 틀리지 않았다. 10분 후, 그들이 탄 배가 제법 빠른 속도로 항진하고 있었음에도 불구하고 순시선이 2천 미터 안쪽으로 이동해 왔다. 갑자기 순시선의 이물에서 번쩍하고 불빛이 터지더니 뒤를 이어 천둥소리 같은 커다란 폭발음이 허공을 뒤흔들었다. 하지만, 높게 쏘아 올린 포탄이 쌩 하고 날아오는 소리는 들리지 않았다.

「흥!」 산도칸이 비웃으면서 말했다. 「항복하겠다는 초대장이고 내 깃발을 보겠다는 신청서냐? 야네스, 우리 깃발을 올리게. 우리가 해적이라는 것을 그들에게 알리자고. 보름달이 떠 있네. 저놈들도 쌍안경으로 그것을 볼 수 있겠지.」

야네스가 그의 말대로 하였다.

모종의 신호를 기다리기라도 하는 듯 순시선이 순식간에 속도를 두 배로 올리더니, 1천 미터 안쪽으로 들어오면서 대포를 쏘았다. 하지만 포탄이 해적선 너머로 쌩 하고 날아가 버리는 바람에 경고에 그치고 말았다.

산도칸은 꼼짝달싹하지 않았고, 눈 한 번 깜박이지 않았다.

그의 부하들은 각자 전투 위치에 있으면서도 상대방의 전쟁 선포에 응하지 않았다. 순시선이 느릿느릿, 조심스럽게 계속 다가왔다. 상대방의 침묵이 그 배의 선원들을 불안하게 만들기 시작했는데 다 그럴 만한 이유가 있었다. 해적선이라면 으레 무장이 잘되어 있고 대담한 선원들로 채워져 있다는 사실이 너무나 잘 알려져 있었기 때문이다. 순시선이 8백 미터까지 접근한 다음, 두 번째 포탄을 발사하였지만 조준을 잘못하는 바람에 해적선 고물의 장갑판에 맞고 그대로 튀어서 바다 속으로 빠져 버렸다. 바로 그 직후, 세 번째 포탄이 해적선 갑판 위로 날아와 배의 앞돛과 큰돛을 관통하더니, 이어 네 번째 포탄이 고물에 있는 대포 두 문 중 하나를 박살 내면서 산도칸이 앉아 있는 현장으로 그 파편들을 날려 보냈다.

그가 위풍당당한 태도로 일어나 적의 배를 향해 오른 팔을 내뻗으면서 위협적으로 외쳤다. 「쏴라! 쏴, 개새끼들아! 네놈들 따위 하나도 무섭지 않다. 네놈들이 나를 볼 수 있게 되자마자 너희 조타기를 박살 내서 당장에 꼼짝 못하게 할 테다.」

순시선의 이물에서 다시 두 차례 빛이 번쩍하더니 두 발의 폭발이 이어졌다. 포탄이 산도칸으로부터 불과 두 걸음 떨어진 곳에 있던 이물의 현장 일부를 박살 냈다. 해적들 사이에서 분노의 함성이 일었다.

「복수합시다. 말레이시아의 호랑이님!」

산도칸이 그들을 매섭게 노려보았다.

「입 닥쳐라! 여기 지휘자는 나다.」 그가 벽력같은 소리로 말했다.

「저 배가 우리를 살려 둘 것 같지 않구먼, 산도칸.」 야네스가 입을 열었다.

「쏘라고 놔두게.」

「무얼 기다리고 있나?」

「새벽!」

「미친 짓이야, 산도칸. 포탄이 자네를 맞혀 버리면 어쩌려고?」

「나는 불사신이네!」 산도칸이 큰 소리로 외쳤다. 「그래, 우리를 쏠 테면 쏴보라고.」

그가 고물의 현장으로 뛰어 올라가 게양대 위로 팔을 뻗었다. 야네스는 공포로 몸이 오싹해지는 것을 느꼈다. 달이 저만치 수평선 부근에 높이 떠 있었기 때문에, 적선의 선교 위에서 쌍안경을 들여다보고 있는 사람이라면 누구라도 산도칸의 모습을 똑똑히 볼 수 있을 터였다. 그런데도 산도칸은 겁도 없이 적의 포탄 앞에 자신을 드러내 놓고 있었다.

「내려오게, 산도칸! 자네 죽으려고 환장했나?」 야네스가 소리를 질렀다.

하지만 산도칸은 비웃는 듯한 미소만 지을 뿐이었다.

「마리안나를 생각하게.」 야네스가 계속해서 고래고래 악을 썼다.

「그녀는 내가 두려워하지 않는다는 걸 아네. 그만 떠들고 자네 자리로 가게나.」

산도칸을 그 자리에서 뜨게 하는 것보다 순시선을 즉석에서 멈추게 하는 것이 더 쉬울 것 같았다. 자기 친구가 얼마나 고집불통인지 잘 아는 야네스가 말리는 것을 포기하고 가까이 있는 대포 뒤로 물러났다.

거의 무용지물에 다름없는 폭격을 퍼붓고 난 뒤, 순시선이 잠시 발사를 멈추었다. 그 배의 사령관이 쓸데없는 총탄 낭비를 피하기 위하여 좀 더 거리가 가까워지기를 기다리는 듯했다. 이후 두 배는 15분 동안 각자 제 항로를 달렸다. 그러다가 두 배 사이의 거리가 5백 미터로 줄어들자 아까보다 강도 높은 폭격이 재개되었다.

해적선 주변으로 수많은 포탄이 떨어졌는데 아까보다 훨씬 더 정확하였다. 어떤 것들은 돛 사이를 쌩하고 날아가면서 밧줄을 자르거나 활대 끝을 뭉툭하게 만들었다. 그런가 하면 다른 것들은 철판에 부딪혀 요란한 소리를 내면서 뱃전을 튀고 날아갔다. 포탄 하나가 선교를 가로질러 큰돛대를 살짝 스치고 지나갔다. 몇 센티미터만 더 오른쪽으로 갔더라도 배는 그 자리에 서버렸을 것이다.

그토록 아슬아슬한 폭격에도 불구하고 산도칸은 그 자리에서 꼼짝하지 않았다. 오히려 좀 더 가까운 거리를 확보하기 위해 엔진을 최대한으로 가동하고 있는 적의 배를 냉정하게 살펴보면서, 포탄이 자기 귓가를 스칠 때마다 비꼬는 듯한 미소를 지었다. 그러던 중 얼핏 야네스의 눈에 산도칸이 금방이라도 박격포로 달려가려는 것처럼 벌떡 일어났다가 다시 몸을 구부리는 것이 보였다. 그러더니 곧 제자리로 돌아가서 중얼거리는 것이었다. 「아직은 안 되지! 저놈들에게 내 아내를 보여 주고 싶으니까.」

순시선이 해적선을 향해 10분 이상 포격을 퍼부었건만, 해적선은 포탄 세례를 피하려는 어떤 조치도 취하지 않았다.

순시선의 포격이 시나브로 줄어들더니 마침내 그치고 말았다. 적선의 돛대를 좀 더 자세히 살펴보던 산도칸의 눈에 커다란 백기가 발견되었다.

「좋았어!」 그가 소리를 질렀다. 「저놈들이 항복하겠다고 우리를 초대하고 있군……! 야네스!」

「왜, 아우님?」

「내 문장(紋章)이 새겨진 깃발을 올리게.」

「자네 돌았나! 저 악당들이 즉시 포격을 재개할 걸세. 이제 저놈들이 지쳐 떨어졌으니 그냥 내버려 두게나.」

「나는 저놈들에게 말레이시아의 호랑이가 이 배를 지휘한다는 사실을 알려 주고 싶네.」

「그럼 저놈들이 빗발치는 소화탄으로 자네에게 경의를 표하겠지.」

「바람이 다시 불고 있네, 야네스. 우리는 10분 안으로 저놈들의 사정권에서 벗어날 걸세.」

「좋아, 어쨌든…… 왜 지금 그만두겠나.」

그의 신호에 따라, 해적 하나가 고물에 당겨 놓은 밧줄에 깃발을 달아서 큰돛대 꼭대기로 감아올렸다. 마침 한 줄기 바람이 불어와 깃발을 펄럭이자, 그것은 창백한 달빛 아래에서 피처럼 붉은 색깔을 자랑스럽게 과시하였다.

「지금, 발사! 발사!」 적선을 향해 주먹을 흔들면서 산도칸이 부르짖었다. 「대포를 울부짖게 하고, 병사들을 무장시키고, 엔진을 석탄으로 가득 채워 봐라. 내가 너희들을 기다리고 있으마! 터지는 포탄 사이로 네놈들에게 내 신부를 보여 주겠다.」

두 발의 포탄이 대답을 대신하였다. 순시선의 병사들이 몸프라쳄 호랑이의 문장을 보자 더욱 강도 높은 포격이 재개되었다. 순시선이 해적선을 붙잡아서 올라탈 요량으로 서둘러 전진하였다. 굴뚝으로부터 화산처럼 연기가 뿜어 나왔고, 조타기가 요란하게 물을 휘젓는 바람에 물거품이 마구 일었다. 폭발음이 그치자, 순시선의 둔탁한 엔진 소리만이 쉬지 않고 허공을 맴돌았다.

하지만 얼마 지나지 않아 순시선의 병사들은 해적선을 상대하는 것이 그리 녹록치 않다는 사실을 깨달았다. 바람이 점점 거세지면서 그때까지 시속 10노트에 미치지 못했던 해적선이 속도를 높이기 시작하였다. 바람이 점점 더 강해짐에 따라 거대한 돛이 풍선처럼 부풀어 올랐다. 이제 배는 더 이상 항해를 하고 있는 것이 아니라, 잔잔한 바다 위를 미끄러지듯 스치면서 날아가고 있었다. 순시선이 미친 듯이 포탄을 퍼부어 댔지만, 그 포탄들은 해적선이 지나간 자리에 떨어지고 말 뿐이었다.

산도칸은 움직이지 않았다. 자신의 붉은 깃발 아래 앉아서 오로지 하늘만 올려다볼 뿐, 쉬지 않고 쫓아오는 적의 배에 대해서도 거의 무관심한 것 같았다.

산도칸의 의도를 짐작할 엄두조차 내지 못하고 있던 야네스가 그에게 다가와서 물었다.「정확히 무슨 생각을 하고 있는 건가, 아우님? 바람이 계속 이 상태를 유지한다면 한 시간 안에 사정권을 벗어날 걸세.」

「잠깐만, 야네스.」산도칸이 말을 받았다.「저기 동쪽을 좀 보게, 별빛이 희미해지기 시작하고 여명이 밝아 오는 게 보이지?」

「자네 저놈들의 배를 줄곧 몸프라쳄까지 끌고 간 다음, 배에 올라탈 작정인가?」

「아니, 그럴 생각은 전혀 없네.」

「그럼, 도대체 자네 생각이 뭔가?」

「새벽이 되어서 저 배에 타고 있는 무례한 멍청이들이 나를 볼 수 있게 되자마자 저놈들을 응징할 작정이네.」

「자네는 새벽을 기다리지 않아도 될 만큼 사격 솜씨가 훌륭하지 않나. 박격포도 준비되어 있고.」

「나는 저놈들에게 박격포를 쏘는 자가 누구인지 알려 주고 싶다네.」

「지금쯤이면 다 알 걸세.」

「그래, 저놈들이 그렇지 않나 하고 생각하겠지만 그것만으로는 성에 차지 않네. 나는 저놈들에게 말레이시아의 호랑이의 아내도 보여 주고 싶거든.」

「마리안나를?」

「그래, 야네스.」

「이런 천치 같으니라고!」

「나는 라부안 사람들이 말레이시아의 호랑이가 대담하게도 자기들 섬에 상륙해서 귈론크 경을 호위하는 병사들과 맞섰다는 사실을 알았으면 좋겠거든.」

「빅토리아에 사는 웬만한 사람들은 다 자네의 최근 원정 결과를 알고 있을 걸세.」

「그걸로는 충분하지 않아. 박격포는 준비되었나?」

「준비 다 하고 기다리고 있네, 산도칸.」

「저놈들은 이제 내 응답을 듣게 될 걸세. 조타기 중의 하나를 박살 내 버릴 테니 잘 보라고.」

그들이 이야기를 나누는 동안, 동쪽에서 비롯된 엷은 분홍빛 여명이 온 하늘을 물들이기 시작하였다. 달이 바다 속으로 기울고 있었고, 별들도 희미하게 빛을 잃기 시작하였다. 이제 몇 분 후면 해가 떠오를 판이었다.

전함은 그들로부터 불과 1천5백 미터밖에 떨어져 있지 않았다. 여전히 전 속력을 다해 전진하고 있었지만, 시간이 흐름에 따라 거리는 점점 더 벌어질 뿐이었다. 해적선은 빠른 속도로 항진하고 있었고, 새벽이 되면서 바람은 더욱 거세게 불었다.

「아우님, 순시선을 향해 멋지게 한 방 쏠 시간이네.」 느닷없이 야네스가 제안하였다.

「앞돛대와 큰돛대의 돛을 줄이라고 하게. 저게 5백 미터 안으로 들어오면 박격포를 쏘겠네.」 산도칸의 대답이었다.

야네스가 즉시 명령을 내렸다. 열 명의 해적이 줄사다리를 타고 올라가 두 개의 돛을 줄이는 작업을 순식간에 완료했다. 일단 돛의 크기가 줄어들자 배의 속도가 느려지기 시작하였다.

해적선의 속도가 떨어진 것을 깨닫고, 아무런 손실도 입힐 수 없을 만큼 멀리 떨어져 있음에도 불구하고 순시선이 포격을 재개하였다. 그들이, 산도칸이 원하는 영역 안으로 들어오려면 족히 30분은 걸릴 터였다. 호랑이가 재빨리 현측에서 뛰어 내려와 박격포 뒤에 자리를 잡았을 때에는 이미 해적선의 선교 위로 포탄이 빗발치듯 떨어지기 시작하고 있었다. 바다로부터 햇살이 쏟아져 들어오면서 해적선의 돛을 비추었다.

「그래, 이제부터는 내 차례다……!」 산도칸이 기묘한 미소를 띠면서 외쳤다. 「야네스, 배를 옆바람 쪽으로 두게.」

즉시 그대로 조치가 이루어졌고, 배는 거의 완전히 서다시피 하였다. 산도칸이, 파라노아가 이미 불을 붙여 놓은 도화선을 쥐고 박격포 위로 몸을 구부리면서 곁눈질로 두 배 사이의 거리를 가늠하였다.

해적선이 멈춘 것을 보고 전함이 거리를 좁히려고 시도하였다. 그리하여 아까보다 훨씬 더 속도를 내면서 전진해 왔는데, 제물을 향해 소화탄과 총알이 교대로 쏟아져 나오는 동안 굴뚝에서는 시커먼 연기가 구름처럼 뿜어 나왔고, 조타기는 물살을 마구 휘저어 댔다. 쇳조각과 탄환들이 돛에 구멍을 내고, 밧줄을 끊고, 철판 위로 미끄러져 나가고, 갑판을 부수면서 날카로운 소리와 함께 해적들 주위를 날아다녔다. 10분만 더 있다가는 배가 수리할 수조차 없을 정도로 손상을 입을 터였다.

하지만, 산도칸은 태연자약하게 계속해서 목표물을 조준하였다.

「발사!」 산도칸이 뒤로 튀어 나가면서 고함을 질렀다.

이어 숨을 죽이고 연기 나는 박격포 위에 몸을 기댄 채, 보이지 않는 포탄의 궤적을 쫓아 앞쪽을 뚫어져라 바라보았다. 몇 분 후, 멀리서 두 번째 폭발음이 울렸다. 외륜의 손잡이 사이에서 폭발이 일어나면서 외륜 중의 하나를 매우 심하게 파손시켰다. 심각하게 손상을 입은 기선이 한쪽으로 기울더니, 나머지 외륜이 계속해서 물살을 가르는 동안 물속으로 처박히기 시작하였다.

「호랑이 만세!」 해적들이 환호성을 지르면서 대포 위로 뛰어올랐다.

「마리안나!」 기선으로 엄청난 물이 새어 들고 있을 때, 산도칸이 큰 소리로 외쳤다.

아가씨가 선교 위에 나타났다. 순시선의 선원들이 그녀를 똑똑히 볼 수 있도록, 산도칸이 그녀를 팔에 안아서 현측 위로 번쩍 들어 올린 다음, 천둥 치듯 부르짖었다. 「이 사람이 내 아내다!」

해적선은 순시선을 향해 마지막으로 포도탄 세례를 퍼붓고 난 뒤, 지그재그 항법으로 방향을 선회하면서 순식간에 서쪽으로 항진해 나갔다.

제25장
몸프라쳄

 적의 배를 무력화시켜 놓은 해적선은, 거대한 돛에 힘입어 유럽이나 아시아의 가장 빠른 쾌속 범선에 견줄 만한 속도로 항진해 나아갔다. 산도칸이 아주 노련하게 발사한 소화탄으로 말미암아 심각한 손상을 입은 순시선은 수리를 받기 위해 뒤에 남아 있어야 할 지경이었다.
 너무 흥분했던 나머지 기진맥진한 마리안나는 도로 선실로 물러났고, 최소한 당분간은 배가 더 이상 위험할 것 같지 않았기에 상당수의 해적들 또한 아래 선실로 내려갔다. 하지만 야네스와 산도칸은 선교를 떠나지 않았다. 고물 난간에 앉은 채, 아직까지도 희미한 연기 타래가 남아 있는 동쪽을 간간이 바라보면서 이야기를 나누었다.
 「그 기선으로 빅토리아에 갈 작정이라면 고생 좀 해야 할걸.」 야네스가 말했다. 「자네가 날린 포탄이 추격할 엄두를 내지 못하게 할 만큼 엄청난 손상을 입혔더구먼. 그런데, 그건 귈론크 경이 우리 뒤를 쫓으라고 내보낸 배였을까?」
 「아니지, 야네스.」 산도칸이 대답하였다. 「대령은 빅토리아로 달려가서 총독에게 자신이 처한 곤경을 알릴 시간이 없었네. 그 배는 지난 며칠 동안 우리를 찾아다니고 있었던 게 틀림없어. 우리가 섬에 상륙했다는 말이 퍼져 있었을 테니까.」

「그 영감이 마리안나를 데리고 있는 우리를 그냥 놓아줄 리는 없어.」

「내 생각도 그렇다네. 그 영감탱이가 얼마나 악착같고 복수심이 강한지 잘 알거든. 무지막지한 공격에 대비하고 있어야 할 걸세. 조만간 공격해 올 테니…….」

「자네는 그들이 정말로 우리 섬을 공격할 거라고 생각하나?」

「확신하네. 제임스 경은 어마어마한 부자인 데다가 영향력도 막강하지. 그에게 모든 쓸 만한 배들을 수합하고 대규모 병력을 구성하고 총독의 지원을 얻는 일은 별로 어려운 일이 아닐 거야. 내 말을 명심하게. 얼마 지나지 않아서 몸프라쳄 해안선 밖에 함대가 나타날 걸세.」

「그럼 우린 어떻게 해야 하지?」

「우리들의 마지막 전투를 치르는 거지.」

「우리들의 마지막이라고……? 왜 그렇게 말하는 건가, 산도칸?」

「몸프라쳄이 지도자들을 잃게 될 테니까.」 말레이시아의 호랑이가 한숨을 쉬며 대답하였다.「나는 내 언월도를 걸어 놓고 있네, 야네스. 그동안 바다는 내가 싸우는 데 아주 좋은 무대가 되어 주었지. 하지만 호랑이의 배가 파도 위를 내달리던 시절도 이제 끝나고 말았네.」

「아, 산도칸!」

「내가 무엇을 할 수 있겠는가, 야네스? 이미 그렇게 정해져 있다네. 황금빛 머리칼을 지닌 아가씨에 대한 사랑이 몸프라쳄의 해적 생활에 종지부를 찍게 한다고. 이 땅에 영원히 작별을 고하고, 내 명성과 권력을 포기해야 한다니 슬프지, 말할 수 없이 슬프고말고. 그래도 그렇게 해야 하네. 더 이상 싸우거나 배를 타는 일도 없고, 더 이상 깊은 바다 속으로 침몰하는 난파선에서 연기가 솟는 일도 없을 걸세. 아! 내 말을 믿어 주게, 야네스. 호랑이가 더 이상 존재하지 않고 나의 섬과 이 바다가 곧 다른 사람 것이 되리라는 생각만 하면 가슴이 찢어질 것 같다네.」

「그럼 우리 동지들은?」

「만일 그들이 원한다면, 자기 대장의 예를 따라서 몸프라쳄에 작별을 고하겠지.」 산도칸이 서글프게 대답하였다.

「그토록 대단한 명성을 떨쳤는데, 이제 우리 섬이 자네가 오기 전처럼 도로 황폐해져야 한다는 말인가?」

「그렇다네, 야네스.」

「불쌍한 몸프라쳄!」 야네스가 몹시 유감스러워하면서 탄식을 내뱉었다. 「나는 그 조그마한 땅덩어리를 사랑한다네.」

「그럼, 나는 안 그런 것 같은가? 그곳을 다시는 보지 못할지도 모른다는 생각만 해도 내 심장이 오그라드는 것 같다네. 울 수만 있다면 얼마나 많은 눈물이 내 뺨을 적실 것인지! 다 운명이야. 포기해야 하네, 야네스. 우리, 과거에 머무르지 말도록 하세.」

「하지만, 나는 아직도 받아들일 수가 없네, 산도칸. 한순간에 우리 권력이 사라지는 꼴을 보라니! 희생자들이야 새삼 말할 것도 없고, 그토록 많은 전투를 치르고, 피를 강물처럼 흘려보내는 대가를 치르고서 얻은 것인데……!」

「다 운명이지, 뭐.」 산도칸이 느릿느릿 말했다.

「좀 더 정확히 말하면, 아가씨에 대한 사랑이겠지.」 야네스가 덧붙였다. 「그녀가 나타나지만 않았더라도, 말레이시아의 호랑이의 우렁찬 포효가 바다 너머 라부안 해안까지 울려 퍼져서 영국 놈들과 바라우니의 술탄을 두고두고 떨게 했을 텐데……」

「그래, 자네 말이 맞네.」 산도칸이 인정하였다. 「그 젊은 아가씨가 몸프라쳄에 치명적인 일격을 가한 셈이지. 내가 그녀를 만나지 않았더라면, 앞으로도 오랫동안 이 바다 위에 승리의 깃발이 휘날렸을지 누가 알겠나. 하지만 이제 우리 사이를 묶어 놓은 끈을 잘라 버리기에는 너무 늦었네. 다른 여자였더라면 우리 세력이 위협받고 있다는 생각이 들었을 때 곧바로 그 여자로부터 도망쳐 나오든지, 아니면 그녀를 도로 라부안으로 데려다 주든지 했을 걸세……. 하지만, 마리안나를 다시 못 보게 된다면 나도 살아 있지 않을 거야. 내 안에서 타오르고 있는 열정이 너무 강렬해서 도저히 끌 수가 없다네. 아! 그런데, 만일 그녀가 몸프라쳄에 그냥 있고 싶어 한다면! 그녀가 전쟁과 유혈을 두려워하지 않는다면! 몸프라쳄의 앞날을 얼마나 찬란하게 빛나게 할 수 있을지! 내가 그녀에게 이곳이나 보르네오의 바닷가에서 왕관을 씌워 줄 텐데……. 하지만…… 자, 이제 우리 운명이 펼쳐지기 시작하고 있네. 우리는 몸프라쳄으로 가서 최후의 전투를 치른 다음, 섬을 떠나 머나먼 항해에 나설 걸세.」

「정확히 어디인가, 산도칸?」

「아직 확실하지는 않네, 야네스. 어디든지 그녀가 원하는 곳으로 갈 걸세. 이 바다와 섬으로부터 아주 멀리 떨어진 곳으로, 그리하여 다시는 이들에 대한 이야기를 들을 수 없는 곳으로……. 만일 이 지역에 그냥 있게 되면 몸프라쳄으로 돌아가고 싶은 유혹을 뿌리칠 수 있을지 자신이 없거든.」

「그래, 그렇게 말한다면 어쩔 수 없지. 이제 마지막 전투를 치르고 나서 아무도 모르는 곳으로 떠나기로 하세.」 야네스가 단호하게 말했다. 「아주 대단한 전투가 될 거야, 산도칸. 대령이 결사적으로 공격해 올 테니까.」

「그 영감은 곧 호랑이의 소굴이 난공불락이라는 사실을 알게 될 걸세. 이제까지 아무도 내 섬의 해안에 상륙할 만큼 영리하지 못했고, 그 영감도 예외는 아닐 걸세. 내가 그 영감의 함대에 대항하기 위해 계획하고 있는 방어 시설을 두고 보게. 그놈들은 우리를 쳐부술 수 없네. 상상할 수 있는 최악의 폭격 속에서도 버틸 수 있게끔 마을을 요새화할 작정이거든. 호랑이가 아직까지는 기가 꺾이지 않았으니까, 그의 고함 소리만으로도 적은 기가 죽을 걸세.」

「하지만 우리가 수적으로 밀리면 어떻게 하지, 산도칸? 자네도 알다시피 네덜란드 놈들이 해적들에 맞서려고 영국 놈들과 동맹을 맺지 않았나? 그놈들이 연합 함대를 구성해서 몸프라쳄에 치명적인 타격을 가할 수도 있다네.」

「만일 우리의 패배가 확실해질 것 같으면 탄약 창고에 불을 지르고 마을과 배들을 다 날려 버리겠네. 나는 아가씨를 포기할 수 없네. 그녀가 내 곁을 떠나는 걸 보느니 차라리 그녀 곁에서 죽어 버리겠네.」

「그런 일이 벌어지지 않기를 바라세, 산도칸.」

말레이시아의 호랑이가 고개를 숙이면서 한숨을 내쉰 후, 한동안 침묵을 지키다가 덧붙였다. 「그런데, 이 모든 일에 대해 어쩐지 좋지 않은 느낌이 드네.」

「무슨 말인가?」 야네스가 걱정스럽게 물었다.

산도칸은 아무 대답도 하지 않았다. 그는 야네스로부터 돌아서서 얼굴에 바람을 맞으며 이물의 현장에 기댔다. 그러고는 불안한 심정을 감추지 못한 채, 이마에 깊은 주름을 지으면서 시시때때로 무거운 한숨을 쏟아 냈다.

「아, 운명이여! 그런데, 이 모든 게 다 한 젊은 처녀 때문이라니⋯⋯.」 그가 혼자 중얼거렸다.

그는 그녀를 위해 모든 것을, 그가 사랑하고 자신의 것이라고 불렀던 바다까지도 다 포기할 것이었다! 그러고 나면 그것은 그가 지난 12년 동안 가열하게 맞서 싸웠던 사람들의 손아귀에 떨어지게 될 터였다! 그들로 말하면 그를 왕좌로부터 진흙 구덩이 속으로 내동댕이쳤던 바로 그 사람, 그의 어머니와 형제자매들을 무참하게 살육했던 바로 그 인간들이 아니던가!

「아, 너도 걱정하는구나!」 그가 기세 좋게 전진하고 있는 자기 배의 이물 밑에서 울부짖고 있는 바다를 바라보며 계속 중얼거렸다. 「너도 영국 놈들의 지배를 받고 싶지 않구나. 내가 오기 전에 너를 지배했던 그 고요한 상태로 돌아가기 싫은 게지. 나 역시 괴롭구나. 하지만, 내가 반항해 봤자 무슨 소용이 있겠느냐? 내게 있어 그 훌륭한 아가씨는 장차 잃어버리게 될 모든 것을 합친 것보다 훨씬 더 소중한 것일진대……」

그가 자신을 괴롭히고 있는 생각을 쫓아 버리고 싶다는 듯이 이마에 손을 가져가더니, 이내 자리에서 일어나 천천히 선실을 향해 걸어갔다. 하지만, 마리안나의 목소리를 듣고 불쑥 제자리에 서 버렸다.

「안 돼요, 안 돼.」 아가씨가 헐떡거리면서 외쳤다. 「저를 그냥 내버려 두세요, 나는 당신의 일부가 되고 싶지 않아요……. 나는 말레이시아의 호랑이를 사랑해요. 왜 나를 그분으로부터 데려가려고 하는 거예요……? 가세요, 윌리엄! 당신을 증오해요, 가요…… 가!」

「꿈을 꾸고 있군…….」 산도칸이 중얼거렸다. 「안심하고 자요, 내 사랑. 여기에는 아무런 위험도 없으니까. 이제 내가 당신을 지키고 있으니 그놈들이 당신을 내게서 빼앗아 가려면 먼저 내 시체를 밟고 넘어서야 할 거요.」

그가 선실 문을 열고 안을 들여다보았다. 마리안나는 무거운 한숨을 내쉬면서 자고 있었는데, 불쾌한 장면이라도 보았는지 무언가 쓸어 내려는 듯 팔을 흔들고 있었다. 산도칸은 말할 수 없이 다정한 표정으로 한동안 그녀를 바라보다가 조용히 자기 선실로 물러났다.

밤새도록 상당히 빠른 속도로 달려온 끝에, 이튿날 배는 몸프라쳄으로부터 약 1백 킬로미터 떨어진 지점에 이르렀다. 모두들 이제야 말로 안전할 것이라고 여기기 시작했을 무렵, 수평선 쪽을 주의 깊게 살펴보던 야네스의 눈에 한 줄기 희미한 연기가 보였다.

「이런!」 그가 고함을 질렀다. 「또 다른 순시선이 아닐까? 내가 알기로 이 근방에는 화산이 하나도 없는데……」

그가 상당히 가까워진 연기를 줄곧 주의 깊게 관찰하다가, 쌍안경을 집어 들고 큰돛대 꼭대기로 기어 올라갔다. 도로 내려왔을 때는 안색이 어두워져 있었다.

「무슨 일인가, 야네스?」 그때 막 갑판에 도착한 산도칸이 물었다.

「포함(砲艦)을 보았네, 아우님.」

「그다지 위협이 되지는 않을 걸세.」

「그것이 감히 우리를 공격하지 않으리라는 건 나도 잘 알고 있네. 그런 배들은 대포가 한 문밖에 장착되어 있지 않으니까. 문제는 다른 데 있어……」

「정확히 무언데?」

「저 배가 서쪽으로부터 오고 있는데, 몸프라쳄에서 오는 게 아닐까 싶어.」

「오!」

「우리가 없는 동안 적의 함대가 우리 섬을 공격하지 않았기만 바라네.」

「몸프라쳄이 공격당했다고요?」 그들 뒤에서 은방울 굴러가는 듯한 맑은 목소리가 들렸다.

산도칸이 얼른 돌아보니 거기 마리안나가 서 있었다.

「아, 당신이로군, 내 사랑! 아직 자고 있을 줄 알았는데……..」

「방금 전에 일어났어요. 그런데 무슨 이야기들을 하고 계셨어요? 우리에게 새로운 위험이 닥쳤나요?」

「아니요, 마리안나.」 산도칸이 대답하였다. 「그저 서쪽으로부터 오는 포함을 보고 걱정을 좀 했을 뿐이오. 몸프라쳄이 그쪽에 있는 관계로.」

「그들이 당신 마을을 공격했을까 봐서요?」

「그렇소, 하지만 단독으로 그러지는 못했을 거요. 그랬다가는 우리 대포들이 퍼붓는 일제 사격에 침몰당하고 말았을 테니까.」

「앗!」 야네스가 두 걸음 앞으로 나서면서 외쳤다.

「무얼 보았는데?」

「포함이 우리를 보고 항로를 바꾸고 있네. 우리를 향하고 있구먼.」

「우리를 감시하려고 오나 보군.」 산도칸이 말했다.

그의 예상이 틀리지 않았다. 1백 톤도 채 나가지 않는 것 같고, 고물 아래쪽에 겨우 대포 한 문밖에 장착하지 않은 작은 포함이 1킬로미터 안쪽으로 다가와서 지그재그로 방향을 바꾸었으나 떠나지는 않고 있었다. 그 배가 산도칸의 배로부터 16킬로미터 안쪽 지점으로 들어오고 난 이래 줄곧 동쪽에서 연기 타래가 보였다. 하지만 해적들은 그 작은 배가 감히 공격에 나서지 않으리라는 것과, 그 정도 배라면 네 척이라도 저지할 수 있을 정도의 포탄이 자신들에게 있다는 것을 잘 알고 있었기에 조금도 걱정하지 않았다.

정오가 가까워질 무렵, 해적 하나가 밧줄을 죄기 위해 큰 돛대의 활대에 기어 올라갔다가 말레이시아의 호랑이의 가공할 만한 본부인 몸프라쳄을 발견하였다. 야네스와 산도칸이 이제 곧 안전해질 것이라는 생각에 안도의 한숨을 내쉬면서 마리안나와 함께 이물로 달려갔다. 하늘과 바다가 맞닿은 그곳에는 정확히 무슨 색인지 알 수 없는 가느다란 선이 보일 뿐이었다. 시선을 집중시킨 채 자세히 살펴보니, 그것은 점차, 파릇파릇하게 화려한 신록의 색깔을 드러냈다.

「빨리, 빨리!」 산도칸이 걱정스럽게 소리를 질렀다.

「무얼 두려워하세요?」 마리안나가 물었다.

「나도 잘 모르겠소. 하지만 무슨 일인가 터졌다는 게 느껴지오. 포함이 아직도 우리를 따라오고 있나?」

「응, 게다가 아직도 우리 동쪽으로 연기 타래가 보이는군.」 야네스의 대답이었다.

「무서운 징조로군.」

「나도 몹시 두렵네, 산도칸.」

「다른 건 보이지 않나?」

야네스가 쌍안경을 들고 몇 분 동안 주의 깊게 섬을 조사하였다.

「우리 배가 만에 닻을 내리고 있는 게 보이네.」

산도칸이 기뻐하는 눈빛을 감추지 못한 채 안도의 한숨을 내쉬었다.

「그러기를 바라자고.」 그가 중얼거렸다.

순풍이 불어 준 덕분에 배는 한 시간도 못 되어 섬으로부터 몇 킬로미터 떨어지지 않은 곳에 이르렀다. 배는 곧장 마을 앞으로 뻗어 나온 만을 향해 달렸고, 이내 선원들이 섬의 요새와 저장 시설과 롱하우스들을 알아볼 수 있을 만큼 해안에 가까이 다가섰다.

커다란 절벽 꼭대기, 호랑이가 본부라고 부르는 대형 막사 지붕에 해적기가 바람을 맞으면서 자랑스럽게 펄럭거리는 것이 보였다. 그런데 마을이 텅 비었고 배의 숫자도 평소보다 적었다. 성벽이 군데군데 심각하게 파괴되었고, 수많은 막사들이 불에 탄 흔적이 보였으며 여러 척의 배가 사라지고 없었다.

「아!」 산도칸이 가슴을 쥐어뜯으면서 외쳤다. 「가장 두려워하던 일이 현실로 나타났구나. 원수 놈들이 우리 섬을 공격하다니……」

「그렇군.」 야네스가 고통스럽게 중얼거렸다.

「너무 끔찍하군요!」 산도칸의 얼굴에 드러난 고통스러운 표정을 보고 충격을 받은 마리안나가 끼어들었다. 「당신 원수들이 당신이 없는 틈을 이용했군요.」

「그렇소.」 산도칸이 서글프게 고개를 저으면서 대답하였다. 「한때는 난공불락으로, 공포의 대상이었던 내 섬이 정복되었구려. 저놈들이 내 명성과 신망에 먹칠을 한 꼴이오.」

제26장
몸프라쳄의 여왕

 불행하게도, 그 모습만으로도 가장 대담한 사람조차 떨게 만들었던 섬, 몸프라쳄은 단순히 공격을 당한 것이 아니었다. 거의 적의 손아귀에 떨어지다시피 하였다. 산도칸이 섬을 비웠다는 사실을 안 영국군은 요새의 취약한 부분을 확실하게 찾아냈다. 그런 다음 그들은 사전 경고도 없이 섬을 공격해서 요새를 폭격하고 여러 척의 배를 침몰시키고 마을 일부에 불을 질렀다. 게다가 섬을 차지해 보겠다고 감히 병사들을 상륙시키기까지 하였지만, 결국 지로바톨과 남아 있던 호랑이들이 승리하였다. 산도칸의 배로부터 기습 공격을 당할까 봐 겁이 났던 침략자들은 그 무시무시한 해적이 아무 때라도 돌아올 수 있다고 생각했기 때문에 어쩔 수 없이 물러났다. 비록 이겼다고는 하지만, 섬은 적의 손아귀로부터 가까스로 벗어났을 뿐이었다.
 산도칸과 그의 부하들이 상륙하자 몸프라쳄에 남아 있던 해적들이 그를 맞이하기 위해 달려 나왔다. 평소의 절반으로 줄어든 숫자였다. 그들은 열광적으로 만세를 부르면서 사방을 뒤흔들어 놓더니 침략자에게 복수하자고 졸라 댔다.

「라부안을 공격합시다, 말레이시아의 호랑이님!」 그들이 부르짖었다. 「그놈들이 우리한테 쏜 대포 한 방 한 방을 그대로 돌려주겠습니다!」

「대장님.」 지로바톨이 앞으로 나서면서 말했다. 「저희들은 저희를 공격해 온 함대에 올라타려고 갖은 애를 다 썼지만 결국 성공하지 못했습니다. 저희들을 이끌고 라부안을 습격하시면 저희들이 그 섬을 쓸어버리겠습니다. 전부 다 깡그리 박살 낼 때까지 멈추지 않겠습니다.」

대답 대신 산도칸이 마리안나의 손을 잡고 그들 앞으로 데려갔다.

「우리가 그녀의 집을 공격하게 생겼구나, 내 아내의 집을!」 산도칸이 말했다.

그때까지 야네스 뒤에 가려져 있던 아가씨를 보고 해적들이 놀라움과 찬탄이 섞인 함성을 내질렀다.

「라부안의 진주여! 진주 만세!」 해적들이 큰 소리로 외치면서 그녀 앞에 무릎을 꿇었다.

「그녀의 조국이 나에게 신성한 것이기는 하다만.」 산도칸이 입을 열었다. 「너희들에게, 조만간 원수 놈들이 우리 해안에 대고 쏘았던 모든 포탄을 그대로 갚아 줄 기회를 줄 것을 약속하마.」

「그놈들이 공격할 계획을 세우고 있습니까?」 모두들 물어보았다.

「그놈들은 그리 멀리 있지 않다, 내 용감한 동지들이여. 저토록 대담하게 우리 해안을 순찰하고 있는 포함을 봐라. 영국 놈들이 나를 공격할 이유는 충분하다. 우리가 라부안 숲에서 죽인 병사들에 대해 복수하고, 아가씨를 나로부터 빼앗아 가고 싶을 테니까. 그러니 항상 준비하고 있어라. 그놈들이 불시에 공격해 올 수도 있다.」

「말레이시아의 호랑이님.」 선장 하나가 앞으로 나서면서 입을 열었다. 「이제 저분께서 대장님의 깃발 아래 보호를 받고 계시니, 저희들 가운데 누구 하나라도 살아 있는 한 어떤 원수 놈도 라부안의 진주님을 납치할 수 없을 겁니다. 명령만 내려 주십시오. 저희들 모두 저분을 위해 목숨을 바칠 준비가 되어 있습니다.」

가슴 깊이 감동을 받은 산도칸이 자기 선장의 말에 박수갈채를 보내고 있는 용감한 사내들을 바라보았다. 그토록 많은 동지를 잃고 나서도 그 모든 불행의 주범인 여자를 지키겠다고 나서다니……

「고맙구나, 내 동지들이여.」 그가 깊은 감동에서 우러난 감사를 표했다.

이마를 몇 번씩이나 닦으면서 한숨을 내쉰 산도칸이 자기 못지않게 감동을 받은 아가씨에게 팔을 내민 채, 고개를 숙이고 땅바닥을 내려다보면서 그 자리를 떠났다.

「최후의 순간이 다가오는구나.」 야네스가 서글프게 중얼거렸다.

산도칸과 마리안나가 절벽 꼭대기로 향하는 좁은 계단을 올라가는 동안, 모든 해적들이 두 사람으로부터 눈길을 거두지 못하였다. 그들은 산도칸과 마리안나가 대형 막사 앞에 멈춰 설 때까지 찬탄과 유감이 뒤섞인 표정으로 두 사람을 올려다보았다.

「이제 이곳이 당신 집이 될 거요.」 산도칸이 안으로 들어서면서 말했다. 「내 집으로. 음험하고 무서운 짓거리들을 저지르는 데 한몫해 온 추잡한 소굴이었소……. 라부안의 진주를 모실 만한 자격은 없지만, 그래도 우리 원수들의 손길이 미치지 않는 안전한 곳이오. 만일 당신이 몸프라쳄의 여왕이 되었다면 다시 지었을 것이오. 이것을 왕궁으로 바꾸어 놓았을 거요…….

그런데 왜, 내가 말도 안 되는 이야기를 하고 있는 거지? 여기서는 모든 것이 죽어 버렸거나, 죽어 가려 하는구나.」

산도칸이 자기 심장으로 손을 가져가는데, 얼굴이 온통 고통으로 일그러져 있었다. 마리안나가 그의 목에 자신의 팔을 둘렀다.

「산도칸, 당신은 괴로워하고 계시면서도 저한테는 고통을 숨기고 있군요.」

「아니요, 내 사랑! 그저 좀 서글플 뿐, 그 이상은 아니오. 뭐가 있을 수 있겠소? 공격당했던 섬을 되찾은 것을 알았고, 부하들이 많이 살해되었고, 또 얼마 안 있으면 이것을 잃어버리게 될……」

「산도칸, 당신은 잃어버린 권력을 그리워하고, 당신 섬을 떠날 생각에 괴로워하고 계세요. 제 말씀 좀 들어 보세요. 나의 영웅이여, 당신은 제가 이 섬에 남아 언월도를 들고 당신 곁에서 싸우기를 원하시나요? 그러기를 바라시나요?」

「무슨!」 그가 펄쩍 뛰었다. 「나는 당신이 그런 여자가 되는 것을 원치 않소. 당신더러 여기 있으라고 강요한다는 건 얼토당토않은 일이오. 끊임없이 우르르 쾅쾅 터지는 대포 소리에 귀가 멍멍해지고 한시도 마음을 놓을 수 없는 위험한 상황에 당신을 내놓다니 말도 안 되는 소리요. 내가 행복해지기 위해 필요한 것이라고는 언제까지나 당신과 함께 있는 것뿐이오.」

「당신 섬이나 당신 부하들, 당신의 명성보다 저를 더 사랑하신다는 말씀인가요?」

「그렇소, 내 사랑. 오늘 밤에 부하들을 모아 놓고, 최후의 전투를 치른 후에 우리 깃발을 내리고 몸프라쳄을 영원히 떠나겠다고 말하겠소.」

「그럼, 그와 같은 계획에 대해 당신 부하들이 뭐라고 할까요? 제가 그 원흉인 것을 알고 저를 미워하겠지요.」

「아무도 감히 당신을 향해 언성을 높이지 않을 것이오. 나는 아직도 말레이시아의 호랑이고 내 손짓 하나만으로도 능히 그들을 떨게 할 수 있소. 게다가 그들은 나를 무척 사랑하기 때문에 내 말에 복종하지 않을 수 없을 거요. 자, 이제 모든 일을 운명의 손에 맡깁시다.」 그가 한숨을 억누르며 덧붙였다. 「당신의 사랑이 내 과거를, 아마 몸프라쳄까지도, 잊게 해줄 것이오.」

그가 그녀의 금발에 키스를 한 후, 집에서 부리고 있는 말레이인 두 명을 불렀다.

「이분이 네 마님이시다. 나에게 하듯이 이분께 복종해라.」

그렇게 말하고 난 뒤 두 사람이 한참 동안 서로를 그윽하게 바라보다가, 이윽고 산도칸이 서둘러 막사를 떠나 바닷가로 내려갔다.

포함이 여전히 섬 주변에서 남북으로 느릿느릿 왔다 갔다 하고 있는 것이 보였다. 아마도 라부안에서 온 또 다른 포함이나 순시선을 찾고 있는 것 같았다. 어쨌든 해적들은 공격이 멀지 않았다는 것을 느끼면서, 야네스의 지휘 아래 성벽을 보강하고 마을 중앙에 참호를 파는 등 부산을 떨며 대비를 하였다.

「다른 배들은 나타나지 않았나?」 산도칸이 물었다.

「그렇네.」 야네스가 대꾸하였다. 「하지만 포함이 우리 바다에 그냥 머물러 있기로 작정한 것이, 어째 좋은 조짐 같지는 않군. 저 배의 엔진을 따라잡을 수 있을 정도로 바람만 강하게 불어 준다면, 조금도 주저하지 않고 쫓아가서 공격할 텐데……」

「우리 재산을 안전하게 지키기 위한 조처를 취하고, 또 패배할 경우에 대비해 탈출로를 마련해 놓아야겠네.」

「침략자들을 저지할 수 없을 것 같은가?」

「어째 느낌이 안 좋네, 야네스. 곧 내 섬을 잃어버릴 것 같아.」

「참내! 오늘이든 한 달 후든 결과는 마찬가지일 텐데, 뭘. 어차피 자네는 이 섬을 버리기로 마음먹지 않았나. 그런데 우리 동지들도 이 사실을 알고 있나?」

「아니, 하지만 오늘 밤에 자네가 그들을 내 막사 앞에 집합시켜 놓으면 내 결심을 말해 줄 작정이네.」

「그들에게 엄청난 타격이 될 걸세, 아우님.」

「알아, 하지만 그들이 나 없이도 계속 해적 노릇하기를 원한다면 말리지는 않겠네.」

「그런 생각은 하지도 말게, 산도칸. 아무도 말레이시아의 호랑이를 저버리지 않을 걸세. 모두들 자네가 가는 곳이면 어디든지 따라갈 거라고.」

「나도 알아. 이 용감한 동지들은 너무 충성스러워서 탈이지. 그만 일이나 하세, 야네스. 우리 요새를 난공불락까지는 아니더라도, 적어도 만만찮은 도전 상대로는 만들 수 있겠지.」

두 사람은 모두들 미친 듯이 일하고 있는 부하들과 합류했다. 새로운 둑을 쌓고, 새로운 참호를 팠으며, 커다란 바리케이드를 만든 후 거기에다 화승총을 줄지어 올려놓았다. 또한 엄청난 양의 포탄과 소화탄을 쌓아 놓고, 다른 배들을 수도 없이 습격해서 약탈해 온 옥석과 나무줄기와 철판으로 만든 엄폐물로 대포를 보호하는 등 하나같이 정신없이 일했다. 그 결과 저녁 무렵이 되자 요새는 위풍당당한 모습을 갖추었고 난공불락으로 보였다.

비록 함대의 공격으로 인원이 150명으로 줄어들고, 산도칸의 라부안 원정 기간 동안 두 척의 배가 행방불명이 되기는 하였지만, 해적들은 마치 5백 명은 되는 것처럼 열심히 일했다. 밤이 되자, 산도칸이 자신의 보물을 커다란 배에 실어서 다른 두 척의 배와 함께 섬의 서쪽 지역으로 보냈다. 유사

시에 재빨리 탈출할 수 있도록 하기 위해서였다.

자정이 되자, 야네스가 선장들과 그 부하들을 대동하고 산도칸이 기다리고 있는 대형 막사로 갔다. 2백 명도 넘게 수용할 수 있는 어마어마하게 큰 방은 대단히 사치스럽게 꾸며져 있었다. 금박을 입힌 큼지막한 등에서 쏟아져 내리는 불빛이, 태피스트리에 수놓인 금색과 은색 무늬와 양탄자, 값비싼 인도제 가구에 박아 넣은 진주를 반짝반짝 비추었다.

산도칸은 붉은 비단 옷을 입고, 다이아몬드를 박은 깃털이 달린 초록색 터번을 두르고 있었다. 허리띠에 그의 상징인 두 자루의 단도를 차고 있었고, 옆구리에는 은제 칼집에 금으로 된 손잡이가 달린 훌륭한 언월도가 매달려 있었다. 마리안나는 어디서 약탈해 온 것인지도 모르는, 은실로 누벼 꿰맨 검은색 벨벳 정장을 입고 있었는데, 옷 위로 드러난 그녀의 맨 어깨 위로 아름다운 금발이 황금빛으로 물결치고 있었다. 다이아몬드 왕관과 어림짐작도 할 수 없을 정도로 귀중한 진주로 만들어진 값비싼 목걸이가 불빛을 받아 반짝이면서, 그녀를 그 어느 때보다도 한층 더 아름답고 매력적으로 보이게 했다. 해적들이 그녀를 보고서 탄성을 금치 못했다.

「나의 동지들이여, 충성스러운 동지들이여.」 산도칸이 그 무시무시한 해적 떼에게 조용히 하라고 당부하면서 입을 열었다. 「몸프라쳄의 운명을 결정짓기 위하여 너희들 모두를 이리로 불렀다. 너희들은 내가, 내 가족을 암살하고, 내 나라를 훔치고, 배신과 반역 행위로 나를 왕좌에서 끌어내려 가난이라는 진흙 구덩이 속으로 내동댕이친 놈들과 맞서 싸우는 것을 오랫동안 보아 왔다. 내가 호랑이처럼 용맹스럽게 싸우면서 우리를 위협하는 놈들을 몇 번이고 쫓아내는 것을 보아 왔을 것이다. 하지만, 이제 다 끝낼 시간이 되었구나. 운명이 그렇게 결정되었다. 이제 나의 복수는 종지부를 찍었다. 이제 호랑이는 더 이상, 예전에 그랬던 것처럼 울부짖을 줄도 싸울 줄도 모른다. 이제 호랑이도 지쳐 버렸느니라! 내일 아침 일찍 우리 섬이 공격을 받을 것 같으니, 내가 마지막으로 너희들을 이끌고 적에 맞서 싸울 것이다. 하지만 일단 우리가 승리하고 나면 나는 내가 사랑하고, 내 아내가 될 이 아가씨와 함께 살기 위하여 몸프라쳄에 작별을 고하고 멀리 떠날 작정이다. 만일 너희들이 그냥 바다에 남아 떠돌기를 희망한다면 내 배와 대포들을 남겨 주겠다. 하지만, 너희들이 나를 따라 새로운 땅으로 가기를 원한다면 나는 이전과 마찬가지로 너희들 모두를 내 자식으로 여길 것이니라.」

너무나 뜻밖의 선언에 충격을 받은 해적들이 아무 대답도 하지 못하다가, 이내 화약 가루와 바닷바람으로 거칠어진 그들의 얼굴이 눈물로 젖어 들었다.

「아니, 울고들 있느냐?」 산도칸이 감정에 복받친, 쉰 목소리로 물었다. 「아, 그래, 나도 이해하노라. 용감한 동지들이여, 내 말을 믿어 다오. 나 역시 나의 섬과 바다를 다시는 보지 못하고, 나의 권력을 잃게 되고, 그토록 찬란한 명성을 얻은 다음에 다시 암흑 속으로 돌아가야 한다는 생각을 하면 몹시 괴롭다. 하지만 운명이 그렇게 정해졌으니 그에 맞서 싸울 수는 없느니라! 이제 나는 온전히 라부안의 진주의 것이 되었노라.」

「대장님! 대장님!」 지로바톨이 어린애처럼 울면서 부르짖었다. 「저희들이랑 함께 계셔 주십시오. 우리 섬을 버리지 말아 주십시오. 저희들은 그 누구한테서도 섬을 지키고, 군대를 일으킬 것이며, 만일 대장님이 원하신다면 라부안과 바라우니와 사라와크를 멸망시키러 가겠습니다. 그 어떤 놈도 감히 라부안의 진주님의 행복을 위협하지 않도록 말입니다.」

「아가씨!」 이번에는 파라노아가 나섰다. 「여기 계셔 주십시오. 저희들이 그 어떤 것으로부터라도 아가씨를 지켜 드리겠습니다. 우리 자신의 몸으로 아가씨를 적의 포탄으로부터 보호해 드릴 것이며, 만일 아가씨께서 원하신다면 왕국을 하나 정복해서 아가씨께 왕관을 바치겠습니다.」

해적들 모두 제정신이 아니었다. 가장 젊은 축에 속하는 사람들은 애원했고, 나이든 사람들은 그저 하염없이 눈물만 흘릴 따름이었다.

「아가씨, 머물러 주십시오! 몸프라쳄에 그냥 계셔 주십시오!」 모두들 아가씨 앞에 모여들어서 큰 소리로 사정을 했다.

바로 눈앞에서 벌어지고 있는 장면에 감동을 받은 마리안나가 별안간 앞으로 나서면서 모든 사람을 향해 조용히 하라는 손짓을 하였다.

「산도칸.」 그녀가 침착하게 말문을 열었다. 「만일 제가 당신에게 해적질과 복수를 포기하라고 부탁드리고, 그 대신 저는 우리 동포들과의 인연을 영원히 끊어 버리고 이 섬을 제 것으로 선택하겠다고 한다면, 받아들이시겠어요?」

「당신, 마리안나, 내 섬에 남아 주겠소?」

「그러면 좋으시겠어요?」

「물론이오. 내 땅을 지키기 위할 경우만 빼고, 다시는 내 손에 무기를 들지 않겠다고 맹세하리다.」

「그렇다면 몸프라쳄이 우리 집이 될 거예요!」

그 말에 백여 명의 해적들이 기쁨에 겨워 두 팔을 번쩍 들어 올렸고, 이어 아가씨가 산도칸에게 다가가 포옹하자 모두 큰 소리로 외쳤다. 「몸프라쳄 여왕 만세! 아가씨의 원수 놈들은 조심하라!」

제27장
몸프라쳄 공격

이튿날, 몸프라쳄의 해적들은 마치 광기에 사로잡힌 것 같았다. 라부안의 진주가 남아 있겠노라고 맹세를 한 지금, 그들은 더 이상 인간이 아니라 초인적인 힘으로 자기네 섬을 요새화하는 작업에 매달린 거인들이었다. 그들은 부산을 떨며 포열을 준비했고, 새로운 참호를 팠으며, 새로 담을 쌓기 위해 나무를 쓰러뜨렸다. 그리고 보람(堡籃)[1]을 채워서 대포 앞에 쌓아 놓았으며, 요새를 강화하기 위해 절벽의 거대한 바위에다 굴을 팠다. 또 새로운 성벽을 쌓은 다음, 배에서 가져온 대포로 그곳을 요새화하였다. 아울러 함정을 파고, 지뢰를 준비하고, 총알을 제조하고, 칼날을 벼리고, 화약고를 보강하였으며, 몇몇 참호에다 끄트머리에 유퍼스나무에서 채취한 독을 발라 넣은 쇠못을 채워 넣는 것도 잊지 않았다.

황금과 진주로 장식한, 눈부시게 아름답고 매혹적인 몸프라쳄의 여왕이 자신의 목소리와 미소로 그들을 격려하게 위해 여기저기 모습을 드러냈다. 여느 때와 마찬가지로 산도칸

---

[1] 돌을 담은 통.

은 자기 부하들을 이끌고 미친 듯이 일을 하면서 그를 필요로 하는 곳이면 어디든지 달려갔다. 모든 구역의 방어 대책을 일일이 지시하고, 부하들이 포열에 대포를 놓는 것을 도왔으며, 심지어 건설 공사에 필요한 자재를 얻기 위해 절벽을 난도질하는 것도 마다하지 않았다. 물론 야네스가 훌륭하게 도와주고 있었다. 하지만 그날따라 야네스는 평소의 침착함을 잃어버린 것 같았다.

포함은 섬에서 보이는 곳에 머무르면서 줄곧 새로운 건설 작업을 감시하고 있었는데, 그것만으로도 해적들을 자극하기에 충분하였다. 이제 그들은 그 배가 호랑이의 요새를 공격하기 위해 함대를 기다리고 있다고 확신하게 되었다. 정오 무렵, 간밤에 항해에 나섰던 세 척의 배가 마을로 돌아왔다. 그들이 가져온 소식이 별로 좋지 않았다. 그날 아침 동쪽으로 가고 있는 스페인 포함을 보았는데, 서쪽 해안에 아무런 적도 보이지 않았다는 것이다.

「대규모 공격이 이루어질까 봐 걱정이네.」 산도칸이 야네스에게 털어놓았다. 「영국 놈들이 단독으로 공격하지는 않을 걸세. 두고 보게.」

「그놈들이 스페인과 네덜란드랑 동맹을 맺었을까?」

「그래, 야네스. 그렇다는 느낌이 드네.」

「그놈들은 엄청난 난관에 부닥치게 될 걸세. 우리 마을이 난공불락의 요새로 화하지 않았는가.」

「틀림없이 그들과 한판 붙게 되겠지! 하지만 만일 우리가 지게 될 경우, 내 배가 우리들을 여기로부터 멀리 데려가려고 준비하고 있네.」

그들은 다시 작업에 매달렸다. 하지만 그 전에 최고로 뛰어난 원주민 사내들을 모집하기 위해 해적 몇 명을 섬 안쪽에 있는 원주민 마을로 파견했다. 저녁 무렵이 되자, 해적들의 요새는 임전 태세를 마치고 적에게 난공불락의 방어 시설을 과시할 수 있게 되었다. 세 겹으로 세워진 방어벽이, 저마다 막강함을 자랑하면서, 반원 모양으로 앞으로 튀어 나온 채 마을 전체를 에워쌌다. 깊게 파 놓은 참호와 높다란 벽이 그 작은 요새들로 올라가는 것을 거의 불가능하게 하였다. 12, 18, 24구경짜리 대포 64문이 중앙의 대형 요새를 따라 설치되었고, 광장을 지키는 여섯 문의 박격포와 60정의 화승총이 적의 배들이 사정권 안에 들어오자마자 포탄과 소화탄과 포도탄을 토해 낼 준비를 하고 있었다.

밤새 산도칸이 배로부터 짐을 부리고 모든 돛대를 제거한 다음, 적이 나포하는 것을 막기 위하여 그것들을 만에다 침몰시키라고 지시하였다. 또한 여러 척의 거룻배를 내보내 포함의 움직임을 감시하도록 하였으나, 그 소형 포함은 마치 제자리에 얼어붙은 것 같았다. 새벽에, 대형 막사에서 몇 시간째 자고 있던 산도칸과 야네스, 마리안나가 날카로운 비명 소리를 듣고 갑작스럽게 잠에서 깨어났다.

「적이다! 적이다!」 마을에서 누군가가 외쳤다.

세 사람이 막사에서 뛰쳐나와 커다란 절벽 끄트머리로 달려갔다. 적들은 섬으로부터 10여 킬로미터가량 떨어진 지점에서 전투 대형으로 서서히 전진하고 있었다. 그것을 보자, 야네스의 표정이 어두워졌고 산도칸의 이마에 깊은 주름이 잡혔다.

「진짜 함대로군.」 야네스가 중얼거렸다. 「저 영국 개새끼들이 도대체 어디서 저런 병력을 구해 왔을까?」

「라부안 당국이 우리들에 대항해서 연합군을 구성했군.」 산도칸이 말했다. 「저기 좀 보게, 영국, 네덜란드, 스페인 선박에 악당 바라우니 술탄 소속 프라후까지 있구먼……. 술탄이라고? 차라리 파트타임 해적에 더 가깝지. 그놈은 늘 나의 권력을 시기하고 있었었네……」

그것은 사실이었다. 적의 함대는 영국 국기를 휘날리고 있는 묵직한 세 척의 순시선과 네덜란드 소속의 막강하게 무장한 두 척의 커빗과 네 척의 포함, 스페인 국적의 커터[2] 한 척, 그리고 바라우니 술탄의 프라후 여덟 척으로 이루어져 있었다. 그것들을 다 합치면, 150 내지 160문의 대포와 최소한 1천 5백 명의 병력은 너끈히 실을 수 있었다.

「제기랄! 우라지게 많기도 하구먼.」 야네스가 큰 소리로 말했다. 「그래도 우리 가운데 겁쟁이가 없어서 다행이네. 난공불락에 가까운 요새를 가진 게 도움이 된다는 사실을 잊지 말게.」

「우리가 이길 수 있다고 생각하세요, 산도칸?」 마리안나가 약간 떨리는 목소리로 물었다.

「그러기를 바라고 있소. 내 부하들은 아주 노련하니까.」 산도칸의 대답이었다.

「너무 무서워요, 산도칸. 당신이 포탄을 맞고 죽으면 어떡해요?」

「아주 오랫동안 나를 지켜 준 행운이 당신을 위해 싸우는 오늘도 나를 저버리지 않을 것이오. 자, 마리안나, 시간이 없소.」

그들이 계단을 내려가서 마을로 들어가 보니, 해적들은 각자 대포 앞의 자기 자리에서 곧 벌어질 굉장한 전투를 용감하게 치를 채비를 끝내 놓고 있었다. 비록 공격에 버텨 낼 준비가 완전히 갖추어지지는 않았지만, 무기를 사용하는 훈련만큼은 잘되어 있는 2백 명의 원주민들도 자기네 지휘관으로부터 신호가 떨어지기만 하면 포탄과 화승총을 마구잡이로

---

2 군함용 소정(小艇). 외대박이 돛배의 일종.

쏘아 댈 준비를 하고서 제 위치에 서 있었다.

「아주 훌륭하군.」야네스가 말했다.「저놈들의 공격을 물리칠 우리 병력이 350명이나 되는군.」

산도칸이 가장 용감한 부하 여섯 명을 불러 마리안나를 돌보는 임무를 맡기면서, 위험에서 벗어날 수 있는 장소인 숲속으로 그녀를 데려가라고 지시하였다.

「가요, 내 사랑.」그가 마지막으로 한 번 더 그녀를 포옹하면서 말했다.「만일 내가 이기면 당신은 그대로 몸프라쳄의 여왕이 될 것이오. 하지만 그럴 운명이 아니라면 우리는 이 섬을 떠나 다른 곳에서 행복을 찾게 될 거요.」

「산도칸!」마리안나가 두 뺨에 눈물을 흘리면서 부르짖었다.

「당신에게 돌아갈 테니, 절대로 두려워하지 말아요, 내 사랑. 이번 싸움에서도 말레이시아의 호랑이가 포탄을 맞고 다치는 일은 없을 것이오.」그는 마리안나의 이마에 키스를 한 후 천둥치듯 고함을 지르면서 성벽을 향해 달려갔다.「앞으로 갓! 호랑이가 너희들과 함께 있다! 적이 대단해 보이겠지만 우리는 여전히 몸프라쳄의 호랑이들이다.」

「산도칸 만세! 여왕님 만세!」그의 부하들이 이구동성으로 합창을 하였다.

적의 함대가 섬으로부터 10킬로미터쯤 떨어진 지점에 멈춰 서더니, 여러 척의 소기정이 같은 장소를 향해 많은 관리들을 싣고서 자기네 배를 떠나고 있었다. 지휘 표지를 달고 있는 순시선에서 회담이 소집된 것이 분명하였다. 열시가 되자, 각국의 선박들과 술탄의 프라후가 여전히 전투 대형으로 정렬한 채 만을 향해 전진하기 시작하였다.

「몸프라쳄의 호랑이들이여!」산도칸이 24구경짜리 대포 뒤에 있는 중앙 요새 위로 올라가 큰 소리로 외쳤다.「여러분이 라부안의 진주를 지키고 있다는 사실을 명심해라. 그리고, 지금 우리를 공격해 오고 있는 놈들이 라부안 해안에서 우리 동지들을 죽인 바로 그놈들이라는 점도 기억해라.」

「복수하자! 피를 보자!」 해적들이 고래고래 악을 썼다.

바로 그 순간, 지난 이틀 동안 섬을 감시하고 있던 포함이 대포를 쏘았고 하필이면 중앙 성벽 너머에서 휘날리고 있던 해적기를 풍비박산 내버렸다. 산도칸이 깜짝 놀라면서 고통스럽게 얼굴을 일그러뜨렸다.

「저놈들이 이기겠군……」 그가 서글프게 중얼거렸다. 「어쩐지 그런 기분이 드는구나.」

함대는 전투 대형을 유지한 채 계속 전진해 왔다. 순시선들이 중앙에, 바라우니 술탄의 프라후들이 측면에 자리를 잡았다. 그들이 7백여 미터가량 더 전진하도록 내버려 두었다가 마침내 산도칸이 자신의 언월도를 치켜들었다.

「전투 대형으로!」 그가 벽력같이 명령을 내렸다. 「우리는 더 이상 참지 않을 것이며, 이 악당 놈들을 바다로부터 싹 쓸어버릴 것이다. 발사……!」

그 명령이 떨어지자마자, 로마데스까지 들릴 정도로 요란한 폭발을 일으키면서 요새와 성벽과 제방으로부터 동시에 발사가 시작되었다. 마치 마을 전체가 폭발하는 것 같았고, 지축을 뒤흔든 진동이 바다까지 출렁거리게 하였다. 아울러 자욱한 연기구름이 포열을 뒤덮었는데, 화승총이 새로 발사될 때마다 연기 덩어리도 점점 더 커져 갔다.

그 가공할 만한 일제 사격의 효과에도 불구하고 그리 오래지 않아 함대의 응사가 시작되었다. 그들이 포탄과 소화탄으로 해적들의 방어선을 폭격할 동안 순시선과 커빗과 포함과 프라후는 온통 연기에 휩싸여 있었다. 또, 수많은 사격수들이 소총을 발사하였는데 비록 성벽에 미친 영향은 그리 신통치 않았지만, 그래도 몸프라쳄의 포수들에게 약간의 골칫거리를 안겨 준 것은 사실이었다.

싸움은 속도와 정확성의 경쟁이었다. 양쪽 다 상대방을 말살시키겠다는 작심을 하고 처음에는 멀리서 쏘다가 점차 사정권 안으로 가깝게 다가갔다. 병력과 화력 면에서 우세한 함대는 상대방의 폭격을 분산, 분할시킬 수 있는 이점을 가지고 있었음에도 불구하고 그 점을 제대로 활용하지 못했다.

한편, 마을은 여기저기에서 연기가 치솟고 있는 와중에도 훌륭하게 버텨 내고 있었다. 오로지 용감한 해적 몇 명에 의지해 방어되고 있던 마을은, 적의 폭격을 맞이해 엄청난 포탄과 소화탄 세례를 퍼부으면서 받은 그대로 상대에게 돌려주었다. 폭풍처럼 쏟아지는 포도탄이 적선의 옆구리를 박살내고 사방에 밧줄을 흩뿌리고 수많은 선원들을 쓰러뜨렸다. 해적들은 모두 총을 지니고서, 감히 자기네 해안으로부터 몇 백 미터도 떨어지지 않은 곳까지 접근해 오려는 용감한 적들을 응징하였다. 그들의 목소리는 함대의 대포 소리보다 더 우렁찼다. 한 무리의 병사들이 상륙하려 할 때마다, 쉬지 않고 쏟아지는 탄환이 그들을 맞아 쫓아내면서 5킬로미터에 걸친 바다에 물거품을 일게 했다.

산도칸은 용감한 부하들에게 둘러싸인 채, 검은 목구멍으로부터 쉴 새 없이 엄청난 포탄을 토해 내고 있는 24구경짜리 대포 뒤에 자리를 잡고 있었다. 「발사, 용감한 동지들이여! 바다를 쓸어버리고, 우리 여왕을 훔쳐 가려는 저 배들을 물속에 처박아 넣자!」

그의 말이 모든 해적들의 귀에 꽂혔다. 해적들은 울타리를 무너뜨리고, 제방에 구멍을 뚫고, 성벽을 박살 내면서 빗발치듯 쏟아져 들어오는 포탄 속에서도 감탄스러울 정도로 냉정함을 잃지 않았다. 아울러 소름끼치는 함성으로 스스로를 격려하면서 대담무쌍하게 대포를 조준하였다.

술탄의 프라후 가운데 하나가 몹시 대담하게도 커다란 절벽 아랫부분에서 상륙을 시도하다가 불이 붙었다. 배의 잔해가 마을의 첫 번째 방어선까지 밀려 왔고, 그 폭발의 와중에서 살아남은 일고여덟 명도 결국 포도탄 세례를 받고 목숨을 잃었다. 약간의 병사를 상륙시키려던 스페인 포함은 돛대가 완전히 날아가고 엔진이 폭발한 다음 마을 앞에 서 버렸다. 단 한 사람의 병사도 살아남지 못했다.

「와보라고!」 산도칸이 부르짖었다. 「그럴 배짱이 있으면 너희들 스스로 몸프라쳄의 호랑이들과 맞서 보라니까! 너희들은 난쟁이고 우리들은 거인이다!」

그들에게 화력이 있는 한은, 어떤 배도 그 무시무시한 섬의 해안에 상륙할 수 없을 것이 확실하였다. 하지만 해적들에게는 유감스럽게도, 저녁 여섯시가 가까워질 무렵, 섬 앞바다에 뜻밖의 지원 팀이 도착해 함대 병사들로부터 우렁찬 만세 소리와 함께 대대적인 환영을 받았다. 함대가 더 이상 버티는 게 너무 힘들어 막 퇴각하려던 찰나였다. 그 뜻밖의 손님은 영국 순시선 두 척과 커다란 네덜란드 커빗 한 척, 그리고 각종 탄약들로 무장한 채 바로 뒤를 따라오고 있는 쌍돛대 범선 하나로 이루어져 있었다.

새로 등장한 적을 보고 산도칸과 야네스의 안색이 동시에 창백해졌다. 그들은 이제 요새가 무너지는 것은 시간문제라는 사실을 알았다. 하지만, 그래도 사기를 잃지 않고 새로 나타난 배를 향해 대포를 조준하였다.

그와 같은 지원에 힘입어, 새로이 분발한 함대가 무지막지하게 파괴당한 적의 방어선에 맹렬한 폭격을 퍼부으면서 해안을 향해 전진해 왔다. 제방과 마을의 방어벽과 요새에 수백 발의 소화탄이 떨어지면서 이미 무지막지하게 난타당한 상당 부분의 방어 시설을 아예 산산이 부수어 버렸다. 한 시간도 못 되어 첫 다섯 줄이 잔해 더미로 탈바꿈하였다. 열여섯 문의 대포가 무용지물이 되었고, 열두 정의 화승총이 용감한 몸프라쳄 호랑이들의 시체에 둘러싸인 채 잔해 더미 가운데 나뒹굴고 있었다. 산도칸이 마지막 작전을 시도했다. 오로지 화승총만 나머지 배들을 상대하도록 남겨 두고, 모든 대포로 하여금 지휘선을 조준하게 하였다.

밧줄과 로프를 풍비박산 내고 병사들을 죽이면서 산지사방에서 날아오는 포탄에 대항해서, 순시선은 20분 동안 버텼다. 하지만 마침내 지로바톨이 발사한 21킬로그램짜리 박격포가 순시선의 이물에 커다란 구멍을 뚫어 내었다.

배가 한쪽으로 기울면서 가라앉기 시작하였다. 다른 배에 탄 병사들이 그 배의 병사들을 구하려고 한바탕 난리를 치면서 많은 소기정을 물 위로 띄웠지만, 해적들이 발사한 소화탄을 피해 살아남은 자는 거의 없었다.

3분도 지나지 않아 순시선은 갑판에 남아 있던 병사들을 그대로 실은 채 침몰하고 말았다. 함대가 그 재앙을 맞이하여 체념이라도 한 듯 몇 분 동안 사격을 중지하더니, 얼마 후 더욱 강도 높은 공격을 재개하면서 섬으로부터 4백 미터 떨어진 지점까지 전진해 왔다. 측면에 위치한 대포들이 온통 포탄으로 뒤덮인 채 결국 침묵에 빠져들면서, 해적들은 두 번째 방어선 뒤로 물러나야 했고, 이미 다 무너져 버린 세 번째 방어선도 의지할 수 없게 되었다. 오로지 중앙의 대형 요새만이 아직까지 제대로 남아 있었는데, 그곳이 모든 요새들 가운데에서 가장 튼튼하고 무장이 잘된 지점이었기 때문이다.

산도칸이 계속 부하들을 독려하기는 하였지만, 그 역시 퇴각의 순간이 그리 멀지 않았다는 것을 잘 알고 있었다. 반 시간 후, 화약고가 엄청난 힘으로 폭발하면서 참호 위로 쏟아져 내리는 바람에 열두 명의 해적과 스물두 명의 원주민이 폐허 속에 매몰되었다.

해적들이 마지막으로 적의 전진을 중지시켜 보고자 또 다른 순시선을 향해 집중 포격을 가했으나, 오호 통재라, 적의 포격으로 대포가 대부분 망가져 버리는 바람에 제대로 힘을 쓸 수가 없었다. 8시 10분이 되자, 중앙 요새마저 흔들리기 시작하더니 그 와중에 여러 명의 해적과 가장 커다란 대포들이 매몰되었다.

「산도칸!」 야네스가 대포를 조준하고 있는 산도칸을 향해 달려오면서 부르짖었다. 「다 끝났네, 우리가 졌어.」

「그래.」 산도칸이 서글프게 대답하였다.

「부하들에게 너무 늦기 전에 퇴각하라고 명령하게.」

산도칸이 마지막으로, 겨우 열여섯 문의 대포와 스무 정의 화승총만이 아직도 불을 뿜고 있는 폐허를 향해 절망적인 눈길을 던졌다. 그런 다음, 섬에 상륙하기 위해 소기정을 내리면서 병사들로 우글거리는 함대 쪽으로 시선을 돌렸다. 벌써 프라후 한 척이 커다란 절벽 아래쪽에 닻을 내렸고, 병사들이 마지막 전투에 대비해 자리를 잡았다.

싸움은 돌이킬 수 없는 완패였다. 몇 분 지나지 않아 그들보다 삼사십 배는 더 많은 침략자들이 섬에 상륙해서 총칼로 참호를 공격하고 마지막까지 남아 있던 수비대원들을 죽일 것이었다. 단 몇 분의 지체가 그들이 서쪽으로 탈출하는 것을 위협하는 비극적인 결과를 초래할 수도 있었다.

평생 동안 단 한 번도 입 밖에 꺼내지 않았던 말을 하기 위해 산도칸이 힘을 끌어 모았다. 그런 다음 무거운 가슴으로 부하들에게 퇴각하라는 명령을 내렸다. 원주민들이 사방으로 도망치고 있는 동안, 자신들의 패배에 충격을 받고 비탄에 빠진 몸프라쳄의 호랑이들이 눈물을 흘리며 피신처를 찾아 숲 속으로 떠났다. 그 순간, 섬에 상륙한 적들은 아직도 싸울 상대가 있으리라고 여기고 미친 듯이 총칼로 참호를 휩쓸기 시작하였다.

 마침내 몸프라쳄의 별이 지고 말았다.

제28장
바다에서

　겨우 일흔 명밖에 남지 않은 데다가 그나마 대부분이 부상당한 판이었지만 해적들은 아직도 피와 복수에 목말라하고 있었다. 다시 한 번 싸움에 나설 준비가 되어 있었음에도, 그들은 용감한 두 지휘관인 말레이시아의 호랑이와 야네스의 인솔 아래 퇴각하였다. 두 사람 모두 기적적으로, 빗발치는 적의 포탄과 총탄 세례를 피할 수 있었다.
　자신의 권력과 섬을 영원히 잃어버렸음에도 불구하고 산도칸은 퇴각하는 내내 놀라울 정도로 침착한 태도를 유지하였다. 그 모든 패배에도 불구하고 그래도 사랑스러운 라부안의 진주를 차지했다는 사실로 스스로를 위로하고 있음이 분명하였다. 이미 해적 생활에 종지부를 찍는다고 선언하였고, 사랑하는 바다를 떠난다는 생각에도 익숙해져 가고 있었다.
　하지만 제아무리 침착하게 처신한다 할지라도 그의 얼굴에 드러난 격정의 흔적은 숨길 수가 없었다. 서둘러 속도를 올린 끝에 해적들은 순식간에 마른 하상의 제방에 도착해서 마리안나와 그녀를 경호하는 여섯 명의 해적을 만났다. 아가씨가 산도칸의 품으로 달려들자 그가 그녀를 꼭 껴안았다.

「하느님, 감사합니다!」마리안나가 말했다.「살아서 제게 돌아오셨군요.」

「그렇소, 살아서요. 하지만 졌소.」산도칸이 처량하게 대답하였다.

「운명이 그렇게 정해져서 그런 거예요. 용감한 그대여.」

「떠나야 할 시간이오, 마리안나. 적이 그리 멀리 있지 않소. 이긴 놈들한테 붙잡히지 않도록 앞으로 가야 하오. 어쩌면 마지막으로 한판 더 붙어야 할지도 모르고……」

제법 거리가 떨어져 있었음에도 그들 귀에 승리자들의 의기양양한 함성이 똑똑하게 들렸다. 곧 강렬한 불빛이 이어졌다. 적이 마을에다 불을 지른 것이었다. 산도칸의 도움을 받으면서 마리안나가 어제부터 거기에서 기다리고 있던 말에 올라타자, 소규모 해적단은 적이 그들의 탈출로를 봉쇄할 기회를 갖지 못하도록 서둘러 섬의 서쪽 해안을 향해 출발하였다. 그리고, 그날 밤 열한시에 조그마한 바닷가 동네에 도착하였다. 마을 앞에 세 척의 프라후가 정박 중이었다.

「빨리빨리, 배를 타라.」산도칸이 재촉하였다.「시간이 없다.」

「그들이 우리를 공격할 것 같은가요?」마리안나가 물었다.

「그럴 것 같소. 하지만 내 언월도가 당신을 지켜 줄 테고, 또 아무리 많이 싸워야 한다 할지라도 나 자신이 적에 맞서서 당신의 방패가 되어 드리리다.」

산도칸이 해안으로 가서 바다를 살펴보았으나 그 칠흑 같은 바다에 위협이 될 만한 것이라곤 아무것도 보이지 않았다.

「등불 하나 보이지 않았소.」그가 마리안나를 안심시켰다. 「아무런 방해도 받지 않고 이 불쌍한 섬을 떠날 수 있을 것 같구려.」그가 무거운 한숨을 내쉬면서 땀이 흐르는 이마를 닦고 나서 덧붙였다.「그만, 배를 탑시다.」

해적들이 가까스로 눈물을 삼키는 가운데 배가 출항하였

다. 가장 작은 배에 서른 명이 탔고, 나머지는 산도칸이 탄 배와 야네스가 통솔하는, 보물을 실은 배에 똑같이 나누어 탔다. 닻을 올릴 시간이 되자, 산도칸이 엄청난 고통이라도 느끼는 양 가슴을 움켜쥐었다.

「내 사랑.」 마리안나가 그를 포옹하면서 위로하였다.

「아!」 산도칸이 괴로워하면서 탄식하였다. 「내 심장이 찢어질 것 같소.」

「산도칸, 당신은 당신의 과거와 잃어버린 권력과 섬 때문에 괴로워하고 계시는군요.」

「그건 사실이오, 내 사랑.」

「언젠가 당신이 그것을 되찾게 되면 우리가 여기로 돌아와서 살 수도 있잖아요.」

「아니요, 말레이시아의 호랑이로서의 시절은 끝났소. 나는 더 이상 이제까지와 같은 사람이 아니오.」 그가 고개를 숙이고 한숨을 무겁게 내쉬더니, 곧이어 냅다 힘차게 일어나서 큰 소리로 외쳤다. 「출항!」

세 척의 배는, 12년 동안이나 말레이시아 해를 공포에 떨게 했던 무시무시한 해적들 가운데 마지막까지 살아남은 자들을 실은 채 계류 장치를 풀고 순식간에 섬을 떠났다. 그들이 10킬로미터쯤 갔을 때, 그중의 한 배에서 성난 고함 소리가 터져 나왔다. 캄캄한 바다 위에 별안간 두 개의 밝은 점이 나타나더니 위협적인 속도로 그들을 향해 항진해 오기 시작하였다. 「순시선이다!」 누군가가 외쳤다. 「조심하게, 동지들!」

고물에 앉아 섬에다 눈길을 못 박은 채 그것이 서서히 밤의 어둠 속으로 사라지는 것을 바라보고 있던 산도칸이 자리에서 벌떡 일어나 간담이 서늘하도록 고함을 내질렀다.

「우리 적이 뒤에 있다!」 그가 아가씨를 끌어당기면서 큰 소리로 외쳤다.「그래, 이 빌어먹을 놈들아, 바다에서까지 나를 쫓아온단 말이냐? 나의 호랑이들이여, 사자들이 아직도 우리를 뒤쫓고 있다! 모두들 칼을 꺼내라!」

해적들에게는 더 이상의 자극이 필요 없었다. 아직도 복수하고 싶다는 열망에 불타고 있었고, 필사적인 최후의 한판 싸움으로 잃었던 섬을 되찾을 수 있으리라고 믿었기 때문이다. 모두들 칼을 꺼내 들고 대장이 명령을 내리기만 하면 적의 배에 올라탈 준비를 하였다.

「마리안나.」산도칸이, 밝게 빛나는 두 점을 공포에 휩싸인 채 바라보고 있던 아가씨에게 돌아서며 말했다.「당신은 선실로 가 있는 게 좋겠소.」

「맙소사, 절망적이군요.」아가씨가 중얼거렸다.

「아직은 아니오. 몸프라쳄의 호랑이들이 피를 원하고 있소.」

「저 두 불빛은 두 척의 막강한 순시선일 테지요, 산도칸?」

「우리는 저 배에 올라탈 거요. 설사 천 명의 병사들이 타고 있다 하더라도…….」

「새로운 싸움을 하려 들지 마세요, 용감한 그대여. 저 배가 아직 우리를 보지 못했다면 그들을 피할 수 있을 거예요.」

「아가씨 말씀이 맞습니다, 마리안나 아가씨.」말레이인 선장 중의 하나가 거들었다.「저놈들이 눈에 불을 켜고 우리를 찾고 있는 것은 확실하지만, 우리를 본 것 같지는 않습니다. 캄캄한 밤중인 데다가 우리는 등불 하나 켜고 있지 않으니까요. 따라서, 저놈들이 우리 존재를 알아차렸을 가능성은 거의 없습니다. 신중하게 대처하십시오, 말레이시아의 호랑이님. 새로운 싸움을 피할 수만 있다면, 그게 더 나을 겁니다.」

「그렇다면 좋다.」산도칸이 몇 분 동안 아무런 대꾸도 없이 침묵을 지키더니 마침내 입을 열었다.「지금은 내 분노를 가라앉히고 저 배에 오르겠다는 희망을 억누르겠다. 하지만 저놈들이 우리의 새로운 항로까지 쫓아오려 한다면, 그때는 화(禍)를 면할 수 없을 것이다! 저놈들을 없애기 위해서라면 무슨 짓이든지 다 할 테다. 공격도 불사하리라.」

「말레이시아 호랑이님의 마지막 재산을 쓸데없이 위태롭게 하지 말아야겠지요.」 말레이인 선장이 덧붙였다. 「이제부터 좀 조심해야겠습니다.」

주변이 캄캄한 덕분에 퇴각하기가 쉬웠다. 산도칸의 명령에 따라 배는 지그재그 항법으로 방향을 바꾸면서 섬의 남쪽 해안으로 향했다. 거기에 소규모 선대가 피신할 만한 깊숙한 만이 있다는 것을 알고 있었기 때문이다. 다른 두 척의 배도 이내 말레이시아의 호랑이의 의도가 무엇인지 깨닫고 그가 하는 대로 열심히 따라 왔다. 북동쪽에서 불어오는 다소 서늘한 바람이 항해에 유리하게 작용하였고, 덕분에 배는 해가 뜨기도 전에 만에 도착할 수 있었다.

「그 배들이 항로를 바꾸었나요?」 마리안나가 걱정스럽게 바다를 바라보며 물었다.

「지금 당장 말하기는 곤란하오.」 빛나는 두 점을 좀 더 잘 보기 위해 현장에 올라가 있던 산도칸의 대답이었다.

「그들이 아직까지는 상당히 떨어져 있는 것처럼 보이는데, 맞나요?」

「잘못 보았소, 마리안나.」 그가 몇 분이 지난 뒤에야 대답하였다. 「저 빛나는 두 개의 점도 우리와 마찬가지로 지그재그로 항로를 바꾸었소.」

「그럼, 우리한테 오고 있다는 건가요?」

「그런 것 같소.」

「그럼, 그들을 피할 수 없는 건가요?」 아가씨가 걱정스러운 표정으로 물었다.

「저놈들의 엔진과 경쟁하는 것은 불가능할 거요. 우리 배가 기선과 겨룰 만한 속도를 내기에는 아직도 바람이 너무 약하오. 하지만, 누가 알겠소……. 새벽이 멀지 않았고, 이 지역에서는 해가 뜰 때면 늘 바람이 거세지니까.」

「산도칸!」

「마리안나…….」

「어쩐지 느낌이 좋지 않아요.」

「걱정 말아요. 몸프라쳄의 호랑이들이 모두 다 당신을 위해 죽을 준비가 되어 있으니까.」

「알아요, 산도칸. 내가 두려워하는 건 당신 때문이에요.」

「나 때문이라고!」 산도칸이 대담하게 큰 소리로 외쳤다. 「나는 우리에게 마지막 싸움을 걸어오는 두 마리의 사자가 하나도 무섭지 않소. 호랑이가 패배했을지는 몰라도, 아직은 기가 죽지 않았소.」

「포탄은 어둠 속에서는 빛나지 않는데, 우리 배에는 밝혀 놓은 불빛이 하나도 없어요, 게다가……」

두 번째 배에서 날아온 목소리가 그녀의 말을 잘랐다.

「아우님!」

「무슨 일인가, 야네스?」 야네스의 목소리를 알아듣고 산도칸이 소리쳤다.

「저놈의 배들이 우리 탈출로를 차단할 준비를 하고 있는 것 같네. 등불이 아까는 붉은색이었는데 지금은 초록색이거든. 즉, 두 배가 항로를 바꾸었다는 말이지.」

「그렇다면 영국 놈들이 우리를 보았다는 말이로군.」

「그런 것 같네, 산도칸.」

「어떻게 했으면 좋겠나?」

「여기를 빠져나가서 두 배 사이로 지나가도록 해보지. 보게나, 저놈들이 양쪽에서 우리를 잡으려고 따로따로 갈라져 있지 않은가?」

야네스의 말이 옳았다.

한동안 모종의 불가사의한 작전을 수행하고 있던 두 척의 적선이 갑자기 갈라져서 이동하기 시작하였다. 하나는 몸프라솀 남쪽 해안을 향해 나아갔고, 다른 하나는 북쪽을 향해 빠르게 움직였다. 그들의 의도가 무엇인지 더 이상 궁금해할 필요도 없었다. 그들은 해적선이 만이나 강에서 피신처를 찾지 못하도록 해안과 해적선 사이로 들어가려 하고 있었다. 해적선을 바다로 내보내 외해에서 공격하고자 하는 것이었다. 그들의 계획을 깨닫고, 산도칸이 분노에 찬 고함을 내뱉었다.

「아! 너희들이 정녕 나와 싸우고 싶단 말이냐? 그렇다면, 어디 그렇게 해봐라!」

「아직은 아니네, 아우님.」 자기 배의 이물 위에 올라가 있던 야네스가 말했다. 「우선 여기를 빠져나간 다음 저 두 배 사이로 지나가도록 해보자고.」

「저놈들이 우리를 잡을 걸세, 야네스. 아직도 바람이 너무 약해.」

「다른 방법이 없군, 산도칸. 전투 준비! 포수들은 제 자리로!」

1분 뒤에 세 척의 배가 항로를 바꾸고, 결연히 서쪽을 향해 나아갔다.

상대편 배도 그 작전을 알아차린 것 같았으니, 그들 또한 항로를 바꾸고 섬에서 멀어졌던 것이다. 세 척의 프라후를 포위함으로써 그들이 다른 섬에 안전하게 이르지 못하도록 하려는 것이 틀림없었다. 하지만, 적의 배가 공교롭게도 우연히 그 방향을 취했다고 여긴 산도칸과 야네스는 항로를 바꾸지 않았다. 그러기는커녕, 속도를 높이기 위해 더 많은 돛을 올리라는 명령까지 내렸다.

20분 동안, 세 척의 해적선은 시시각각으로 점점 더 가까워지고 있는 순시선의 손아귀를 벗어나기 위해 애를 쓰면서 가던 길로 계속 전진하였다. 해적들은 두 개의 등불에서 눈을 떼지 않은 채 적의 의도를 짐작하려고 애를 썼다. 그러면서도 그들은 자기 선장들의 명령이 떨어지자마자 대포와 총을 쏠 준비를 진작 끝내 놓고 있었다. 그들이 이미 상당한 거리를 나아간 뒤에, 다시 한 번 등불이 지그재그로 움직이는 것이 보였다. 잠시 후, 야네스가 외치는 소리가 들렸다.「보게! 저놈들이 우리를 따라오고 있네!」

「나쁜 놈들!」산도칸이 얼굴을 찌푸리며 투덜거렸다.「바다에서조차 저놈들로부터 자유롭지 못하다니! 총칼로 네놈들을 환영해 주겠다!」

「우리가 졌죠, 그렇지 않나요, 산도칸?」마리안나가 산도칸을 붙잡으면서 물었다.

「아직은 아니오, 내 사랑.」호랑이가 대꾸하였다.「빨리 당신 선실로 가 있어요. 몇 분 지나지 않아 포탄이 빗발치듯 쏟아지기 시작할 테니까.」

「그냥 당신 곁에 있고 싶어요, 용감한 그대여. 만일 당신이 돌아가시면 저도 당신 뒤를 따르고 싶어요.」

「안 돼요, 마리안나. 당신이 내 옆에 있는 걸 보면, 내가 어떻게 행동해야 될지 모를 것 같소. 당신의 생명과 안전을 걱정하게 될 거요. 말레이시아의 호랑이가 되기 위해서는 자유로워야 되오.」

「최소한 저 배들이 좀 더 가까워질 때까지만이라도 기다려 주세요. 어쩌면 우리를 보지 못했을지도 모르잖아요.」

「저놈들은 우리를 향해 전속력으로 다가오고 있소. 진작부터 그것이 보였소.」

「막강한 배들인가요?」

「커빗 한 척과 포함 한 척이오.」

「그것들을 쳐부술 수 없겠군요.」

「우리는 모두 다 용감하니까, 제일 커다란 배를 공격할 작정이오. 이제, 제발 당신 선실로 돌아가시오.」

「산도칸……」 마리안나가 흐느끼면서 그의 이름을 불렀다.

「두려워하지 말아요. 몸프라쳄의 호랑이들이 죽기 살기로 용감하게 싸울 테니까.」

별안간 멀리서 울려 퍼진 폭발음이 사방을 진동하더니, 포탄 하나가 돛대 위를 날아 해적선 너머로 떨어졌다.

「저 소리 들었소?」 산도칸이 물었다. 「저놈들이 우리를 보고 싸울 준비를 하고 있소. 저놈들 좀 봐요! 우리를 깨부수려고 일제히 이동해 오고 있잖소!」

두 척의 적선이, 정말 세 척의 해적선 사이로 뚫고 들어와 부딪치기라도 하려는 듯이 전속력으로 전진해 오고 있었다. 포함이 야네스의 배를 향해 돌진하려고 하는 동안, 커빗은 붉은 연기와 재를 뭉게뭉게 뿜어내면서, 엔진을 최대한 가동시킨 채 산도칸의 배를 향해 이동해 왔다.

「선실로 들어가요!」 커빗이 두 번째로 일제 사격을 가해오자, 산도칸이 고함을 질렀다. 「여기 있으면 죽는 수밖에 없어요.」

그가 자신의 튼튼한 팔로 아가씨를 들어서 그녀의 선실로 데려갔다. 그 직후 다량의 포도탄이 선체와 돛대를 흩날리면서 갑판을 휩쓸었다. 마리안나가 산도칸에게 필사적으로 매달렸다.

「저를 두고 가지 마세요, 산도칸.」 아가씨가 목이 메어 흐느끼는 통에 거의 들리지도 않는 목소리로 애원하였다. 「제 곁을 떠나지 마세요! 저놈들이 당신을 죽일 거예요.」

산도칸이 그녀를 부드럽게 내려놓았다.

「내 걱정은 하지 말아요. 마지막 전투를 치르도록 해줘요. 마지막으로 내 부하들을 지휘하도록 해줘요.」

「느낌이 좋지 않아요, 산도칸. 저를 당신 곁에 있게 해주세요. 제가 당신을 우리 동포들의 무기로부터 지켜 드릴게요.」

「나 혼자서도 원수 놈들을 골로 보내고 남을 거요.」

천둥치듯 요란하게 터지는 대포 소리가 연달아 바다 너머로 들려왔다. 곧이어 최초의 부상자가 내는 신음 소리와 몸프라쳄 호랑이들의 격렬한 함성이 선교에서 들려왔다. 산도칸이 아가씨의 포옹을 뿌리치고 계단을 뛰어 올라가며 부르짖었다. 「공격, 용감한 동지들이여! 말레이시아의 호랑이가 너희들과 함께 있다!」

양쪽 다 사납게 날뛰면서 싸웠다. 포함이 야네스가 타고 있는 배를 공격하면서 올라타려고 했다가 곧 최악의 사태를 맞이하였다. 야네스 쪽에서 발사한 포탄이 조타기를 박살 내고, 현창을 부수고, 큰돛대를 부러뜨리면서 상대편 배를 못 쓰게 만들었던 것이다. 그 싸움의 승자가 누구인지는 말할 필요조차 없었다. 하지만 아직 커빗이 버티고 있었다. 다수의 대포와 대규모 병력을 갖추고 있는 막강한 선박이었다. 그 배가 엄청난 포격을 퍼붓고 해적들을 살육하면서 산도칸의 프라후 두 척을 공격하였다.

엄청난 적 앞에서 무력감을 느끼기 시작하던 해적들이 산도칸의 모습을 보고 다시 활기를 되찾았다. 그 무시무시한 사내가 대포 앞으로 돌진해 오면서 사납게 부르짖었다. 「전진, 용감한 동지들이여! 말레이시아의 호랑이가 피에 굶주려 있다! 총탄으로 바다를 휩쓸어 저 개새끼들을 골로 보내 버리자!」

하지만 그가 등장했다고 해서 그 끔찍한 싸움의 결과가 뒤집힐 수는 없었다. 산도칸은 커빗의 현장을 엄청난 포도탄으로 쓸어버리고, 목표물을 한 번도 놓치지 않고 명중시켰다. 그럼에도 그의 배 위로 포탄과 소화탄이 잠시도 쉬지 않고 쏟아지면서 배를 짓부수고, 해적들을 살육하였다. 그와 같은 맹공격에 저항한다는 것 자체가 불가능한 일이었다. 몇 분만 더 있다가는 불쌍한 두 척의 프라후가 작은 불쏘시개로 화할 판이었다.

오로지 야네스만이 포함을 상대로 무지막지한 일제 사격을 가하면서 기세등등하게 싸웠다.

산도칸이 재빨리 사태의 심각성을 감지하였다. 두 번째 프라후가 거의 침몰할 지경으로 부서진 것을 보고, 순식간에 그쪽으로 이동해서 생존자들에게 자기 배에 오르라고 고함을 질렀다. 모두 다 배에 오르자 그가 언월도를 꺼내 들며 우렁차게 외쳤다.

「전진! 저 배에 오를 것이다!」

이판사판이라는 생각에 해적들의 사기가 백배는 높아진 것 같았다.

그들은 적선의 현장을 차지하고 있는 사격수들을 제거하기 위해 대포와 화승총을 동시에 발사했고, 이어 서른 명의 용감한 해적들이 갈고랑쇠를 내걸었다.

「두려워하지 말아요, 마리안나!」 아가씨가 자기 이름을 부르짖는 소리를 듣고 산도칸이 큰 소리로 달랬다. 그러고는 좀 더 운이 좋은 야네스와 함께 자기 부하들의 선두에서, 화약고에다 소화탄을 발사해서 포함을 날려 버릴 궁리를 하였다. 그러면서 쉬지 않고 공격을 계속한 끝에, 마침내 상처 입은 곰처럼 성난 표정을 지으면서 사납게 적선의 갑판으로 뛰어올랐다.

「비켜라!」 산도칸이 무시무시한 언월도를 내두르면서 쩌렁쩌렁하게 고함을 질렀다. 「나는 말레이시아의 호랑이다……!」

부하들이 뒤따르는 가운데, 그가 도끼를 휘두르며 앞으로 몰려나온 병사들 패거리를 공격하자, 그들은 혼비백산하여 고물로 도망쳐 버렸다. 하지만 승리의 순간은 짧았으니, 장교가 이끄는 또 다른 병사들 무리가 이물 쪽에서부터 그를 향해 돌진해 왔던 것이다. 산도칸은 그들을 지휘하고 있는 장교를 금방 알아보았다.

「아, 당신이로군, 남작 나리!」 호랑이가 그에게 달려들며 소리를 질렀다.

「마리안나는 어디 있느냐?」 격분한 나머지 목이 멘 소리로 남작이 물었다.

「여기 있다.」 산도칸이 대꾸하였다. 「어디 그녀를 데려가 보아라!」

그는 언월도를 한 번 휘둘러서 적을 쓰러뜨린 뒤, 적의 심장 깊숙이 단도를 찔러 넣었다. 하지만 그와 거의 동시에 그 역시 도끼 뒷날에 뒤통수를 맞고 갑판에 쓰러졌다.

제29장
포로들

 뒤통수를 얻어맞은 후유증으로 아직도 어질어질한 가운데 정신이 들었을 때, 산도칸은 더 이상 자유로운 몸이 아니었다. 그는 자기 배의 선교에 있는 것이 아니라 적의 배 아래 선창에 사슬로 묶여 있었다. 처음에는 꿈을 꾸고 있는 게 아닌가 생각하였다. 하지만 머리를 욱신욱신 쑤시는 통증과 온몸에 나 있는 칼에 베인 상처, 총칼에 맞은 상처들, 손목에 채워진 수갑 등이 그를 당장 현실로 돌아오게 하였다. 자리에서 일어난 그는 자신이 처한 상황을 믿을 수 없다는 듯, 멍하니 사방을 둘러보다가 몸에 묶인 쇠사슬을 격렬하게 흔들어 댔다. 이윽고 상처 입은 짐승이 내지르는 것과 같은 비명이 그의 입 밖으로 터져 나왔다.
 「포로라니……!」 그가 이를 악문 채, 사슬에서 벗어나기 위해 기를 쓰고 몸을 비틀면서 중얼거렸다. 「그런데 어떻게?」
 또다시 영국 놈들에게 졌단 말인가? 염병할! 빌어먹을! 이 얼마나 끔찍한 깨달음이란 말이냐! 마리안나는 어찌되었을까? 죽었을까? 그와 같은 생각이 들자 산도칸의 심장이 무섭게 경련을 일으켰다.

「마리안나!」그가 계속해서 사슬을 비틀어 대면서 울부짖었다. 「내 사랑, 도대체 어디에 있소? 야네스! 파라노아……! 우리 호랑이들아!」

하지만 아무도 대답하지 않았다. 모두 다 죽었단 말인가? 그런 일이 있을 수 있을까? 자신이 꿈을 꾸고 있거나, 아니면 미친 건 아닐까? 이제까지 두려움이 어떤 건지 몰랐던 그 사내가 순간 두려움에 사로잡혔다. 공포에 휩싸인 산도칸은 자신이 제정신을 잃을 것 같다고 느끼면서 주위를 둘러보았다.

「죽었구나! 모조리 다 죽었구나……!」그가 괴로워하면서 중얼거렸다. 「그 학살에서 나 혼자만 살아남아서, 내 원수 놈들이 나를 라부안으로 끌고 가게 생겼구나……! 마리안나! 야네스, 내 훌륭한 친구여……! 진정 약탈자들의 총탄에 죽었는가! 나 역시 죽었더라면, 내 배와 함께 깊은 바다 속으로 가라앉아 버렸더라면 더 좋았을 텐데……. 이 얼마나 끔찍한 재앙이냐!」

절망감과 자괴감에 사로잡힌 나머지 그가 옆방 쪽으로 몸을 던지며 맹렬하게 쇠사슬을 비틀면서 소리를 질렀다. 「나를 죽여라! 나를 죽여! 말레이시아의 호랑이는 더 이상 살고 싶지 않다!」

그러다가 문득 누군가가 외치는 소리를 듣고 하던 짓을 멈추었다. 「말레이시아의 호랑이님! 아직 살아 계셨군요, 대장님?」

산도칸이 주위를 둘러보았다. 등불 하나가 고리에 매달려 있었다. 그 흐릿한 불빛은 방 안조차 제대로 밝혀 주지 못하였지만, 그래도 형체와 사물을 알아볼 만큼은 되었다. 처음 산도칸은 몇몇 원통 말고는 아무것도 발견하지 못하였으나, 좀 더 자세히 살펴보니 큰돛대 받침대 옆에 사람 하나가 웅크리고 있는 것이 보였다.

「너는 누구냐?」 산도칸이 큰 소리로 물었다.

「말레이시아의 호랑이님에 대해 말씀하고 계시는 분은 누구십니까?」

산도칸은 깜짝 놀랐다. 하지만 곧 그의 얼굴에 기쁨의 물결이 흘러넘쳤다. 그 목소리가 낯설지 않았기 때문이다.

「주이오코냐?」

「제 이름을 아시는군요? 몸프라쳄에서 오셨습니까?」

사내가 일어나더니 음산한 소리를 내며 쇠사슬을 이끌고 앞으로 나왔다.

「주이오코, 너로구나!」 산도칸이 큰 소리로 외쳤다.

「대장님!」

그가 앞으로 달려 나와 산도칸의 발치에 쓰러지더니 몇 번이고 되풀이해서 말했다. 「대장님! 대장님! 대장님께서 돌아가신 줄 알고 얼마나 슬퍼했었는데요!」

새로 발견된 포로는 용감한 다이아크족 출신으로, 몸프라쳄 해적들 사이에서 그의 용맹과 항해 능력으로 명성이 자자한 사람이었다. 그는 대부분의 보르네오 원주민들과 마찬가지로 키가 크고 체격이 좋았으며, 영리해 보이는 커다란 눈에, 황금빛 피부를 지니고 있었다. 자기 동포들처럼 머리를 길렀고, 팔과 다리에는 황동과 청동으로 만든 수많은 장신구가 주렁주렁 매달려 있었다. 그런데 거기, 바로 자기 앞에 말레이시아의 호랑이가 서 있는 것을 보고, 그 용감한 해적이 눈물 콧물이 뒤범벅이 된 채 웃다 울다 하면서 난리 법석을 떠는 것이었다.

「살아 계셨군요……! 아직 살아 계셨군요!」 주이오코가 부르짖었다. 「지금 제가 얼마나 기쁜지 모르실 겁니다! 적어도 살육만큼은 모면하셨으니까요.」

「살육이라고!」 산도칸이 말을 받았다. 「우리 동지들이 다 죽었느냐?」

「예, 다 죽었습니다.」 다이아크인이 흐느끼느라고 갈라진 목소리로 대답하였다.

「그럼, 마리안나는? 우리 배와 함께 가라앉았단 말이냐? 말해 봐라, 주이오코. 말해 보라니까.」

「아닙니다. 그분은 아직 살아 계십니다.」

「살아 있다고! 내 사랑이 아직 살아 있다니……」 산도칸이 정신을 잃을 만큼 기뻐하며 외쳤다. 「네 말이 틀림없느냐?」

「예, 대장님. 대장님께서 쓰러지신 뒤에도, 그놈들이 황금 빛 머리칼의 아가씨를 배로 끌고 갈 때까지 우리 편 다섯이서 계속 싸우고 있었습니다.」

「누가 그녀를 배로 데려 갔느냐?」

「영국 놈입니다, 대장님. 마리안나 양은 갑판으로 달려가서 대장님 이름을 목청껏 부르기 시작하셨습니다. 몇몇 병사들이 그분을 보고 즉시 바다에 구조선을 내려 보냈습니다. 그러고는 아슬아슬하게 제때 도착하여 그분이 배와 함께 가라앉는 것을 막을 수 있었습니다. 아가씨께서는 그놈들이 당신을 배에 태울 동안에도 여전히 대장님 이름을 부르고 계셨습니다.」

「염병할! 그런데도 나는 그녀를 위해 아무것도 할 수 없다니……」

「저희들도 할 만큼 했습니다, 대장님. 적어도 50명은 되는 병사들이 다섯밖에 되지 않는 저희들을 에워싸고 항복할 것을 요구했음에도 불구하고, 저희들은 몸프라쳄의 여왕님을 끌고 가는 병사들에게 덤벼들었습니다. 하지만 원통하게도, 그와 같은 싸움을 치르기에는 우리 인원이 너무 적었습니다. 저는 쓰러졌고, 걷어차이고, 묶여서 이리로 끌려 내려왔습니다.」

「그럼, 다른 동지들은?」

「포위당한 채 용감하게 싸우다가 쓰러졌습니다.」

「그럼, 마리안나도 이 배에 타고 있단 말이냐?」

「예, 말레이시아의 호랑이님.」

「포함으로 옮겨 태워지지 않고?」

「지금쯤 포함은 바다 밑에서 푹 쉬고 있을 겁니다.」

「무슨 말이냐?」

「가라앉았거든요.」

「야네스한테?」

「예, 대장님.」

「그렇다면 야네스가 아직 살아 있다는 말이냐?」

「그놈들이 저를 이리로 끌고 오기 직전에 그분의 배가 멀찌감치 전속력으로 달려가는 것을 보았습니다. 전투가 진행되는 동안 그분이 조타기를 부수고 불을 질러서 포함을 무용지물로 만들어 놓으셨습니다. 바다 위로 불길이 번져 나가는 것을 보고 있었는데, 잠시 후에 폭발하는 소리가 이어졌습니다. 화약 창고가 날아가 버린 게 틀림없었습니다.」

「그런데, 우리 동지들은 아무도 탈출하지 못했느냐?」

「아무도 못 했습니다, 대장님.」 주이오코가 가슴속 깊은 곳으로부터 솟아오르는 한숨을 내쉬면서 대답하였다.

「전부 다 죽었다고!」 산도칸이 얼굴을 손에 묻으면서 중얼거렸다. 「엄청난 학살이로고! 불쌍한 동지들 같으니라고! 몸프라쳄의 마지막 호랑이들에게 너무나 슬픈 운명이 닥쳤구나!」

산도칸이 고통스러운 상념에 잠긴 채 침묵에 빠져 들었다. 불사신이라는 평판을 들었던 그인 만큼, 그 재난의 무게에 한층 더 망연자실하였다. 그 재난으로 인해 그는 자신의 섬을 잃었을 뿐만 아니라, 수많은 전투에서 그가 지휘했던 대부분의 용감한 부하들을 죽음으로 몰고 갔다. 게다가 이제는 자신이 사랑하는 여자까지 빼앗기고 만 것이다. 하지만, 그는 마냥 불행 속에서 허우적거리고 있지는 않았다. 채 10분도 지나지 않아서, 주이오코의 눈에 그가 새로운 계획을 가지고 벌떡 일어서는 것이 보였다.

「말해 봐라.」 그가 주이오코에게 돌아서면서 물었다. 「야네스가 우리를 따라오고 있을 것 같으냐?」

「그렇게 믿고 있습니다, 대장님. 야네스 나리는 곤경에 빠진 우리를 내박쳐 두고 떠날 분이 아니십니다. 나리께서는 분명 모든 적절한 예방 조치를 취하신 가운데, 우리 배를 지켜보시면서 우리를 구해 낼 적당한 기회를 노리고 계실 것입니다.」

「나도 그렇게 생각한다. 다른 사람이 그의 입장에 있었더라면 내 불운을 이용해 자기 배에 실린 엄청난 보물을 가지고 도망갔을 것이다. 하지만 그는 그런 짓을 하지 않을 게다. 나를 배신하기에는 너무도 충성스러운 사람이니까.」

「무슨 말씀을 하시고 싶으신 겁니까, 대장님?」

「탈출해야겠다.」

다이아크인이 놀란 얼굴로 그를 바라보면서 속으로 말레이시아의 호랑이가 미친 게 아닌지 자문하였다.

「탈출이라니요……!」 그가 중얼거렸다. 「어떻게요? 우리한테는 무기도 없을 뿐 아니라, 둘 다 쇠사슬에 묶여 있는데요.」

「우리 둘 다 바다에 던져지도록 할 작정이다.」

「이해가 안 갑니다, 대장님. 도대체 저놈들이 왜 그런 짓을 하겠습니까?」

「사람이 전선(戰船)에서 죽으면, 그를 어떻게 하더냐?」

「해먹에 싸고, 다리에 포탄을 매단 후 물고기랑 친구 하라고 바다에 내던져 버리지요.」

「그럼, 저놈들이 우리에게도 똑같이 할 거다.」 산도칸이 말했다.

「자살하고 싶으십니까?」

「오냐, 하지만 죽었다가 다시 살아날 수 있는 방식으로 말이다.」

「그래요? 그래도 어쩐지 미심쩍은데요, 말레이시아의 호랑이님.」

「장담하건대, 우리는 외해에서 살아 있는 채로 깨어날 거다.」

「대장님을 믿는 수밖에 없을 것 같습니다.」

「모든 것은 야네스에게 달렸다.」

「아마 그분은 아직 꽤 멀리 계실 텐데요.」

「하지만 그가 커빗을 따라오고 있다면, 조만간 우리를 발견할 거다.」

「그런 다음에는요?」

「마리안나를 구출할 계획을 짜야지.」

「지금 제가 꿈을 꾸고 있는 게 아닌가 싶네요.」

「내가 금방 말한 것이 미심쩍으냐?」

「사실은 좀 그렇습니다, 대장님. 우리에게는 마음대로 쓸 수 있는 단도 한 자루조차 없지 않습니까?」

「무기 따위는 필요 없느니라.」

「게다가 둘 다 쇠사슬에 묶여 있고요.」

「그게 그렇게 걱정되느냐?」 산도칸이 물었다. 「말레이시아의 호랑이를 가두어 두려면 좀 더 많은 쇠사슬이 있어야 하느니라. 어디 한번, 힘 좀 주어 볼까! 보아라!」

그가 자신의 손목을 감싸고 있는 수갑을 힘으로 비틀어 풀어내더니, 구석으로 내던졌다.

「이제 호랑이는 자유다!」 산도칸이 큰 소리로 외쳤다.

그와 거의 동시에 고물의 승강구가 열리면서, 여러 사람의 무게에 못 이겨 계단이 삐걱거리는 소리가 들렸다.

「저놈들이 이리로 옵니다……!」 다이아크인이 말했다.

「이제 내가 저놈들을 모조리 죽여 버리겠다!」 산도칸이 사납게 소리를 질렀다. 그가 바닥에 떨어져 있던 부서진 굽은 자루를 발견하고는 그것을 집어 들고 막 계단을 향하려고 하는데, 주이오코가 그를 막아섰다.

「대장님, 돌아가시고 싶으십니까? 갑판에는 제대로 무장한 병사가 2백 명도 넘습니다.」

「그래, 네 말이 맞구나.」 산도칸이 들었던 자루를 멀찌감치 내던지면서 대답하였다. 「순전히 바보 같은 짓이겠지…….」

세 사람이 그들을 향해 오고 있었다. 앞장 선 사람이 해군 대위로, 커빗을 지휘하는 사람인 것 같았고 나머지 둘은 수병이었다. 상관의 신호에 따라 그들이 해적에게 총칼을 겨누었다. 말레이시아 호랑이의 입술에 조롱하는 듯한 미소가 번졌다.

「내가 무서워할 것 같으냐? 아니면 이 두 녀석과 그놈들의 총칼을 내게 소개시켜 주려고 내려왔느냐? 저놈들의 총 따위는 하나도 겁나지 않을 뿐 아니라, 너 또한 이런 기괴한 장면을 연출할 필요가 없다는 것을 알아 두어라.」

「나도 말레이시아의 호랑이가 두려움을 모른다는 것은 평판을 들어 익히 알고 있다.」 대위가 말을 받았다. 「그저 약간의 예방책을 취하려는 것뿐이다.」

「나는 완전히 무방비 상태다, 대위.」

「그럴 테지. 하지만 내가 잘못 본 게 아니라면 너는 더 이상 사슬에 묶여 있지 않은데?」

「나는 사슬에 묶인 채 오랫동안 견뎌 내는 부류의 사람이 아니거든.」

「대단한 힘이라고 말하지 않을 수 없군.」

「쓸데없는 잡담은 집어치워라, 대위. 원하는 게 무언지나 말해 봐라.」

「혹시 네가 도움이 필요한지 알아보라고 해서 왔다.」

「다친 데는 없다.」

「내 기억으로 너는 머리를 한 방 멋지게 얻어맞았는데……」

「내 터번 하나면 어떤 위험에서도 나를 보호해 주기에 충분하거든.」

「굉장하군!」 대위가 진심에서 우러나온 감탄을 굳이 숨기지 않고 말했다.

「다 끝났느냐?」

「아직 남았다, 말레이시아의 호랑이.」

「그래, 뭐가 더 남았느냐?」

「아가씨가 나를 이리로 보냈다.」

「마리안나가?」 산도칸이 큰 소리로 확인하였다.

「그렇다, 궐론크 양이시지.」 대위가 말을 받았다.

「그럼, 그녀가 아직 살아 있단 말이냐?」 얼굴로 피가 몰리는 것을 느끼면서 산도칸이 물었다.

「그렇다, 말레이시아의 호랑이. 그분께서 너희 배와 함께 가라앉기 직전 내가 구했다.」

「오! 제발, 그녀에 대해 말 좀 해다오!」

「무엇 때문에? 그분에 대한 것을 다 잊어버리라고 충고할 참이었는데……」

「그녀를 잊어버리라고!」 산도칸이 버럭 소리를 질렀다. 「오! 절대로 안 돼……!」

「이 순간부터 궐론크 양을 얻을 수 없다고 생각하면 된다. 도대체 무얼 바랄 수 있을 것 같은가?」

「말할 필요도 없이.」 산도칸이 한숨을 쉬며 웅얼거렸다. 「내게 진작 사형 선고를 내렸을 테지, 그렇지?」

대위는 아무 대답도 하지 않았지만, 그의 침묵이 긍정을 의미한다는 것은 너무도 분명하였다.

「그렇게 쓰여 있었을 게 틀림없다.」 산도칸이 잠시 동안 가만히 있다가 말을 이었다. 「나의 승리는 오로지 처형으로 귀착될 수밖에 없었다. 그런데, 나를 어디로 데려가는 중이냐?」

「라부안이다.」

「나를 교수형에 처할 참인가?」

다시 한 번 대위는 아무 대답도 하지 않았다.

「부탁이니 솔직하게 말해 다오. 말레이시아의 호랑이는 결코 죽음 앞에서 떨어 본 적이 없다.」

「나도 잘 알고 있다. 수없이 해상 습격을 감행하는 와중에도 너는 아직까지 죽음에 굴복하지 않았다. 모두들 네가 보르네오에서 가장 용감한 사내라는 걸 안다.」

「그렇다면 진실을 숨길 필요가 없지 않은가.」

「네 말이 맞다. 너를 교수형에 처할 작정인 것으로 안다.」

「나는 병사처럼 죽는 것이 더 좋다.」

「사격 대원처럼?」

「그렇다.」 산도칸이 대답하였다.

「인도 같았으면 네 목숨을 살려 주고 지휘관 자리를 주었을 텐데……. 요즈음은 너처럼 용감하면서도 노련한 사람이 드물구나.」

「당신 호의를 고맙게 생각한다. 하지만 저놈들은 나를 살려 두지 않을 거다.」

「유감스럽게도 네 말이 맞다. 사실상 다른 식으로 끝날 수는 없을 거다. 사람들이 네 특별한 용맹함에 남몰래 감탄하고 있다 할지라도, 우리 동포들은 아직도 너를 두려워하고 있다. 따라서, 비록 네가 아주 멀리 떨어져 있다 하더라도 네가 아직 살아 있다는 것을 알면 발을 뻗고 자지 못할 거다.」

「그런데 대위, 네가 내 배를 공격했을 때 나는 막 몸프라챔과 해적으로서의 삶에 작별을 고하려던 참이었다. 이 바다로부터 아주 멀리 떠날 작정이었지. 너의 동포들이 두려워서가 아니다. 알겠나? 내가 원하기만 하면 수천 명의 해적들을 내 섬으로 불러 모을 수 있고 수백 척의 프라후를 무장시킬 수도 있다. 모든 건 마리안나에 대한 사랑 때문이었다. 오랜 세월 동안 살벌한 전투를 치르며 살다 보니 이제는 그녀 곁에서 조용한 삶을 누리기만 바라고 있었다. 그런데, 유감스럽게도 운명의 여신이 내 꿈이 이루어지는 것을 원치 않는구나……. 그래, 그럴 테면 그러라지 뭐. 나를 처형해라. 어떻게 해야 용감한 사내처럼 죽는지, 어떻게 해야 전사처럼 죽는지 알게 될 거다.」

「그럼, 너는 더 이상 귈론크 양을 사랑하지 않는다는 말이냐?」

「사랑한다, 그녀를!」 산도칸이 고통스럽게 대꾸하였다. 「그 아가씨를 향해 품고 있는 내 열정이 얼마나 뜨거운지 너는 상상도 못할 것이다. 만일 네가 몸프라쳄과 마리안나 중에서 하나를 선택하라고 한다면, 나는 당장 다시는 내 섬에 발을 들여놓지 않겠다고 맹세할 거다. 만일 네가 아가씨를 다시는 보지 못한다는 조건하에 나를 풀어 주겠다고 제안한다면 나는 즉각 그것을 거부할 거다. 더 이상 무슨 증거가 필요한가?

나는 맨손이고 거의 혼자이다시피 하지. 하지만 만일 마리안나를 구할 수 있으리라는 희망이 눈곱만큼이라도 보인다면, 무슨 짓이든지 다 할 거다. 이 배의 옆구리에 맨손으로 구멍을 뚫어서 배를 바다 밑으로 처박는 짓도 불사할 작정이다!」

「네가 생각하는 것보다 우리 병력이 많다.」 대위가 의심스럽다는 듯한 미소를 띠며 대답하였다. 「우리는 네가 아무 짓도 하지 못하도록 계속 감시하라는 명령을 받았다. 네 능력과, 기회가 있을 때 네가 무슨 짓을 할 수 있는지 잘 알고 있는 까닭이지. 그러니 엉뚱한 짓 하려고 들지 마라. 무슨 계획을 세웠든지 간에 다 소용없을 테니까. 이 세상에서 가장 용감한 사람을 죽이는 데에도 총 한 방이면 충분하다.」

「라부안에서 나를 기다리는 죽음보다는 차라리 그게 더 낫겠구나.」 산도칸이 침울하게 대답하였다.

「네 말을 믿는다, 말레이시아의 호랑이여.」

「하지만 우리는 아직 라부안에 도착하지 않았고, 우리가 도착하기 전에 무슨 일이 벌어질지 누가 알겠나?」

「무슨 뜻이지?」 대위가 그를 걱정스럽게 바라보며 물었다. 「설마 자살하려고 하는 건 아니겠지?」

「그게 자네하고 무슨 상관인가? 내 손으로 죽든, 너희들 손으로 죽이든 결과는 마찬가지일 텐데.」

「아마도 나는 너를 말리지 않을 것 같구나. 고백하건대, 너 같은 사람이 교수형 당하는 걸 보는 건 유감스러운 일이 될 테니까.」

산도칸이 잠시 입을 다문 채 대위의 말이 믿기지 않는다는 듯이 그를 뚫어지게 쳐다보다가 물었다. 「너는 내가 자살하는 걸 반대하지 않을 작정이냐?」

「그렇다.」 대위가 대답하였다. 「너처럼 용감한 사람에게 그 정도의 호의를 베푸는 걸 거부하지는 않겠다.」

「그럼 그렇게 하는 걸로 생각해라.」

「정확히 어떤 방법으로 죽을 작정인가?」

「나한테 필요한 수단이 다 있다.」

「독약 말인가?」

「순식간에 작용하지. 그런데 저승으로 떠나기 전에 마지막으로 한 가지 부탁을 들어주면 고맙겠구나.」

「너 같은 사람이 죽으려는 마당에, 어떤 요청을 거절하겠느냐.」

「마지막으로 마리안나를 한 번 보고 싶다.」

대위가 아무 대답도 하지 않았다.

「제발 부탁이다.」 산도칸이 우겼다.

「요행히 너를 붙잡았을 경우, 두 사람을 떼어 놓으라는 명령을 받았다. 게다가, 나도 두 사람을 서로 만나지 못하도록 하는 것이 양쪽 모두에게 더 나을 것이라고 생각하고 있다. 그게 무슨 도움이 될 수 있단 말인가?」

「순전히 잔인한 마음에서 내 마지막 부탁을 거절하고 있다는 건가? 너처럼 용감한 장교가 그와 같은 폭군이 될 수 있으리라고는 상상조차 하지 못했는데.」

대위의 안색이 창백하게 변했다.

「맹세컨대, 그게 내가 받은 명령이다. 내 말을 의심하다니 유감스럽군.」

「나를 용서해라.」

「나는 너에게 아무런 원한도 없으니, 너처럼 용감하기 짝이 없는 사람을 증오하지 않는다는 걸 보여 주기 위해 귈론크 양을 이리 데려와서 만나도록 해주겠다. 하지만 너의 계획이 그분에게 커다란 고통을 안겨 줄 거라는 사실을 명심해라.」

「그녀에게 내 자살 계획에 대해서는 말하지 않을 거다.」

「그래, 그렇다면 그녀에게 무슨 말을 할 작정인가?」

「나만 알고 있는 곳에 어마어마한 보물을 숨겨 둔 문제에 대해서······.」

「그럼, 그녀에게 그것을 남겨 주고 싶다는 말인가?」

「그렇다, 그녀가 하고 싶은 대로 하라고. 그런데, 언제 그녀를 만날 수 있나, 대위?」

「밤이 되기 전이다.」

「고맙다, 대위.」

「그녀에게 네 자살에 대해 말하지 않겠다고 약속해라.」

「약속한다. 나를 믿어 다오. 하지만 앞날의 행복을 손안에 쥐고 있다가 죽어야 한다니 참으로 끔찍한 일이로군.」

「그럼, 네 말을 믿겠다.」

「네가 내 배를 외해에 침몰시켜 버렸더라면, 나한테 커다란 은혜를 베푼 셈이 되었을 텐데……. 최소한 내 약혼자를 품에 안고 죽을 수는 있었을 게 아닌가.」

「우리 배가 너를 공격했을 때 어디로 가는 중이었나?」

「멀리, 아주 멀리. 어쩌면 인도나 대양의 어떤 섬일 수도 있었지. 하지만 이제 다 지나간 일이로구나. 운명의 여신이 이끄는 대로 되겠지…….」

「잘 있게, 말레이시아의 호랑이여.」 대위가 인사를 건넸다.

「약속을 지켜 주기 바란다.」

「마리안나 양께서 제시간에 이리로 오실 거다.」

대위가 나갔던 병사들을 불러 주이오코의 사슬을 풀어 주게 한 다음, 다시 천천히 갑판으로 올라갔다. 꼼짝달싹하지 않은 채 대위로부터 눈을 떼지 않고 있던 산도칸의 입술에 기묘한 미소가 피어올랐다.

「좋은 소식인가요?」 주이오코가 자기 대장에게 다가가며 물었다.

「오늘 밤에 자유를 찾을 것 같구나.」 산도칸의 대답이었다.

「그런데, 만일 우리 계획이 먹히지 않으면요?」

「그러면 배의 옆구리를 뚫어서 모조리 물속으로 끌고 들어가 우리와 함께 물귀신을 만드는 거지, 뭐. 마리안나가 우리를 도울 수 있기나 바라자.」

제30장
탈출

대위가 나간 후, 산도칸은 맨 아래쪽 계단에 앉아서 손바닥으로 고개를 받친 채 생각에 빠져들었다. 그의 얼굴은 고통으로 일그러져 있었다. 만일 그가 울 수만 있었더라면 그의 뺨을 타고 눈물이 줄줄 흘러 내렸으리라.

주이오코가 자기 대장으로부터 그리 떨어지지 않은 곳에 웅크리고 앉아서 걱정스럽게 그를 살펴보았다. 하지만 대장이 몹시 깊은 생각에 잠겨 있는 것을 보고, 감히 더 이상 아무런 질문도 하지 못했다. 15분이나 20분쯤 흘렀을 때, 다시 한 번 승강구의 뚜껑이 올라갔다. 열린 문을 통해 한 줄기 빛이 들어오는 것을 보고 산도칸이 벌떡 일어나서 계단 꼭대기를 올려다보았다.

누군가가 다급하게 계단을 내려오고 있었다. 죽은 듯이 창백한 얼굴에 온통 눈물 젖은 눈을 하고 있는 금빛 머리칼의 아가씨였다. 그녀를 따라온 대위는 허리띠에 차고 있는 권총의 개머리판에 오른손을 얹어 놓고 있었다. 산도칸이 벌떡 일어나서, 환성을 지르며 약혼자에게 달려가 미친 듯이 그녀를 껴안았다.

「내 사랑!」 대위가 계단 중간쯤에 자리를 잡는 동안, 그가 마리안나를 선창 반대편 끝으로 데려가면서 말했다.「다시 한 번 그대와 함께 있게 되었구려.」

「산도칸.」 마리안나가 흐느끼면서 중얼거렸다.「다시는 당신을 못 보는 줄 알았어요!」

「힘을 내요, 마리안나! 울지 마시오! 제발, 그만 울어요! 당신 눈물을 보면 내가 너무 괴롭다오.」

「가슴이 찢어지는 것 같았어요. 용감한 그대여, 당신이 돌아가시는 걸 바라지 않아요. 저놈들이 나한테서 당신을 빼앗아 가는 걸 원치 않는다고요! 모든 사람들로부터 제가 당신을 지킬 거예요! 제가 당신을 자유롭게 해드릴 거예요! 언제나 당신과 함께 있고 싶어요.」

「당신과 함께 있는다……」 산도칸이 한숨을 쉬며 말했다. 「그래요, 나는 다시 당신과 함께 있을 것이오. 하지만 언제쯤이냐?」

「무슨 뜻이에요, 〈하지만 언제쯤이냐〉라니요……?」

「모르고 있었소? 저놈들이 나를 처형하려고 라부안으로 데려가는 중이오.」

「당신을 구할 방법을 찾겠어요.」

「당신이 나를 돕는다면, 찾을 수 있을 거요.」

「그렇다면 무슨 좋은 생각이 있으신 거로군요?」 마리안나가 거의 제정신을 잃을 만큼 기뻐하면서 물었다.

「그렇소, 신이 지켜 주신다면. 잘 들어요, 내 사랑.」

그가 꼼짝도 하지 않고 제자리를 지키고 있는 대위를 향해 의심스러운 눈길을 던진 뒤, 뒤로 더 물러나면서 말했다.「탈출할 계획을 세우고 있는데, 성공할 것 같소. 하지만 당신은 나와 함께 갈 수 없을 것이오.」

「왜 안 되나요, 산도칸? 당신은 제 능력을 의심하고 계신가요? 제가 새로운 위험에 부닥치는 걸 두려워할 것 같은가요? 저는 기운을 되찾았고, 이제 더 이상 아무도 두렵지 않아요. 당신이 그러기를 원하신다면, 경비병 두 명을 칼로 찌르거나, 배와 선원 전체를 날려 버리는 일이라도 할 수 있다고요.」

「마리안나, 당신을 데려갈 수만 있다면 내 피의 절반이라도 기꺼이 나누어 주었을 것이오. 하지만 그럴 수가 없소. 내 계획을 실현시키려면 당신이 여기 있어야 하오. 그렇지 않으면 탈출은 불가능하오. 하지만 당신에게 맹세하건대, 당신을 당신 동포들 가운데에다 그리 오래 놓아두지는 않을 것이오. 만일 그렇게 해야 한다면, 내 돈으로 군대를 일으켜서라도 라부안으로 쳐들어 갈 작정이오.」

마리안나가 두 손으로 얼굴을 감쌌다. 닭똥 같은 눈물이 그녀의 뺨을 타고 흘러내리기 시작하였다.

「당신도 없이 여기 혼자 남아 있으라니……」 그녀가 고통스러워하며 말했다.

「그저 잠깐 동안만이오, 내 사랑. 자, 잘 들어 봐요.」

산도칸이 셔츠 안쪽에서 작은 상자를 꺼내서 열더니 마리안나에게 마늘 색깔에, 독한 냄새를 풍기는 알약 몇 알을 보여 주었다.

「이 알약들 보여요?」 그의 설명이 이어졌다. 「이것들이 강한 독성을 지니고 있기는 하나 치명적이지는 않소. 하지만 건강한 사람의 생명을 여섯 시간 동안 정지시키는 효력이 있지. 이 약을 먹으면 완전히 죽은 것처럼 잠이 드는데, 심지어 노련한 의사까지도 속일 수 있다고 하오.」

「그래서, 당신 계획이 뭔데요?」

「주이오코와 내가 이것을 각각 한 알씩 먹을 작정이오. 그러면 저놈들이 우리가 자살한 걸로 알고 바다에 던질 테고, 그러면 우리는 외해에서 자유로운 몸으로 깨어날 거요.」

「물에 빠지지 않을까요?」

「그러니까, 그런 일이 벌어지지 않도록 당신의 도움이 필요하오.」

「당신의 자유를 되찾기 위해서라면 무슨 짓이든 하겠어요.」

「지금이 여섯시요.」 산도칸이 자기 시계를 꺼내 들며 말했다. 「한 시간 안으로 주이오코와 내가 약을 먹고 날카로운 비명을 지를 것이오. 당신은 그 비명이 들린 정확한 시간을 기억해 두었다가 그때부터 여섯 시간을 재는 거요. 그러다가 여섯 시간이 되기 2초 전에 우리를 바다에 떨어뜨리게 하면 되오. 저놈들이 우리를 해먹에 싸거나 우리 다리에 포탄을 매달지 않도록 주의해요. 우리가 헤엄치는 데 도움이 되도록 구명 장비 같은 것을 바다에 던져 두고, 가능하면 우리 옷 속에 무기 같은 것도 숨겨 넣어 줘요.」

「당신 말씀 한마디 한마디가 다 제 머릿속에 각인되어 있어요, 산도칸. 그런데 일단 탈출하신 다음에는 어디로 가실 건가요?」

「야네스가 이 배를 쫓아오고 있다고 확신하오. 우리는 그를 찾을 것이오. 그런 다음, 무기와 해적들을 모아서 당신을 구하러 오겠소. 설사 라부안에 상륙해서 우리 총칼로 거주민들 전부를 죽여야 한다고 할지라도 말이오.」

산도칸은 침묵에 잠긴 채 손톱으로 팔을 쑤셔 대고 있었다.

「내가 말레이시아의 호랑이라는 이름을 얻은 날이 저주를 받을지니……. 복수자요, 해적이 됨으로써 나는 모든 문명인들의 증오를 얻게 되었구나! 이제 몸프라쳄 호랑이들의 무시무시한 대장은 어디에서 자신이 나아갈 바를 찾아야 하나? 배의 선창에 갇힌 채 처형장으로 끌려가면서, 자신이 사랑하는 여자와도 헤어져야 한다니…….」

「산도칸……! 그렇게 말씀하지 마세요.」

「그래요, 당신 말이 맞소. 마지막으로 한 번만 더 봅시다, 라부안의 진주여.」 대위가 자리에서 일어나 그들 쪽으로 다가오는 것을 보면서 그가 말했다.

산도칸이 마지막으로 한 번 더 마리안나의 금발 머리를 쳐들고, 열정적인 키스를 퍼부었다. 「당신을 얼마나 사랑하는지, 내 사랑……」 그가 거의 제정신을 잃다시피 하면서 중얼거렸다. 「우리가 언제 다시 만날지 누가 알리오……」

그가 한숨을 꾹꾹 누르면서, 햇볕에 잘 그을린 볼을 타고 흘러내리는 눈물을 재빨리 닦았다.

「가요, 마리안나. 어서 가시오.」 산도칸이 퉁명스럽게 말했다. 「당신이 여기 계속 있으면 어린애처럼 울게 될 것 같소!」

「산도칸……」

산도칸이 손을 얼굴로 가져간 후, 두 발자국 뒤로 물러났다.

「아! 산도칸!」 마리안나가 고통스럽게 부르짖었다.

그녀가 산도칸에게 달려가려 했으나 힘이 다한 나머지 때마침 도착해서 그녀를 붙잡은 대위의 품안으로 쓰러졌다.

「어서 가시오!」 돌아서서 얼굴을 가린 채 말레이시아의 호랑이가 소리를 질렀다. 그가 다시 고개를 들었을 때에는 이미 뚜껑이 닫히고 난 뒤였다.

「됐다!」 그가 서글프게 중얼거렸다. 「이제 남은 일이라곤 약을 먹고 있다가 말레이시아 해의 파도 한가운데에서 다시 깨어나는 일뿐이로구나. 그녀를 다시 만날 수 있다고 확신할 수만 있다면……」

산도칸이 계단 아래로 내려가서 다시 한 번 얼굴을 손에 파묻은 채 거의 한 시간 동안을 그러고 있자, 마침내 참다못한 주이오코가 그를 절망적인 침묵 속에서 잡아 끌어냈다.

「대장님.」 주이오코가 말을 건넸다. 「용기를 내십시오. 아직 절망하기에는 너무 이릅니다.」

산도칸이 대번에 벌떡 일어났다.

「탈출할 시간이다.」

「이보다 더 좋은 일을 바랄 수는 없겠지요.」

호랑이가 작은 상자에서 약을 두 알 꺼내더니 그중 하나를 주이오코에게 주었다.

「내가 신호를 하면 먹어라.」

「준비되었습니다.」

산도칸이 시계를 꺼내 들여다보면서 말했다.

「7시 2분 전이다. 여섯 시간 뒤면 외해에서 깨어날 거다.」

그가 눈을 감고 약을 삼켰다. 주이오코도 즉시 그대로 따라 하였다. 잠시 후, 지독한 경련이 그들 몸을 휩쓸었고, 두 사람이 격렬하게 몸을 비틀기 시작하였다. 둘 다 날카로운 비명을 지르면서 바닥에 무겁게 쓰러졌다. 요란하게 돌아가는 엔진 소리와 강력한 조타기 밑에서 거품을 일으키며 요동치는 파도 소리에도 불구하고 갑판 위의 모든 사람이 그 비명 소리를 들었다.

여러 명의 장교와 의사가 뒤따르는 가운데, 대위가 선창으로 달려갔다. 계단 아래쪽에 도착했을 때, 그는 하마터면 시체에 걸려 넘어질 뻔하였다.

「저놈들이 죽었군.」 대위가 입을 열었다. 「내가 가장 염려하던 일이 실제로 일어나고 말았구나.」

의사가 시신을 검사했지만 두 해적의 사망을 확인했을 뿐이었다. 선원들이 시체를 옮길 준비를 하고 있을 동안, 대위가 갑판으로 돌아가 좌측 현장에 기대고 있던 마리안나에게 다가갔다. 그녀는 초조하게 비명 소리를 기다리고 있으면서, 자신이 느끼는 고통을 감추려고 무진 애를 쓰고 있었다.

「아가씨.」 대위가 입을 열었다. 「말레이시아의 호랑이와 그의 친구에게 아주 무서운 일이 벌어졌습니다.」

「자살이라도……?」

「그렇습니다, 아가씨.」

「대령님.」 그녀가 갈라진, 그러나 설득력 있는 목소리로 말했다. 「살아 계실 때에는 그분들이 당신들 차지였지만, 이제 돌아가셨으니 그분들은 제 것입니다.」

「당신이 원하시는 대로 마음대로 하십시오. 다만 한 가지 권해 드릴 것이 있습니다.」

「네?」

「배가 라부안에 도착하기 전에 바다에 묻으십시오. 비록 산도칸이 죽었다고 해도 당신 숙부님께서는 그를 교수형에 처하실 테니까요.」

「당신 충고를 받아들이겠어요. 시신을 고물로 가져다주세요. 나 혼자 그분들과 함께 있고 싶어요.」

대위가 인사를 한 뒤, 아가씨의 희망 사항을 실행시키기 위해 필요한 지시를 내렸다. 잠시 후, 두 사람의 시신이 매장 준비를 마친 채, 널빤지 위에 놓여 고물로 올려졌다. 마리안나가 산도칸의 뻣뻣한 시신 옆에 무릎을 꿇고 앉아서 가만히 그의 얼굴을 살펴보았다. 그의 얼굴은, 알약의 영향으로 심한 경련을 일으킨 뒤끝이라 몹시 뒤틀려 있었지만 당당한 기색만큼은 여전하였다. 그녀는 밤이 오기를 기다렸다. 그러다가 일단 아무도 보고 있지 않다는 것을 확인하자 자기 속옷으로부터 칼을 두 개 꺼내 해적들 옷 속에 숨겼다.

「적어도 당신들 자신은 지키실 수 있겠지요, 용감한 그대들이여.」 그녀가 나지막하게 속삭였다.

그러고는 그들 발치에 앉아 시계를 꺼내 들고 초조하게 시간을, 분을, 초를 재기 시작하였다. 마침내 1시 2분 전이 되자, 그녀가 다소 창백하면서도 결연한 얼굴로 일어났다. 이어 좌측 현장으로 다가가 아무도 보지 않는 것을 확인하고 나서, 두 개의 구명구를 떼어 내 바다에 던졌다. 그 일을 마치고 난 뒤, 마리안나는 이물로 가서 대위 앞에 섰다. 그는 그녀를 기다리고 있었던 것 같았다.

「대위님, 말레이시아의 호랑이의 마지막 소원을 이루어 드리도록 하시지요.」

대위가 명령을 내리자, 네 명의 선원이 시신이 놓인 판자를 들어서 뱃전으로 날랐다.

「잠깐만요.」 마리안나가 울음을 터트리면서 말했다.

그녀가 산도칸에게 다가가 그의 입술에 자기 입술을 갖다 대었다. 그의 입술로부터 부드러운 온기와 함께 미약한 떨림이 느껴졌다. 잠시라도 지체했다가는 모든 것이 다 틀어질 판이었다. 그녀가 재빨리 뒤로 물러나서 거의 속삭이는 듯한 목소리로 말했다. 「이분들을 보내도록 하세요.」

선원들이 판자를 들어 올렸고, 불행한 아가씨를 실은 배가 라부안 해안을 향해 빠른 속도로 나아가는 동안 해적들은 바다로 미끄러져 들어가 캄캄한 파도 속에 잠겨 들었다.

제31장
상어, 그리고 삼도를 향하여

 산도칸이 말한 대로, 생명의 정지 상태는 단 1초도 더하거나 덜하지 않고 정확히 여섯 시간 동안 지속되었다. 두 사람은 털끝만큼의 부작용도 느끼지 않은 채 바닷물에 떨어졌다. 몇 차례의 강력한 반동이 그들을 수면 위로 올려 보내자, 두 사람은 즉시 사방을 둘러보았다. 그들 바로 코앞으로 순시선이 동쪽을 향해 천천히 나아가고 있는 것이 보였다. 산도칸은 정신이 들자마자 본능적으로 배를 따라가기 시작했다. 반면에 그 기이하면서도 불가사의한 부활의 충격에서 아직 벗어나지 못한 주이오코는 조심스럽게 반대 방향으로 헤엄치기 시작하였다.
 호랑이가 파도에 흔들리는 대로 몸을 내맡긴 채 불현듯 멈추었지만, 눈길만큼은 여전히, 자기한테서 사랑하는 연인을 빼앗아 가고 있는 배에 못 박혀 있었다. 그래도 가슴속을 가득 채우고 있던 비명이 입 밖으로 새어나오지는 않았다.
 「갔구나!」 그가 고통스럽게 중얼거렸다.
 순간적으로 어리석은 충동에 휩싸인 그가 파도와 맹렬하게 싸우면서 잠시 동안 커빗을 따라갔다. 하지만 곧 그만두고서 배가 서서히 어둠 속으로 사라지는 것을 바라보았다.

「염병할 놈의 배야, 네가 지금은 나의 사랑하는 마리안나를 싣고 내게서 도망치지만 언젠가는 내, 너를 쫓아가서 박살 내 버리고 말 테다!」

이내 이성을 되찾은 산도칸이 재빨리 돌아서서 자신을 걱정스럽게 기다리고 있는 주이오코를 향해 헤엄쳐 왔다.

「가자.」 그가 분노를 삼키며 말했다. 「더 이상 우리가 할 수 있는 일이 없구나.」

「저희들이 그분을 구해 드리겠습니다, 대장님. 어쩌면 대장님이 생각하시는 것보다 더 빨리요.」

「말만으로도 충분하구나…….」

「이제, 야네스 나리를 찾아보도록 하지요, 대장님.」

「그래, 지금 우리를 구해 줄 수 있는 사람은 그 친구밖에 없구나.」

그들 앞에 펼쳐진 광대한 말레이시아 해는 캄캄한 어둠에 잠겨 있을 뿐, 상륙할 만한 섬이나 배가 있다는 표시가 될 만한 불빛은커녕 돛 하나 눈에 띄지 않았다. 휘몰아치는 밤바람을 맞고 있는 그들 앞에는 오로지 파도만 넘실거릴 따름이었다.

귀하디귀한 기운을 잃지 않기 위해 그들은 서로 가까운 거리를 유지하였다. 돛을 발견하려고 애를 쓰는 한편, 주의 깊게 수면을 살피면서 천천히 헤엄쳐 나갔다. 이따금 산도칸이 제자리에 멈추어, 마치 순시선의 불빛을 찾기라도 하는 듯 동쪽을 바라보다가 연신 깊은 한숨을 내쉬면서 가던 길로 계속 헤엄쳐 나가곤 하였다. 족히 1킬로미터는 헤엄치고 난 뒤, 그들이 좀 더 자유롭게 움직이기 위해 옷을 벗어던지기 시작했을 때, 주이오코가 번개처럼 스쳐 지나간 무언가에 부딪혔다.

「상어다!」 그가 몸서리를 치면서 칼을 꺼내 들고 외쳤다.

「어디냐?」 산도칸이 물었다.

「잠깐만요……. 상어가 아니고요.」 다이아크인이 대답하였다. 「구명부이 같은데요.」

「마리안나가 우리를 위해 구명구를 던졌구나!」 산도칸이 큰 소리로 말했다. 「대단한 여자로고……!」

「하나만이 아니기를 바랍니다.」

「그래, 하나 더 찾아보도록 하자.」

그들은 주변을 헤엄쳐 다녔고, 얼마 지나지 않아 첫 번째 구명구로부터 그리 멀리 않은 곳에서 두 번째 구명구를 찾아냈다.

「뜻밖의 행운이로군요.」 주이오코가 행복한 표정으로 주절거렸다. 「이제 어디로 가야 합니까?」

「커빗이 북동쪽에서부터 항해해 오고 있으니, 우리가 그쪽으로 헤엄쳐 간다면 야네스를 만날 가능성이 상당히 높을 게다.」

「우리가 그분을 찾을 수 있을 거라고 생각하십니까?」

「그러기를 바란다.」

「그러려면 꽤 여러 시간 걸리겠군요. 바람이 별로 세게 불지 않아서, 야네스 나리의 배가 아주 빨리 이동하지는 못할 겁니다.」

「그게 무슨 상관이냐? 그를 찾을 수만 있다면 나는 기꺼이 물 위에서 스물네 시간이라도 버티겠다.」 산도칸이 말했다.

「상어를 잊어버리셨습니까, 대장님? 바다에 상어가 우글거린다는 걸 잘 아시면서요.」

산도칸이 무의식적으로 몸서리를 치면서 사방을 불안하게 둘러보았다.

「나는 아직까지 그놈의 꼬리나 지느러미도 보지 못했다. 그놈들이 우리를 가만히 내버려두기나 바라자. 자, 이제 북동쪽으로 가자. 설사 야네스를 만나지는 못한다 하더라도, 그쪽으로 계속 가다 보면 몸프라쳄이나 남쪽으로 튀어 나온 모래톱에는 상륙할 수 있겠지.」

그들은 새로 등장할지도 모르는 위험에 좀 더 잘 대처하기 위해 더욱 가까이 붙은 채 북동쪽으로 헤엄쳐 갔다. 두 사람 모두 육지가 아직도 상당히 멀다는 것을 잘 알고 있었기 때문에 체력을 유지하기 위해 최선을 다했다. 둘 다 어떤 사태에 대해서도 대비를 하고 있었다. 그럼에도 불구하고 언제라도 상어가 습격해 올 수 있다는 두려움이 슬슬 엄습해 오기 시작하였다.

특히 더 겁을 집어먹은 주이오코는 상어 꼬리가 파도에 부딪치는 소리가 들렸다거나 자기 뒤로 무거운 숨소리가 따라오고 있다고 생각하고는, 간간이 멈추어서 어깨 너머를 돌아다보곤 하였다. 돌아볼 때마다, 그는 바다에 사는 호랑이들 중의 하나인 상어의 무시무시한 이빨에 다리를 잘릴까 봐 두려워서 본능적으로 다리를 오므렸다.

「저는 두려움이라는 걸 아예 모르고 살았습니다.」 그가 말했다. 「쉰 번도 넘게 배에 올라타는 일을 했고, 내 손으로 여러 명의 적을 죽였으며, 보르네오의 거대 원숭이와 정글 고양이와도 겨루었습니다만, 지금은 마치 열이라도 나는 듯 떨리는군요. 금방이라도 사나운 상어와 맞부딪칠 수 있다는 생각이 제 피를 얼어붙게 하네요. 대장님, 뭐가 보이세요?」

「아니.」 산도칸이 변함없이 침착한 목소리로 대꾸하였다.

「맹세하는데, 지금 막 우리 뒤에서 무슨 숨 쉬는 소리가 들렸습니다.」

「두려운 나머지 네가 착각한 거다. 아무 소리도 안 들렸다.」

「그럼, 저 물 튀기는 소리는요?」

「내 다리다.」

「이가 다 덜덜 떨립니다.」
「긴장을 풀어라, 주이오코. 우리 둘 다 튼튼한 칼로 무장하고 있지 않느냐?」
「만일 상어가 물 밑으로, 안 보이게 접근하면 어떡하죠?」
「우리도 물속으로 들어가서 공격하면 된다.」
「아직도 야네스 나리가 나타날 낌새가 안 보인다니……!」
「아마 아직 멀리 있을 게다.」
「우리가 그분을 만날 수 있을까요, 대장님?」
「그럴 거라고 믿는다……. 야네스는 나를 무척 사랑하니까 나를 이토록 곤란한 운명 속에 내박쳐 두지는 않을 것이다. 어쩐지 커빗을 따라오고 있을 것 같다는 느낌이 드는구나.」
「그런데, 아직 아무런 조짐도 보이지 않잖아요.」
「진정하고 가만히 좀 있어라, 주이오코. 바람이 강해지면서 파도가 점점 더 커지고 있구나.」
「커다란 파도는 으레 강한 바람과 함께 오는걸요, 뭘.」
「걱정할 것 하나도 없다니까.」

그들은 계속해서 주의 깊게 수평선을 살펴보는 한편, 상어를 만날까 봐 두려워 주변을 두리번거리면서 한 시간을 더 헤엄쳐 갔다. 그러다가 문득, 둘 다 제자리에 서서 상대방을 바라보았다.

「저 소리 들었느냐?」 산도칸이 물었다.
「예.」 주이오코가 대답하였다.
「기선의 기적 소리였다. 그렇지?」
「예, 대장님.」
「움직이지 마라……!」

그가 주이오코의 어깨에 기댄 채, 자기 몸의 절반이 수면 위로 나오도록 밀어 올렸다. 그런 다음 북동쪽을 바라보니 3~4킬로미터가량 떨어진 지점에 바다 위를 떠가고 있는 두 개의 밝은 점이 보였다.

「배가 우리 쪽으로 오고 있구나.」그가 걱정스럽게 말했다.

「그럼, 우리를 구해 줄 수 있겠네요.」주이오코가 희망에 부풀어서 말을 받았다.

「저 배가 어느 나라 소속인지도 모르고, 군함인지 상선인지도 모르지 않느냐?」

「어느 쪽에서 오고 있는데요?」

「북쪽인데.」

「그럼 좀 위험한데요.」

「내 생각도 그렇구나. 몸프라쳄에서 우리랑 싸운 배 가운데 하나가 야네스의 배를 뒤쫓고 있는지도 모르지.」

「그럼 구조 요청을 시도하지 말아야겠군요?」

「우리가 얻은 자유는 순식간에 도로 잃어버리기에는 너무나 소중한 거다, 주이오코. 우리가 다시 한 번 붙잡힌 다면 이번에는 누구도 우리를 구해 줄 수 없을 것이고, 나 역시 마리안나를 다시 보리라는 희망을 포기해야 하겠지.」

「하지만 상선일 수도 있지 않습니까?」주이오코가 반박하였다.

「우리는 아직 선박 규정 항로에도 이르지 못했다. 어디, 좀 더 잘 보이나 보자.」

산도칸이 다시 주이오코의 어깨에 올라타 새로운 위협 대상을 바라보았다. 캄캄한 와중에도 그들 쪽으로 다가오고 있는 배가 똑똑히 보였다.

「아무 소리도 내지 마라, 주이오코!」그가 도로 물속으로 미끄러져 들어가면서 말했다. 「군함인 게 확실하다.」

「얼마나 큽니까?」

「순시선인 것 같구나.」

「영국 국적이오?」

「의심할 것도 없다.」

「지나가게 내버려 두어야겠군요.」

「다른 방법이 없구나. 잠수할 준비나 해라. 저 배는 바로 우리 옆을 지나가게 될 거다. 어서, 네 구명 장비를 보내 버리고 내 신호를 기다려라.」

산도칸이 순시선이라고 여기는 배가 빠른 속도로 전진해 오고 있었다. 허겁지겁 물살을 휘젓고 있는 조타기로 말미암아 배의 양쪽에서 파도가 부글부글 끓어오르고 있었다. 배는 남쪽을 향하고 있었는데, 두 사람으로부터 아주 가까운 지점을 지나갈 것 같았다. 배가 그들로부터 150미터 떨어진 지점에 이르자마자, 산도칸과 주이오코는 물속으로 들어가서 계속 잠수한 채로 멀리 헤엄쳐 나갔다. 그들이 숨을 쉬기 위해 수면 밖으로 머리를 내밀었을 때, 누군가의 목소리가 바람결에 실려 왔다.

「맹세코, 좌현 쪽에서 머리통 두 개를 보았다니까.」 누군가 큰 소리로 외치는 것이었다. 「우리를 따라오고 있는 상어만 없었어도 소기정을 물 위로 띄웠을 텐데……..」

그 말을 듣고 산도칸과 주이오코가 당장에 다시 물속으로 들어갔다. 하지만 이번에는 훨씬 짧은 시간이었다. 다행히도 그들이 다시 수면 위로 머리를 내밀었을 때, 배는 남쪽을 향해 멀찌감치 떠가고 있었다. 그들은 자신들이 아직도 거품이 일고 있는, 배가 지나간 자리 한복판에 있다는 것을 깨달았다. 조타기가 일으킨 파도가 그들을 위로 솟구치게 했다가 놀 속으로 끌어당겼다가 하면서 두 사람을 제멋대로 내동댕이쳤다.

「단단히 조심해야겠어요, 대장님!」 주이오코가 큰 소리로 외쳤다. 「이 바다에 상어가 있다는군요. 선원이 하는 말, 들으셨지요?」

「그래, 칼을 준비하고 있어라.」 산도칸이 대답하였다.

「그놈이 우리를 공격할까요?」

「그럴 것 같구나, 주이오코. 그 괴물은 시력은 안 좋을지 몰라도 대신 믿을 수 없을 만큼 발달한 후각이 그걸 벌충하고 있단다. 그놈이 배를 따라가지 않았을 게 틀림없다.」

「무서워요, 대장님.」 주이오코가 부들부들 떨면서 하소연했다.

「침착해라. 아직 아무것도 보이지 않는다.」

「그놈이 물 밑에서 우리를 공격할 수도 있잖아요.」

「놈이 가까이 다가오는 소리를 들을 수 있을 거다.」

「그런데 우리 구명부이는요?」

「바로 우리 코앞에 있느니라. 손발을 두어 번만 놀려도 닿을 수 있을 정도구나.」

「너무 무서워서 꼼짝할 수가 없어요, 대장님.」

불쌍한 주이오코는 너무 두려운 나머지 거의 사지를 옴짝달싹하지 못했다.

「주이오코, 침착해야 한다.」 산도칸이 타일렀다. 「만일 네 다리를 구하고 싶다면, 두려움에 사로잡혀서는 안 된다. 구명 장비를 붙잡고 칼을 꺼내라.」

약간 용기를 되찾은 주이오코가 그의 말에 따라, 바로 배가 지나간 자리 한가운데에 떠 있던 구명구를 잡았다.

「자, 상어가 있는지 어디 한번 보자. 그놈을 피할 수 있을 게다.」

그가 세 번째로 주이오코의 어깨에 기댄 채 수면 위로 나와서 재빨리 주변을 둘러보았다. 거기, 하얗게 일어난 물거품 한가운데로 커다란 망치 같은 것이 수면 아래에서부터 솟아오르는 것이 보였다.

「무언가가 나타났으니 준비해라. 우리로부터 겨우 오륙십 미터밖에 떨어져 있지 않구나.」 그가 주이오코에게 주의를 주었다.

「그럼, 역시 놈이 배를 따라가지 않았군요?」 주이오코가 이를 딱딱 부딪치면서 물었다.

「그놈이 사람의 살 냄새를 맡은 게 틀림없다.」

「그놈이 우리한테 오고 있나요?」

「곧 알게 되겠지. 움직이지 말고, 칼을 놓치지 마라.」

두 사람은 서로에게 좀 더 가까이 다가선 채, 조용히 자기들에게 닥쳐올 불행을 불안한 마음으로 기다리고 있었다.

두 사람은 몹시 잔인하면서도 위험한 적인, 귀상어에 맞서야 하는 곤경에 처한 것이다. 그 적으로 말하면, 상어류의 일원으로 다른 것들과는 다른 독특한 생김새를 지녔으니, 머리가 망치 모양이었다. 귀상어의 주둥이 또한 크기나 이빨의 세기에 있어서 자기 사촌들에 비해 결코 뒤지지 않았다. 하지만, 그놈들이 자신의 먹잇감을 움켜잡는 것은 다소 어려운 일이었으니, 주둥이가 배 쪽에 달려 있어서 무언가를 물으려면 뒤집어 누워야 하기 때문이었다. 그놈들은 영리할 뿐 아니라, 사람 고기를 좋아했기 때문에 수영하는 사람만 보면 조금도 머뭇거리지 않고 덮쳐 두 토막을 냈다.

산도칸과 주이오코가 주의 깊게 귀를 기울인 채 몇 분 더 가만히 있다가 아무 소리도 들리지 않자 조심스럽게 물러나기 시작하였다. 그들이 오륙십 미터쯤 갔을 때, 그들로부터 그리 멀지 않은 곳에서 상어의 혐오스러운 대가리가 솟아오르는 것이 보였다. 그 괴물이 노란 눈으로 두 사람을 향해 섬뜩한 시선을 던졌다. 그러면서 파도가 자신을 밀어내도록 내버려둔 채 가만히 있다가, 별안간 맹렬하게 파도를 가르면서 앞으로 돌진해 왔다.

「대장님!」 주이오코가 소리를 질렀다.

더 이상 참을 수 없었던 말레이시아의 호랑이가 뒤로 물러나는 대신 느닷없이 구멍구를 버리고 이빨로 칼을 악문 채 단호하게 상어를 향해 나아갔다.

「네놈도 우리랑 싸우고 싶다는 말이지……! 좋다! 바다의 호랑이가 말레이시아의 호랑이보다 더 강한지 어떤지 곧 알게 되겠지!」 그가 큰 소리로 외쳤다.

「그냥 보내세요, 대장님.」 주이오코가 사정하였다.

「저놈을 끝장내 버리고 싶구나.」 산도칸이 대꾸하였다. 「망할 놈의 상어 같으니라고!」

　산도칸의 고함 소리와 단호한 태도에 기가 꺾인 귀상어가 계속 전진하는 대신 그 자리에 멈추었다가 커다란 파도를 일으키면서 물속으로 뛰어 들었다.

「저놈이 공격해 와요, 대장님!」 주이오코가 악을 썼다.

　하지만 그가 틀렸다. 잠시 후에 다시 등장한 상어가 새로운 공격에 나서는 대신 그들로부터 멀어지더니 배가 지나간 자리에서 장난스럽게 헤엄을 치는 것이었다.

　산도칸과 주이오코는 한동안 가만히 있으면서 줄곧 상어를 지켜보았다. 두 사람은 당분간은 그놈이 자기들에게 더 이상 관심을 갖지 않으리라는 것을 깨닫고, 북동쪽을 향한 여정을 계속하기로 결정하였다. 그래도 아직 안전하다고는 할 수 없었던 것이, 상어가 장난을 치고 있는 와중에도 잠시도 그들로부터 눈을 떼지 않았기 때문이다. 그놈은 두 사람이 어디 있는지 확인하기 위해 몇 번씩이나 꼬리를 휘두르면서 물 밖으로 나와 보았다. 그러다가 순식간에 멀어졌던 거리를 좁혀 오더니, 먹잇감으로부터 최소 오륙십 미터의 거리를 유지하기 시작하였다. 아마도 새로이 공격에 나설 적당한 순간을 기다리고 있는 것 같았다.

　얼마 지나지 않아 뒤에서 헤엄치고 있던 주이오코가 상어가 대가리를 뒤흔들고 강력하게 꼬리를 내두르면서 요란하게 전진하는 것을 목격하였다. 그놈이 한번은 물속 제법 깊은 곳에서 헤엄을 치다가 다음에는 바로 수면 부근까지 올라오곤 하면서, 두 사람 주위를 빙빙 돌기 시작하였다. 한 번씩 돌 때마다 원의 크기도 점점 줄어들었다.

「조심하세요, 대장님!」 주이오코가 고함을 질렀다.
「싸울 준비가 되었느니라!」 산도칸이 대꾸하였다.
「도와 드리겠습니다.」
「이제는 무섭지 않느냐?」
「그런 것 같습니다.」
「내가 신호를 보낼 때까지 구명 장비를 버리지 마라. 그동안 이 원이나 뚫고 나가 보자.」

왼손으로는 구명 장비를 움켜잡고 오른손으로는 칼을 그러쥔 채, 두 사람은 줄곧 상어를 지켜보면서 계속 뒤로 물러났다. 그놈은 두 사람을 포기하지 않았다. 어둠 속에서 불길하게 반짝이는 날카로운 이빨을 드러낸 채, 강력한 꼬리로 험악한 파도를 일으키면서 연신 그들에게 접근해 왔다. 그러다가 갑자기 엄청난 도약과 함께 거의 완전히 물 밖으로 튀어 나오더니, 두 사람 중 좀 더 가까이 있던 산도칸에게 덤벼들었다.

갑작스러운 위험에 직면하여 기운이 솟구친 주이오코가 칼을 치켜들고 앞으로 나가는 동안, 말레이시아의 호랑이는 구명 장비를 버리고 물 밑으로 사라졌다. 산도칸이 잠수하는 것을 보고, 상어가 주이오코의 공격을 피해 꼬리를 거세게 내두르면서 물속으로 들어갔다. 산도칸이 거기에서 기다리고 있다가 거리가 충분히 가까워지자마자 공격에 나서서 그놈의 등지느러미를 움켜쥐고 있는 힘껏 단도를 휘둘러 그놈의 배를 갈라 버렸다.

치명적인 부상을 입은 상어가 산도칸이 막 두 번째로 칼을 휘두르려고 할 때, 몸통을 강력하게 비틀어서 상대방의 손아귀로부터 벗어난 다음 등을 위로 한 채 수면으로 올라갔다. 그러다가 주이오코가 불과 1.5미터밖에 떨어져 있지 않은 것을 보고, 그를 두 토막 낼 요량으로 다시 몸을 뒤집었지만, 이미 산도칸이 다가온 다음이었다. 그가 날쌘 동작으로 상어의 대가리 한복판에 정통으로 단도를 찔러 넣었는데, 얼마나 힘이 셌던지 칼이 그 안에 그대로 꽂혀 있었다.

「저놈을 잡아라!」 주이오코가 고함을 지르면서 그 녀석을 수도 없이 찔러 댔다.

결국 상어는 빠르게 물 위로 퍼져 나가는 어마어마한 양의 피를 남겨 놓은 채, 물속으로 사라져 버리고 말았다.

「저놈이 돌아올 것 같지는 않은데, 네 생각은 어떠냐, 주이오코?」 산도칸이 물었다.

주이오코는 아무 대꾸도 하지 않았다. 자기 구명 장비에 기댄 채, 주변 바다를 좀 더 잘 살펴보기 위해 일어서려고 애를 쓰고 있었던 것이다.

「무얼 찾고 있느냐?」 산도칸이 물었다.

「저기…… 보세요. 북동쪽으로요!」 주이오코가 큰 소리로 외쳤다. 「세상에! 커다란 그림자가 보여요……. 배다!」

「설마, 야네스일까?」 산도칸이 흥분해서 물었다.

「너무 어두워서 알아볼 수는 없지만, 심장이 마구 뛰는 게 느껴집니다. 대장님.」

「네 어깨 좀 빌리자.」

주이오코가 다가오자 산도칸이 그에게 기대서 허리까지 물 밖으로 나오게 한 채 섰다.

「뭐가 보이십니까, 대장님?」

「프라후다! 저게 만일 그 친구라면……! 제기랄!」

「무슨 일이신데요?」

「우리 쪽으로 세 척의 배가 오고 있구나.」

「확실한가요?」

「확실하다.」

「와우! 야네스 나리가 무슨 지원을 얻은 게 아닐까요?」

「그럴 리가……」

「그럼, 우린 어떻게 하지요? 벌써 세 시간째 헤엄쳐 왔는데, 앞으로 얼마나 더 계속할 수 있을지 모르겠는걸요……」

「알았다. 친구든 적이든 저들이 우리를 태우는 게 상책인 것 같구나. 도와 달라고 크게 소리쳐 보자.」

주이오코가 젖 먹던 힘까지 끌어 모아서 최대한 큰 소리로 고함을 질렀다.「거기 배에 타고 계신 양반……! 도와주시오!」

잠시 후, 총소리와 함께 누군가의 고함 소리가 들렸다.「거기 누구요?」

「표류자들이오!」

「거기 그대로 계시오.」

세 척의 배가 재빨리 지그재그로 방향을 바꾸더니, 강한 바람을 타고 그들을 향해 빠른 속도로 전진해 왔다.

「어디 있소?」 좀 전의 목소리가 물었다.

「다가가는 중이오.」 산도칸이 대답하였다.

잠시 침묵이 흐른 뒤, 또 다른 목소리가 터져 나왔다.「이런 세상에! 내가 미쳤든지 정말로 그 친구든지……! 거기 누구요?」

「야네스! 야네스……! 날세, 산도칸이네!」

세 척의 배에서 동시에 우레 같은 환호성이 터져 나왔다.「대장님 만세! 호랑이 만세!」

첫 번째 배가 바로 얼마 떨어지지 않은 곳에 있었다. 두 사람은 그들을 향해 던져 준 로프를 붙잡고 원숭이처럼 날쌔게 선교 위로 올라왔다. 한 사내가 산도칸에게 달려와서 미친 듯이 끌어안았다.

「사랑하는 동지……!」 그가 큰 소리로 외쳤다. 「다시는 자네를 못 볼 줄 알았네!」

산도칸이 훌륭한 포르투갈인 친구를 힘차게 끌어안았다. 그동안 두 배의 선원들은 계속해서 합창을 하고 있었다. 「호랑이 만세!」

「내 선실로 가세. 자네, 나한테 할 말이 아주 많을 것 같은데……」

배가 다시 전속력을 내서 제 갈 길로 들어서는 동안, 산도칸이 말없이 야네스를 따라 갑판 아래로 내려갔다. 야네스가 진 한 병을 따서 산도칸에게 권하자, 그가 빠른 속도로 연거푸 몇 잔을 비웠다.

「자, 이제 말 좀 해보게. 내가 외해에서 자네를 태우게 되다니, 도대체 어떻게 된 일인가? 나는 자네가 기선에 포로로 잡혀 있는 줄 알고 스무 시간 동안이나 악착같이 그 뒤를 쫓아가고 있었다네.」

「아니, 순시선을 쫓아오고 있었다고? 내, 그럴 줄 알았네.」

「당연하지! 나한테 마음대로 부릴 수 있는 세 척의 배와 120명의 부하가 있는데, 자네를 쫓아가지 않을 것 같은가?」

「어디서 그렇게 많은 인원을 구했나?」

「다른 두 배를 누가 지휘하고 있는지 아나?」

「모르지.」

「피상우와 마라투아라네.」

「그럼, 우리가 라부안에 가다가 만났던 폭풍으로 그 배들이 침몰당한 게 아니었다는 말인가?」

「마라투아는 줄곧 풀로 가야까지 떠밀려 갔고, 피상우는 암봉 만에서 피신하고 있었다더군. 그들은 거기에서 여러 날

머무르면서 폭풍으로 심하게 부서진 배를 수리한 다음, 결국 라부안에서 서로 만났다네. 하지만 작은 만에서 우리를 찾지 못하자 다시 몸프라쳄으로 돌아갔다지. 어젯밤에 그들을 우연히 만났는데, 당시 그들은 우리의 최종 목적지를 인도라고 믿고 그리 출항할 계획을 세우고 있더구먼.」

「그들이 몸프라쳄에 상륙했었다던가? 지금은 누가 내 섬을 차지하고 있다던가?」

「아무도 없다더군. 영국 놈들이 마을에 불을 지르고 마지막으로 남은 요새들을 파괴한 다음 그냥 내박쳐 놓았다네.」

「그게 더 낫군.」 산도칸이 한숨을 쉬며 중얼거렸다.

「그런데, 자네한테는 무슨 일이 있었나? 내가 우리 대포로 포함을 쏘고 있을 때 자네가 순시선에 올라타는 것을 보았네. 영국 놈들이 승리의 함성을 내지르는 것도 들었지. 그 이상은 모르네. 나는 내가 싣고 오던 보물들을 구하기 위해 도망쳐 나왔다가, 상황이 정리된 다음에 순시선을 붙잡아서 올라탈 작정으로 그 뒤를 쫓아가고 있었네.」

「나는 뒤통수를 한 대 얻어맞고 적선의 선교 위에 쓰러졌다네. 그런 다음 주이오코와 함께 포로 신세가 되었지. 내가 항상 지니고 다니던 약이 나를 살려 주었네.」

「알겠군.」 야네스가 웃으면서 말을 받았다. 「그놈들이 자네가 죽은 줄 알고 바다 속으로 집어 던졌군그래. 그나저나, 마리안나는 어떤가?」

「그녀는 순시선에 포로로 붙잡혀 있네.」 산도칸이 침울하게 대답하였다.

「그 배를 누가 지휘하던가?」

「남작이었네. 하지만 난리 통 속에서 내가 그놈을 죽여 버렸지.」

「나도 그럴 것이라고 생각했네. 하느님 맙소사! 그 불쌍한 경쟁자에게 얼마나 끔찍한 종말인가! 자, 이제 어떻게 할 작정인가?」

「자네는 어쩔 작정인데?」

「순시선을 따라 가서 올라타야지.」

「그거야말로 내가 자네에게 제안하고 싶었던 바일세.」

「그 배가 어디를 향하고 있는지 아나?」

「자세히는 모르겠지만, 내가 거기 타고 있을 동안 그 배가 삼도(三島) 쪽으로 가고 있다는 느낌이 들었네.」

「왜 그리 내려가고 있다고 생각하는 거지? 좀 수상쩍은데, 아우님. 빠른 속도로 이동하고 있었나?」

「시속 8노트로 날아가고 있었네.」

「우리보다 많이 앞서 있을까?」

「한 50킬로미터 정도……?」

「바람만 계속 불어 준다면 따라잡을 수 있겠군……」

선교에서 수상한 움직임이 있더니 이어 날카로운 비명 소리가 그의 말을 끊었다.

「무슨 일이지?」 산도칸이 물었다.

「위로 올라가 봐야겠네, 아우님.」

두 사람이 선실을 뛰쳐나와 갑판 위로 달려갔다. 바로 그 순간 여러 사람이 바다로부터 금속 상자 하나를 끌어올렸다. 해적 하나가 희뿌옇게 밝아 오는 여명 속에서, 우현으로부터 수십 미터 떨어진 곳에 떠 있던 그 상자를 발견했다고 하였다.

「흠……」 야네스가 감탄하며 말했다. 「그거 보통 상자가 아닌데.」

「우리가 계속해서 순시선 뒤를 쫓아가고 있는 게 맞지?」 산도칸이 알 수 없는 불안감이 점점 커지는 걸 느끼면서 물었다.

「그럼.」 야네스가 대답하였다.

「아, 만일…….」
「뭐?」
대답 대신 산도칸이 단도를 꺼내서 단번에 상자를 찢고 재빨리 열어 보았다. 그 안에는 아름답고 우아한 필체로 쓰인 짤막한 편지 한 통이 약간 젖은 채 들어 있었다.
「야네스! 야네스……!」 산도칸이 떨리는 목소리로 우물우물하였다.
「읽어 보게, 아우님. 어서 읽어 보라고.」
「눈이 안 보이는 것 같아…….」
야네스가 그의 손에서 편지를 가져다가 읽었다.

　　도와주세요! 사람들이 저를 삼도로 데려가고 있어요. 숙부께서 그곳에서 이 배를 만나 사라와크로 데려가려 해요.
　　　　　　　　　　　　　　　　　　　마리안나

그 소리를 듣고 산도칸이 사나운 비명을 내질렀다. 그러면서 손을 머리카락 사이로 집어넣더니 마치 총에라도 맞은 듯이 흔들어 댔다.
「졌구나……! 졌다! 대령 놈이……!」
야네스와 해적들이 그를 빙 둘러싼 채, 깊은 감동을 느끼면서 걱정스럽게 그를 바라보았다. 그들 또한, 그 불행한 대장의 심장을 갈가리 찢어 놓는 고통을 똑같이 느끼면서 괴로워하고 있는 것 같았다.
「산도칸!」 야네스가 큰 소리로 위로하였다. 「우리가 그녀를 구해 내겠다고 약속하겠네. 설사 대령의 배에 올라타야 하거나 사라와크와 그 총독인 제임스 브루크를 공격해야 하는 한이 있더라도 말일세.」
조금 전까지만 해도 엄청난 고통으로 괴로워했던 산도칸

이, 분노로 일그러진 얼굴과 불꽃이 이글거리는 눈으로 벌떡 일어났다.

「몸프라쳄의 호랑이들이여!」 그가 쩌렁쩌렁한 목소리로 외쳤다. 「우리에게는 구해야 할 여왕과 없애 버려야 할 원수놈들이 있다. 삼도를 향해 나아가자……!」

「복수하자!」 해적들의 합창이 이어졌다. 「영국 놈들에게 죽음을, 여왕 폐하 만세……!」

잠시 후, 세 척의 프라후가 지그재그로 방향을 틀면서 삼도를 향해 나아갔다. 일단 항로가 바뀌자, 다가오는 전투에 대비해서 해적들이 미친 듯이 작업에 들어갔다. 이 싸움이 엄청난 격전이 되리라는 것을 그들도 잘 알고 있었다. 어쩌면 그들이 증오하는 적과 마지막으로 붙는 최후의 일전일 터였다.

제32장
호랑이 최후의 전투

 그들은 대포를 장전하고, 화승총에 사람을 배치하고, 화약통을 열어 놓고, 배의 고물과 이물에 어마어마한 양의 소화탄을 쌓아 놓았다. 또, 불필요한 밧줄이나 로프 따위들을 모조리 치우고, 필요한 것들을 전부 다 보강하고 강화해 놓았다. 장애물을 설치하고 줄사다리를 마련하고 갈고랑쇠를 꺼내 놓는 것도 잊지 않았다. 심지어 알코올이 든 병까지 준비했는데, 여기에다 불을 붙여서 적의 갑판으로 던지겠다는 심산이었다. 산도칸은 말과 행동으로 쉬지 않고 해적들을 격려하였다. 모든 부하들에게 그를 포로로 잡고 있었고, 가장 용맹스러운 그의 전사들을 죽이고, 그의 연인을 빼앗아 간 배를 침몰시키겠노라고 약속하였다.
 「그래, 내가 그 염병할 놈들을 박살 내겠노라. 깡그리 불에 태워 버리리라!」 그의 선언이었다. 「대령 놈이 내게서 그녀를 빼앗아 가지 못하도록, 하느님께서 제발 제시간에 도착하게 해주시기를······.」
 「그럴 필요가 있다면, 그 영감도 공격해야겠지.」 야녜스가 말했다. 「120명이나 되는 몸프라쳄 호랑이들의 공격을 누가 견뎌 낼 수 있을까?」

「만일 우리가 너무 늦게 도착하는 바람에 대령이 이미 빠른 배를 타고 사라와크로 떠나 버렸으면 어쩌지?」

「제임스 브루크의 도시에서 그를 잡아야지. 하지만 지금 당장 해결해야 할 과제는 순시선을 접수하는 방법을 찾는 것이라네. 지금쯤이면 아마 삼도에 닻을 내렸을 걸세. 어쨌거나 그것을 기습 공격해야 돼……. 아! 내 기분이 참!」

「무슨 말인가?」

「산도칸, 제임스 경이 빅토리아로 가는 도중 우리 공격을 받았을 때, 그 영감이 무슨 짓을 하려고 했는지 기억나나?」

「응.」 산도칸이 머리카락이 쭈뼛 서는 듯한 기분을 느끼면서 중얼거렸다. 「맙소사! 자네는 함장이……?」

「함장이 그녀를 자네 손에 넘겨주기보다는 차라리 죽여 버리라는 명령을 받았을 수도 있네.」

「말도 안 돼! 말도 안 된다고!」

「자네 약혼자 일이 좀 걱정되는군.」

「그럼, 우리가 어떻게 해야 되나?」 산도칸이 갈라진 목소리로 물었다.

아무 대답도 하지 않는 걸 보니 야네스는 깊은 생각에 빠진 것 같았다. 그러다가 문득 이마를 탁 치면서 말했다. 「생각났다!」

「여보게, 좋은 생각이 있으면 어서 말해 주게.」

「그런 재앙이 일어나지 않게 하려면, 우리가 공격하는 순간 그녀를 보호하기 위해 우리 중 하나가 마리안나 곁에 있어야 하네.」

「그거야 맞는 말이지만, 어떻게?」

「좋은 생각이 있네. 바라우니의 술탄이 몸프라쳄 공격을 지원하기 위해 여러 척의 배를 파견했던 거 알지?」

「그럼, 잊지 않고 있지.」

「내가 술탄의 신하들 중 하나로 변장하는 걸세. 우리 배에 바라우니 깃발을 내걸고, 내가 제임스 경이 보낸 외교 사절인 척하면서 순시선에 타는 거지.」

「아주 근사한 생각이로군.」

「함장에게 마리안나 양에게 편지를 전해야 한다고 말한 다음, 그녀의 선실에 우리만 남게 되면 나 자신이 그녀의 바리케이드가 되는 걸세. 그리고 내가 호루라기를 불면 자네가 배에 뛰어 올라와 전투를 개시하는 거지.」

「아, 야네스!」 산도칸이 그를 끌어안으면서 큰 소리로 외쳤다. 「만일 우리가 성공한다면, 내가 자네한테 얼마나 커다란 은혜를 갚아야 할지!」

「우리는 성공할 거라고, 산도칸. 우리가 대령보다 먼저 도착하기만 한다면……」

그 순간, 누군가가 갑판에서 외치는 소리가 들렸다. 「삼도다……!」

산도칸과 야네스가 위로 달려갔다.

삼도라고 불린 섬들이 보이기 시작했는데, 이제 12킬로미터 정도밖에 남아 있지 않았다. 모두들 순시선을 찾느라고 눈에 불을 켜고 바위와 절벽으로 이루어진 섬을 부지런히 살펴보았다.

「저기 있다!」 다이아크인 하나가 외쳤다. 「저 아래쪽에서 연기가 나는 게 보입니다.」

「그렇구나.」 산도칸이 흥분한 눈빛으로 확인해 주었다. 「저 절벽 뒤에서 검은 연기 타래가 솟아오르는 게 보이는구나. 순시선이 저기에 있다!」

「조심스럽게 전진해야겠군. 이제 공격할 준비를 하세.」 야네스가 말했다. 「피상우, 우리 배에 40명을 더 태워라.」

순식간에 옮겨 타는 일이 끝나자, 70명의 막강한 해적들이 마지막 연설을 듣기 위해 산도칸 주변으로 모여들었다.

「몸프라쳄의 호랑이들이여.」 그가 부하들의 사기를 하늘이라도 찌를 듯이 치솟게 하는 동시에, 사람을 빨아들이는 것 같은 어조로 말문을 떼었다. 「우리가 이제 막 시작하려고 하는 전투는 아주 지독한 싸움이 될 것이다. 우리는 우리보다 월등하게 인원이 많은 데다가, 정식으로 훈련을 받은 뒤 전투에서 잔뼈가 굵은 노련한 병사들을 상대로 싸우게 된다. 하지만 잊지 말아야 할 점은, 이것이 여러분이 말레이시아의 호랑이를 위해 치르는 마지막 싸움이자, 우리 세력을 파멸시키고 우리 고향 섬을 모독한 놈들과 맞서 싸우는 마지막 전투가 되리라는 사실이다. 내가 신호를 보내면, 여러분은 예로부터 내려오는 몸프라쳄 호랑이들의 용맹을 과시하면서 저 배의 갑판으로 밀고 올라간다. 그렇게 해주리라고 기대하노라!」

「우리가 저놈들을 다 죽여 버리겠습니다!」 해적들이 열광적으로 팔을 흔들면서 외쳤다. 「저희들을 이끌어 주십시오, 호랑이님!」

「몸프라쳄의 여왕이 우리가 이제 공격하려고 하는 저 망할 놈의 배에 붙잡혀 계신다. 그녀가 다시 한 번 나와 함께 있기를, 그녀가 자유로워지기를 바라노라!」

「저희들이 그분을 죽기 살기로 구해 드리겠습니다.」 해적 하나가 외쳤다.

  그 말에 호응하는 함성이 울려 퍼졌다.

「고맙구나, 동지들이여. 이제 각자 전투 위치로 돌아가고, 누가 술탄의 깃발을 올리도록 해라.」

  깃발이 올라갔고, 세 척의 배가 첫 번째 섬으로 향하였다. 좀 더 자세히 말하자면, 그 끄트머리에 어두운 물체가 보이고 연기 타래가 올라오고 있는 작은 만으로 간 것이다.

「야네스.」산도칸이 말했다.「준비하게, 한 시간 안으로 만에 도착할 걸세.」

「금방 준비하고 오겠네.」야네스가 대답하고 나서 갑판 아래로 사라졌다.

바라우니 술탄의 깃발이 큰돛대 꼭대기에서 펄럭이는 가운데, 세 척의 배가 돛을 활짝 펴고 계속 앞으로 나아갔다. 대포와 화승총을 발사할 준비를 마치고, 해적들은 손에 무기를 든 채 신호가 오기만 하면 적의 배에 오를 준비를 하고 있었다. 이물에 자리 잡은 산도칸이 시간이 흐를수록 점점 더 뚜렷하게 보이는 순시선에 온통 시선을 집중시킨 채 열심히 배를 살펴보았다. 닻은 내린 것 같고, 엔진은 아직도 가동 중인 듯했다. 무시무시한 산도칸이 뛰어난 시력을 자랑하는 두 눈으로 기를 쓰고 마리안나를 찾고 있었다. 그의 단단한 가슴으로부터 무거운 한숨이 터져 나오는 가운데, 산도칸은 이마를 찌푸린 채 줄곧 자기 언월도의 손잡이를 움켜잡고 있었다.

그러다가 그의 눈길이 무언가 특별한 것을 찾고 있는 양, 삼도를 에워싸고 있는 바다를 살펴보기 시작하였다. 한창 전투가 진행되는 중에 대령이 뒤에서부터 기습 공격을 해올까 봐 우려하는 것 같았다. 배 안에 걸린 행해용 정밀 시계가 막 정오를 알리는 순간, 세 척의 배가 만 입구에 도착하였다. 순시선은 그 작은 내해의 한가운데에 닻을 내리고 있었다. 큰돛 꼭대기에 영국 국기가 휘날리고 있었고, 큰돛대 꼭대기에는 모든 전함에서 볼 수 있는 각국의 깃발이 자랑스럽게 걸려 있었다. 갑판 주변에서 몇몇 사람들이 움직이고 있는 게 보였다. 순시선이 대포의 사정거리 안에 있는 것을 보고 해적들이 대포로 달려갔지만, 산도칸이 재빠른 몸짓으로 그들을 멈춰 세웠다.

야네스가 바라우니 술탄 휘하의 신하 차림으로 갑판에 나타났다. 큼지막한 초록색 윗도리와 통이 넓은 바지를 차려입고 머리에 커다란 터번을 두르고 있었다. 아울러 손에는 편지 한 통을 들고 있었다.

「무슨 편지인가?」 산도칸이 물었다.

「마리안나 양에게 전해야 할 편지라네.」

「뭐라고 썼는데?」

「그녀를 자유롭게 해줄 준비가 다 되었으니, 우리를 저버리지 말아 달라고.」

「만일 자네가 선실에서 그녀를 보호할 생각이라면, 반드시 직접 전해 주어야 하네.」

「누구한테도 편지를 빼앗기지 않을 테니 걱정 말게, 아우님.」

「자네가 아가씨를 만나러 갈 때 함장이 동행하려고 하면 어쩌지?」

「일이 복잡하게 돌아가는 것 같으면 그놈을 죽여 버리겠네.」 야네스가 차갑게 대답하였다.

「자네가 큰 도박을 하게 되었구먼, 야네스.」

「내 목숨이 걸린 거지. 하지만 지금 당장은 지지 않으리라고 확신하네. 이제, 자네는 숨도록 하게. 잠시 동안 내가 우리 배 세 척을 지휘하겠네. 자네 호랑이들로 말하면, 이제부터 가장 훌륭한 기독교인의 얼굴을 해야 하네. 또 우리 모두가 그 지독한 악당인 바라우니 술탄의 충성스러운 신하들이라는 점도 명심하도록 하게.」

야네스가 산도칸과 악수를 나누고 터번을 매만진 뒤, 큰 소리로 외쳤다. 「만으로 가자……」

그의 배가 바로 뒤에 다른 두 배를 거느리고서, 위풍당당하게 작은 만으로 들어가 순시선에 접근하였다.

「거기 누구냐?」 보초가 물었다.

「보르네오와 바라우니요.」 야네스가 대답하였다. 「빅토리아로부터 중요한 소식을 가지고 왔소. 피상우, 닻을 내리고 거기 누구한테 연결기를 내오라고 해라. 외륜 덮개 조심하고!」

보초들이 해적선더러 순시선 옆에 닻을 내리지 말라는 말을 꺼내기도 전에 작업이 다 끝나 버렸다. 배가 순시선의 우측 닻 바로 아래 부딪치더니 그 자리에 용접이라도 된 듯 그대로 서버렸다.

「함장님은 어디 계신가?」 야네스가 경비병에게 물었다.

「배를 옮기시오.」 다른 병사가 대꾸하였다.

「규정 따위는 집어치워라!」 야네스의 대답이었다. 「참내, 내 작은 배가 너희 배를 침몰이라도 시킬까 봐 걱정이냐? 어서 빨리 함장님이나 불러 오너라. 그분께 전달할 중요한 소식이 있다니까.」

그때 마침 대위가 장교들을 대동하고 갑판으로 왔다. 그가 고물 쪽 현장으로 다가와서 야네스가 편지를 흔드는 것을 보고 그에게 사다리를 내려 주도록 하였다.

「용기를 내라.」 야네스가 순시선을 위협적으로 노려보고 있는 해적들을 마지막으로 한 번 더 돌아보면서 속삭였다.

이어 고물을 힐끗 쳐다보았다가, 갑판 승강구 위에 던져 놓은 돛 아래 숨어 있던 산도칸의 불타는 듯한 시선과 부딪쳤다. 잠시 후, 훌륭한 포르투갈인이 순시선 갑판으로 올라갔다. 비록 순간적으로 공포가 엄습해 왔지만, 얼굴만큼은 여전히 침착하였다.

「함장님.」 그가 대위 앞에서 당당한 태도로 입을 열었다. 「마리안나 궐론크 양에게 전해 드릴 편지를 가지고 왔습니다.」

「어디서 오셨소?」

「라부안입니다.」

「대령님은 지금 어떻게 하고 계시오?」

「제가 떠날 때 대령님은 배를 무장하시면서 함장님과 합류할 계획을 세우고 계셨습니다.」

「그분께서 내게 내리신 무슨 명령 같은 것은 없었소?」

「없습니다, 함장님.」

「그것 참 이상하군. 편지를 내게 주시오. 마리안나 양에게 전해 드리겠소.」

「죄송합니다만 함장님, 그분께 직접 편지를 전해 드리라는 지시를 받았습니다.」 야네스가 대담무쌍하게 거짓말을 하였다.

「그럼, 따라오시오.」

야네스는 피가 얼어붙는 것 같았다.

〈만일 마리안나가 나를 이상하게 보는 날이면, 일은 다 틀어지는 거지.〉 그가 속으로 중얼거렸다.

문득 고물을 힐끗 쳐다보니 열두어 명의 해적들이 활대 양쪽 끝에 매달려 있고, 또 그만한 수의 해적들이 사다리 아래 모여 있는 모습이 눈에 띄었다. 그들은 굉장한 호기심을 가지고 자신들을 빤히 쳐다보는 영국 병사들에게 덤벼들고 싶어 좀이 쑤시는 것을 간신히 참고 있는 중이었다.

야네스는 대위를 따라 함께 고물로 가는 층계를 내려갔다. 대위가 문을 두드리자 마리안나가 〈들어오세요〉 하고 대답하는 소리를 듣는 순간, 그는 머리칼이 빳빳이 곤두서는 듯한 느낌이 들었다.

「숙부님이신 제임스 귈론크 경으로부터 사자(使者)가 왔습니다.」 대위가 선실로 들어서면서 말했다.

마리안나는 방 한가운데 서 있었는데, 파리해 보이기는 했어도 당당한 태도만큼은 여전하였다. 그녀는 야네스를 보고 깜짝 놀란 기색을 감추지 못했지만 그래도 비명은 지르지 않았다. 그녀는 즉시 무슨 일이 벌어지고 있는지 알아차렸다. 편지를 받아서 기계적으로 뜯더니 감탄스러울 만큼 침착한 태도로 읽어 내려갔다.

느닷없이, 백지장처럼 창백해졌던 야네스가 현창으로 다가가더니 큰 소리로 외쳤다.「함장님, 기선 한 척이 우리 쪽으로 오고 있습니다.」

대위가 그것이 어떤 종류의 배인지 확인하기 위해 현창으로 달려갔다. 야네스가 번개처럼 그를 덮친 다음, 자기 단도 손잡이로 그 불쌍한 사내의 머리를 인정사정없이 마구 두들겨 패기 시작하였다. 대위는 끽소리 한 번 제대로 내지 못하고 반쯤 죽다시피 한 채 바닥으로 무너져 내렸다. 마리안나 양이 공포에 찬 비명을 내질렀다.

「조용히 하세요, 제수씨.」야네스가 불쌍한 대위를 묶고, 재갈을 물리고 하면서 주의를 주었다.「만일 내가 실수로 이 놈을 죽인다 하더라도, 하느님께서 용서해 주실 겁니다.」

「산도칸은 어디 계세요?」

「싸울 준비를 하고 있어요. 그나저나 바리케이드 쌓는 것 좀 도와주십시오.」

그가 무거운 대형 옷장을 움켜잡고 문으로 밀고 간 다음, 상자와 선반들을 그 뒤에 쌓아 놓았다.

「무얼 하실 작정이신데요?」마리안나가 물었다.

「곧 알게 될 겁니다.」야네스가 언월도와 권총을 꺼내 들면서 대답하였다.

그가 현창을 열고 호루라기를 날카롭게 불었다.

「조심하세요, 제수씨.」그가 양손에 권총을 움켜쥐고 문 뒤에 자리를 잡으면서 말했다. 그 순간 갑판으로부터 무시무시한 고함 소리가 울려 퍼졌다.

「피를……! 피를! 말레이시아의 호랑이 만세……!」

그 뒤를 이어 라이플과 권총이 연달아 발사되었고, 악쓰는 소리, 신음 소리, 저주와 욕설, 기도 소리에 총칼이 부딪치는 소리가 난무하였다. 중간중간 다급하게 발 구르는 소리에, 죽으면서 바닥에 쾅하고 넘어지는 소리도 들렸다. 도저히 말로는 다 표현할 수 없는 소음의 연속이었다.

「야네스!」 마리안나가 하얗게 질려서 큰 소리로 외쳤다.

「잠시만요, 아가씨!」 야네스가 대답하였다. 「말레이시아의 호랑이 만세……!」

층계를 내려오는 발소리에 이어 여러 사람이 외치는 소리가 들렸다. 「함장님! 함장님!」

야네스와 마리안나가 바리케이드에 기대섰다.

「제발! 문 좀 열어 보세요! 함장님!」 누군가가 고함을 질렀다.

「말레이시아의 호랑이 만세……!」 야네스가 맞받아서 외쳤다.

바리케이드 건너편에서 분노에 찬 고함 소리와 욕설이 들리더니, 격렬하게 탁 치는 소리와 함께 문이 흔들렸다.

「야네스!」 아가씨가 큰 소리로 외쳤다.

「걱정 마세요.」 야네스의 대답이었다.

세 차례나 더 얻어맞고 나더니 문의 경첩이 떨어져 나갔다. 그들이 도끼로 커다란 구멍을 뚫고 그 구멍으로 총을 들이밀었다. 하지만 야네스가 재빨리 안전하게 그것을 피한 뒤, 그 구멍으로 자신의 권총을 발사했다. 누군가가 바닥으로 무겁게 쓰러지는 소리와 함께 다른 사람들이 층계로 도망치면서 외치는 소리가 들렸다. 「배신이다……! 배신!」

배의 선교에서 싸움은 계속되었고, 라이플과 권총이 발사되는 소리에 뒤섞여 고함 소리도 점점 더 커져 갔다. 간간이 그 무시무시한 소음 사이로 말레이시아의 호랑이가 부하들을 이끌고 공격하면서 우렁차게 질러 대는 고함 소리가 들려왔다. 마리안나가 무릎을 꿇었고, 무슨 일이 벌어지고 있는지 궁금했던 야네스가 문 쪽에 있던 가구를 치우기 시작하였다. 갑자기, 여러 사람이 외치는 소리가 들렸다. 「불이야! 모두 피해라……!」

야네스의 얼굴이 하얗게 질렸다.

야네스가 죽을 힘 살 힘 다 끌어 모아 바리케이드를 쓰러뜨리고, 언월도를 한 번 휘둘러 함장을 묶었던 줄을 자르고 난 다음, 마리안나를 품에 안고 방에서 달려 나갔다. 두터운 연기가 통로를 가득 메운 가운데, 통로 끝에 있는 장교용 사무실에서 불꽃이 솟아오르는 게 보였다.

야네스가 언월도를 이빨 사이에 악문 채 갑판으로 뛰쳐나갔다. 싸움이 거의 다 끝나 가고 있었다. 말레이시아의 호랑이가 삼사십 명의 영국 병사들이 모여 단단히 지키고 있는 앞갑판을 맹렬하게 공격하고 있었다.

「불이야!」 야네스가 고함을 질렀다.

그 고함 소리를 듣자, 이미 자신들의 패배가 임박했다는 사실을 확신하고 있던 영국군들이 앞 다퉈 물속으로 뛰어들었다. 산도칸이 그 와중에 그를 에워싸고 있던 병사들을 쓰러뜨리면서 야네스를 향해 돌아섰다.

「마리안나!」 그가 자신의 연인을 끌어안으며 큰 소리로 외쳤다. 「내 사랑. 결국 내 사람이 되었구려!」

「그래요. 당신 거예요. 이번에는 영원토록요!」

그 순간 바다 한가운데에서 대포 터지는 소리가 울려 퍼졌다.

「대령이다! 모두 프라후에 올라타라!」 산도칸이 우렁차게 외쳤다.

산도칸, 야네스, 마리안나와 살아남은 해적들이 마른 장작 더미처럼 불타고 있는 배를 버리고, 부상자들과 함께 자신들의 배에 올라탔다. 즉시 돛이 올려졌다. 해적들이 노를 저어서 순식간에 만으로부터 빠져나와 외해를 향해 나아갔다. 산도칸이 마리안나를 이물로 데려가서 언월도를 꺼내 들고, 그들로부터 5백여 미터쯤 떨어진 지점에서 만을 향해 들어오고 있는 작은 쌍돛대 범선을 가리켰다. 한 남자가 제1사장에 기대고 있는 모습이 똑똑하게 보였다.

「저 남자 보이시오, 마리안나?」 산도칸이 물었다.

아가씨가 비명을 지르면서 손으로 얼굴을 가렸다.

「제 숙부님이시로군요!」 그녀가 중얼거렸다.

「마지막으로 한 번만 그를 보시오······.」

「아! 산도칸······!」

「맙소사! 그 영감이로군······!」 야네스가 외쳤다.

범선이 세 척의 프라후가 도망가는 것을 막으려고 빠른 속도로 전진했지만 이미 너무 늦어 버렸다. 바람이 빠른 속도로 세 척의 배를 동쪽으로 몰아붙이고 있었기 때문이다.

「저 악당 놈들에게 발포하라!」 대령이 고함을 질렀다.

대포가 발사되었고, 야네스가 조금 전에 올리라고 명령했던 해적기가 포탄에 맞고 쓰러졌다. 산도칸의 얼굴에 냉혹한 표정이 번져 나가는 가운데 그가 자신의 심장으로 오른손을 가져갔다.

「잘 있어라, 해적 생활이여. 잘 있어라, 말레이시아의 호랑이여!」 그가 서글프게 중얼거렸다.

산도칸이 마리안나 곁을 떠나서 이물에 놓인 대포로 가더니 신중하게 목표물을 조준하였다. 범선은 여전히 맹렬한 포성을 울리면서 세 척의 해적선을 향해 포탄과 포도탄 세례를 퍼붓고 있었다. 산도칸은 꼼짝도 하지 않은 채 계속 목표를 겨냥하였다. 그러다가 갑자기 그가 자리에서 일어나 도화선에 불을 붙이자, 대포가 우렁차게 포효하면서 포탄이 발사되었다. 잠시 후 범선의 앞돛대 받침이 풍비박산 나면서 배의 현장 사이에 세게 부딪친 뒤 바다 속으로 빠져 버렸다.

「자아……! 어디 따라올 테면 따라와 봐라!」 산도칸이 큰 소리로 부르짖었다.

범선이 돛에 바람을 받으면서 지그재그로 나아가다가 갑자기 멈춰 서 버렸음에도, 포격은 여전히 계속되었다. 산도칸이 마리안나를 고물로 데려가더니, 범선의 이물 위에서 미친 듯이 악을 쓰고 있는 대령을 향해 자랑스럽게 손을 흔들었다.

「내 아내를 보시오!」 그가 큰 소리로 외쳤다.

그러고는 서서히 고물로부터 멀어져 갔다. 얼굴에는 어두운 그림자가 드리워 있었고, 두 주먹을 꽉 쥔 채 옆구리에 붙이고 있었다. 근접하기 어려운 살벌한 눈빛을 띤 채 입술을 굳게 다물고 있던 산도칸이 두 바퀴 몸을 돌리더니 사랑하는 마리안나의 품에 쓰러졌다. 그러더니 평생 한 번도 울지 않았던 그 사내가 흐느끼기 시작했다. 「야네스, 자바로 가게! 말레이시아의 호랑이는 죽었네……!」

역자 해설

말레이시아 해의 로빈 후드가 펼치는
무한한 상상 속의 모험

『산도칸 — 몸프라쳄의 호랑이들』은 19세기 중반 말레이시아 해를 배경으로, 해적 산도칸과 그의 친구 야네스의 활약상을 그린 에밀리오 살가리의 대표적인 모험 소설이다. 살가리가 〈몸프라쳄의 호랑이〉라는 제목으로 산도칸의 모험을 다룬 연작 소설을 맨 처음 세상에 선보인 것은 1883년이고 책으로 출판된 것은 1900년인데, 작품 속의 인물과 사건이 당시의 독자들로부터 상당한 인기를 끌었다고 한다. 그 이후 주인공 산도칸은 여러 작품 속에서 다양한 적들을 상대로 박진감 넘치는 모험을 펼쳐 나가는 인물로 발전하면서, 피에 굶주린 해적으로부터 고상한 전사요, 열정과 성실성과 이상을 품은 인물로 변모해 나갔다.

산도칸은 단순한 해적이 아니라 영국 식민지 당국에 의해 온 가족이 몰살당하고 왕좌를 빼앗긴 인물이다. 따라서 그에 대한 복수를 꿈꾸며 식민지 세력에 철저하게 대항하면서도, 한편으로는 보르네오 일대의 원주민들이나 약자의 편에 서서 그들을 대변하는 인물이기도 하다. 비유적으로 말한다면, 말레이시아 해의 로빈 후드라고나 할까. 한편, 포르투갈 출신의 방랑자이자 모험가인 친구 야네스는 영리하고 유머러스하면서도 충직한 인물로 산도칸이 말레이시아 해 일대를 장악할 수 있도록 많은 도움을 준다. 그런데, 12년 동안 한눈팔지 않고 오로지 피의 복수를 펼쳐 나가던 산도칸이 원수의 조카딸인 〈라부안의 진주〉를 알게 되고, 생전 처음 열정적인 사랑을 느끼면서 이야기는 복잡하게 얽혀 들기 시작한다.

이 작품은 단순한 모험 소설로 치부하기에는 상당히 다양한 요소들로 이루어져 있다. 가슴 설레는 여행과 모험, 열정적이면서도 섬세한 사랑과 가슴 아픈 이별, 조마조마한 배신과 아슬아슬한 탈출, 눈앞에서 벌어지는 듯 생생하면서도 격렬한 전투 장면 등등이 쉬지 않고 숨 가쁘게 펼쳐진다. 또한 그 와중에 이 모든 사건의 원인 제공자 격인 말레이시아 해 일대의 식민지 역사까지도 아우르고 있다.

에밀리오 살가리(Emilio Salgari, 1862~1911)는 19세기 말부터 20세기 초에 걸쳐 가장 뛰어난 모험 소설을 쓴 작가 중의 하나이자 SF소설의 선구자로 평가받고 있는 이탈리아 소설가이다. 1백여 편의 모험 소설을 포함하여 2백 편 이상의 작품을 남긴 다작가(多作家)로, 이탈리아의 베로나에서 태어나 거의 평생을 그곳에서 살았다고 한다. 해적을 주인공으로 하는 수많은 모험 소설을 쓴 작가답지 않게 살가리는 평생에 딱 한 번 배를 타보았는데, 그것도 아드리아 해 연안을 순항하는 짧막한 여행이었다고 하니 참으로 아이러니한 일이다.

살가리는 원래 선장 양성 학교에 다니다가, 성적 부진으로 학교를 그만 두고 소설을 쓰기 시작했는데, 뛰어난 상상력을 바탕으로 이국에서의 모험을 주로 다룬 해적 소설을 많이 썼다. 작품 속에서 극적인 상황이나 긴박감, 현란한 사건 전개 등을 통해 무한한 상상력을 발휘함으로써 당시 어린이 독자의 인기를 한 몸에 받았다고 전해진다.

살가리의 작품들은 환상이라기보다는 무한한 상상의 세계를 다룬 것으로, 인물의 심리보다는 행동과 사건을 중심으로 진행되며 특히 영웅적인 주인공의 용맹에 초점이 맞추어져 있다. 그러다 보니 심리 묘사나 문체가 다소 미흡하다는 이유로, 평론가들로부터는 그리 좋은 평가를 받지 못했다. 심지어는 교육적 측면을 소홀히 했다고 하여 이탈리아 교육자들로부터 배척을 받기도 했다.

하지만 살가리의 작품들은 이탈리아나 포르투갈, 그리고 스페인어를 사용하는 나라들에서 상당히 대중적인 인기를 끌고 있다. 혹자는 살가리를 가리켜 이탈리아의 쥘 베른이라고 부르기도 한다. 살가리 당대에는 작곡가 피에트로 마스카니, 지아코모 푸치니 등이 그의 열렬한 팬이었으며, 후에 움베르토 에코나 페데리코 펠리니 등도 그의 작품을 즐겨 읽었다고 전해진다. 살가리는 특히 라틴 아메리카에서 인기가 많았는데, 가브리엘 가르시아 마르케스, 파블로 네루다, 루이스 세풀베다 등의 쟁쟁한 라틴 문화권 작가들이 모두 젊은 시절에 살가리의 작품들을 애독하면서 문학적인 자양분을 얻은 걸로 알려져 있다. 특히 체 게바라는 살가리의 모험 소설에 푹 빠져 있었던 걸로 유명한데, 그의 전기 작가에 의하면 체 게바라는 살가리의 모험 소설을 무려 60여 편이나 읽었다고 한다. 그러면서 살가리의 주인공들로부터 불의에 저항하는 태도를 배웠고, 그것이 나중에 그의 반제국주의적인 가치관을 형성하는 데 밑거름이 되었다.

이러한 대중적인 인기와는 별도로 살가리는 평생 가난과 빚에 시달리다가 1911년, 자살로 삶을 마감했다. 광범위한 연구와 상상력을 바탕으로 사무라이식 할복자살을 선택했다고 한다.

그의 작품은 그의 생전부터 20세기 후반에 이르기까지 평론가들의 외면을 받아오다가 1990년대 후반에 들어서야 비로소 재조명을 받기 시작했고, 현재도 새로운 번역, 출판 작업이 활발하게 이루어지고 있다. 또한, 산도칸을 주인공으로 하는 일련의 작품들이 20세기 중반을 지나면서 여러 편의 영화와 드라마로 제작되었고, 이는 살가리의 작품을 전 세계적으로 대중화시키는 데 크게 기여하였다.

살가리의 대표적인 작품으로는『산도칸 ─ 몸프라쳄의 호랑이들』,『산도칸 ─ 말레이시아의 해적들』,『산도칸 ─ 두 마리의 호랑이들』등의 산도칸 시리즈 외에도 〈검은 해적〉 시리즈, 〈버뮤다의 해적〉 시리즈, 〈올드 웨스트 모험〉 시리즈 등이 있다.

처음 원서를 받았을 때, 다음 장면이 궁금해 조금만 더, 조금만 더 하면서 잠을 미루고 읽어 내렸다. 그만큼 사건의 전개가 박진감이 있고 산도칸과 야네스라는 두 인물이 매력적이었다. 특히 말레이시아 해와 보르네오 섬 일대의 독특한 삶의 양식과 자연 및 동식물의 묘사에 이르러서는 미지의 세계에 대한 지적 호기심을 만족시키는 즐거움도 보너스로 누릴 수 있었다. 하지만 그것은 어디까지나 부담 없는 독자의 입장에서였을 뿐, 본격적으로 번역에 착수하고 나서는 그것들에 관한 정확한 정보를 찾느라고 애를 먹은 것도 사실이다. 하지만 소설을 좋아하는 많은 독자들이 우리나라에 처음으로 소개되는 살가리의 작품을 읽으면서, 이제까지 모르고 지냈던 낯선 작가와 작품을 만나는 즐거움을 누리리라고 기대해 본다. 아울러 독자 여러분께 잠시라도 복잡하고 골치 아픈 일상을 떠나, 작품의 주인공인 산도칸과 더불어 통쾌하고 박진감 넘치는 모험에 나서 보시라고 적극 권해 드리고 싶다.

유향란

에밀리오 살가리 연보

1862년 출생 8월 21일 이탈리아 베로나에서 베로나 출신의 상인인 아버지와 베네치아 출신의 어머니 사이에서 태어남. 어렸을 때부터 토마스 메인 리드Thomas Mayne Reid, 구스타프 에마르Gustave Aimard, 제임스 페니모어 쿠퍼James Fenimore Cooper 등의 모험 소설을 즐겨 읽음.

1876년 14세 베로나 소재 해군 사관학교에 입학. 성적 불량으로 졸업하지 못함. 나중에 본인은 선장 면허증이 있으며 아프리카, 미국 서부, 극동 아시아 등을 탐험하고 7대양을 항해했다고 주장했지만 다 거짓말로 실제로는 상선을 타고 3개월 동안 아드리아 해를 항해한 것이 전부임. 해군 장교가 되는 데 실패한 대신 그 열정을 모험 소설을 쓰는 데 쏟아 200편 이상의 소설을 발표.

1882년 20세 최초의 단편 소설 「파푸아의 야만인I selvaggi della Papuasia」을 밀라노에서 발행되던 잡지 『발리기아*La Valigia*』에 발표함. 베로나에서 발행되는 신문 「누오바 아레나La Nuova Arena」의 기자로 고용됨.

1883년 21세 「누오바 아레나」의 편집장이 됨. 10월에 베트남 남부를 배경으로 한 모험 소설인 『말레이시아의 호랑이 *La Tigre della Malesia*』를 「누오바 아레나」에 연재하기 시작해 대성공을 거둠. 경쟁

지인 「아레나」의 질투로 살가리의 이력상 거짓말이 폭로됨.

1887년 25세 『구세주의 총애 받는 여인La Favorita del Mahdi』이 그의 소설 가운데 처음으로 책으로 출판됨.

1889년 27세 살가리의 아버지 자살함.

1892년 30세 여배우 이다 페루찌Ida Peruzzi와 결혼. 둘 사이에 4명의 자식을 둠.

1894년 32세 가족과 함께 토리노로 이사.

1895년 33세 산도칸(Sandokan) 시리즈의 첫 작품인 『검은 정글의 미스터리I Misteri della Jungla Nera』를 「누오바 아레나」지에 연재하기 시작함.

1896년 34세 『말레이시아의 해적들I pirati della Malesia』 발표함.

1897년 35세 사보이 공국의 마르게리타Margherita 여왕으로부터 왕의 기사Knight of the Crown 작위를 받음. 이탈리아 왕족들이 그의 소설을 무척 좋아했다고 함.

1898년 36세 출판업자 도나트Donath와 독점 계약을 맺고 그의 권유에 따라 제노아 근처로 이사함. 새로운 해적 시리즈인 『검은 해적Il Corsaro Nero』의 집필을 시작함.

1900년 38세 산도칸 시리즈의 대표작인 『몸프라쳄의 호랑이들Le Tigri di Mompracem』이 출판됨. 도로 토리노로 이사. 이후 죽을 때까지 살가리를 괴롭혔던 경제적 어려움이 시작됨.

1901년 39세 『카리브해의 여왕La regina dei Caraibi』 발표함.

1903년 41세 여름에 사랑하는 아내가 치매 치료를 위해 가족의 곁을 떠남. 병원비 등으로 만년필을 살 돈도 없을 만큼 극심한 경제난에 시달림.

1904년 42세 『두 마리의 호랑이들Le due Tigri』 발표.

1906년 44세   도나트와의 계약을 파기하고 벰포라드Bemporad와 계약함. 1907년부터 1911년 사이에 그를 위해 19편의 소설을 집필함.

1908년 46세   『붉은 해적의 아들*Il figlio del Corsaro Rosso*』 발표. 〈올드 웨스트 모험 시리즈〉의 첫 작품 『극서 지방의 변경*Sulle frontiere del Far-West*』 발표.

1909년 47세   『버뮤다의 해적*I corsari delle Bermude*』 발표.

1910년 48세   아내의 건강이 급속도로 악화됨. 살가리는 자살을 기도하나 실패함. 아내의 병이 악화되면서 자신의 집필 능력에 불안감을 가짐.

1911년 49세   아내 이다가 정신 병원에 수용됨. 4월 25일 살가리는 아내 없는 삶을 견딜 수 없어 토리노에서 식도로 할복자살함. 자식들과 출판사 사장, 토리노의 신문 편집자에게 세 통의 유서를 남김(출판사 사장에게 자신의 피땀을 착취해 돈을 번 데 대한 원망과 장례식을 치러 달라는 부탁을 남김). 그의 사후에 『제국의 멸망*La caduta di un impero*』 출간.

1913년   『야네즈의 복수*La rivincita di Yanez*』 출간. 살가리 사후에 발견된 그의 미완성 초고나 구상안을 바탕으로 출판사에서 고용한 대필 작가가 쓴 소설이 64편이나 살가리에게 헌정됨.

1914년   지오바니 파스트로네Giovanni Pastrone 감독이 1908년에 발표한 살가리의 소설 『화염에 싸인 카르타고*Cartagine in Fiamme*』를 바탕으로 한 무성 영화 「카비리아Cabiria」를 제작함. 이후 그의 작품이 유럽과 미국에서 수십 편의 영화나 TV 드라마로 제작됨.

2001년   이탈리아의 파브리Fabbri 출판사에서 살가리의 전 작품을 재출간하기 시작함. 이탈리아뿐만 아니라 스페인, 프랑스, 포르투갈, 라틴아메리카 등지에서도 다시 출간되었고 그제야 비로소 영어로 번역되면서 영어권 나라에도 소개되기 시작함. 국립 살가리 협회National Salgari Association가 조직되면서 살가리의 작품을 조명하고 재평가하는 작업이 이루어짐.

에밀리오 살가리의 대표적인 모험 소설 시리즈

1. 산도칸 시리즈
『검은 정글의 미스터리*I Misteri della Jungla Nera*』(1895)
『말레이시아의 해적들*I pirati della Malesia*』(1896)
『몸프라쳄의 호랑이들*Le tigri di Mompracem*』(1900)
『두 마리의 호랑이들*Le due Tigri*』(1904)
『바다의 왕*Il re del mare*』(1906)
『왕관을 찾아서*Alla conquista di un impero*』(1907)
『산도칸 복수하다*Sandokan alla riscossa*』(1907)
『몸프라쳄으로의 귀환*La riconquista di Mompracem*』(1908)
『가짜 바라문*Il Bramino dell'Assam*』(1911)
『제국의 멸망*La caduta di un impero*』(1911)
『야네즈의 복수*La rivincita di Yanez*』(1913)

2. 검은 해적 시리즈
『검은 해적*Il Corsaro Nero*』(1898)
『카리브해의 여왕*La regina dei Caraibi*』(1901)
『검은 해적의 딸, 올랜더*Jolanda, la figlia del Corsaro Nero*』(1905)
『붉은 해적의 아들*Il figlio del Corsaro Rosso*』(1908)
『마지막 해적들*Gli ultimi filibustieri*』(1908)

3. 버뮤다의 해적 시리즈
『버뮤다의 해적*I corsari delle Bermude*』(1909)
『천둥치는 여인의 순양함*La crociera della Tuonante*』(1910)
『돌머리의 특이한 모험*Straordinarie avventure di Testa di Pietra*』(1915)

4. 올드 웨스트 모험 시리즈
『극서 지방의 변경*Sulle frontiere del Far-West*』(1908)
『가죽 벗기는 여인*La scotennatrice*』(1909)
『불타는 숲*Le selve ardenti*』(1910)

열린책들 세계문학 047 산도칸 몸프라쳄의 호랑이들

옮긴이 유향란 1958년 전북 익산에서 태어났다. 서울대학교 국어교육과를 졸업하고, 연세대 교육대학원에서 석사 학위를 받았다. 2009년 현재 서울 상암중학교 국어 교사로 재직 중이다. 옮긴 책으로 버나드 쇼의 『바그너 니벨룽의 반지』, 조란 지브코비치의 『책 죽이기』, 윌리스 브림의 『눈 속의 독수리』 등이 있다.

지은이 에밀리오 살가리 **옮긴이** 유향란 **발행인** 홍예빈 · 홍유진
발행처 주식회사 열린책들 **주소** 경기도 파주시 문발로 253 파주출판도시
전화 031-955-4000 **팩스** 031-955-4004 **홈페이지** www.openbooks.co.kr
Copyright (C) 주식회사 열린책들, 2008, *Printed in Korea.*
ISBN 978-89-329-0964-6 03880 **발행일** 2008년 7월 1일 초판 1쇄 2009년 12월 20일 세계문학판 1쇄 2024년 2월 20일 세계문학판 2쇄

이 도서의 국립중앙도서관 출판예정도서목록(CIP)은 서지정보유통지원시스템 홈페이지(http://seoji.nl.go.kr)와 국가자료공동목록시스템(http://www.nl.go.kr/kolisnet)에서 이용하실 수 있습니다.(CIP제어번호 : CIP2009003495)

열린책들 세계문학
Open Books World Literature

001 **죄와 벌** 표도르 도스토옙스키 장편소설 | 홍대화 옮김 | 전2권 | 각 408, 512면

003 **최초의 인간** 알베르 카뮈 장편소설 | 김화영 옮김 | 392면

004 **소설** 제임스 미치너 장편소설 | 윤희기 옮김 | 전2권 | 각 280, 368면

006 **개를 데리고 다니는 부인** 안똔 체호프 소설선집 | 오종우 옮김 | 368면

007 **우주 만화** 이탈로 칼비노 단편집 | 김운찬 옮김 | 424면

008 **댈러웨이 부인** 버지니아 울프 장편소설 | 최애리 옮김 | 296면

009 **어머니** 막심 고리끼 장편소설 | 최윤락 옮김 | 544면

010 **변신** 프란츠 카프카 중단편집 | 홍성광 옮김 | 464면

011 **전도서에 바치는 장미** 로저 젤라즈니 중단편집 | 김상훈 옮김 | 432면

012 **대위의 딸** 알렉산드르 뿌쉬낀 장편소설 | 석영중 옮김 | 240면

013 **바다의 침묵** 베르코르 소설선집 | 이상해 옮김 | 256면

014 **원수들, 사랑 이야기** 아이작 싱어 장편소설 | 김진준 옮김 | 320면

015 **백치** 표도르 도스토옙스키 장편소설 | 김근식 옮김 | 전2권 | 각 504, 528면

017 **1984년** 조지 오웰 장편소설 | 박경서 옮김 | 392면

019 **이상한 나라의 앨리스** 루이스 캐럴 환상동화 | 머빈 피크 그림 | 최용준 옮김 | 336면

020 **베네치아에서의 죽음** 토마스 만 중단편집 | 홍성광 옮김 | 432면

021 **그리스인 조르바** 니코스 카잔차키스 장편소설 | 이윤기 옮김 | 488면

022 **벚꽃 동산** 안똔 체호프 희곡선집 | 오종우 옮김 | 336면

023 **연애 소설 읽는 노인** 루이스 세풀베다 장편소설 | 정창 옮김 | 192면

024 **젊은 사자들** 어윈 쇼 장편소설 | 정영문 옮김 | 전2권 | 각 416, 408면

026 **젊은 베르테르의 슬픔** 요한 볼프강 폰 괴테 장편소설 | 김인순 옮김 | 240면

027 **시라노** 에드몽 로스탕 희곡 | 이상해 옮김 | 256면

028 **전망 좋은 방** E. M. 포스터 장편소설 | 고정아 옮김 | 352면

029 **까라마조프 씨네 형제들** 표도르 도스토옙스키 장편소설 | 이대우 옮김 | 전3권 | 각 496, 496, 460면

032 **프랑스 중위의 여자** 존 파울즈 장편소설 | 김석희 옮김 | 전2권 | 각 344면

034 **소립자** 미셸 우엘벡 장편소설 | 이세욱 옮김 | 448면

035 **영혼의 자서전** 니코스 카잔차키스 자서전 | 안정효 옮김 | 전2권 | 각 352, 408면

037 **우리들** 예브게니 자먀찐 장편소설 | 석영중 옮김 | 320면

038 **뉴욕 3부작** 폴 오스터 장편소설 | 황보석 옮김 | 480면

039 **닥터 지바고** 보리스 파스테르나크 장편소설 | 홍대화 옮김 | 전2권 | 각 480, 592면

041 **고리오 영감** 오노레 드 발자크 장편소설 | 임희근 옮김 | 456면

042 **뿌리** 알렉스 헤일리 장편소설 | 안정효 옮김 | 전2권 | 각 400, 448면

044 **백년보다 긴 하루** 친기즈 아이뜨마또프 장편소설 | 황보석 옮김 | 560면

045 **최후의 세계** 크리스토프 란스마이어 장편소설 | 장희권 옮김 | 264면

046 **추운 나라에서 돌아온 스파이** 존 르카레 장편소설 | 김석희 옮김 | 368면

047 **산도칸 – 몸프라쳄의 호랑이** 에밀리오 살가리 장편소설 | 유향란 옮김 | 428면

048 **기적의 시대** 보리슬라프 페키치 장편소설 | 이윤기 옮김 | 560면

049 **그리고 죽음** 짐 크레이스 장편소설 | 김석희 옮김 | 224면

050 **세설** 다니자키 준이치로 장편소설 | 송태욱 옮김 | 전2권 | 각 480면

052 **세상이 끝날 때까지 아직 10억 년** 스뜨루가츠끼 형제 장편소설 | 석영중 옮김 | 224면

053 **동물 농장** 조지 오웰 장편소설 | 박경서 옮김 | 208면

054 **캉디드 혹은 낙관주의** 볼테르 장편소설 | 이봉지 옮김 | 232면

055 **도적 떼** 프리드리히 폰 실러 희곡 | 김인순 옮김 | 264면

056 **플로베르의 앵무새** 줄리언 반스 장편소설 | 신재실 옮김 | 320면

057 **악령** 표도르 도스토옙스키 장편소설 | 박혜경 옮김 | 전3권 | 각 328, 408, 528면

060 **의심스러운 싸움** 존 스타인벡 장편소설 | 윤희기 옮김 | 340면

061 **몽유병자들** 헤르만 브로흐 장편소설 | 김경연 옮김 | 전2권 | 각 568, 544면

063 **몰타의 매** 대실 해밋 장편소설 | 고정아 옮김 | 304면

064 **마야꼬프스끼 선집** 블라지미르 마야꼬프스끼 선집 | 석영중 옮김 | 384면

065 **드라큘라** 브램 스토커 장편소설 | 이세욱 옮김 | 전2권 | 각 340, 344면

067 **서부 전선 이상 없다** 에리히 마리아 레마르크 장편소설 | 홍성광 옮김 | 336면

068 **적과 흑** 스탕달 장편소설 | 임미경 옮김 | 전2권 | 각 432, 368면

070 **지상에서 영원으로** 제임스 존스 장편소설 | 이종인 옮김 | 전3권 | 각 396, 380, 496면

073 **파우스트** 요한 볼프강 폰 괴테 희곡 | 김인순 옮김 | 568면

074 **쾌걸 조로** 존스턴 매컬리 장편소설 | 김훈 옮김 | 316면

075 **거장과 마르가리따** 미하일 불가꼬프 장편소설 | 홍대화 옮김 | 전2권 | 각 364, 328면

077 **순수의 시대** 이디스 워튼 장편소설 | 고정아 옮김 | 448면

078 **검의 대가** 아르투로 페레스 레베르테 장편소설 | 김수진 옮김 | 384면

079 **예브게니 오네긴** 알렉산드르 뿌쉬낀 운문소설 | 석영중 옮김 | 328면

080 **장미의 이름** 움베르토 에코 장편소설 | 이윤기 옮김 | 전2권 | 각 440, 448면

082 **향수** 파트리크 쥐스킨트 장편소설 | 강명순 옮김 | 384면

083 **여자를 안다는 것** 아모스 오즈 장편소설 | 최창모 옮김 | 280면

084 **나는 고양이로소이다** 나쓰메 소세키 장편소설 | 김난주 옮김 | 544면

085 **웃는 남자** 빅토르 위고 장편소설 | 이형식 옮김 | 전2권 | 각 472, 496면

087 **아웃 오브 아프리카** 카렌 블릭센 장편소설 | 민승남 옮김 | 480면

088 **무엇을 할 것인가** 니꼴라이 체르니셰프스끼 장편소설 | 서정록 옮김 | 전2권 | 각 360, 404면

090 **도나 플로르와 그녀의 두 남편** 조르지 아마두 장편소설 | 오숙은 옮김 | 전2권 | 각 408, 308면

092 **미사고의 숲** 로버트 홀드스톡 장편소설 | 김상훈 옮김 | 424면

093 **신곡** 단테 알리기에리 장편서사시 | 김운찬 옮김 | 전3권 | 각 292, 296, 328면

096 **교수** 샬럿 브론테 장편소설 | 배미영 옮김 | 368면

097 **노름꾼** 표도르 도스토옙스키 장편소설 | 이재필 옮김 | 320면

098 **하워즈 엔드** E. M. 포스터 장편소설 | 고정아 옮김 | 512면

099 **최후의 유혹** 니코스 카잔차키스 장편소설 | 안정효 옮김 | 전2권 | 각 408면

101 **키리냐가** 마이크 레스닉 장편소설 | 최용준 옮김 | 464면

102 **바스커빌가의 개** 아서 코넌 도일 장편소설 | 조영학 옮김 | 264면

103 **버마 시절** 조지 오웰 장편소설 | 박경서 옮김 | 408면

104 **10 1/2장으로 쓴 세계 역사** 줄리언 반스 장편소설 | 신재실 옮김 | 464면

105 **죽음의 집의 기록** 표도르 도스토옙스키 장편소설 | 이덕형 옮김 | 528면

106 **소유** 앤토니어 수전 바이어트 장편소설 | 윤희기 옮김 | 전2권 | 각 440, 488면

108 **미성년** 표도르 도스토옙스키 장편소설 | 이상룡 옮김 | 전2권 | 각 512, 544면

110 **성 앙투안느의 유혹** 귀스타브 플로베르 희곡소설 | 김용은 옮김 | 584면

111 **밤으로의 긴 여로** 유진 오닐 희곡 | 강유나 옮김 | 240면

112 **마법사** 존 파울즈 장편소설 | 정영문 옮김 | 전2권 | 각 512, 552면

114 **스쩨빤치꼬보 마을 사람들** 표도르 도스토옙스키 장편소설 | 변현태 옮김 | 416면

115 **플랑드르 거장의 그림** 아르투로 페레스 레베르테 장편소설 | 정창 옮김 | 512면

116 **분신** 표도르 도스토옙스키 장편소설 | 석영중 옮김 | 288면

117 **가난한 사람들** 표도르 도스토옙스키 장편소설 | 석영중 옮김 | 256면

118 **인형의 집** 헨리크 입센 희곡 | 김창화 옮김 | 272면

119 **영원한 남편** 표도르 도스토옙스키 장편소설 | 정명자 외 옮김 | 448면

120 **알코올** 기욤 아폴리네르 시집 | 황현산 옮김 | 352면

121 **지하로부터의 수기** 표도르 도스토옙스키 장편소설 | 계동준 옮김 | 256면

122 **어느 작가의 오후** 페터 한트케 중편소설 | 홍성광 옮김 | 160면

123 **아저씨의 꿈** 표도르 도스토옙스키 장편소설 | 박종소 옮김 | 312면

124 **네또츠까 네즈바노바** 표도르 도스토옙스키 장편소설 | 박재만 옮김 | 316면

125 **곤두박질** 마이클 프레인 장편소설 | 최용준 옮김 | 528면

126 **백야 외** 표도르 도스토옙스키 소설선집 | 석영중 외 옮김 | 408면

127 **살라미나의 병사들** 하비에르 세르카스 장편소설 | 김창민 옮김 | 304면

128 **뻬쩨르부르그 연대기 외** 표도르 도스토옙스키 소설선집 | 이항재 옮김 | 296면

129 **상처받은 사람들** 표도르 도스토옙스키 장편소설 | 윤우섭 옮김 | 전2권 | 각 296, 392면

131 **악어 외** 표도르 도스토옙스키 소설선집 | 박혜경 외 옮김 | 312면

132 **허클베리 핀의 모험** 마크 트웨인 장편소설 | 윤교찬 옮김 | 416면

133 **부활** 레프 똘스또이 장편소설 | 이대우 옮김 | 전2권 | 각 308, 416면

135 **보물섬** 로버트 루이스 스티븐슨 장편소설 | 머빈 피크 그림 | 최용준 옮김 | 360면

136 **천일야화** 앙투안 갈랑 엮음 | 임호경 옮김 | 전6권 | 각 336, 328, 372, 392, 344, 320면

142 **아버지와 아들** 이반 뚜르게네프 장편소설 | 이상원 옮김 | 328면

143 **오만과 편견** 제인 오스틴 장편소설 | 원유경 옮김 | 480면

144 **천로 역정** 존 버니언 우화소설 | 이동일 옮김 | 432면

145 **대주교에게 죽음이 오다** 윌라 캐더 장편소설 | 윤명옥 옮김 | 352면

146 **권력과 영광** 그레이엄 그린 장편소설 | 김연수 옮김 | 384면

147 **80일간의 세계 일주** 쥘 베른 장편소설 | 고정아 옮김 | 352면

148 **바람과 함께 사라지다** 마거릿 미첼 장편소설 | 안정효 옮김 | 전3권 | 각 616, 640, 640면

151 **기탄잘리** 라빈드라나트 타고르 시집 | 장경렬 옮김 | 224면

152 **도리언 그레이의 초상** 오스카 와일드 장편소설 | 윤희기 옮김 | 384면

153 **레우코와의 대화** 체사레 파베세 희곡소설 | 김운찬 옮김 | 280면

154 **햄릿** 윌리엄 셰익스피어 희곡 | 박우수 옮김 | 256면

155 **맥베스** 윌리엄 셰익스피어 희곡 | 권오숙 옮김 | 176면

156 **아들과 연인** 데이비드 허버트 로런스 장편소설 | 최희섭 옮김 | 전2권 | 464, 432면

158 **그리고 아무 말도 하지 않았다** 하인리히 뵐 장편소설 | 홍성광 옮김 | 272면

159 **미덕의 불운** 싸드 장편소설 | 이형식 옮김 | 248면

160 **프랑켄슈타인** 메리 W. 셸리 장편소설 | 오숙은 옮김 | 320면

161 **위대한 개츠비** 프랜시스 스콧 피츠제럴드 장편소설 | 한애경 옮김 | 280면

162 **아Q정전** 루쉰 중단편집 | 김태성 옮김 | 320면

163 **로빈슨 크루소** 대니얼 디포 장편소설 | 류경희 옮김 | 456면

164 **타임머신** 허버트 조지 웰스 소설선집 | 김석희 옮김 | 304면

165 **제인 에어** 샬럿 브론테 장편소설 | 이미선 옮김 | 전2권 | 각 392, 384면

167 **풀잎** 월트 휘트먼 시집 | 허현숙 옮김 | 280면

168 **표류자들의 집** 기예르모 로살레스 장편소설 | 최유정 옮김 | 216면

169 **배빗** 싱클레어 루이스 장편소설 | 이종인 옮김 | 520면

170 **이토록 긴 편지** 마리아마 바 장편소설 | 백선희 옮김 | 192면

171 **느릅나무 아래 욕망** 유진 오닐 희곡 | 손동호 옮김 | 168면

172 **이방인** 알베르 카뮈 장편소설 | 김예령 옮김 | 208면

173 **미라마르** 나기브 마푸즈 장편소설 | 허진 옮김 | 288면

174 **지킬 박사와 하이드 씨** 로버트 루이스 스티븐슨 소설선집 | 조영학 옮김 | 320면

175 **루진** 이반 뚜르게네프 장편소설 | 이항재 옮김 | 264면

176 **피그말리온** 조지 버나드 쇼 희곡 | 김소임 옮김 | 256면

177 **목로주점** 에밀 졸라 장편소설 | 유기환 옮김 | 전2권 | 각 336면

179 **엠마** 제인 오스틴 장편소설 | 이미애 옮김 | 전2권 | 각 336, 360면

181 **비숍 살인 사건** S. S. 밴 다인 장편소설 | 최인자 옮김 | 464면

182 **우신예찬** 에라스무스 풍자문 | 김남우 옮김 | 296면

183 **하자르 사전** 밀로라드 파비치 장편소설 | 신현철 옮김 | 488면

184 **테스** 토머스 하디 장편소설 | 김문숙 옮김 | 전2권 | 각 392, 336면

186 **투명 인간** 허버트 조지 웰스 장편소설 | 김석희 옮김 | 288면

187 **93년** 빅토르 위고 장편소설 | 이형식 옮김 | 전2권 | 각 288, 360면

189 **젊은 예술가의 초상** 제임스 조이스 장편소설 | 성은애 옮김 | 384면

190 **소네트집** 윌리엄 셰익스피어 연작시집 | 박우수 옮김 | 200면

191 **메뚜기의 날** 너새니얼 웨스트 장편소설 | 김진준 옮김 | 280면

192 **나사의 회전** 헨리 제임스 중편소설 | 이승은 옮김 | 256면

193 **오셀로** 윌리엄 셰익스피어 희곡 | 권오숙 옮김 | 216면

194 **소송** 프란츠 카프카 장편소설 | 김재혁 옮김 | 376면

195 **나의 안토니아** 윌라 캐더 장편소설 | 전경자 옮김 | 368면

196 **자성록** 마르쿠스 아우렐리우스 명상록 | 박민수 옮김 | 240면

197 **오레스테이아** 아이스킬로스 비극 | 두행숙 옮김 | 336면

198 **노인과 바다** 어니스트 헤밍웨이 소설선집 | 이종인 옮김 | 320면

199 **무기여 잘 있거라** 어니스트 헤밍웨이 장편소설 | 이종인 옮김 | 464면

200 **서푼짜리 오페라** 베르톨트 브레히트 희곡선집 | 이은희 옮김 | 320면

201 **리어 왕** 윌리엄 셰익스피어 희곡 | 박우수 옮김 | 224면

202 **주홍 글자** 너새니얼 호손 장편소설 | 곽영미 옮김 | 360면

203 **모히칸족의 최후** 제임스 페니모어 쿠퍼 장편소설 | 이나경 옮김 | 512면

204 **곤충 극장** 카렐 차페크 희곡선집 | 김선형 옮김 | 360면

205 **누구를 위하여 종은 울리나** 어니스트 헤밍웨이 장편소설 | 이종인 옮김 | 전2권 | 각 416, 400면

207 **타르튀프** 몰리에르 희곡선집 | 신은영 옮김 | 416면

208 **유토피아** 토머스 모어 소설 | 전경자 옮김 | 288면

209 **인간과 초인** 조지 버나드 쇼 희곡 | 이후지 옮김 | 320면

210 **페드르와 이폴리트** 장 라신 희곡 | 신정아 옮김 | 200면

211 **말테의 수기** 라이너 마리아 릴케 장편소설 | 안문영 옮김 | 320면

212 **등대로** 버지니아 울프 장편소설 | 최애리 옮김 | 328면

213 **개의 심장** 미하일 불가꼬프 중편소설집 | 정연호 옮김 | 352면

214 **모비 딕** 허먼 멜빌 장편소설 | 강수정 옮김 | 전2권 | 각 464, 488면

216 **더블린 사람들** 제임스 조이스 단편소설집 | 이강훈 옮김 | 336면

217 **마의 산** 토마스 만 장편소설 | 윤순식 옮김 | 전3권 | 각 496, 488, 512면

220 **비극의 탄생** 프리드리히 니체 | 김남우 옮김 | 320면

221 **위대한 유산** 찰스 디킨스 장편소설 | 류경희 옮김 | 전2권 | 각 432, 448면

223 **사람은 무엇으로 사는가** 레프 똘스또이 소설선집 | 윤새라 옮김 | 464면

224 **자살 클럽** 로버트 루이스 스티븐슨 소설선집 | 임종기 옮김 | 272면

225 **채털리 부인의 연인** 데이비드 허버트 로런스 장편소설 | 이미선 옮김 | 전2권 | 각 336, 328면

227 **데미안** 헤르만 헤세 장편소설 | 김인순 옮김 | 264면

228 **두이노의 비가** 라이너 마리아 릴케 시선집 | 손재준 옮김 | 504면

229 **페스트** 알베르 카뮈 장편소설 | 최윤주 옮김 | 432면

230 **여인의 초상** 헨리 제임스 장편소설 | 정상준 옮김 | 전2권 | 각 520, 544면

232 **성** 프란츠 카프카 장편소설 | 이재황 옮김 | 560면

233 **차라투스트라는 이렇게 말했다** 프리드리히 니체 산문시 | 김인순 옮김 | 464면

234 **노래의 책** 하인리히 하이네 시집 | 이재영 옮김 | 384면

235 **변신 이야기** 오비디우스 서사시 | 이종인 옮김 | 632면

236 **안나 까레니나** 레프 똘스또이 장편소설 | 이명현 옮김 | 전2권 | 각 800, 736면

238 **이반 일리치의 죽음·광인의 수기** 레프 똘스또이 중단편집 | 석영중·정지원 옮김 | 232면

239 **수레바퀴 아래서** 헤르만 헤세 장편소설 | 강명순 옮김 | 272면

240 **피터 팬** J. M. 배리 장편소설 | 최용준 옮김 | 272면

241 **정글 북** 러디어드 키플링 중단편집 | 오숙은 옮김 | 272면

242 **한여름 밤의 꿈** 윌리엄 셰익스피어 희곡 | 박우수 옮김 | 160면

243 **좁은 문** 앙드레 지드 장편소설 | 김화영 옮김 | 264면

244 **모리스** E. M. 포스터 장편소설 | 고정아 옮김 | 408면

245 **브라운 신부의 순진** 길버트 키스 체스터턴 단편집 | 이상원 옮김 | 336면

246 **각성** 케이트 쇼팽 장편소설 | 한애경 옮김 | 272면

247 **뷔히너 전집** 게오르크 뷔히너 지음 | 박종대 옮김 | 400면

248 **디미트리오스의 가면** 에릭 앰블러 장편소설 | 최용준 옮김 | 424면

249 **베르가모의 페스트 외** 옌스 페테르 야콥센 중단편 전집 | 박종대 옮김 | 208면

250 **폭풍우** 윌리엄 셰익스피어 희곡 | 박우수 옮김 | 176면

251 **어센든, 영국 정보부 요원** 서머싯 몸 연작 소설집 | 이민아 옮김 | 416면

252 **기나긴 이별** 레이먼드 챈들러 장편소설 | 김진준 옮김 | 600면

253 **인도로 가는 길** E. M. 포스터 장편소설 | 민승남 옮김 | 552면

254 **올랜도** 버지니아 울프 장편소설 | 이미애 옮김 | 376면

255 **시지프 신화** 알베르 카뮈 지음 | 박언주 옮김 | 264면

256 **조지 오웰 산문선** 조지 오웰 지음 | 허진 옮김 | 424면

257 **로미오와 줄리엣** 윌리엄 셰익스피어 희곡 | 도해자 옮김 | 200면

258 **수용소군도** 알렉산드르 솔제니찐 기록문학 | 김학수 옮김 | 전6권 | 각 460면 내외

264 **스웨덴 기사** 레오 페루츠 장편소설 | 강명순 옮김 | 336면

265 **유리 열쇠** 대실 해밋 장편소설 | 홍성영 옮김 | 328면

266 **로드 짐** 조지프 콘래드 장편소설 | 최용준 옮김 | 608면

267 **푸코의 진자** 움베르토 에코 장편소설 | 이윤기 옮김 | 전3권 | 각 392, 384, 416면

270 **공포로의 여행** 에릭 앰블러 장편소설 | 최용준 옮김 | 376면

271 **심판의 날의 거장** 레오 페루츠 장편소설 | 신동화 옮김 | 264면

272 **에드거 앨런 포 단편선** 에드거 앨런 포 지음 | 김석희 옮김 | 392면

273 **수전노 외** 몰리에르 희곡선집 | 신정아 옮김 | 424면

274 **모파상 단편선** 기 드 모파상 지음 | 임미경 옮김 | 400면

275 **평범한 인생** 카렐 차페크 장편소설 | 송순섭 옮김 | 280면

276 **마음** 나쓰메 소세키 장편소설 | 양윤옥 옮김 | 344면

277 **인간 실격·사양** 다자이 오사무 소설집 | 김난주 옮김 | 336면

278 **작은 아씨들** 루이자 메이 올컷 장편소설 | 허진 옮김 | 전2권 | 각 408, 464면

280 **고함과 분노** 윌리엄 포크너 장편소설 | 윤교찬 옮김 | 520면

281 **신화의 시대** 토머스 불핀치 신화집 | 박중서 옮김 | 664면

282 **셜록 홈스의 모험** 아서 코넌 도일 단편집 | 오숙은 옮김 | 456면
283 **자기만의 방** 버지니아 울프 지음 | 공경희 옮김 | 216면
284 **지상의 양식·새 양식** 앙드레 지드 지음 | 최애영 옮김 | 360면
285 **전염병 일지** 대니얼 디포 지음 | 서정은 옮김 | 368면
286 **오이디푸스왕 외** 소포클레스 비극 | 강시은 옮김 | 368면
287 **리처드 2세** 윌리엄 셰익스피어 희곡 | 박우수 옮김 | 208면
288 **아내·세 자매** 안톤 체호프 선집 | 오종우 옮김 | 240면